PIÑATA

Leopoldo Gout

Traducción de Martha Castro López

HarperCollins *Español*

Los libros de HarperCollins Español pueden ser adquiridos con fines educativos,
empresariales o promocionales. Para más información, envíe un correo electrónico
a SPsales@harpercollins.com.

Título original: *Piñata*
Publicado en inglés en los Estados Unidos de América en 2023 por Nightfire

PRIMERA EDICIÓN

Traducción: Martha Castro López

Este libro ha sido debidamente catalogado en la Biblioteca del Congreso de los
Estados Unidos.

ISBN 978-0-06-322395-0

23 24 25 26 27 LBC 5 4 3 2 1

Tikahki in tlatsotsonalistli itech tlahtoltsin
inik amo polihwi ipan ilnalmiki.

Escucha con atención los ritmos de tu lengua para
que no se desvanezcan en la memoria.

—Traducido al náhuatl por Gustavo Zapoteco Sideño

PRÓLOGO

El trueno estalla en lo alto con tal violencia que podría desgarrar el mismo cielo. El sonido era como el de fuertes y atronadores golpes en un inmenso *teponaxtli* resonando como un interminable cortejo fúnebre. La gente dice que los antiguos dioses arremeten y golpean el nuevo firmamento celestial al intentar abrirse paso de regreso al mundo. Pero sus viejos templos no son más que escombros, sus sacerdotes se disputan migajas entre el desastre y los creyentes —los pocos que aún pueden andar— mendigan comida con las manos tendidas llenas de tierra. Tenochtitlán, así como el Imperio azteca, del que era la joya principal, está en ruinas. La noticia de la destrucción de la ciudad —el sometimiento del pueblo, las masacres, lo inútil de la resistencia— llega hasta las fronteras del territorio nahua.

Al terminar la tormenta, lo peor fue el silencio absoluto que reinó; el silencio de las tumbas, de los dioses vencidos, de los instrumentos musicales rotos, de los poetas mudos. Los *tlatolli* y los *cuícatl*, los poemas, los relatos y los cantos que preservaban las tradiciones, la memoria, el arte, la belleza y la magia desaparecieron. Un pequeño pueblo llamado Coicoshan ya había sido arrasado. Muchos de sus pobladores cayeron en combate contra los invasores, pero la mayoría murió presa de la enfermedad.

Y, de pronto, el ruido: un sonido tan estruendoso que reventaba los tímpanos. El pueblo había sido invadido por soldados, frailes y burócratas de la Corona. El aire es irrespirable. Los guerreros fueron capturados, ejecutados la mayor parte, y los sobrevivientes encerrados en prisiones improvisadas, con grilletes en los pies, las manos y el cuello. El viento envilecido diezma a la población. Los más de los habitantes actuales son recién llegados, refugiados que huyen de la hambruna y de los nuevos caciques de sus tierras: los españoles y sus aliados nativos. De tal suerte que solo unos cuantos conocen en realidad el nombre de este poblado, del que han hecho su último refugio.

Los frailes, milagrosamente inmunes a las pestes que aniquilan a los lugareños, como si de verdad se pudiera alcanzar la protección divina que predican, ofician misa en latín. Los indígenas no entienden una palabra, pero se ven obligados a asistir. Con gran parte de las riquezas materiales embarcadas rumbo al Viejo Mundo —galeones repletos de oro, joyas y artefactos—, lo único que queda por explotar es la gente y las tierras mismas. A menudo los monjes se presentan sin aviso en los hogares nahuas acompañados de soldados y se llevan a los niños para salvarlos mediante el conocimiento de un Dios que los detesta.

Varios religiosos obligan a una docena de niños de entre cinco y doce años, suficientemente jóvenes aún para ser adoctrinados, a recitar el Ave María una y otra vez. Cuando alguno de ellos comete un error o se niega a rezar, lo golpean con varas. Hay marcas en sus manos, espaldas y cuellos. Los religiosos les muestran a los niños las reliquias nahuas usadas por sus ancestros en los rituales —figurillas, máscaras, armas— y les dicen que son cosas del diablo.

De una mesa colmada de objetos sagrados, saqueados de templos y casas, un fraile, Melquiades, tomó una olla redonda de barro cubierta de plumas y pieles de animales. Giró el objeto en sus manos antes de descubrir una abertura localizada cerca del fondo.

Retrocedió, apartándose de la piel curtida que ahora sostenía a la distancia de su brazo mientras una mueca de asco distorsionaba su rostro. La olla estaba llena de trozos de carne, cartílago y órganos secos. No era clara la procedencia de las vísceras: para el monje, era igualmente probable que fueran humanas o animales. Le pareció obra del Adversario mismo: Satanás debía tener gran poder entre la gente de esta tierra, llevándolos a prácticas tan perversas. La olla tenía un anillo de barro en la parte superior, por el que pasó un tramo de cuerda. Pidió a uno de los soldados que atara un extremo a un poste; Melquiades sujetó el otro y levantó una mano a metro y medio del suelo. Otro fraile, Simón, le entregó un palo a un niño pequeño. En España había piñatas similares a las de esta tierra impía, pero los monjes sabían que el contexto haría toda la diferencia.

—Diles que la aporreen —le indicó Melquiades al intérprete—, y el que la rompa recibirá un premio.

Los otros monjes se rieron, divertidos al percatarse de que el niño se daba cuenta de lo que le pedían.

—Dile que es un juego.

—*Tlapalxoktli* —dijo el chico con ansiedad.

Se volvió hacia los religiosos con los ojos muy abiertos, y después hacia los demás muchachos. No se atrevía a mirar la olla. Apretó los dientes mientras sus hombros se sacudían y rompió a llorar. Melquiades lo empujó hacia la olla, intentando que sujetara el palo. El intérprete, a la vez, le gritaba en náhuatl, diciéndole que la golpeara. Los niños chillaron.

—No puedo. No debo. Es una ofrenda. No debe derramarse —repetía el chiquillo del palo una y otra vez.

El intérprete tradujo. El monje le dio una palmada al chico en la cabeza y llamó a otro, mayor, poniéndole el palo en las manos.

—Dale, condenado, o te mataré a golpes aquí mismo —le gritó al oído.

El muchacho blandió el palo, le dio con él a la olla y lo soltó de inmediato, esperando haber cumplido la orden. Pero el fraile seguía gritando, levantó el palo del suelo y volvió a ponerlo en las manos del chico, presionando con firmeza para que no lo soltara de nuevo. El niño le pegó una vez más a la olla, sollozando mientras hipaba; apretó los párpados con fuerza, pero Melquiades guio su mano y le hizo imposible detenerse. De pronto, con un impacto final, la olla, la piñata, se partió y se abrió: carne, entrañas y un caldo de sangre coagulada de un rojo oscuro escurrieron de la base rota. Los alaridos de los muchachos se hicieron más fuertes, observando y aullando desesperanzados. Su ceremonia ancestral era muy parecida, romper la olla a los pies del dios como ofrenda a Huitzilopochtli, pero incluso los niños sabían que sus antiguas costumbres estaban siendo pervertidas por los frailes. Los conquistadores espirituales los hacían desperdiciar las ofrendas, arrojarlas al suelo en el proceso de olvidar.

Era el fin del mundo y también el de los dioses. Estos hombres se asegurarían de que los dioses murieran junto con los sacerdotes.

Melquiades volteó y el intérprete transmitió sus palabras a los exaltados niños:

—Pronto os mostraré lo erróneo, la naturaleza repugnante de vuestras viejas costumbres equivocadas. Ningún dios digno de adoración demandaría esta... inmundicia. —Pateó un pedazo de carne en el suelo—. Veréis que Dios no pide sangre y vísceras, nada de estas bárbaras ofrendas que vuestros ancestros hacían.

Melquiades tomó otra olla ofrendaria y la sujetó de nuevo usando el poste:

—El Todopoderoso solo quiere vuestra alma. Tú, muchacho, ven aquí. Es tu turno. Destruye este odioso objeto de idolatría.

El padre Simón empujó al muchacho hacia adelante, pero este

se negó a romper la olla. Ni siquiera quiso blandir el palo, aún manchado con la sangre de la ofrenda anterior. Melquiades, harto de que aquellos paganos se rehusaran a arrepentirse, lo derribó de un golpe y lo pateó en las costillas. El intérprete quiso intervenir, pero el fraile lo apartó de un empellón y cayó rodando al suelo. Melquiades siguió asestando patadas, mientras el resto de los misioneros se limitó a contener a los otros chicos, que gritaban mirando aquello. Hasta que los gritos se apagaron, aturdidos ante su incapacidad de parar lo que sucedía, absortos frente al horror en que sus vidas se habían convertido. Solo el sonido del pie de Melquiades contra el costado del chico y sus gruñidos con cada golpe se escucharon hasta que el muchacho dejó de moverse por completo. Le escurría sangre de las orejas y se quedó quieto, convertido en ejemplo. Una niña escapó de los frailes, paralizados ante tal muestra de brutalidad, y se arrodilló junto a su hermano muerto, sacudiéndolo mientras repetía su nombre, tan solo un instante antes de ser arrastrada hasta quedar de pie por el hombre que acababa de matar a su hermano a golpes.

—No te preocupes, criatura. Los perros se lo comerán, así que al final servirá para algo. Volverá a los brazos de alguno de vuestros horrendos ídolos —dijo Melquiades.

—Atadla —ordenó el padre Simón.

—Se llama Ketzali, padre. Suele hacer lío —dijo el intérprete.

Ketzali se apartó de él con un salto cuando trató de sujetarla. Había más «piñatas» sobre la mesa aguardando el mismo destino de la primera. Ella tomó una *tlapalxoktli* y corrió, cargándola entre sus brazos. Los monjes, desprevenidos, intentaron darle alcance.

—¡Atrapad a la bellaca! ¡Soldados, soldados, que se escapa! —bramó Melquiades.

Ketzali se deslizó entre los guardias, corriendo hacia lo que había sido una vez un templo, y cuyas piedras sagradas estaban siendo desprendidas para construir los recintos de un monasterio. Se lanzó por los pasillos, tratando de oír entre sus latidos el sonido de los pasos de los religiosos acercándose mientras buscaba una salida o un escondite. Pegada a las paredes y apenas evitando ser vista, encontró por fin la entrada a un reducido entresuelo abierto entre dos salones en construcción.

Se deslizó con la *tlapalxoktli* bajo un andamio improvisado y se quedó quieta sobre la tierra, jadeante y a la expectativa. Al final, el sonido de pisadas que llegaba desde los pasillos se desvaneció. Supusieron que ya había huido. Creyendo que era el momento preciso, la niña dejó la *tlapalxoktli* en el escondrijo y cruzó a toda prisa las puertas del monasterio hacia los campos.

—¡Allí está! —gritó un soldado.

Corrió tras ella seguido de cerca por otro soldado, pero ya estaba lejos sobre el campo y casi alcanzaba los árboles. Se rindieron, agotados y mal provistos para perseguir a una pequeña nahua por el bosque. Melquiades los alcanzó pronto, igualmente sin aliento.

—¿Qué creéis que hacéis? ¡Buscadla! Si un indio escapa, será un precedente para los demás —dijo—. ¡Empezarán a irse hacia los árboles como ella!

Los soldados se recuperaron y siguieron corriendo detrás de Ketzali mientras Melquiades volvía al monasterio, maldiciendo su suerte. Entró a su habitación, semejante a una celda, y cerró la puerta. Sudando a mares tras la inútil persecución y buscando refrescarse, estaba quitándose el hábito cuando sintió una brisa ligera.

—¿Por qué no llamáis? —empezó a decir, suponiendo que alguien había abierto la puerta, pero cuando se volvió, no había nadie allí.

De hecho, en lugar de la puerta encontró una sombra de una negrura imposible. La luz de las velas del cuarto parecía no alcanzar esa sección de la pared. Melquiades se envolvió con fuerza en su hábito, pues el aire dentro se tornó gélido; un frío que no sentía desde el viaje por el océano hasta estas tierras. Al ajustar la tela a su cuerpo, de manera involuntaria su mano rodeó el crucifijo que le colgaba del cuello y masculló una oración.

—¿S-sí? ¿Quién es? —tartamudeó.

Un rostro espantosamente pálido, esquelético y con las cuencas vacías emergió de las sombras. Casi descarnado, la piel que le quedaba le caía en colgajos podridos como cintas. Sin mostrar el cuerpo, aquel rostro se acercó al fraile mientras el cuello se le alargaba más y más.

Melquiades retrocedió horrorizado, con el aliento contenido en la garganta y tratando de invocar la protección del Señor. A centímetros de su cara, aquel rostro sonrió; unas grietas se abrieron en la carne descompuesta para mostrar unos dientes ennegrecidos y afilados. A la luz parpadeante de las velas brillaban como las dagas de obsidiana que había visto a los soldados retirar de los guerreros nativos; su aliento olía a las fosas comunes en que los habían apilado.

Dando arcadas a causa del hedor, Melquiades abrió la boca para pedir a gritos la ayuda de un guardia o un ángel, pero solo pudo escupir sangre. Soltó la cruz de su cuello y se sujetó el vientre y el plexo solar, rasgando sus vestiduras al sentir que algo por debajo de la tela lo despedazaba. Se levantó la sotana y la sombra proyectada por la tenue luz de las velas reveló una masa dentada moviéndose bajo su piel. Lo destrozaba desde adentro. Ahogándose en sangre, dio un respiro trémulo e intentó pedir ayuda de nuevo mientras unas ramas de pirul, como las que usaba para azotar a los niños, le brotaron de la boca, desgarrando sus labios y esófago, y abriendo su tráquea antes de atravesarle el corazón, los pulmones y los intestinos, separándose en canal su caja torácica.

El monje cayó de rodillas y convulsionó al tiempo que un árbol le brotaba de dentro; la sangre escurría de sus hojas y bayas. Solo sangre manó de sus labios y sus sonidos postreros no fueron gritos, sino un gorgoteo desesperado mientras contemplaba el que suponía era el rostro del demonio mismo perderse de nuevo en la oscuridad de la que había salido, dejándolo desangrarse en el silencio de su cuarto sin ventanas.

1

Carmen no perdía de vista la mochila naranja brillante de Luna, casi más grande que la propia niña de once años, que rebotaba entre los puestos del mercado. Luna se detenía a hablar con casi todos los vendedores de frutas y verduras que encontraba. Mientras pedía pruebas y contaba sus monedas en español en voz alta, volvía sobre sus pasos para comprar baratijas y delicias de uno y otro vendedor después de asegurarse de que había encontrado un buen precio. Volvía con su madre, Carmen, y su hermana mayor, Izel, y les contaba sin aliento qué vendedor había sido el más amable y a qué precio había conseguido un pimiento por el que otro vendedor quería cobrarle diez pesos más y por qué había elegido la papaya que tenía en las manos en lugar de otra antes de meter el botín en su bolsa y salir corriendo. Luna no escatimaba detalles sobre quién era el vendedor más amable, el que tenía los precios más razonables, el de los productos de mayor calidad, cómo saber si un mamey estaba dulce y tierno, y qué mangos elegir.

Carmen sabía que su hija menor había anticipado este viaje durante meses —mejorando su español y aprendiendo sobre Tulancingo desde su habitación en Nueva York en páginas de Wikipedia y recorridos de Google Street View—, pero se sorprendió al ver a su pequeña aparentemente tan adaptada. Miró alrededor e incluso los vendedores del mercado estaban entretenidos con la emocionada niña que intentaba regatear en español con un ligero acento. Ni siquiera parecía importarles lo dura que era para negociar.

Sin embargo, detrás de ellas Izel arrastraba los pies, evitando las miradas de hombres, niños y mujeres por igual, pero sobre todo de los hombres. Ya era bastante difícil, a sus dieciséis años, sentir que todo mundo la miraba. Era casi un infierno ahora que sabía que de verdad lo hacían. Un par de hombres sentados por ahí en el mercado sobre huacales incluso se atrevieron a guiñarle el ojo o mandarle un beso volado cuando Carmen no los veía.

—Son unos brutos todos —dijo con su español teñido de acento estadounidense, esperaba ser escuchada, pensando que eso los desanimaría. El efecto fue el contrario: los hombres se sintieron vistos, reconocidos, como si hubieran conseguido algo al provocar una reacción; persistieron y se envalentonaron, gritándole en español a sus espaldas que se acercara a platicar.

—Solo ignóralos, Izel —dijo Carmen, volviendo la cabeza sin apartar los ojos de Luna—: Ya sabes cómo son los hombres de las ciudades. Son iguales que en Nueva York, quizá un poco más atrevidos en los mercados de por aquí, pero iguales. No les hagas caso.

—Pero son tan jodidamente molestos.

—¡Oye! ¡Esa boca! Créeme, Izel, entiendo cómo se siente, pero no dejes que te fastidien. Eso es dejarlos ganar, ¿sabes?

—Los hombres son unos cerdos, no importa en qué idioma chillen, ¿no?

Carmen se rio un poco:

—Desgraciadamente, sí. Sé que estás de mal humor, pero al menos no digas palabrotas así cerca de Luna, ¿de acuerdo?

Luna, bastante pequeña y demasiado alejada como para escuchar y participar en la conversación, estaba simplemente encantada de encargarse de la compra y amontonaba cebollas, tomates verdes, perejil, cilantro y chiles serranos en su mochila. Esa noche tenían previsto cenar con el padre Verón. Era el encargado del monasterio que Carmen estaba restaurando en un proyecto arquitectónico y quien las había recibido en el aeropuerto. Para ser un hombre de fe, era un invitado sorprendentemente divertido. También era un chef competente y le había enseñado a Luna a preparar platillos mexicanos, además de prestarle algunos libros sobre cultura e historia de México.

A pesar de haberle dicho a Izel que ignorara a los hombres, Carmen observaba con su visión periférica a todos los que las rodeaban. Por mucho que quisiera que sus consejos fueran todo lo que una mujer necesitaba saber para enfrentarse al mundo, Carmen era muy consciente del zumbido, del peligro inminente que acechaba a una mujer y dos niñas en tierra extranjera. Sabía que Hidalgo era uno de los estados más seguros de México, pero vivir tanto tiempo en Estados Unidos había alterado inevitablemente su idea del país. A menudo, los únicos encabezados que llegaban al otro lado de la frontera eran historias de terror: estudiantes de intercambio secuestrados, personas decapitadas, la policía y el ejército coludidos con los cárteles, fosas comunes clandestinas; historias de una tierra brutal y sin ley. Incluso cuando intentaba pensar en la relativa seguridad de Tulancingo, recordaba que solo era relativamente segura.

De camino al mercado municipal habían pasado por una concurrida plaza donde Carmen pudo ver los volantes. Casi todas las superficies estaban recubiertas por el mismo tipo de anuncios improvisados que se encuentran en cualquier lugar. La gente ofrecía clases de inglés, recámaras y departamentos en alquiler, clases de música. Pero entre ellos empezó a notar los rostros. Fotos de mujeres, chicas y hombres jóvenes, pero sobre todo de mujeres y niñas, sacadas de sus redes sociales y álbumes familiares, y engrapadas o adheridas entre la cacofonía de anuncios. Peticiones de ayuda de tamaño carta fijadas en todos los postes telefónicos. Súplicas a Dios pegadas en las cajas eléctricas. Llamamientos a las autoridades abandonados hacía tiempo. Al principio, Carmen no les daba un segundo vistazo, pero había tantos: en las calles, dentro del mercado, en los postes de la luz. Finalmente, cedió a su curiosidad morbosa y comenzó a leerlos.

Mariana Saldívar Escobar, 16 años, morena, de cabello negro, desapareció el 8 de julio en la colonia Progreso. Vestía blusa blanca y falda negra. Es estudiante de la Preparatoria Técnica 21. **Favor de llamar si se tiene alguna información.**

———

Esther Angulo Sáenz salió de su casa el 5 de diciembre. Tiene 14 años y es estudiante del Santa María. La última vez que se le vio llevaba un vestido amarillo. **Ayúdanos a localizarla.**

———

María del Refugio Ramos. Piel clara, cabello negro, liso y largo. Tiene un hoyuelo en la mejilla derecha. La última vez que se le vio llevaba una sudadera negra Adidas y pantalón de mezclilla. Trabaja en la tienda de telas Esponda. **Recompensa: 50,000 pesos.**

Sus ojos empezaron a mirar directamente los anuncios y pasaron de una cara desvaída que asomaba entre el desorden a la siguiente. Una curiosidad nauseabunda le hacía imposible dejar de mirarlas, incapaz de evitar escudriñar cada poste en busca de las mismas caras. Comprobaba continuamente que sus hijas no se fijaran en los carteles y, sobre todo, que seguían donde pudiera verlas. Había demasiados, y por el desgaste del papel se dio cuenta de que muchos llevaban allí bastante tiempo, mientras que otros no podían tener más de unos días. Carmen se preguntó si los amarillentos, manchados por la lluvia y blanqueados por el sol seguían allí porque esas personas habían sido encontradas o porque las familias se dieron por vencidas. Casi saltó cuando se dio cuenta de que Luna la miraba y trató de fingir interés en un vestido tradicional al otro lado del escaparate donde estaba pegado un aviso.

—Esas chicas están extraviadas, ¿no? —preguntó Luna.

—Ah... —dudó, insegura acerca de cuánto debía saber una niña de la edad de Luna sobre el mundo y sus peligros—. No estoy segura, tal vez son las que se graduaron de su escuela —respondió. El calor se elevó en su pecho ante lo estúpido de tal distracción.

—Puedo leer.

—Lo sé. —Carmen se dio cuenta de que no era cuestión de cuánto debía saber Luna. Sin duda, era lo suficiente mayor para entender, aunque no de manera del todo consciente, lo que significaba para una niña estar ausente, los riesgos inherentes a la condición de mujer. Se acercaba el momento terriblemente incómodo en que Carmen tendría que decirle cómo evitarlos.

Trató de apartar todo eso de su mente, los volantes, el comentario de Luna, pero ahora, en el mercado, mantenía un ojo de halcón sobre su hija menor mientras caminaba delante de ella y de Izel. Sabiendo que la curiosidad de Luna la llevaba a menudo a correr por su cuenta, Carmen se sentía muy reconfortada por haber comprado la llamativa mochila de seguridad naranja que marcaba la presencia de Luna entre la multitud.

De cuando en cuando, mientras recorrían los puestos, un vendedor las interrumpía y les cortaba el paso mostrando algún mamey, manzana o durazno.

—¡Mira, prueba!

—No, gracias, no —respondía Izel, retrocediendo ante el producto ofrecido y el vendedor. Aunque habían vivido en Nueva York, nunca había experimentado una actitud tan agresiva por parte de los vendedores ambulantes. Le costaba entender que la gente del mercado se atreviera a invadir su burbuja personal, haciéndole perder el tiempo con productos que no le interesaban. Una sonrisa se dibujó en el rostro de Carmen al ver a su hija enfrentar las convenciones sociales de un nuevo lugar; le entusiasmaba exponerlas a la cultura en la que ella había crecido, aunque a veces las hiciera sentir un tanto incómodas.

—No seas grosera, pruébalo. No muerde —dijo Carmen.

—¿Qué? ¡No sé qué es eso! ¿Y si soy alérgica, o algo así? ¿Está bien lavada? El cuchillo se ve muy sucio.

—¿Cuándo te volviste tan hipocondríaca?

—Muy bien, ya tengo todo lo de la lista del padre Verón —dijo Luna, acomodándose la mochila al hombro y reuniéndose con su familia—. Solo me falta el huitlacoche. Sé que tiene que estar por aquí.

—No sé. Tú eres la pequeña experta aquí, Luna —respondió Izel sin apartar la vista del teléfono en sus manos, y casi en el mismo instante preguntó—: Mamá, ¿tienes un cargador portátil? Mi teléfono se está muriendo.

—Sabes que no —respondió Carmen y la miró—. Sin embargo, tal vez puedas dejarlo apagado una hora o más. Sé que extrañas a tus amigos allá y todo, pero al menos podrías tratar de vivir tu primera vez en México con nosotras.

Izel suspiró y miró al cielo, apuntando con la nariz al sol mientras metía el teléfono en el bolsillo. El aparato sonó, lo volvió a sacar de inmediato y miró la notificación.

—El padre Verón viene a cenar siempre. Supongo que no tiene otro sitio adónde ir —dijo Izel en voz baja.

—No seas descortés. Nos tiene aprecio, le gusta cenar con nosotras y, sí, me imagino que su vida es solitaria. Esa es la vida de un sacerdote —dijo Carmen—. Al menos creo que así es.

—Mi teléfono está al siete por ciento. Necesito ponerlo a cargar.

—Déjalo morir. Será lo mejor para todas.

—¡Ahí está! —gritó Luna, corriendo hacia otro puesto.

—¿Qué? —respondió Carmen, sobresaltada—. Luna, ¡no te vayas corriendo tan lejos!

—¡El huitlacoche! —gritó desde delante de un puesto que tenía cestas llenas del hongo del maíz. Carmen jaló a Izel para seguirle el paso.

—¿Qué vamos a preparar con eso? —preguntó Izel, haciendo una mueca de desagrado.

—¡Tamales! Pero podemos usarlo para quesadillas, tacos o el relleno para pechugas de pollo. ¡Hay tantas posibilidades!

—Yo como otra cosa. No me interesa el maíz deforme y podrido —y al ver una cesta llena de chapulines rojizos, Izel dio un paso atrás, más temerosa que asqueada—. ¿Qué carajo es eso?

—¡Esa boca! —gritó Carmen.

—Mamá, mira esas cosas. ¿Están vivas?

—Son chapulines fritos. No están vivos —respondió riendo la vendedora detrás de las cestas—. ¡Algunos aquí los comen como botana!

—¿Qué? ¿Botana? ¿Para quién? ¿Para los sapos y lagartijas?

Mientras Luna tenía un auténtico ataque de risa, la anciana que atendía el puesto pellizcó un par de chapulines con sus dedos huesudos y se los ofreció, por lo que puso cara de valor y los mordisqueó sin dudarlo. Su rostro arrugado pronto se convirtió en una gran sonrisa y se volvió hacia Carmen e Izel.

—¡Deberían probarlos también! ¡Son sabrosos!

Las ancianas les tendieron otro pellizco de chapulines.

—No, gracias, señora —dijo Carmen, mientras Izel ponía las manos hacia adelante como para protegerse de las criaturas fritas y miraba hacia otro lado.

—Recuerdo que me dijiste que fuera educada. Pruébalos, mamá, anda —dijo Izel con una sonrisa socarrona.

—Sí, mamá, ¡prueba uno!

—No, gracias. Hoy no —dijo Carmen con una sonrisa nerviosa.

Entre tanto, Luna seguía riendo y le preguntó a la vendedora de dónde venían los chapulines y cómo se preparaban.

—¿Cómo he acabado teniendo como hermana a una alienígena comedora de bichos? —le preguntó Izel a su madre.

—A veces me pregunto también cómo terminaron siendo tan diferentes las dos.

Observaron cómo discutía Luna los precios de los chapulines y el huitlacoche con la anciana, extendiendo billetes y monedas y metiendo los hongos y los bichos en su mochila.

—Ya tenemos todo —anunció Luna, orgullosa.

—Gracias a Dios. ¿Podemos irnos ya? —dijo Izel.

—Tal vez podríamos comprar una batería portátil para tu amado teléfono.

—Eso haría que esta agonía valiera la pena.

—Tienen aparatos y cosas en ese pasillo, creo.

Recorrieron uno de los pasillos y llegaron a un puesto con juguetes y piñatas. Las tres se detuvieron a mirar la apabullante variedad de piñatas de diferentes formas y tamaños.

—Pasen, pasen. Tenemos de *Frozen*, el Hombre Araña, de Trump. También tenemos burros y todas las clásicas.

—Gracias, solo estamos mirando —dijo Carmen.

—Para el cumpleaños, la fiesta, para su santo, cualquier celebración.

—No, gracias.

Luna las miró con asombro una a una, desde las rudimentarias reproducciones de personajes de Disney y Pokémon hasta las clásicas piñatas redondas con siete conos puntiagudos.

—Mamá, no sabía que las piñatas tenían tantas formas diferentes —dijo.

—Seguro que sí. Estas son las españolas católicas tradicionales —Carmen hurgó en lo más profundo de su primera infancia católica y los recuerdos que guardaba de su madre—. Si no recuerdo mal, se supone que las siete puntas son los siete pecados capitales, así que es como si aporrearas tu pecado o algo así. Algunas todavía se hacen con una olla de barro dentro.

—¿Por qué? —preguntó Izel—. Eso parece peligroso. Los pedazos de cerámica caen por todas partes, mezclados con los caramelos y demás.

—Así era aquí. Nada más normal que uno o dos niños con contusiones leves por romper una piñata en una fiesta, ¿no? México bárbaro, ¿cierto? —dijo Carmen profundizando la voz y levantando las cejas.

—Sigue siendo una pésima idea.

Carmen había creído que Izel captaría su irónica mención al clásico de John Kenneth Turner en este contexto.

—Bueno, por suerte para ustedes, niñas, ahora están hechas casi por completo de papel maché en lugar de una fina capa sobre arcilla dura —prosiguió después de que su broma fracasara—. Son muy bonitas —agregó metiendo la mano en una para palpar la vasija de barro.

—Llévese una para la niña, señora —dijo el tendero.

Carmen negó con la cabeza y agitó la mano.

—No creo que tengan los derechos para utilizar a Donald Duck —dijo Izel, señalando una tosca imitación del querido personaje de Disney que colgaba del techo.

Carmen le lanzó una mirada irritada que decía: «Ya deja las tonterías».

—¿De verdad te preocupan tanto los derechos de autor de Disney?

—Es muy injusto, mamá —dijo Izel mientras Luna corría de un lado a otro.

—¿Por qué?

—Esto es el paraíso para Luna. Todo la emociona. A mí no me importa. Lo que me interesa es el teatro y aquí no hay nada de eso.

—Podrás inscribirte en teatro el próximo año escolar. Sé que era importante para ti ir con Tina, Halley y todos los demás a ese campamento, pero este viaje también es importante.

Al final siguieron su camino. Luna no dejaba de voltear para mirar el puesto, mientras el vendedor gritaba que les daría un buen precio.

—¡Anden, llévense la que gusten!

Encontraron un grupo de puestos de electrónica donde vendían teléfonos, radios, consolas de videojuegos y todo tipo de accesorios, la mayoría imitaciones de las marcas estadounidenses habituales. Aquí podías conseguir un cargador más barato si no te importaba que durara solo unos meses, incluso unas semanas. El vendedor no las miró ni una sola vez durante la compra, sus ojos estaban pegados a una pantalla en otro puesto donde alguien jugaba un videojuego violento. Izel sonrió finalmente al ver que el icono de la batería de su teléfono se ponía verde.

—Chicas, a propósito de piñatas: se me olvidó decirles que nos invitaron a una fiesta mañana. El hijo de uno de los trabajadores cumple diez años y creo que deberíamos ir. Nos divertiremos mucho, tal vez hasta sonrías y lo pases bien, Izel.

—¿Nos invitaron? ¿Qué quieres decir? Te invitaron a ti, no a nosotras —respondió Izel, con la repentina sonrisa ya borrada de su rostro.

—No, tenemos que ir las tres. ¿Cómo se supone que vaya sola a una fiesta infantil?

—Es cosa tuya, de tu trabajo, y quieres arrastrarnos allí.

—Habrá una piñata. La comida probablemente será deliciosa y podrás conocer a algunos de los niños del lugar.

—No me importa. Llévate a Luna. Ella estaría encantada de comer pastel de hongos, galletas de hongos y golosinas de baba, insectos y larvas y cualquier otra cosa que les den a los invitados.

—Izel, para. Vas a ir, y es todo.

—Será mi primera fiesta mexicana, ¡la primera piñata auténtica que podré romper! —exclamó Luna con entusiasmo.

—Qué suerte la tuya —dijo Izel, escribiendo cada vez más rápido en su teléfono.

—Sigue con esa actitud y al final del viaje te utilizaré como piñata, Izel —dijo Carmen.

—Vas para Madre del Año.

No hablaron durante el resto del camino de vuelta a casa. Una vez en la cocina, Luna sacó los víveres de su mochila y preguntó cómo preparar algunas de las cosas que habían comprado mientras que Izel se encerró en su habitación. Carmen se sentía decepcionada, pero sabía que Izel solo estaba siendo inmadura. Ya no era una niña como Luna, pero aún no había dejado la adolescencia. Para Izel, la idea de ir a una fiesta llena de niños desconocidos era absolutamente aborrecible, incluso mortificante. En el mejor de los casos, pasarían inadvertidas, pero era poco probable.

Izel tenía razón, Carmen las estaba utilizando un poco. Las primeras semanas en la obra del monasterio cuyas reformas supervisaba no habían transcurrido del todo sin incidentes. Desde que llegó, los trabajadores la miraban con desconfianza, como a una extranjera ignorante que quería las cosas a su manera y, por supuesto, no estaban muy contentos de recibir órdenes de una mujer. Desde el primer día había hecho todo tipo de esfuerzos para generar un ambiente hasta cierto punto amigable, pero nada parecía dar resultado. Que la invitaran a un cumpleaños familiar era importante. Era una oportunidad de cambiar su reputación, de ser vista como persona y parte de la comunidad, y no como una jefa advenediza, una bruja americanizada que estaba aquí simplemente para explotarlos.

Una oleada de ansiedad le revolvió el estómago al empezar a cuestionarse la decisión de haber traído a las niñas. Su mente seguía atrapada en la plaza, leyendo aquellos volantes: los números de teléfono y las descripciones de las chicas escritas por padres que suplicaban volver a ver a sus hijas. Llevarlas a México con ella le parecía un error, pero no había tenido otra opción. No podía pedirle a su madre, Alma, que se hiciera cargo de ellas durante tanto tiempo; trabajaba por las noches en el hospital Saint Francis y a menudo acababa cubriendo turnos para sus compañeras con tal de conseguir un dinero extra o simplemente por ser amable. Era de la mentalidad tradicional de que una familia debe vivir toda bajo el mismo techo, y aunque a Carmen no le gustaba que su madre siguiera trabajando, el costo de vida era demasiado alto para que pudiera mantener a tres personas ella sola; incluso después de mudarse al norte del estado, a Newburgh. Dejar a las chicas con Alma habría sido demasiado, aunque ella no lo hubiera admitido. Su madre siempre se esforzaba al máximo para no aparentar su edad y habría insistido en que no era una molestia, montando todo un espectáculo poco convincente de cuán sinceramente quería que Carmen se las dejara.

—¡Por fin tendré tiempo para hablar con ellas sin que su madre me escuche!

Pero Carmen sabía que estaba cansada, demasiado como para ocuparse de Izel y Luna por más de unos días. A medida que se acercaba a los setenta años, las líneas de expresión cada vez más profundas en su rostro marcaban un cuerpo que ya no podía seguir el ritmo del espíritu en su interior.

El padre de las chicas, Fernando, había sido bueno y atento en general mientras estuvo cerca, pero de eso ya hacía tiempo. Aun después de la ruptura inicial, al menos cuidaba de las niñas cuando Carmen lo necesitaba. Sin embargo, una vez que se hizo de una nueva novia, decidió que quería empezar de nuevo, comenzar otra vida sin el equipaje de la anterior: *equipaje* fue el término que utilizó. Ella sabía que al usarlo no había tenido en cuenta todo lo que implicaba, pero cuando lo escuchó se apagaron los últimos rescoldos de su aprecio por él. Se dio cuenta de que siempre había sido un hombre con la capacidad de cerrar su corazón casi a voluntad. Había calidez dentro y las puertas eran muy anchas, pero ella vio de primera mano la facilidad con que se cerraban de golpe. Izel y Luna. *Equipaje*. A veces se preguntaba si la nueva mujer sabía siquiera que Fernando tenía hijos. Al final supo por un amigo común que él estaba en la Costa Oeste. Así que adonde ella iba, las chicas iban también.

—Luna, mi amor, voy a acostarme un momento, ¿sí? ¿Puedes guardar la compra?

—Sí, mami —respondió dejando el lápiz. Había estado dibujando pequeñas piñatas en su diario. Carmen las miró al pasar junto a la mesa, todas de diferentes colores y tamaños, algunas con forma de animales, pero otras tenían rostros humanos. Luna aún no dominaba el arte de dibujar humanos. Las caras parecían sufrir.

Carmen dejó la puerta de su habitación ligeramente entreabierta y se acostó escuchando a Luna abrir y cerrar los gabinetes de la cocina. Un aire cálido entraba por un espacio en las ventanas.

Se giró en la cama para mirar el vasto paisaje de tierra vacía y sin desarrollar, uno de los parajes más áridos de Tulancingo. «Casi nada puede crecer aquí con las tormentas de arena», pensó mientras imaginaba el viento arrastrando polvo y todo lo demás de un lado a otro del páramo. Se preocupó por los errores que estaba cometiendo con las chicas, las verdades desagradables que se le habían escapado y las lecciones accidentales que les había enseñado demasiado jóvenes. Ser madre implica cometer errores, sin duda, y ser madre soltera a menudo se sentía como jugar a la ruleta rusa: tener que elegir el menor de los males. Por un lado, siempre quiso parecer fuerte e independiente, predicar con el ejemplo y no mostrar nunca su miedo al mundo, pero, por otro, le preocupaba que se volvieran demasiado independientes, tan testarudas que no tuvieran en cuenta los peligros del mundo exterior, imaginándose la vida como un paseo por el parque. «Miel sobre hojuelas», como solían decir los españoles.

Carmen veía mucho de sí misma en sus hijas, reconocía sus propios pequeños gestos y estados de ánimo. En Izel había arraigado su fuerte voluntad, rayana en la insolencia, que Alma, su madre, siempre le recriminaba, mientras que Luna estaba llena del optimismo casi enceguecedor que había tenido de joven. ¿Cómo no iba a culparse por heredarles esos rasgos? Era inevitable, por supuesto; con frecuencia, las lecciones que se dan a los niños se enseñan de forma subconsciente, en comentarios a la ligera y en acciones irreflexivas. Pero cuando pensaba en los conflictos innecesarios y los desengaños traicioneros que seguramente sus hijas encontrarían, como ella misma, deseaba que estuvieran libres de sus idiosincrasias. Ya se hallaban demasiado protegidas en Estados Unidos, y no del todo acostumbradas a estar moviendo la cabeza para estar alertas. Izel era bastante inteligente y había pasado al menos parte de su adolescencia en Nueva York antes de la mudanza, pero incluso la gran ciudad era bastante segura. En todo su viaje a México, un país tristemente famoso por sus alarmantes niveles de feminicidios y delincuencia común, nunca las perdía de vista. ¿Cómo no iba a tener miedo después de ver las noticias y lo que la gente publicaba en Facebook y Twitter? Aquí no estaba tan mal, o eso le decían. No había demasiados delincuentes, solo el viento que llevaba el polvo de un lado a otro y, tal vez, fantasmas que añoraban una época mejor, cuando esta era una fabulosa ciudad precolombina o cuando la economía agrícola de la región era pujante y el monasterio todavía era un monasterio.

Izel era a veces difícil, pero ¿quién no a esa edad? Nunca se metía en problemas. Con todas las drogas al alcance en su escuela, jamás había probado nada —o si lo hizo, nunca hubo consecuencias—, y no se involucraba con chicos malos. Ni siquiera tenía novio. Así que, por maleducada e hiriente que fuera a veces, Carmen no podía ser tan dura, estricta u hosca con ella porque de verdad era buena chica. Al fin y al cabo, estar allí con ella, en lugar de en la playa o en el campamento de teatro con sus amigos, debía parecer un gran sacrificio a la edad de Izel. No podía cargarla con más responsabilidades, al menos no durante el verano. Dentro de unos años se iría a la universidad y apenas la vería. Pensó que, con un poco de suerte, este sería su último o penúltimo viaje juntas. Sintió una inmensa tristeza. Era como perder algo muy querido. Perder esa intimidad —conflictos, peleas y berrinches incluidos— sería doloroso.

Alguien llamó a la puerta de la recámara.

—Pasa —dijo sin levantarse.

Era Izel.

—Mamá, lo siento. Sé que fui un poco mala contigo hace rato. No quiero que pienses que odio estar aquí contigo, o algo así.

—Está bien, cariño. No te preocupes. Yo también tuve tu edad.

Sé que un viaje con tu madre y tu hermana menor no es precisamente un verano genial para una chica de dieciséis años. Siento
que no hayas podido ir al campamento de teatro con tus amigos,
y sé que te parece el fin del mundo perderte algo, pero te prometo
que intento que este viaje también sea divertido para ti.

—Gracias, mamá. Te quiero. —Izel miró al techo y suspiró—: Y
voy a ir a la estúpida piñata party.

Carmen sonrió:

—Muchas gracias.

Carmen se estiró en la cama mientras Izel cerraba la puerta y
volvía a su habitación. Eran breves momentos como ese los que le
hacían sentir que, después de todo, no hacía tan mal trabajo crian-
do a las chicas. Cerró los ojos y se quedó dormida un rato.

a casa del Airbnb no tenía lavavajillas. No es que a Carmen le importara lavar a mano unos pocos vasos, platos y algunos cubiertos; simplemente, la ausencia de ese aparato al que estaba tan acostumbrada en su vida doméstica diaria la hacía sentir ligeramente ajena a ese espacio, como si algo no cuadrara. Pero quizá lo que más le molestaba era lo que significaba para ella dedicarle una atención tan injustificada a una máquina. La cocina de su casa era moderna, nada demasiado vanguardista ni de revista, pero era eficiente y de buen gusto. Fue lo primero que advirtió cuando llegaron cargando su equipaje luego de un viaje más largo de lo esperado, plagado por interminables retrasos: dos paradas y el implacable tráfico, de día y de noche, de la Ciudad de México. Todo el apartamento era perfectamente anodino, funcionaba; excepto que no tenía un maldito lavavajillas. Era un inconveniente cotidiano, pero cuando se sorprendió estirándose hacia el espacio junto al fregadero, donde estaba la manija del lavavajillas en su casa, fue suficiente para hacerle sentir que había regresado a una época más sencilla.

Y eso era precisamente. Regresar a México siempre significaba redescubrir ese pasado que había dejado de pronto hacía tanto tiempo, la vida abandonada hacía dos décadas para hacer su maestría en Cornell. En el momento le había prometido a su gente que volvería, pero nunca lo hizo, no realmente. Un puñado de visitas a lo largo de veinte años no había sido suficiente para mantener sus conexiones con el lugar. Incluso se había llevado a su madre con ella a Estados Unidos cuando Fernando se fue.

La casa tenía tres recámaras. Era espaciosa y sus techos altos la hacían sentir llena de aire, fresca y agradable. La pintura podría necesitar un retoque, pero francamente la vivienda estaba muy bien cuidada. Los muebles tenían un aire de elegancia anticuada. Había muchas casas cerca, pero era una zona tranquila, perfecta para trabajar en silencio y concentrarse en su proyecto. Según le habían dicho, se suponía que era un barrio seguro y con bastante buena reputación; las chicas y las mujeres desaparecían de la región en su conjunto, aunque no de aquí. Los volantes del mercado eran una cronología aterradora de una epidemia de personas desaparecidas y más a menudo encontradas muertas que vivas.

Estaban cerca de la ciudad y de muchas de las atracciones que quería mostrarles a las chicas, pero lo suficientemente lejos como para ofrecer un panorama del campo circundante que se extendía hacia las lejanas colinas. Por las ventanas podía divisar las mismas montañas volcánicas y llanuras —secas y desiertas— que había visto durante unas vacaciones en su infancia, un viaje del que no recordaba nada excepto esa imagen, de alguna manera grabada en una parte de su subconsciente. Pero de eso hacía tiempo. La intensificación de las sequías a lo largo de los años había asolado el campo, matando de hambre a la tierra mientras el tentáculo inferior del desierto de Chihuahua parecía arrastrarse cada vez más hacia el centro de México. Ahora el manto de vegetación que alguna vez había cubierto las montañas se retiraba cada vez más hacia las laderas, como una línea capilar en retroceso. El campo había envejecido junto con ella.

De niña le parecía que, si uno se adentraba en aquel vasto paisaje, sin importar lo que indicara cualquier mapa, podría caminar eternamente y no volver a encontrar un solo camino. Una vez que perdías de vista la senda de la que te habías desviado, el paisaje te tragaba y se transformaba bajo tus pies con el polvo agitándose en tus tobillos. Incluso de adulta a veces tenía sueños ambientados allí, pesadillas de aislamiento en las que no veía nada alrededor más que arbustos pequeños y la tierra seca moviéndose de un lado a otro con los vientos bajo la luna. Sin embargo, la región seguía conservando cierta magia, una belleza bucólica y primigenia que la conmovía de manera profunda.

No se sentía exactamente como en casa, pero estaba cómoda. En lo estético, la casa era una especie de reflejo de lo que debía ser una casa mexicana. No estaba recargada de excesos folclóricos y la decoración no era kitsch o pintoresca, como la de otros alquileres, pero aun así se sentía acondicionada para satisfacer las expectativas de los visitantes, la mayoría de los cuales eran estadounidenses. Tenía las tradicionales molduras en las paredes con su techo azul brillante, espejos enmarcados con vidrio coloreado, un calendario azteca de piedra (por supuesto), muebles pesados y oscuros, y cojines blancos de lana. Todo era demasiado predecible; Carmen lo sabía, y aunque se sentía ligeramente avergonzada por haberse instalado en esta categoría de turista, no podía negar que se sentía cómoda y encantada.

Al lavar los platos, su mente rebotó entre todos los problemas con la obra del monasterio: los nuevos problemas que tenía que solucionar antes de poder ocuparse de los antiguos; las confusiones con los materiales, las cantidades, los procedimientos; las órdenes contradictorias que recibía de la empresa y del cliente. Era un caos digno de un monasterio gótico, y a veces se preguntaba si un trabajo tan grande la superaba un poco. Pero lo más irritante eran las relaciones humanas: las acciones e inacciones de los trabajadores, los sospechosos retrasos en las entregas, la forma en que cada vez que daba una orden a los albañiles la miraban a ella e inmediatamente después al capataz, Joaquín, como para asegurarse de que «la Señora» tenía autoridad real sobre ellos. Era de verdad humillante tener que repetir sus órdenes a unos trabajadores que sabía perfectamente que la habían entendido a la primera, pero el capataz les había indicado otra cosa. A pesar de estar a cargo de lo que el capataz construía materialmente, estaba de facto por debajo de él con respecto a la construcción de algo que ella había diseñado y calculado.

Se había convertido en una batalla diaria por su dignidad.

Una oleada de humillación ardió en sus mejillas y Carmen sintió un repentino impulso de estrellar un plato contra la pared mientras las conversaciones con Joaquín sonaban en su cabeza en bucle y se preguntaba qué debía haber dicho, qué tono podría haber utilizado. Pensó en el carpintero, Román, y en uno de los albañiles más jóvenes, Bernardo. Fantaseó con despedirlos en el acto la próxima vez que optaran por escuchar a Joaquín en lugar de a ella con un: «¡Se van de la construcción ahora mismo!». Sentar un ejemplo con dos sacrificios. Pero en su fuero interno sabía que no iba a dejar sin trabajo a dos hombres; creía en la razón y el diálogo, y a menudo lo resentía como un pacifismo impotente que le parecía propio de una maestra sustituta. Seguramente era así como la veían a ella, como alguien que estaba aquí ahora con supuesta autoridad, pero que se iría muy pronto. En sus mentes, estar en su contra apenas tendría consecuencias. Como si no fuera suficiente tener que aguantar a un grupo de trabajadores inconformes, continuamente debía discutir con Joaquín, que siempre buscaba la manera de minar su autoridad.

«Es una construcción —se dijo—, no precisamente el lugar más feminista. No solo soy una mujer en la obra, sino también una estadounidense para ellos. Nada remotamente feminista, para empezar». Se obligó a sonreír con ese pensamiento y de repente fue consciente de lo injusto que era estar limpiando la cocina sola después de preparar el desayuno de las chicas. Estaban tan acostumbradas a que ella y la abuela Alma se encargaran de todo que ni siquiera mostraban el mínimo pudor al pasarse el rato en la sala jugando Animal Crossing, haciendo coreografías de TikTok o mirando las publicaciones de sus amigos en Instagram mientras ella lo hacía todo.

Eso no iba a funcionar mientras estuvieran aquí. Alma no estaba para ayudar en la cocina y ella tenía un trabajo de tiempo completo. Carmen siempre había creído en darles a sus hijas mucho tiempo libre. La escuela en Estados Unidos era claramente diferente de lo que había sido para Carmen en México cuando era joven. Luna apenas iba en primaria y ya llegaba a casa con folletos sobre planes para la universidad. Sin tiempo en casa, Carmen vivía con paranoia de que acabarían sin pasión por nada más allá de hacer los exámenes nacionales de aptitud. Izel se había traído una pila de obras y Luna regurgitaba datos sobre los aztecas sacados de internet desde su llegada, pero ya era hora de que aprendieran a ayudar en la casa. Carmen era consciente de que estaban de vacaciones, pero necesitaba tiempo para sí tanto como ellas. No podía ser su bestia de carga todo el tiempo.

—¡Luna! ¡Izel! —gritó—. Chicas, ¿pueden venir a ayudar un poco con los platos del desayuno? —Se contuvo para no soltar un sermón innecesario acerca de que no necesitaba trabajo extra.

—No puedo ahora. Estoy ocupada con... —La voz de Izel se desvaneció en un murmullo, demasiado perezosa para inventar y enunciar una excusa real.

Carmen se quedó en silencio imaginándola pasar el dedo por el teléfono, ligeramente sorprendida ante la indolencia de su hija. Ella nunca se habría salido con la suya haciéndole eso a su propia madre. Eran otros tiempos, otro mundo, el México del siglo xx. Crecer como mujer entonces había tenido fuertes implicaciones domésticas, mayores expectativas existenciales. Esa palabra, *domesticidad*, se deslizó por su mente. Estar físicamente de vuelta en el país la sumía en continuas ensoñaciones sobre aquellos días, viejos recuerdos emotivos que volvían a filtrarse en su piel bajo el sol. Interrumpió su propio hilo de pensamiento:

—Como si las cosas fueran diferentes ahora.

—¿Qué es diferente ahora? —preguntó Luna, de pie junto a su madre.

A sus once años, lo sabía todo, o lo intentaba. Si surgía algo alrededor que no supiera ya, tenía que aprender más sobre ello.

Carmen se sobresaltó. No esperaba una respuesta a sus murmullos y, ensimismada, no había advertido que Luna entraba en la cocina.

—¿Qué pasó? —preguntó Luna, como si fuera algo extraordinario que su madre la llamara para ayudar.

—No pasa nada, solo me gustaría que ayudaras un poco.

Luna parecía asombrada por la extraña petición, sin embargo, sonrió y tomó un trapo de cocina para empezar a secar los platos. No protestó ni se quejó de que Izel no ayudara también. La pequeña se parecía a su padre: tenía el pelo liso, largo y negro; su nariz era puntiaguda y sus ojos castaños. Vestía una camiseta roja y shorts.

—¿Mamá? ¿Cuánto falta para que termines tu trabajo aquí?

—No estoy segura. Acabamos de empezar. Estaremos aquí hasta el final del verano y luego tendré que volver en otoño, probablemente. Es una renovación bastante ambiciosa. Roma no se hizo en un día, ya sabes.

—¿Y por qué quieren convertir una vieja iglesia en hotel?

—Ya hablamos de eso. Creo que es una idea interesante para

revitalizarla. Te mostré los dibujos, ¿no? La iglesia es en realidad la antigua catedral de San Juan Bautista... o lo era. En su época fue considerada una joya de la arquitectura colonial de aquí, pero ahora ha caído en desgracia, como muchas construcciones de esa época. Ha estado abandonada durante muchos, muchos años, y el tiempo acabaría tragándosela. Y, bueno, las autoridades eclesiásticas decidieron venderla.

—¿Pero se pueden vender las iglesias?

—Por supuesto, son solo una propiedad. Se pueden vender como cualquier otro lugar, solo que con más trámites y papeleo con el gobierno.

—¿Qué trámites?

—No los conozco todos, son arreglos entre la Iglesia, las autoridades gubernamentales y los inversionistas privados. Pero esa parte no es mi trabajo. Yo no compro el terreno, solo diseño lo que va en él.

—¿El padre Verón es el dueño de la iglesia?

Carmen se rio:

—No, solo es el administrador. Parte del acuerdo de compra del terreno fue que mantendríamos ciertas secciones de la iglesia intactas para que la gente pueda seguir apreciándolas.

Luna se quedó quieta un momento, como si pensara cómo formular su siguiente pregunta o decir algo sin que pareciera un insulto.

—¿Y crees que está bien que conviertan una iglesia en un hotel? ¿Las iglesias no son sagradas, o algo así?

—Bueno, pienso que es dar nueva vida a un edificio muy bonito. Imagínate, esas paredes, esas columnas, esos techos serán admirados por mucha gente. ¿Recuerdas cómo quedó la hacienda de Huitzala después de que la remodelé? Era una ruina, y creo que le devolvimos su... ¿cómo decirlo? Su dignidad y belleza. Me gusta hacer este tipo de trabajos, más que centros comerciales, estacionamientos o supermercados.

—No me gustaría dormir en una iglesia vieja. Apuesto a que hay fantasmas.

El interrogatorio terminó cuando Luna volvió a los platos en el fregadero. A Carmen, en general, le enorgullecía lo inquisitiva y autodidacta que era su hija, pero a veces olvidaba lo afilada que podía ser la curiosidad de Luna hasta que la pinchaba un poco. En ocasiones podía llegar a ser desagradable.

Cuando Luna cumplió siete años pidió un telescopio, y no un tubito para observar pájaros: quería algo para ver las estrellas de verdad. Fernando, que aún vivía con ellas como padre de tiempo completo, intentó desalentarla ofreciéndole una letanía de alternativas: muñecas, hornitos mágicos, videojuegos. Carmen incluso le sugirió un iPad, tratando de convencerla de que podía mirar mapas de las estrellas durante todo el día y la noche en una aplicación interactiva de astronomía, mientras que el telescopio solo funcionaría por la noche, ya que entonces todavía vivían en la ciudad. Luna dudó, pero eso fue todo: se mantuvo firme en que quería el de verdad. Carmen y Fernando pensaron que su plan era ver ovnis, extraterrestres o quién sabe qué, pero a medida que se acercaba su cumpleaños, por fin obtuvieron una respuesta de ella sobre por qué lo deseaba tanto:

—Quiero poder ver el pasado, y la única manera es cuando está realmente lejos.

En algún lugar se enteró de que la luz de las estrellas se había emitido hacía millones de años y que la que podíamos contemplar era más antigua que la humanidad en su conjunto. Carmen trató de convencerla de que era mejor tener algo con qué jugar que ver luces antiguas en el cielo.

—Creo que mirar al pasado es mucho más genial que cualquier otra cosa.

—¿Por qué el pasado? —Fernando se rio y levantó a Luna en sus brazos—. Creo que preferiría asomarme al futuro, ¿tú no? ¡Es mucho más útil!

—¡Pero podré verlo cuando ocurra!

A Carmen y Fernando les preocupaba su hija menor. Por mucho que Carmen odiara la terminología New Age que flotaba en el ambiente todo el tiempo, no se le ocurría describir a Luna de otro modo que como un alma vieja. De cuando en cuando, a la mitad de un día perfectamente normal, Luna decía cosas así con una calma y seguridad que no correspondían en absoluto a una chica de su edad, cosas que apuntaban a una comprensión más profunda del ser. Carmen nunca admitiría que eso le daba un poco de miedo, pero momentos como la conversación del telescopio le producían escalofríos.

Izel había sido perfectamente normal de niña y como adolescente en ciernes, lo que no quería decir que fuera aburrida o poco notable, pero, para Carmen, al menos seguía un camino un tanto predecible. Se había enamorado del teatro a una edad muy temprana y soñaba con ser actriz e ir a todas las obras que pudiera. Cuando Fernando se fue, Carmen lo pasó fatal. La idea de ser madre soltera de dos niñas le resultaba imposible. Izel intentó evitar el tema, no quería hablar de ello, y se encerró en el baño a llorar. Luna, en cambio, se lo tomó con calma. Les pidió explicaciones a su madre y a su padre por separado sobre lo sucedido, y preguntó si podían encontrar algún espacio para solucionar las cosas como adultos; a sus siete años, Carmen y Fernando la escucharon sin interrumpirla, hipnotizados.

En los meses posteriores a la ruptura, cuando Carmen podía disponer de algo de tiempo libre entre el trabajo y las niñas, lo único que podía hacer era visitar a su amiga Sofía y llorar en el sofá por su futuro. «¿Cómo se supone que voy a criarlas si solo me centro en mantenernos a flote todo el tiempo? ¡Al menos con ese pendejo cerca podía permitirme pasar tiempo con las niñas!»

Por suerte, Alma vino a poner fin a los meses de lágrimas. Sin su madre al lado, Carmen pensó que tendría que solicitar una nueva línea de crédito solo para los gastos de la comida. Pero con otra cabeza a la que proporcionar un techo, el alquiler en Nueva York resultaría bastante caro y la opción más económica parecía ser mudarse al norte. Cuando Carmen trasladó a las niñas fuera de la ciudad, a Newburgh, para poder permitirse una vivienda de cuatro habitaciones para ellas y Alma, Izel enfureció. La habían alejado de los teatros y los musicales de Broadway, muy a su alcance, para confinarla en una ciudad con un solo y deslucido teatro comunitario.

Carmen apartó su mente del pasado y dejó a un lado los platos que sostenía. Se secó las manos y se dirigió a la mesa del comedor, donde había dejado los planos y los renders digitales de la remodelación del monasterio; llamó a Luna.

—Mira, aquí pondremos unas fuentes muy bonitas, otras acá, y justo aquí es donde estarán la alberca, el jacuzzi y todas esas cosas. ¿Qué te parece?

Luna sonrió, mirando a su madre a los ojos.

—Y toda esa agua para las albercas y las fuentes, ¿de dónde la traen?

A través de la ventana podían ver la tierra levantarse como una cortina de humo y danzar entre la maleza con cada ráfaga de viento.

—Es una muy buena pregunta, pero tampoco es mi trabajo. De eso se encarga otra persona.

—¿El padre Verón?

—No, tampoco creo que se ocupe de eso.

—¿Recuerdas cuando vimos a esos hombres muy enojados que gritaban con carteles de protesta frente al ayuntamiento pidiendo agua? ¿Podrán utilizar el agua para sus animales y su maíz?

—No estoy segura de eso. Podría preguntar. Yo solo hago la arquitectura, ¿recuerdas?

—Pero podrías ayudarlos. Eres, tipo, la jefa de la construcción.

—No soy realmente la jefa de la construcción. Estoy a cargo del proyecto, y eso es más que suficiente.

—Me encantaría ir a un hotel con cabras, vacas, mulas y gallinas que llegaran a bañarse y a beber en la alberca.

—Me encantaría eso también, pero creo que si llegaran animales a este hotel...

Carmen estuvo a punto de decir que si las cabras, las vacas y las gallinas llegaban al hotel lo harían como comida, pero, por supuesto, no terminó la frase. Luna lo entendería, pero no le parecería una buena broma. Corrió hacia la mesa y volvió con su cuaderno en las manos para enseñárselo.

—Mira, mamá, hice unos dibujos de cómo va a quedar el hotel.

Luna le mostró el cuaderno que llevaba a todas partes. En él había dibujado una imitación de los planos y maquetas que su madre tenía por toda la casa. Carmen tomó el cuaderno y lo hojeó. Encontró bocetos y anotaciones de todo lo que vieron desde que llegaron: animales, plantas, edificios. Había algunos bastante infantiles, trazos burdos y anotaciones sobre sucesos mal recordados, pero había otros que eran bastante buenos, honestamente. Los bocetos a lápiz le recordaban a los que hacía ella misma cuando niña. Su pasión por copiar edificios y paisajes urbanos plantó la semilla de su amor por la arquitectura.

—¿Has pensado en estudiar Arquitectura? —Carmen se sorprendió de que no se lo hubiera preguntado antes.

—Sí, pero creo que prefiero trabajar con animales.

—Por supuesto —sonrió Carmen—; te importan más los seres vivos que los edificios, ¿cierto?

Luna asintió mientras Carmen seguía hojeando el diario y se detuvo en el dibujo de un colibrí. Le sorprendió lo bien que Luna había captado el movimiento del pájaro. En otra página había una bandada de mariposas volando junto a la cúpula de la iglesia local.

—Este es increíble. Tus dibujos han mejorado mucho. ¿Lo aprendiste en la escuela? —Carmen se sintió orgullosa y emocionada por el talento de su hija, pero ese orgullo estaba teñido de culpa por no haberse dado cuenta hasta ahora de su incipiente destreza. Tal vez no estaba tan pendiente del día a día de Luna como creía.

Luna ignoró el comentario y siguió hablando.

—Esas mariposas que vimos parecían furiosas.

—¿Cuándo? ¿Cómo? —Carmen se rio—. ¿Cuándo viste mariposas enojadas?

—No lo sé. Parecían enojadas con los edificios. Tal vez antes esto era un campo de flores, o algo así.

Carmen sintió un escalofrío familiar subirle por la espalda. El dibujo tenía una cualidad amenazante y ominosa. Aunque la forma era todavía inmadura, el modo en que las mariposas, toscamente dibujadas, se alzaban como una ola sobre la iglesia, proyectando una sombra sobre la cúpula, le producía una sensación de catástrofe inminente. Era como si las pequeñas mariposas cayeran sobre la iglesia como una potente marejada. Carmen cerró el diario, sin intención de interrogar a la artista sobre su propósito al componer la obra, y se volvió hacia los platos restantes.

—Izel, ¿qué rayos estás haciendo? ¡Creo que al menos puedes ayudar con tus propios platos! —gritó por encima del hombro.

—¿Qué pasa? ¿Por qué gritas? —preguntó Izel, llegando por fin a la cocina en pijama.

—Estamos trabajando y necesitamos tu ayuda.

Pero la cocina ya estaba limpia y todo organizado. Las manos de Carmen se habían movido con independencia de sus pensamientos. Solo quedaba un plato en el fregadero.

—¿Qué quieres que haga? —dijo, poniendo los ojos en blanco.

—Es demasiado tarde. Luna y yo ya terminamos. Todo lo que queda es tu plato del desayuno. Podrías haber llegado antes.

—No, no podía. Estaba ocupada —agitó su teléfono.

Carmen se llevó la mano a la frente en un gesto dramático y exasperado.

—Hablar con tus amigos no cuenta como «ocupada».

—¿Cuándo volvemos a casa? —preguntó Izel.

—Eso es lo único que te importa. Si no tuvieras tantas ganas de regresar, y disfrutaras un poco de México y de Tulancingo, las ruinas y todo lo que hay aquí, podrías pasártelo muy bien. Cuando visitemos Huapalcalco verás pinturas rupestres de hace, literalmente, doce mil años. ¿A quién conoces en tu país que pueda decir lo mismo?

—Ni siquiera sé qué es Wapalaco.

—¡Izel! Es un privilegio estar aquí —replicó Carmen, exasperada.

—¡Izzy!

A Izel no le gustaba su nombre y repetidamente insistía en que la llamaran Izzy, sobre todo cuando discutían, como un golpe bajo para recordarle a Carmen su desprecio. Carmen y Fernando querían ponerle un nombre precolombino que fuera bonito, pero también fácil de entender y de pronunciar para los estadounidenses, sin demasiadas «x» y «tl». Pensaron que era el nombre perfecto. Por desgracia, cuando empezó a ir a la escuela, sus compañeros le hicieron sentir que su nombre era raro y la acosaban por ello.

Una vez les dijo que quería cambiarse el nombre:

—¡A algo más normal, como Lisa, Mary o Veronica!

Intentaron convencerla de que su nombre era el más bonito del mundo, pero a esa edad la razón no funciona particularmente, y ser diferente es peligroso. Los profesores lo deletreaban como Essel, Isela o Azil, o una docena de formas diferentes que resultaban ridículas para un nombre tan sencillo. Izel, a los dieciséis años, ya casi era tan alta como su madre. Su piel era muy clara, con algunas pecas, y tenía los ojos verdes y el pelo castaño claro. Más de una vez le habían preguntado, sin tapujos, si de verdad era hermana de Luna. Cuando Carmen escuchó eso por primera vez, casi le da un ictus por el colorismo descarado.

—¿Privilegio? ¿De verdad?

Carmen levantó las manos. Sabía que era inútil seguir discutiendo, tratar de convencer a su hija de su buena suerte y de lo especial que era para alguien de su edad poder viajar a otros países y relacionarse con otras culturas. Pero durante esas semanas ni siquiera había conseguido que hablara español, más allá de alguna frase ocasional y de decir «*gracias*» y «*hola*». Para ser justos, no había mucha gente con la que pudiera entablar una conversación apasionante, pero desde luego tampoco tenía el más mínimo interés.

Izel dejó escapar un largo suspiro, se dio vuelta y se dirigió a su habitación. Luna dejó el trapo en la barra, le sonrió a su madre y sin decir nada más se apresuró a alcanzar a su hermana.

—Izel, ¿quieres jugar conmigo Animal Crossing? —gritó, pero su hermana la ignoró y cerró la puerta de su recámara de un portazo.

Carmen volvió a sentirse culpable por negarle a Izel su sueño de ir al campamento de teatro. La mayoría de sus amigas más cercanas irían: eran un grupo de chicas obsesionadas con Broadway que participaban en todas las obras de la escuela y juraban que querían ser actrices más que nada en el mundo. Carmen intentaba llevar a sus hijas tanto como podía, primero a las superproducciones de Disney y Broadway, pero a Izel también le interesaba el off-Broadway. Un día, mientras hablaban de *El Rey León* y de *Cats*, Izel le dijo que su escritor favorito era August Strindberg. A Carmen le pareció inverosímil, pero no la cuestionó. Izel había visto con sus amigas una producción de *El padre* con una pequeña compañía del Lower East Side, y todos salieron del teatro absolutamente impresionados. Aunque Carmen no sabía mucho de teatro, reconocía esa obra, y no estaba segura de hasta qué punto aquellas chicas la entendían de verdad, pero estaban impactadas por el pesimismo y el humor sueco del autor. La enorgullecía que el gusto de su hija por el teatro no se limitara a *Wicked* y *El fantasma de la ópera*, a pesar de que le parecía extraña su fascinación por un autor sombrío y sin esperanza. Pero si Jorge Luis Borges lo consideraba básicamente un dios, ¿quién era ella para convencer a su hija de lo contrario?

Carmen podía oír que Luna seguía rogándole a su hermana que le abriera la puerta y jugara con ella. Pensó en su charla con Luna, y en que conversaciones como esa eran el lado bueno de no tener lavavajillas. Siguió organizando los vasos en el escurridor. Cuando terminó, miró alrededor y dijo en voz alta:

—Pinche lavavajillas.

3

Señora Sánchez! —gritó él al atender la puerta, como para que todo el vecindario supiera de su presencia. Aunque es más probable que fuera para avisar a los trabajadores que ya estaban en la fiesta de que se guardaran cualquier mal comentario sobre la arquitecta.

Joaquín, el capataz, abrió la puerta de madera laminada y le dio la bienvenida a su casa.

—Por favor, dime Carmen. No estamos en la obra, Joaquín.

Carmen le había dicho al menos tres veces que solo la llamara por su nombre, o al menos que quitara el «señora» de su apellido, lo que al parecer le era imposible. Incluso se conformaría con que la llamaran simplemente «arquitecta» o «jefa».

—¡Por supuesto! ¡Claro que sí! Tiene razón, no estamos en el trabajo, ¿verdad? —reconoció Joaquín mientras las chicas entraban—. ¡Y estas deben ser sus hijas!

—Sí, esta es Luna y ella es Izel. Gracias de nuevo por invitarnos —respondió Carmen entregándole el regalo que llevaban para su hijo, un juego de Lego que Luna había escogido en una juguetería del centro comercial de la ciudad.

—Gracias por venir. Qué valiente de venir a esta colonia.

—¿Valiente? ¿Por qué no iba a venir? Tú me invitaste, ¿no?

—Bueno, sí, claro. Venga a tomarse algo con nosotros. Las muchachas pueden ir allá con los demás niños.

Izel miró a su madre un tanto en pánico, no estaba dispuesta a verse relegada con los «niños», pero Luna ya la jalaba hacia el patio trasero.

—Pásele, señora. Tómese un mezcalito. Ahí el padre Verón ya lleva más de uno.

Carmen sintió el escrutinio de los invitados sobre las recién llegadas a la ciudad, intrigados y educadamente recelosos ante la presencia de extranjeras desconocidas. Veía necesario ganárselos, demostrar que era algo más que una profesionista estadounidense llegada para mandar a los trabajadores de la zona, una expatriada agringada. La paciencia y el carisma no eran rasgos que Carmen asociara a menudo consigo misma, pero le harían falta. Mirando alrededor, no pudo evitar inspeccionar la casa de Joaquín con ojo de arquitecta. No era pobre ni improvisada, pero sí ciertamente modesta. Carmen pudo ver muchos remiendos estructurales, lugares donde se notaba que las paredes habían sido demolidas y reconstruidas para ampliar. Era claro que Joaquín había estado construyendo durante muchos años con su experiencia como contratista. Desde fuera vio que aquel era un terreno de buen tamaño en el que la casa solo dejaba una pequeña huella.

El amplio patio trasero donde se celebraba la gran fiesta de Joaquincito estaba repleto de niños de la zona. Nunca había organizado un festejo así para las chicas; la mayoría de sus cumpleaños infantiles los pasaron en parques públicos de la ciudad. Cuando Carmen las trasladó fuera de la ciudad y tuvieron por primera vez un patio trasero, Luna no quería simplemente tomar el directorio escolar del pueblo e invitar a todos los niños que aparecieran allí; solo deseaba que sus amigos de la antigua escuela en la ciudad vinieran a visitarla. Izel por su parte declaró que ya era bastante mayor para organizar una fiesta de cumpleaños en el patio trasero, como si fuera una niña.

A través de las puertas corredizas Carmen podía ver a Izel mirar su teléfono aparte, lejos de la multitud de los chicos más jóvenes; tenía los hombros alzados y aspecto ansioso y a la defensiva. No perdía de vista a Luna, que ya congeniaba. Sonaba reggaetón noventero, crujiente y distorsionado, desde un par de bocinas muy usadas junto con cumbias, rancheras y algunas baladas que Carmen juraba no haber escuchado desde que tenía la edad de Izel. Luna se mostraba platicadora, como siempre, ya se había integrado a un grupo de niños de su edad y asentía enfáticamente cuando hablaban antes de contorsionar su cara en un intento visible de reunir su incipiente español para responder, deslizando la mochila de sus hombros para sacar el cuaderno de dibujo. El pequeño grupo de chicas mayores estaba en ángulo con Izel, y su conversación giraba claramente en torno a la nueva, mientras volteaban de cuando en cuando. Al darse cuenta de que era observada, la mayor de las hijas de Carmen adoptó una forzada pose relajada que la hacía parecer la estatua de una persona alivianada. A Carmen le invadió un ligero malestar al recordar esos sentimientos de otredad que se inculcan las jóvenes unas a otras, las marcadas líneas de dentro/fuera que su hija visiblemente intentaba sortear en el patio trasero bañado de sol. La rígida chica *cool* apoyada contra la valla desconchada adoptaba ahora la forma de un conejo paralizado, vigilado por zorros. Sí. Así se sentía a menudo. Izel se despegó de la orilla del espacio y arrastró los pies hacia el grupo de chicas que miraban de reojo; Carmen apenas vislumbró que los labios de su hija modulaban «Hola. Izel», y sonrió cuando pronunciaron su nombre detrás de ella.

—¡Carmen, qué gusto que hayas venido! —gritó Verón, acercándose mientras Joaquín se alejaba para hablar con su familia.

—¡Hola! ¿Y cómo está usted, padre? He oído que aquí tienen muy buen mezcal.

—Es magnífico, de hecho. —Las mejillas del padre lucían un

poco sonrojadas—. Me alegro mucho de que hayas hecho el esfuerzo por estar aquí. Es bueno que trates de hacer amistad con Joaquín.

—¡Eso es lo que he intentado desde que llegué!

—A veces hay que ser complacientes —dijo él, bajando la voz y susurrándole al oído—. Aquí las cosas son diferentes. No como en Estados Unidos, ¿sabes?

—Lo sé, padre. Soy bastante consciente de que estoy un tanto fuera de mi margen cultural, pero no puedo evitar creer que no se trata exactamente de lo que hago, sino que se trata de mí.

—Sí, sí, lo sé. Estoy seguro de que te tomará aprecio. Estás en el cumpleaños de su hijo, después de todo. Como sea, basta de política laboral. Ven, la barbacoa está buenísima —dijo el padre, intentando cambiar de tema.

Joaquín la miró desde el otro lado del patio. Ella fingió no darse cuenta. Aunque la hubiera invitado de mala gana, ser amable aquí no significaría mucho si nada cambiaba en el trabajo. Entonces, un hombre de apariencia indígena se acercó a ella.

—Tardes, arquitecta. ¿Cómo está? —Casi se le cae el vaso, sorprendida de que alguien en esa fiesta la reconociera tanto personal como profesionalmente. Después de escuchar «señora», era la primera vez que se referían a ella por su profesión desde su llegada a Tulancingo.

—Buenas tardes... —titubeó en su saludo, dándose cuenta de que no ubicaba del todo el rostro de aquel hombre. Miró al cura y le sonrió, esperando una aclaración. Verón se limitó a devolverle la sonrisa, acercando su copa al hombre y dejando que se presentara.

—Trabajo en el monasterio. Restauro las tallas de las piedras. —Hizo la mímica de un pequeño movimiento de cincelado en el aire. Llevaba una camisa suelta de lino, pantalones de mezclilla, un cinturón tejido azul y rojo, y huaraches.

—Sí, por supuesto —dijo ella.

—Quauhtli. —Extendió la mano.

—Carmen Sánchez —contestó estirando la suya—. Encantada de conocerte.

Aquella mano era áspera y tosca. No la apretó fuerte, pero pudo sentir un peso y una fuerza dignos de un albañil. Era una mano más avejentada que su dueño por años de trabajo.

—Ah, ya la conozco. —Sonrió.

Ella rio nerviosamente.

—*La mujer mandona*, ¿no? —dijo, tratando de apropiarse de uno de los nombres menos desagradables que había oído soltar a algunos de los contratistas.

—No. No. No creo que sea demasiado mandona, pero digamos que hay... sensibilidades muy delicadas por aquí —dijo mirando al anfitrión del otro lado de la sala, que bebía con algunos de sus subordinados—. Al final, lo único que importa es que lo que se ordene sea razonable. La gente habla, pero el trabajo se hace a pesar de todo.

—Quauhtli es un artesano muy hábil. Y tal vez algo más preparado de lo que su pinta de trabajador deja entrever. —Verón sonrió y tomó un sorbo de su vaso—. A pesar de nuestras diferencias iniciales, diría que nos hemos hecho muy amigos desde que empezó a trabajar en el monasterio.

—¡Estoy al tanto! He visto su trabajo tomar forma en el monasterio y me ha impresionado. Me alegra ponerle rostro al trabajo manual —dijo Carmen.

—Me alegra que nos presenten. ¿Trajo a sus hijas?

—¡Ay! Sí. —Carmen se volvió y observó brevemente el patio lleno de niños corriendo.

Izel seguía de pie, tiesa, entre el grupo de chicas mayores, pero una a su lado parecía tratar de superar la barrera del idioma y la hacía platicar. Luna correteaba con el resto de los más cercanos a su edad y a la de Joaquincito, incluso se entretenía con el propio cumpleañero. Mientras volvía a su conversación con el padre y con Quauhtli, Carmen se sintió más tranquila al pensar que tal vez Verón tenía razón y ya no sería una extraña aquí por mucho tiempo.

———

Luna estaba fascinada con los otros niños. No es que fueran especialmente fascinantes en sí mismos, era solo que los de su edad no parecían muy diferentes aquí que en casa, a miles de kilómetros de distancia; jugaban a los mismos juegos y hablaban de las mismas cosas. Por un momento, Luna se quedó quieta entre la corriente de niños que corrían y parloteaban en el patio, y se limitó a observar cómo se movían alrededor, escuchando los fragmentos de español que podía entender y que sonaban tan similares a las conversaciones con sus amigos en Nueva York.

Se perdió un poco en sus pensamientos y no se percató de la niña que caminaba entre la multitud hacia ella hasta que ya la había tomado de la mano, devolviéndola al presente. Sus ojos oscuros miraron con intensidad los de Luna y ambas se callaron por un momento. Luna quedó embelesada ante la niña. Algo en su rostro parecía más viejo de lo que su físico traslucía, y a pesar de su aparente similitud en edad, tenía un mechón gris que atravesaba su cabello negro azabache. La niña habló antes de que Luna pudiera decir algo.

—Soy Ketzali. Eres nueva aquí, ¿no? Ven, te enseño la casa, ya que nunca has estado antes. Si luego jugamos a las escondidas, querrás saber cuáles son los mejores lugares para esconderse.

Luna asintió casi en automático cuando la niña del mechón gris la arrastró entre los demás y comenzó a señalar todas las partes de la casa. Le mostró el perro, los gatos, el pastel y la comida, explicando cada pequeño detalle con el orgullo propio de los niños, como si asumieran que nadie en el mundo sabe las mismas cosas que ellos. Luna, por su parte, daba su opinión sobre todo lo que Ketzali decidía señalar y explicar.

Recorrieron la casa, pasando por las pequeñas habitaciones de la planta baja y la cocina, donde Ketzali señaló otra puerta trasera que daba al lado de la propiedad algo descuidado. Cuando la puerta mosquitera se cerró tras ellas, Luna miró alrededor la madera desechada de varias construcciones apilada en montones desorganizados de distintos tamaños. Había conjuntos de herramientas apoyados contra la valla de alambre a la intemperie, pero sin ningún tipo de óxido. Los sonidos de la fiesta flotaban a la vuelta de la esquina, las risas estridentes y los gritos de los otros niños atravesaban el sordo murmullo de las conversaciones de los adultos y el pulso bajo del reggaetón que salía de las bocinas. Pero ahí no había nadie, solo Luna y Ketzali. Sin duda, esos eran los mejores escondites para jugar. Un estruendo atrajo la atención de Luna hacia las desvencijadas puertas de un viejo galpón que la niña abrió a empujones.

—Ven conmigo. —Ketzali le hizo un gesto para que se acercara mientras desaparecía en la oscuridad de la vieja estructura de madera.

Luna bajó los pocos escalones que conducían a la casa y se sintió incómoda. Se dio cuenta de que seguía siendo una extraña para los dueños y que podría meterse en problemas por husmear en su cobertizo. La verdad, no podía identificar la extraña sensación que la invadía, al menos no su causa. Lo único que percibía era una vaga idea de intrusión, como si entrara a una zona donde no pertenecía. Se acercó muy lentamente al galpón, dudando en entrar.

—¿Qué hay ahí?

A pesar del brutal sol en lo alto, la abrasadora luminosidad que caía sobre los alrededores de Tulancingo parecía rehuir aquel cobertizo. Tal vez la diferencia de luz engañaba a sus ojos, pero en el interior no parecía haber más que una negrura de tinta. La risa de Ketzali resonó desde adentro.

—¡Es solo un viejo galpón! ¡Ven! Hay un escondite muy bueno debajo de las antiguas repisas.

Luna dio un paso adelante y sintió un cambio de temperatura. El cobertizo parecía emanar un aire frío y húmedo que le produjo un escalofrío en la piel mientras se acercaba a la pequeña abertura entre las puertas. Cuando Luna puso una mano en el borde de la puerta y deslizó su cuerpo, un estremecimiento indescriptible se apoderó de ella. Era como si se deslizara a través de una membrana invisible al pasar la abertura, y dentro del galpón sus ojos no se habituaban.

En la oscuridad sin límites, oyó la voz de Ketzali emitir unas palabras:

—Esperamos durante mucho tiempo que llegaras.

A medida que hablaba, su voz cambiaba de tono y matiz. Con cada palabra, la brillante voz de una chica se convertía en el carraspeo grave de una anciana.

El aire dentro del cobertizo era rancio y estancado. Las piernas de Luna temblaron en la fría oscuridad, y al girar ligeramente la cabeza pudo ver que el brillante sol ya no era visible por el hueco entre las puertas por donde había entrado. Afuera solo existía la misma oscuridad en la que ahora se encontraba. De repente, la luz tenue y fría de la luna iluminó el vacío. Luna pudo ver débilmente su propio cuerpo en la oscuridad y, frente a ella, el frágil cuerpo de una anciana cuyo rostro permanecía oculto tras una grasienta mata de pelo plateado que brillaba bajo la misteriosa luz.

Luna respondió aturdida:

—¿Yo? ¿El papá de Joaquincito dijo que vendríamos?

De repente, Luna sintió que el pulso le latía con fuerza en los oídos, amortiguando sus propias palabras como si estuviera bajo el agua. Entre el torrente de sangre y el mareo, fue como si estuviera a punto de desmayarse, y su visión se redujo a un agujero diminuto mientras la oscuridad se cerraba en el borde de sus ojos. Al volver la vista hacia arriba, el techo del cobertizo había sido arrancado silenciosamente y sobre ellas no brillaba ahora el sol, sino el cielo nocturno estrellado.

De la oscuridad surgió un objeto redondo de color cobrizo, como una bola achatada, ahuecada en la parte superior e inferior. Destellaba bajo la luna, húmedo y suave, como carne ensangrentada. Luna ya no sentía el suelo de tierra del cobertizo bajo sus pies mientras ella y el extraño objeto parecían flotar entre la Tierra y las estrellas allá arriba. De la parte superior de la bola manó una poderosa corriente, un géiser de oscuridad palpitante dentro del cual Luna apenas pudo distinguir las formas brillantes de insectos, el zumbido de moscas, saltamontes y el batir de alas bajo la pálida luz de luna. Se elevaron como una tromba de agua hacia el cielo, donde se extendieron hacia afuera y hacia abajo por todos lados, creando una esfera alrededor de Luna y del extraño objeto. Las estrellas se apagaron y la luna quedó ensombrecida por una estática oscura y vibrante.

Entre el zumbido del aluvión de insectos, Luna oyó el sonido apagado de un cántico que se abría paso entre su propio pulso atronador. La anciana que tenía delante, deslizándose de vuelta a la oscuridad mientras la luna se cubría de negrura, se mecía adelante y atrás, de los talones a los dedos de los pies, al tiempo que murmuraba un cántico en un idioma desconocido para la niña. El rostro que tenía ante ella estaba imposiblemente arrugado, como plegado sobre la vaga forma de un ser humano, y Luna ni siquiera podía ver los ojos dentro de sus cuencas, solo un pequeño y parpadeante destello verde mientras las palabras resonaban en sus oídos:

—Ha llegado el tiempo de que el tiempo se acabe.

Luna se hundía cada vez más profundo en el zumbante mar de sombras. Sentía cientos de pequeñas alas batirse a su alrededor mientras el enjambre la engullía por completo. Entonces, de repente, la luz, el silencio y el cálido aire veraniego de Tulancingo volvieron.

La luz inundó el galpón por la puerta abierta y Luna pudo oír de nuevo el ruido procedente del exterior. Cuando sus ojos se adaptaron al radiante sol de México, se encontraba sola en el viejo cobertizo polvoriento donde no había más que herramientas, tablones de madera y estantes con latas de pintura cerradas y oxidadas. Miró hacia el techo, donde un agujero en la madera podrida y seca dejaba pasar rayos de sol en el aire polvoriento. La única otra criatura viva en el cobertizo, una mariposa negra, revoloteaba en el aire seco y caliente. Al mirar por encima del hombro, para fijarse en quién había abierto la puerta, no vio a nadie y salió a la luz a trompicones. Caminó de regreso hacia el sonido de la fiesta con el corazón acelerado, desesperada por encontrar a su madre y contarle sobre la aterradora experiencia. Al otro lado del patio la vio y echó a correr, pero solo alcanzó a dar unos pasos antes de que Ángel, uno de los otros niños, la agarrara por el hombro. Luna gritó y se volvió hacia él, asustada y con los ojos muy abiertos.

—¡Oye! ¿Dónde estabas? —dijo Ángel—. ¡Estamos rompiendo la piñata! ¡Anda, tienes que ponerte en la fila!

Luna dejó escapar un suspiro de agobio y miró a su madre, segura de que tenía que hablar con ella de algo. Pero, como un sueño que se desvanece inmediatamente después de despertar, Luna no podía recordar de qué. Sacudió la cabeza y siguió a Ángel hacia el árbol donde ataban la piñata.

—¿Crees que me tocará a mí?

—————

—Ya van a romper la piñata —dijo Verón.

—¿Están sus muchachas por aquí? —preguntó Quauhtli—. Dígales que tengan cuidado. A veces dejan a los niños a sus anchas, se alocan y algunos acaban lastimados.

—Sí, las preparé para eso. No sé si lo hice suficientemente bien, pero es solo una piñata. ¿Conoces a mis hijas?

—Aquí todo mundo las conoce.

Todos los niños y varios adultos se pusieron a cantar:

> *Dale, dale, dale,*
> *no pierdas el tino.*
> *Porque si lo pierdes,*
> *pierdes el camino.*

El cumpleañero, que tenía puesta una venda atada a toda prisa, golpeó la piñata con forma de un cerdo de caricatura.

—¿Cómo que «todo mundo las conoce»?

Quauhtli se encogió de hombros.

—Todo mundo se conoce por aquí, la gente habla de las caras nuevas que ven por ahí. Es lo normal.

Tal vez no tenía motivos para preocuparse, pero la idea de que todo mundo en la ciudad hablara de sus chicas le parecía incómoda.

Miró alrededor, tratando de ubicarlas, pero solo vio a Izel. Al darse cuenta de que no veía a Luna desde hacía rato, empezó a escudriñar nerviosamente toda la fiesta. Justo cuando su ansiedad estaba a punto de hacerla recorrer la propiedad en busca de su hija, vio a Luna correr por el patio con Ángel hacia la piñata. Dejó escapar el aliento que contenía y se regañó por dejar que la ansiedad se apoderara de ella de esa manera. Estaban en una fiesta de cumpleaños del vecindario, por supuesto que Luna andaría corriendo y explorando cosas fuera de su vista. Quería dejar de sentir que el peligro acechaba en todas partes. La hacía sentir como una turista, era una estadounidense más que piensa que México no es otra cosa que secuestradores y matones de los cárteles. Carmen engulló el mezcal restante que le había dado Verón y él le sirvió rápidamente un segundo trago mientras veían al padre de Joaquincito subir y bajar la piñata entre risas.

—Creo que lo que más nos gusta de que los niños le peguen a la piñata es ver cómo se transforman en pequeños monstruos, cómo disfrutan romper algo en pedazos. Se mueren de risa, pero también rebosan de violencia. La piñata es algo catártico para ellos —dijo Quauhtli junto a Carmen.

—Ahora que lo dices, es cierto. Precisamente lo que hace que esta tradición sea un poco inquietante es que escenifica la pérdida de la inocencia —dijo Carmen, pero enseguida sintió que sus palabras eran demasiado pretenciosas. No quería ser condescendiente, sin embargo, temió que Quauhtli la viera como una vieja loca.

—Me imaginé que ustedes dos se llevarían bien. Tienen cinco minutos de conocerse y ya están filosofando sobre romper una piñata —dijo Verón.

—Es algo muy extraño, incluso perverso, hacer que los niños rompan algo bonito para comerse sus entrañas —dijo Quauhtli.

—Bueno, así es como se educa a todo mundo en este país —respondió Carmen.

—Ricos y pobres —dijo Verón—. ¿Sabían que la tradición de la piñata tiene su origen en China?

Quauhtli y Carmen negaron con la cabeza.

Los invitados seguían cantando:

> *Ya le diste una,*
> *ya le diste dos,*
> *ya le diste tres,*
> *y tu tiempo se acabó.*

—Es un poco parecido a que los chinos queman dinero falso, casas, ropa y coches de papel para atraer la buena fortuna. ¿O es tal vez una forma simbólica de romper un hechizo? —preguntó Carmen.

—Ahí tienes, exactamente así. Llegó a Italia con Marco Polo, si crees en esa forma de contar la historia. Con el tiempo se volvió parte del catolicismo español, romper una piñata de siete puntas era un catecismo para condenar los siete pecados capitales —explicó el sacerdote.

—Los antiguos nahuas también tenían piñatas y las utilizaban en sus rituales. Cuando los españoles llegaron a México, las dos tradiciones se vieron enfrentadas en cierto modo —añadió Quauhtli.

—No lo sabía —dijo Carmen.

—Bueno, todos sabemos qué tradición de la piñata sobrevivió a la conquista. ¿No, padre?

Joaquincito balanceaba furiosamente el palo, su frustración en aumento cuanto más tardaba en darle a la piñata. Una mujer, que resultó ser su madre, Raquel, se acercó, arriesgándose a recibir un golpe en la cabeza al tratar de arrebatarle el palo de escoba a su alborotado niño mientras este seguía golpeando el aire alrededor de la piñata; al final lo desarmó y él se quitó la venda que apenas se había atado a sí mismo. La decepción se reflejaba en su rostro. Era su fiesta y, sin embargo, no fue él quien rompió la piñata. El resto de los chiquillos no creían que se mereciera tal privilegio, así que se separaron de la fila en la que aguardaban, nerviosos e impacientes, y se abalanzaron sobre Raquel, intentando arrebatarle el palo. Luna parecía muy entretenida. Izel, en cambio, no podía ocultar su desaprobación. Entre los empujones y alguno que otro codazo, los padres consiguieron al fin apaciguarlos.

—Los pequeños monstruos realmente no pueden contenerse, ¿eh, Quauhtli? —rio Carmen—. Hambrientos de sangre y de caramelos.

Los niños siguieron turnándose, algunos aporreando la piñata un par de veces, pero sin romperla, hasta que le tocó a Luna, y no iba a perder su oportunidad. La golpeó un par de veces, haciéndose una idea de su ubicación y lanzando todo su peso hacia la nada en busca de la piñata colgada de la cuerda, maniobrada ahora por uno de los trabajadores. Parecía una experta; no tenía miedo, como si llevara toda la vida haciendo aquello. Cuando terminó su turno, una de las madres llamó a Izel.

—¡Que pase la güerita! —gritó, y un coro la siguió.

—¡Güerita, güerita, güerita!

Al darse cuenta de que hablaban de ella, Izel intentó esconderse detrás de una columna del pórtico, pero no tenía escapatoria. Fueron a traerla, aunque les explicó que no podía y no sabía cómo. En cuestión de segundos ya le habían vendado los ojos y la hacían girar en círculos vertiginosos mientras empezaban la canción de nuevo. Ahora todos miraban: los padres, el cura y los niños. Izel intentaba encontrar la piñata en el aire, sin atreverse a golpearla. De repente, bajaron demasiado la piñata y le rozó la cabeza a Izel, haciéndole perder el equilibrio y casi caer; todos se rieron. Izel dobló ligeramente las rodillas, respiró hondo, se quedó quieta, y con el palo de escoba en alto pareció escuchar el viento. De repente, soltó un golpe tan preciso que dejó a todos boquiabiertos, especialmente a Carmen. El palo dio justo en la barriga del cerdo, y fue suficiente para romper la olla y rasgar el papel. Los niños saltaron hacia el centro para acaparar los dulces, la fruta y las chucherías de plástico, sin importarles que Izel siguiera agitando el palo. Ella se quitó la venda, y al ver que todos daban vueltas alrededor, sonrió. Parecía reivindicada.

Carmen aplaudió emocionada y Luna saltó alrededor de su hermana con las manos llenas de fruta y dulces.

—Su hija parece haber canalizado su furia contenida.

—Así parece.

—Es muy despierta —dijo Joaquín, que se unió a ellos para beber otro mezcal.

—Aparentemente —contestó Carmen con una sonrisa.

Chocaron sus vasos de mezcal y brindaron.

—Como su mamá, ¿eh? —dijo Joaquín.

—No me considero especialmente despierta. Pero me gustan las cosas bien hechas, como a todo mundo. ¿Quién construyó esta casa?

—La construí yo mismo —respondió el capataz.

—Me lo imaginé. Las modificaciones son muy bonitas.

La construcción estaba bastante desnuda, aún incompleta, pero era sólida. Le faltaban acabados y estilo, pero el balcón del segundo piso tenía buen aspecto. No era como la mayoría de las casas de la zona, en las que la gente añadía pisos y habitaciones de forma errática, las pintaban con colores dolorosamente chillantes y a menudo se quedaban sin pintura a la mitad del trabajo.

—Veo que también te gustan las cosas bien hechas, Joaquín. Creo que podríamos llevarnos bien.

—Ya veremos, señora. Sus exigencias pueden ser difíciles de satisfacer.

—Pero, Joaquín, todo lo que pido está en los planos. Además, puedes dejar lo de «señora», no estamos en el trabajo y no estoy casada.

—Sí. Ya veremos, Carmen. Ya veremos.

No había nada que ver. Había que hacer las cosas conforme a lo acordado, como los dueños pedían y como ella había señalado claramente. Bebió el resto del mezcal, que le dejó un sabor ahumado en la boca. No tenía sentido discutir. El tipo nunca estaría contento hasta que ella reconociera que él sabía más. Se dirigió a la mesa y se sirvió otro mezcal. Lo bebió. Le sonrió y le dijo:

—Perdón, voy a ver cómo están mis hijas.

—Adelante, Carmen —acentuó «Carmen» con sarcasmo.

En cualquier caso, Carmen estaba eufórica, quizá en parte por el mezcal, pero también por las chicas y su conversación con Quauhtli. La fiesta no ponía fin a su rivalidad con el capataz, pero había conseguido que Izel tuviera una nueva relación con México y consigo misma. Cuando empezó a oscurecer, se despidió afablemente de Joaquín y le agradeció su hospitalidad. Abrazó al padre Verón y le dijo que lo vería en la obra el lunes.

Las tres sonrieron y se fueron a casa, sintiéndose animadas. Izel apenas revisó su teléfono y contempló el paisaje de regreso a la casa alquilada.

4

Yoltzi observó a Luna mientras iba por la calle. Parecía despreocupada, entusiasmada ante las extrañas novedades de los aparadores de la calle principal: los comercios, las ferreterías, las tiendas de telas y el material escolar. A Yoltzi le atrajo el ritmo de la rutina de la chica. Era como si la pequeña descubriera el mundo una y otra vez. Se adelantaba a su madre y a su hermana, se detenía, miraba y señalaba algo que le llamaba la atención por un momento antes de correr hacia el siguiente aparador interesante, y al final volvía corriendo hacia su madre y hermana para contarles las maravillas que había visto a pocos metros. La niña se acercaba a la gente abiertamente, hacía preguntas, entablaba conversación en su mezcla de espanglish y reía con sinceridad, como si todo fuera mágico y divertido. Una y otra vez. Yoltzi no podía dejar de mirarla. Esa chica le producía escalofríos. No la abandonaba la sensación de que ese andar despreocupado escondía algo inquietante, que la ligereza con que caminaba reflejaba un vacío interior. No era que Luna fuera una persona vacía, carente de emociones o de vida interior, ese vacío no era algo tan maligno. Yoltzi solo creía que detrás de la animada curiosidad de la niña y de su hambre de conocimiento del mundo se ocultaba un recipiente vacío, una caja abierta e inocente capaz de contener algo... algo ahí fuera, al acecho, buscando una oportunidad para hacer de ese espacio su hogar. Un vacío que podía ser ocupado, un cuerpo que podría ser poseído.

Lo había visto antes, pero quizá sin tanta transparencia e intensidad. No podía señalarlo, simplemente lo veía, tan claro como los ojos inquietos y los gestos de felicidad que emanaban de la chica. No había palabras en español para describirlo. La siguió por varias calles, cada vez más tentada a acercarse otro poco, a advertirle a la madre de un peligro que no estaba segura que la niña pudiera entender.

Pero tal vez fuera al revés. Tal vez la madre fuera incapaz de entender a qué se refería, pero la niña lo entendería antes de que las palabras salieran de su boca. Son escasas y aisladas las personas capaces de entender o apreciar la advertencia de una extraña, alguien que se acerque a ellas y les diga: «Tienes un vacío, justo ahí en el pecho, ¿sabes? Una cálida extensión de inocencia en tu corazón. Si no proteges eso, tu yo, algo monstruoso puede anidar ahí y transformarte en algo que nunca quisiste ser». Yoltzi no quería hacerse ilusiones imaginando que la niña la escucharía.

Yoltzi tenía veinticuatro años, era bastante delgada —la apodaban «flaca» cuando era pequeña— y el largo pelo le caía libre por debajo de los hombros. Sus vestidos le llegaban hasta la rodilla y eran modestos. Los visitantes solían mirarla como a todos aquellos con rasgos indígenas: con curiosidad, condescendencia o sencillo desprecio. Si no era desdén, era esa actitud salvadora que la gente adopta cuando quiere dejar claro que no tiene prejuicios, suavizando la expresión y la voz para garantizar que cualquiera pudiera notar que empatizaban con una mujer indígena, sin que la insistencia de su conciencia sirviera para otra cosa más que para elevar sus prejuicios a simple narcisismo. Quinientos años de opresión seguían vigentes. A veces es casi imposible comunicarse a través de las fronteras de clase, etnia y nacionalidad.

Yoltzi entornó los ojos ante el sol castigador. El aire y el color de la ciudad palidecían bajo la dura luz blanca del cielo sin nubes mientras la gente iba y venía, continuando con la cotidianidad que para Yoltzi se rompió cuando vio a Luna. La pequeña Luna brillaba entre la masa de personas, luminosa de una manera que solo Yoltzi podía observar. Eso le preocupó lo suficiente como para prolongar su hora de comida y seguir a la familia a la distancia, como una acosadora o un detective privado barato. Porque si ella podía ver la inmensa inocencia de esa joven alma que deambulaba por la avenida, entonces algo más podía hacerlo también.

Hacía solo unos meses desde que Yoltzi lo notó por primera vez, pero algo se deslizaba bajo la superficie de todo en la ciudad. La relativa paz de Tulancingo se había ido erosionando poco a poco a lo largo de los años, y la clase de historias que se escuchaban en el estado de Guerrero y otros lugares donde la violencia era la norma empezaban a contarse cada vez más en los restaurantes y bares de su ciudad. Los cárteles que cruzaban Hidalgo parecían hacer escala con más frecuencia en Tulancingo, trayendo consigo toda la violencia que su nombre evocaba. Desaparecían muchachas, se encontraban hombres torturados y muertos en las carreteras, en fosas clandestinas e incluso tras las rejas. Una atmósfera de temor se adueñaba de los cielos despejados de Hidalgo.

Había en la gente un instinto comprensible de considerar las atrocidades de hombres brutales actos «inhumanos» o «monstruosos». A últimas fechas, Yoltzi fue comprendiendo que estas palabras se utilizaban con demasiada ligereza, porque quienes las pronunciaban no sabían cuánta razón tenían. Inhumana. Esa era la única forma de describir la presencia que comenzó a percibir en la ciudad. Había una corriente fluyendo en cada sombra, un pulso sin corazón, solo un tamborileo rítmico. Ni siquiera podía decirse que viviera en la oscuridad, porque Yoltzi podía sentir que no era algo vivo. Simplemente se movía.

Y Yoltzi sabía que, tarde o temprano, se darían cuenta de que

Luna brillaba como un faro. No tenía más remedio que mantener la distancia y esperar, aunque no le quedara mucho tiempo. Debía volver a la oficina en el Ayuntamiento donde trabajaba como secretaria desde que estaba en la universidad. No le gustaba, pero teniendo en cuenta sus opciones, aquella era la mejor. Al menos tenía prestaciones, y su jefe era respetuoso, lo cual era tristemente raro en sus experiencias en el mundo laboral. Nunca había intentado acariciarla ni llevarla a un motel barato. Ni siquiera le pedía dinero para conservar su trabajo, como hacían muchos otros.

Yoltzi procedía de una de las familias más antiguas de la región, aunque los verdaderos orígenes de sus antepasados se perdieron en el oscuro abismo de una historia pisoteada por la conquista. Cuando llegaron los españoles, su pueblo tuvo que ceder, pactar, negociar y resistir. La única estrategia posible de resistencia era esconderse, mentir y fingir. No tenían las armas ni los hombres para enfrentar a los invasores, por lo que gran parte de su historia familiar y de su lengua tuvo que ser ocultada, resguardada en lo más profundo de la casa familiar, donde poco a poco fue acumulando polvo y la mayoría la olvidó. Sin embargo, Yoltzi hablaba náhuatl y se había graduado en Historia. Dos pequeñas victorias en la reivindicación de un pasado que muchos consideraban tan superado como intrascendente. No obstante, ella siempre creyó que los aspectos más enterrados del pasado a menudo contenían los secretos de los problemas del presente. Cuando uno no podía entender por qué el mundo era como era, la respuesta, para Yoltzi, debía hallarse en alguna parte olvidada del camino que los llevó hasta allí.

De niña soñaba con ser antropóloga o intérprete de su lengua materna, o incluso abogada para defender a su gente de los abusos del cacique y del gobierno. Su padre había sido agricultor. Poseía unas tierras y esperaba que sus hijos se prepararan y tuvieran una carrera, pero lo perdió todo durante la crisis de los ochenta. Los subsidios estatales de los que dependía como pequeño agricultor se terminaron y vino la quiebra. No es que fueran ricos mientras trabajaban la tierra, su estilo de vida era humilde, pero sus necesidades estaban cubiertas. Tras la crisis, sin embargo, tuvieron que reinventarse y encontrar otras formas de ganar dinero. Muchos en la misma situación migraron, algunos a la Ciudad de México y otros a Estados Unidos. Su hermano, Martín-Nelli, cruzó la frontera para intentar ganarse la vida, y les enviaba dinero de cuando en cuando. Su madre encontró trabajo como empleada doméstica. Sus hermanos menores se quedaron en casa con la abuela, que ganaba algunos pesos vendiendo inciensos y diversas artesanías nahuatlacas cerca de la entrada del mercado.

En Yoltzi se manifestó a una edad muy temprana un don que solo podía describir como la capacidad de ver el interior de las personas. Al crecer se dio cuenta de que le era posible entender a alguien, saber exactamente cómo era, sin intercambiar palabra. Durante mucho tiempo supuso que ese velo alrededor de los demás, que para ella reflejaba sus almas, era visible para todos. Pero pronto se dio cuenta de que esa visión era exclusiva de ella, y con el paso del tiempo empezó a resultarle una desafortunada maldición. Era casi como si pudiera observar a la gente en su desnudez, en su vergonzosa y hermosa vulnerabilidad. Esto le trajo muchas decepciones en la vida. En su opinión, el amor y la amistad surgían a partir del lento descubrimiento de todos los misterios y secretos escondidos en el interior de una persona, la construcción de una confianza mutua entre dos a medida que revelan su alma palmo a palmo. Ella siempre pretendía descubrir a los demás, cuando ya los había visto en su totalidad al conocerlos. Todo el misterio y el piadoso secreto del amor se le revelaban. ¿Cómo iba a establecer una relación romántica si podía leer el corazón de su pareja antes de que dijera una palabra?

Su don de ver no se limitaba al mundo invisible dentro de los demás. También había... cosas. Las sombras y siluetas de espíritus no pertenecientes a este mundo poblaban las calles por las que Yoltzi caminaba. Y se dio cuenta de que eran invisibles para los demás.

Una noche, en su adolescencia, volvía a casa cuando vio a una mujer caminando en medio de la carretera. En las calles oscuras ni siquiera habría notado su presencia de no ser porque sus pies arañaban el pavimento con cada paso; eran lentos y sin rumbo. El excéntrico andar de la mujer y su lenta y serpenteante ruta en medio de la vía hicieron que Yoltzi supusiera que le pasaba algo. Yoltzi, una persona por lo demás generosa, normalmente no habría dudado en acercarse a ella y preguntarle si necesitaba ayuda, pero algo la detuvo. Algo la inquietó profundamente en aquel oscuro camino. No podía ver el sudario que rodeaba a la mujer, no podía ver el alma de la mujer. Yoltzi la había seguido a cierta distancia, observando desde la acera, fascinada ante la primera persona que veía en su vida sin poder leerla, cuando vio aparecer sobre la cresta de una colina las dos lucecitas de unos faros. La mujer no salió de la carretera oscura y Yoltzi se detuvo. Mientras el coche se acercaba, Yoltzi se limitó a observar cómo se acercaba a la mujer. Solo en los últimos momentos empezó a gritar, pero el coche ya había pasado. La mujer seguía allí, arrastrando los pies hacia algún destino desconocido, y Yoltzi corrió hasta su casa.

No era raro que espectros y fantasmas se cruzaran en su camino. La mayoría no le interesaban. Toda una vida de encuentros la había acostumbrado a su presencia —como la de los extraños que la ignoraban y a los que ella ignoraba—, ya que carecían de la capacidad de interactuar con los vivos, pero de cuando en cuando aparecían seres que podían influir y afectar a las personas, incluso dañarlas.

La situación en Tulancingo ya era grave, pero la elección del nuevo alcalde trajo consigo una nueva ola de violencia, y a partir de ahí todo fue cuesta abajo. Entonces llegaron los fuereños, armados hasta los dientes y dados a humillar a la gente, exigiendo un pago a cambio de protección y amenazando a quienes se atrevían a oponérseles. Reunieron un pequeño ejército de jóvenes, atraídos por la promesa de dinero y mujeres a cambio de su lealtad, y los pusieron a vender drogas y patrullar las calles. A muchos los enseñaron a matar. Algunos podían tener dieciséis o dieciocho años, pero otros literalmente eran niños, de apenas diez o doce, transformados en brutales sicarios por organizaciones que les hacían creer que formaban parte de algo, de una familia que les ofrecía el mundo.

Pero el mal que impregnaba el aire, el que se podía sentir, oler y casi tocar, iba mucho más allá de unos cuantos niños asustados, más allá de criminales engreídos y políticos arrogantes. El mal estaba en todas partes. Y lo más doloroso y preocupante eran las mujeres desaparecidas, las chicas asesinadas cuyas historias ya ni siquiera eran noticia. Una tras otra, mujeres, niñas, jóvenes y no tan jóvenes, eran secuestradas, violadas, torturadas y asesinadas. En todo el país las cifras seguían creciendo, tanto que la gente había perdido la cuenta, una verdadera epidemia. De vez en vez atrapaban a algún desafortunado, un chivo expiatorio, y lo acusaban, lo torturaban, lo declaraban culpable o lo engañaban para que confesara, lo encerraban y poco después desaparecía otra mujer, y otra, y otra. Otro número del que nadie llevaba la cuenta. Capturaban a algún otro pobre desgraciado, y el ciclo se repetía una vez más, una y otra vez. Un ciclo sin fin.

Del primer caso hacía cuatro años. No es que no hubieran matado a mujeres antes, pero esa vez fue diferente. Virginia López era su nombre. No tenía más de dieciocho años. Yoltzi la conocía. No eran amigas exactamente, pero se saludaban de cuando en cuando; frecuentaban los mismos círculos; caminaban por las mismas calles. Sus historias no eran tan diferentes: Virginia trabajaba en una fábrica, su familia también había trabajado la tierra, pero al final debieron tomar otra dirección. El padre reunió un poco de dinero y abrió una tienda. Un día, Virginia no volvió a casa a la hora de acostarse. Encontraron su cuerpo mutilado en una zanja a once kilómetros de la población. Culparon al novio, pero ella no tenía, ni siquiera pretendientes. La culparon por estar en la calle a tan altas horas de la noche, por vestirse de forma provocativa, por no ir a la iglesia con suficiente frecuencia. Todavía no habían capturado a los responsables. Quizá nunca lo harían. A Virginia le siguió otra chica de un pueblo cercano, y luego otra de San Melquiades y después una vecina suya. Estos crímenes quedaron impunes. La gente especulaba si se trataba de un asesino solitario, un asesino en serie o de un crimen pasional; de un novio, un familiar o un extraño. Pero el silencio se mantenía, ensordecedor. Algunos pensaron que se trataba de una red de traficantes de personas o de ladrones de órganos, una secta satánica o quién sabe. No tenía importancia. Nadie hacía nada al respecto. Pero con tantas mujeres muertas, alguien debía saber. Simplemente no era posible que, con un número tan elevado de crímenes, no hubiera testigos, asesinos arrepentidos de sus delitos o incluso alguien dispuesto a cooperar a cambio de dinero o de borrar su propio expediente. Esas cosas no habían pasado sin contexto. Debía haber algo que señalar, denunciar, investigar. Pero nada, las muertes seguían ocurriendo y el secreto estaba protegido.

Yoltzi se detuvo en un puesto de periódicos desde el que podía observar discretamente a la madre y a sus dos hijas. La mayor pasaba casi todo el tiempo mirando su teléfono, era evidente que estaba harta de una pequeña aventura que no le interesaba en lo más mínimo. Mientras que la pequeña parecía disfrutar cada paso, la mayor de seguro veía en su entorno un pueblo patético y rústico. Yoltzi se rio, divertida por el contraste. Le recordaba a sus hermanos, a una época en la que algo como un viaje al mercado era una aventura maravillosa.

Se escondió detrás del puesto, fingiendo mirar las portadas de las revistas y las primeras planas de los periódicos. Sus ojos se detuvieron en las que mostraban morbosamente cuerpos mutilados, víctimas de disparos y apuñalamientos. Era algo tan común que lo grotesco había perdido su capacidad de conmover, de alarmar, de producir enojo. Mujeres, tantas mujeres asesinadas, más de diez en un solo día en todo el país, decía la gente. Cada vez parecía más increíble la brutalidad de sus asesinatos. Tanto odio tenía que venir de algún lado. Todo el resentimiento, el odio y la frustración acumulados por el país y el mundo durante tanto tiempo tenía que venir de un lugar más cruel, más siniestro, más antiguo: una fuerza arrolladora que sembró el deseo de dejar a todos sin madre, sin hermanas, sin hijas. Una fuerza homicida dispuesta a acabar con las mujeres por completo.

De repente se sintió mareada. Una gota de sudor frío le bajó por la frente desde el nacimiento del cabello mientras su cuerpo era presa de un escalofrío. Se le puso la piel de gallina al sentir que la luz del mundo se atenuaba. Aquella presencia inhumana que había percibido zumbar bajo las sombras se materializaba mientras engullía el mundo que la rodeaba. El suelo desapareció bajo sus pies en la creciente oscuridad de su visión; alargó una mano para agarrarse al puesto de periódicos y estabilizarse, pero su mano solo encontró la nada. Toda la gente se había desvanecido, excepto por una figura que caminaba trabajosamente en la repentina noche que había caído sobre el mundo de Yoltzi.

Tenía unas proporciones grotescas, era una parodia de la forma humana. Una falda de conchas marinas tintineaba alrededor de sus piernas esqueléticas mientras se acercaba a una pequeña luz trémula donde había estado la niña. La figura esquelética no tenía alma visible, era una aparición. El corazón de Yoltzi martillaba en su pecho y, como si oyera su latido, la figura torció la cabeza para mirarla. Una espesa espuma goteaba de su boca, toda dientes. Su lengua era una cuchilla que entraba y salía entre los huesos, y alrededor de su cuello se balanceaba un collar de corazones humanos palpitando. Sus ojos parecían a punto de salirse de sus órbitas mientras miraba fijamente a Yoltzi, que trató de cubrirse los ojos, pero el rostro seguía allí, creciendo a medida que se acercaba.

Yoltzi no podía moverse. Sentía que esa cara la jalaba en su dirección. Se perdía, se hundía; sabía que no podía soltarse. Inhaló el aliento incandescente que exhalaba lo que fuera que tenía delante. Detrás de la cacofonía del ruido, podía escuchar en su cabeza una tenue melodía: cada nota formaba una canción conocida que no podía ubicar. Su cuerpo estaba colmado de un calor intenso, casi sólido, como gelatina, que la llenaba desde la nariz hasta las extremidades. Cuando no pudo aguantar más, expulsó esa sustancia con toda la fuerza que le daban sus pulmones, lanzándola enérgicamente contra el cuerpo esquelético y retorcido.

La oscuridad se disipó y Yoltzi pudo ver de nuevo a la gente en la plaza bajo el sol. Todo regresó a la normalidad. Nadie había visto nada. Mientras miraba alrededor, volviendo a orientarse, se encontró tarareando una melodía, lo suficientemente bajo como para que solo ella la oyera. Era algo familiar, y sin embargo tan enterrado en lo profundo de su memoria que no tenía la menor idea de dónde procedía con exactitud. Alguna canción que oyó interpretar en la calle, quizá, o que había olvidado de su infancia.

El vendedor de periódicos la miró con curiosidad. Estaba encorvada y cuando intentó enderezarse sintió que su columna vertebral se agarrotaba y un dolor agudo le atravesaba el pecho. Se levantó como una anciana, fingió mirar su reloj y luego miró de un lado al otro como si esperara a alguien. No era la primera vez que experimentaba una aparición, pero aquella cosa no era un fantasma normal y benigno, ni el tipo de espectro inofensivo que solía ver arrastrándose por las sombras, asustando a los vivos. Lo que acababa de presenciar era una entidad antigua, más vieja que el polvo. Juraría que era una *tzitzimitl*, y si lo era, debía saber qué buscaba. Se preguntó si la única razón por la que pudo enfrentarse a esa cosa se debía a su recuerdo de esa melodía, esa pequeña canción que no podía recuperar del todo, pero que se asomaba tras las cortinas de su memoria.

Necesitaba un poco de tiempo para reponerse. Respiró rápida y superficialmente mientras el aire parecía quemarle la garganta. Vio su reflejo en una pantalla: tenía la cara de un rojo brillante, como si hubiera pasado el día bajo el sol o metido la cabeza en un horno. Por fin el suelo volvió a ser sólido. Nadie la miró; todos seguían con su día y sus pendientes como si nada hubiera pasado. Todos menos la niña, sus ojos la habían seguido. Ella también quedó paralizada y miraba a Yoltzi con atención. Reconocía que había ocurrido algo, algo inesperado y perturbador, pero Yoltzi no tenía forma de saber qué o cuánto pudo ver. El peligro era tal vez mayor de lo que creía si la niña podía ver lo mismo que ella. La madre se acercó a su hija. Yoltzi sabía que le preguntaba qué ocurría, aunque no pudiera oír la conversación desde donde estaba. La niña no contestó, sino que permaneció fija en Yoltzi. La madre intentó entonces seguir sus ojos, Yoltzi reaccionó y trató de ocultarse de la mirada materna detrás del puesto, casi como si se sintiera culpable.

—¿Te puedo ayudar? ¿Qué buscabas, amiga? —le preguntó el vendedor.

—Ya lo encontré. Creo que debería tapar todos esos decapita-
dos. ¿No le da vergüenza? —dijo y se alejó, siguiendo ahora a la
niña a lo lejos.

Vio que la buscaba entre la gente, pero prefirió permanecer
oculta, al menos por un rato, hasta que se le ocurriera un plan para
acercarse y ayudar de alguna manera. No tenía la menor pista de
cómo hacerlo. Las vio alejarse. La pequeña había dejado de saltar
y correr; ahora caminaba de la mano de su madre, con la cabeza
agachada. Yoltzi las siguió durante un par de cuadras y las vio detenerse para charlar con Quauhtli. Ahí estaba su oportunidad, su
entrada. Conocía a Quauhtli desde niña. Era su mejor oportunidad
para acercarse a la madre y a sus hijas, lo suficiente para advertir-
les de la oscuridad que amenazaba con envolverlas.

5

ás tarde, Yoltzi encontró a Quauhtli sentado en la plaza, solo. Apoyaba los codos en las rodillas, los anchos hombros encorvados sobre la sombra que proyectaba el sol de la tarde a sus pies. Giraba distraídamente una estatuilla nahuatlaca de arcilla una y otra vez entre las manos. No miraba a ningún lado en particular y entrecerraba los ojos frente a la luz brillante reflejada en los adoquines de la plaza. Lo que la mayoría de la gente solía confundir con una simple mueca, Yoltzi sabía que era la cara que siempre ponía cuando cavilaba. Era como si él pensara que podía producir nuevos pliegues en su cerebro si fruncía el ceño lo suficiente. Yoltzi se acercó y se detuvo a un par de metros, pero no fue hasta que dijo su nombre que saltó de su trance y la vio.

—Hola, Quauhtli. ¿No deberías estar trabajando?

Quauhtli se enderezó deprisa en su asiento al ser sacado de sus pensamientos:

—¡Casi haces que me dé un infarto!

—¿Cómo iba a saber que estás tan nervioso? ¿Qué haces aquí?

—¡Quién sabe! Terminé temprano en el monasterio y me senté para dejar que mi mente vagara. ¿Y tú?

—Te estaba buscando, de hecho.

—¿Para qué?

Yoltzi echó un vistazo a la plaza por si alguien más los escuchaba, y luego dirigió la mirada a sus pies, dudando en contarle a Quauhtli sobre su vigilancia.

—Bueno, te vi platicar con esa mujer. La que tiene una hija güera y otra más chica. Las conoces, ¿verdad?

—Sí. Carmen es la arquitecta de Estados Unidos que trabaja en el monasterio. Las chicas son Izel y Luna. ¿Por qué?

—Necesito hablar con ella. ¿Crees que la conoces suficientemente bien como para presentarnos?

Quauhtli arrugó la frente:

—¿Para qué?

Yoltzi suspiró profundo y se sentó a su lado en la banca, todavía batallando para encontrar la mejor manera de comunicar lo que había visto antes. Su rostro se ensombreció y se tapó la boca como si temiera que alguien le leyera los labios desde lejos.

—Creo que la pequeña está en peligro.

—¿Luna? ¿Qué clase de peligro?

Sabía que Quauhtli lo entendería, que no se burlaría ni desdeñaría sus palabras como supersticiones tontas, pero siempre era un tanto difícil verbalizar lo que veía.

—Su corazón está expuesto.

Los lazos familiares entre Yoltzi y Quauhtli eran profundos. Descendían de los sobrevivientes de la invasión colonial y de la casi destrucción de las culturas indígenas. Sus dos familias nahuas habían capoteado la interminable tormenta, transmitiendo sus mitos y lengua por su árbol genealógico, aun cuando sus ramas eran cortadas por el brutal paso del tiempo y la cristianización de la tierra. Esas dos familias eran nada menos que un milagro en muchos sentidos, largas historias de resistencia callada y heroica. Como resultado, estaban increíblemente unidas, compartiendo lazos de sangre y una amistad que se había mantenido durante todo ese tiempo. Los dos guardaban un parentesco lejano, pero los unían las raíces imbricadas de esos antiguos árboles genealógicos. Ambos crecieron aprendiendo sobre los mitos y las creencias que sus antepasados mantenían vivos, pero Quauhtli ciertamente era menos devoto, a falta de una palabra mejor, que Yoltzi en su aceptación personal de ellos. Se consideraba más bien un heredero secular de los relatos de sus antepasados. Sin embargo, nunca despreciaba las convicciones espirituales de Yoltzi.

—¿Expuesto? ¿Cómo? —preguntó.

—¿Sabes sobre las *tzitzimime*? Las diosas del cielo oscuro. Se supone que bajarán para acabar con el mundo al final del quinto sol.

—Conozco los relatos. No tienes que explicármelos.

—Son relatos hasta que no lo son.

—Así que crees que una *tzitzimitl* va a... ¿qué? ¿Comerse a Luna? ¿Qué te propones si hablas con ellas? Sé que ves cosas, Yoltzi, y confío en que sean reales en cierto sentido.

Yoltzi frunció los labios y miró hacia otro lado. «En cierto sentido».

—Sin embargo, te conozco desde hace mucho —continuó Quauhtli—. ¡Son extrañas! ¡Americanas! ¿Qué les dirías?

—No sé, ¡pero tengo que decir algo! Algo está pasando. ¿Dices que no lo sientes ni tantito?

El aire se enfrió en un instante mientras la plaza se cubría de sombras. Nubarrones grises habían tapado el sol, pero la oscuridad que caía era más parecida a la noche profunda o a un eclipse total de sol. Entre las sombras, Yoltzi pudo sentir que algo se movía, que algo empujaba la superficie empedrada de la plaza desde un reino invisible. Quauhtli sintió que le apretaba la mano como un tornillo de banco, comunicándole sin palabras que los rodeaban los mismos espíritus a los que ella se refería. Estaban siendo emboscados por murmullos, como si un millar de serpientes oscuras se deslizaran a su alrededor en las turbias profundidades bajo lo perceptible, como anguilas en una laguna; todo mientras los rodeaba gente completamente desprevenida y que seguía adelante con sus días. Al ver la mirada de Yoltzi y sentir cómo le agarraba la mano, Quauhtli siguió su ejemplo y permaneció callado y quieto.

A la espera de que la luz volviera y los espíritus se dispersaran, Yoltzi, en su miedo, se replegó en sí misma. Su pulso se aceleró y su cabeza se bamboleó mientras su visión se oscurecía. Cayó en la oscuridad, en un espacio efímero e ilimitado que encontró cálido y familiar. Era como si los pensamientos de otro estuvieran dentro de ella, alguien que le recordaba que no debía temer a lo que veía en la plaza. Su miedo se disipó y fue sustituido por el confort de una presencia antigua y materna. Aunque no podía oír nada, Yoltzi estaba segura de que la oscuridad le hablaba, pero solo le llegaban fragmentos en náhuatl: *Yéhua... xikiyehua ipan... pampa nimitztlazohtla, pampa nimitztlazohtla... noyollo.* Yoltzi trató de solidificar esa presencia en su mente, intentando ponerle un rostro o una voz, pero Quauhtli le sacudía el hombro. Sus ojos se abrieron entre parpadeos, viendo que la luz había vuelto a la plaza.

Los dos permanecieron quietos y en silencio entre el movimiento y el sonido de la multitud durante un momento antes de que Yoltzi hablara en voz baja:

—¿Ves?

El rostro de Quauhtli se había suavizado y fue como si efectivamente hubiera visto lo que ella mencionaba, pero respondió con una pregunta:

—¿Qué era esa canción que tarareabas?

—¿Cuándo?

—¡Ahora mismo, cuando las sombras nos rodearon! Estabas

cantando algo, murmurando en voz baja y tarareando una especie de melodía.

—No lo sé. No me di cuenta de que lo hacía.

—Se me hizo muy conocida.

Quauhtli trató de repetir el estribillo que le oyó murmurar, pero pronto perdió el hilo de sus pensamientos y no pudo recordar mucho más. Yoltzi no dijo nada. No se dio cuenta de que había vuelto a tararear. Ambos sabían que el poder de los espectros radicaba en asustar a los vivos. No pueden intervenir en el mundo físico, no pueden mover nada ni materializarse. Su fuerza reside en hacer que la gente se lastime. Yoltzi supuso que, por la razón que fuera, aquella melodía que inconscientemente tarareaba la reconfortaba, lo suficiente para mantener la compostura y la cordura frente a la *tzitzimitl*.

—Entonces, ¿cuándo me presentas a la señora? —preguntó Yoltzi.

La cara de Quauhtli volvió a ser una mueca. Yoltzi observó las líneas que se formaban en su frente y en los bordes de su nariz puntiaguda mientras él se sentaba a cavilar en silencio. Sabía que era mucho pedir que se acercara con algo así a quien era, en realidad, su superior en el trabajo.

—No la conozco lo suficientemente bien para eso. Nos llevamos bien, pero no es el tipo de relación que me permita decir: «Mi amiga de la infancia te estaba observando y cree que tu hija está bajo una amenaza demoniaca». ¿Quieres conocerla?

—¿Intentas que parezca una loca?

—No, pero así es como se verá. Piénsalo. Ni siquiera creo que tengan alguna religión, pensarán que suena como *El exorcista*. Tengo una idea mejor. Deberías venir al lugar cuando puedas escaparte de la oficina con un pretexto del trabajo. Di que tienes que hablar con ella sobre un permiso que no se firmó o algo así, papeleo que se te olvidó.

—Y advertirle cuando empecemos a hablar.

—No. Para entonces ya serás una mentirosa, fingiendo aparecer con pretextos, y encima por sorpresa. Solo preséntate, di que eres amiga mía, y entonces tal vez pueda convencerla de tomar un café con nosotros dos o algo así.

—Pero es urgente. ¿Y si...?

Quauhtli la interrumpió:

—Entonces es importante no hacer que desconfíe inmediatamente de ti. Solo hará que sea más difícil hablar con ella.

Permanecieron un momento en silencio, escuchando los sonidos de la plaza, la gente platicando, el vendedor de globos, el de lotería, los niños que salían de la escuela riendo y gritando, el tráfico de la avenida. Nada de eso se interrumpió con la aparición de los espectros, pero solo ahora Yoltzi volvió a ser consciente de toda la vida que ocurría alrededor. Parecía que el mundo de esas sombras siempre rebullía bajo las ardientes calles de Tulancingo, hirviéndolo desde abajo mientras el sol lo abrasaba por arriba. Las pesadillas de ese mundo se filtraban en el mundo de la vigilia, de los vivos. Quauhtli se levantó y volteó hacia Yoltzi.

—¿Comiste algo? Voy al mercado, al pozole de don Lucas. Te invito, si quieres.

—No, no tengo hambre. Gracias, Quauhtli. Debo ir a trabajar. Tenía que estar en la oficina hace rato. Me compraré una torta o algo de camino.

Se despidieron con un abrazo y Yoltzi se alejó hacia el Ayuntamiento. A nadie le importaría si llegaba un poco tarde, como había dicho. Su entorno de trabajo, predominantemente masculino, no se metía con ella a pesar de su delgada figura, su aparente fragilidad y sus rasgos delicados. En el fondo sabían que bajo su rostro se escondía una fuerza tenaz. Mientras caminaba, se preguntaba si esa fuerza sería suficiente para enfrentar una amenaza como esta.

Tan solo pensar en la aparición que había visto ese mismo día le helaba la sangre en las venas. No se sentía fuerte ni poderosa en ese momento, pero cuando imaginó a la niña, Luna, ante algo así, su sangre comenzó a circular de nuevo, decidida a interponerse entre ellos.

6

l calor era brutal ese día. La bruma de la mañana quedó deshecha por el sol agresivo antes de que el trabajo en el monasterio empezara en serio, y al mediodía la vieja iglesia era un sauna. Incluso las brisas que entraban por los espacios abiertos de la obra solo traían polvo caliente. Hacía un tiempo implacable. Carmen estaba en la nave del edificio, se secaba el sudor de la frente mientras trataba de orientar a algunos de los contratistas sobre los planos y las maquetas de la sección de paredes que estaban renovando. Si ya la consideraban mandona, Carmen no sabía de cierto cómo responderían al mal humor que incubaba metida en el horno de la iglesia. Justo cuando sentía que su temperamento estaba a punto de estallar luego de explicar una y otra vez los que creía que eran conceptos sencillos, pero que algunas barreras lingüísticas obstaculizaban, uno de los trabajadores le tocó el hombro por detrás.

—¿Qué? —soltó. Oír su propia voz con tanta agresividad la hizo detenerse. Respiró profundamente y recuperó la compostura, reanudando con tono más tranquilo—: ¿Me necesitas para algo?

El trabajador se limitó a señalar la entrada de la iglesia, donde una joven con un sobre de papel manila hablaba con el guardia de seguridad del recinto. Carmen dejó los planos en manos de uno de los contratistas, diciéndole que le preguntara a Joaquín si necesitaba más información, y se dirigió a la entrada. La joven, de complexión delgada y ojos brillantes, volteó para mirarla mientras se acercaba.

—¿Puedo ayudarte? —preguntó Carmen, ya que nadie más parecía dispuesto a decir nada.

—¡Hola! Sí, vengo del Ayuntamiento —dijo.

—Ah, claro. ¿De qué se trata?

—¿Podemos hablar en privado? —preguntó.

—Por supuesto. Ven conmigo, mi «oficina» está por aquí. Espero que no sea nada grave —dijo Carmen en broma, pero al ver el rostro serio de la mujer, empezó a pensar que tal vez lo fuera.

Entraron en una pieza que había sido convertida en una oficina temporal. Tenía algunos escritorios y un par de mesas de dibujo con planos. El olor a polvo, cemento y yeso impregnaba el aire. Carmen sacó dos vasos de agua tibia del enfriador barato en un rincón del lugar y le ofreció uno a la mujer antes de sentarse.

—Dime, ¿en qué puedo ayudarte?

—Gracias. Traigo unos papeles del Ayuntamiento para su firma. Pude enviarlos con un mensajero, pero quería descansar de la oficina, así que los traje yo misma. Me llamo Yoltzi, por cierto —dejó los documentos sobre el escritorio junto a Carmen y se detuvo un buen rato, tragando saliva antes de añadir—: También quería hablar con usted sobre algo.

Carmen abrió el sobre y miró los papeles:

—¿Hablarme sobre algo?

Yoltzi cambió su peso de un pie a otro, mirando inquieta alrededor de la oficina como si observara en la sala a algo más que Carmen. Su alegre comportamiento inicial se había vuelto rebuscado e incómodo mientras sus palabras se atropellaban:

—La vi el otro día, eh, en la plaza. La vi platicando con Quauhtli. Soy una vieja amiga de él, y pensé en presentarme.

Carmen levantó la vista de los inquietos pies de la chica y la miró atentamente por primera vez: su rostro limpio, el pelo que le llegaba a media espalda, una blusa blanca impecable, chamarra de mezclilla azul claro y falda hasta la rodilla.

—¿Y sabías que yo estaría aquí? No entiendo, pero está bien.

Los ojos de Carmen se entrecerraron ligeramente al contemplar la posibilidad de que se tratara de un intento de chantaje. Ya había tenido que lidiar con muchos que venían a pedir un extra para entregar materiales, para que «las cosas no se complicaran con los permisos», para que un inspector diera el visto bueno, para que el ingeniero de tal o cual área estampara su firma, para cualquier cosa. Empezaba a acostumbrarse y estaba aprendiendo a identificar a cuáles de esos chantajistas podía ignorar y a cuáles no tenía más remedio que pagarles. Sus jefes en la oficina sabían que así funcionaban las cosas en México y aquello figuraba en el presupuesto, pero eso no significaba que tuviera plena libertad para pagar a cualquier sinvergüenza que llegara a pedir dinero. Desconfiaba especialmente de los del gobierno local. Ahora el Ayuntamiento enviaba a una chica al lugar con unos papeles de los que, mirándolos con detenimiento, Carmen estaba segura de haber visto copias ya aprobadas, y «quería hablar».

—¿Y de qué querías hablar, exactamente?

—Es que... no es fácil de explicar —dijo Yoltzi—, así que espero que me disculpe si suena un poco extravagante.

Ni siquiera podía mantener el contacto visual con Carmen mientras hablaba. Mirándola, Carmen observó aquellos ojos brillantes que recorrían deprisa la habitación, fijándose sin descanso en cualquier cosa que no fuera ella. Carmen volteó un momento para ver qué era lo que fascinaba tanto a su incómoda visitante, esperando encontrar algún mosquito o mosca zumbando. Nada. Una pared blanca. Carmen se volvió hacia Yoltzi, y ya suspicaz, su vista se clavó en esa chica nerviosa que se negaba a mirarla a los ojos.

—Escúchame, señorita, si estás aquí para pedir algo, solo dilo. Estoy bastante ocupada aquí, como, estoy segura, todos ustedes saben en el Ayuntamiento. Si vas a decirme que hay una «cuota administrativa» o alguna mierda por este papel que acabas de traer, entonces puedes...

—Señora, esto le va a parecer muy extraño —soltó Yoltzi—, pero podría estar en peligro.

—¿Peligro? —preguntó Carmen en voz baja—. ¿A qué te refieres?

—Por aquí hay fuerzas inexplicables, capaces de causar mucho dolor.

—¿Me estás amenazando? —la voz de Carmen se mantenía tranquila, pero se levantó, furiosa. Quiso gritarle a Yoltzi que saliera, pero se dirigió con calma a la pequeña ventana del despacho, desde la que podía ver las pilas de material de construcción y los camiones estacionados de los trabajadores.

—¡No! Solo trato de advertirle —Yoltzi se enredó frenéticamente con sus palabras—. Son fuerzas muy antiguas. Llevan aquí desde, no sé, siempre.

—¿Cuánto? —suspiró Carmen, todavía mirando por la ventana, lejos de Yoltzi.

—¿Cuánto...?

—Sí, solo dime. ¿Cuánto nos va a costar esta vez? Vienes del Ayuntamiento, me dices que algo se traspapeló o lo que sea, documentos que sé que ya firmé, recuerdo el número en la parte de arriba, y dices que estoy en peligro. ¿Cuánto va a costar asegurarse de que esos documentos «no tengan problemas»?

—No, no, no es así. Esto, lo que le menciono, no tiene precio ni es un chantaje.

—Entonces, ¿qué es lo que quieres?

Yoltzi miró al suelo, sus ojos clavados en uno de los viejos cantos rodados visibles bajo la fina capa de aserrín que cubría todas las superficies de la obra. Carmen se ablandó brevemente al ver a la joven apartarse con timidez. Aunque se tratara de un intento de chantaje especialmente descarado por parte del gobierno local, no podía tener más de veinticinco años. De seguro era una pobre secretaria a la que habían enviado a entregar un mensaje. Carmen pronunció sus siguientes palabras con calma y claridad, pero había cierta sequedad imposible de disimular en su voz, una rabia decididamente reprimida.

—Trabajamos con un presupuesto muy limitado. Sé que creen que los gringos son como pozos de dinero sin fondo, pero no es así. Nos están haciendo la vida imposible. Regresa al Ayuntamiento y diles que nos van a llevar a la quiebra si siguen con esto. Y si eso pasa, todas las personas que trabajan aquí quedarán sin empleo. Así no podemos continuar. Le hemos pagado mucho a la alcaldía por vía de permisos y servicios. Si ya no saben cómo más sangrarnos que vuelven a enviar el mismo papeleo, sinceramente no sé qué decir. Se acabó, señorita. Se acabó.

—No, me está entendiendo mal. Esto no tiene nada que ver con la construcción.

—Entonces, ¿con qué tiene que ver? —Carmen estaba perpleja.

Yoltzi levantó por fin los ojos del suelo y miró directamente a los de Carmen cuando dijo la primera palabra clara desde que entró en la oficina:

—Tiene que ver con su hija.

Carmen no había perdido la compostura en mucho tiempo. Se enorgullecía de mantener la cabeza fría estando en la obra, pero esto era demasiado. La seca y fría calma en su voz se quebró cuando la elevó a un bramido con cada palabra.

—¿Qué? ¿Cómo te atreves a venir aquí y amenazar a mi familia? —Se alejó de la ventana y se dirigió a la delgada joven en su despacho—. Lárgate de mi oficina antes de que llame a seguridad. ¡Fuera de mi lugar de trabajo!

—No, señora, no estoy aquí para amenazarla.

Carmen arrancó de la mesa los papeles que Yoltzi había traído y se los puso en las manos:

—Vete ya. Diles que envíen una factura como todo mundo, por madera o algo así. Pero lárgate de aquí.

Carmen estaba lívida, aunque también tenía miedo, un miedo que nunca había sentido. Las historias de terror que había oído antes, los secuestros, asesinatos, feminicidios y otras atrocidades de las que tenía tantos años de escuchar y que le parecían tan lejanas, como si pertenecieran a otro mundo, no al suyo, se materializaron con esa joven de rasgos indígenas, desarmada y vestida humildemente. Nunca esperó que ese miedo se manifestara de tal manera. Pensó que seguramente debía ser solo la mensajera de alguien más, alguien que podría lastimarlas a ella y a su familia.

—Señora, me está malinterpretando. No pretendo asustarla ni hacerle daño. Vengo a advertirle sobre estas fuerzas.

—Vete, ya, por favor, antes de que llame a la policía. Voy a investigar quién eres, y si algo nos pasa a mí o a mis hijas, serás responsable.

Yoltzi se levantó.

—Lamento el malentendido. Créame, no he venido con mala voluntad.

Carmen se dirigió a su escritorio y tomó el teléfono simulando que iba a llamar a alguien. Siguió con la mirada los movimientos de Yoltzi mientras se daba cuenta de que ni sabía a quién llamar. ¿A la policía? Si se trataba de un chanchullo del gobierno, como suponía, no harían más que pasar por alto el asunto. ¿A los trabajadores que la odiaban? ¿Al padre Verón, que era aún menos intimidante que ella? Se sentía más sola y lejos de casa de lo que había notado desde su llegada.

———

Carmen apretó las manos para que no le temblaran mientras veía a Yoltzi desaparecer más allá de la puerta del monasterio, no quería que nadie viera lo afectada que la había dejado el encuentro, ni darles otro motivo para hablar de ella. Su don como mujer profesional había sido, durante muchos años, su capacidad para mantener la calma en cualquier situación. Compartimentar. Esa era la manera de sobrevivir a la competencia dentro del mundo corporativo estadounidense como mexicana. Si mostrabas demasiada emoción te consideraban vulnerable y débil, o una histérica volátil, y ninguna de ellas cabía en una negociación presupuestal. Si no mostrabas nada, no confiaban en ti y te etiquetaban como marginal, incapaz de trabajar en equipo, una perra robótica. Hoy en día no era evidente, ni un asunto que asomara a la superficie, pero la arquitectura seguía siendo un «Club de Toby», y ella podía verlo. La gente no decía nada, pero ella lo sabía. Sabía que en el momento en que cometiera un error y perdiera el control, los demás en el fondo la etiquetarían, fueran conscientes de ello o no. Volvió con los trabajadores y reanudó su explicación sobre los acabados de las paredes sin mostrar ninguna inquietud. Imperturbable. Incluso un poco más severa.

Pero su puño seguía apretado a un lado para contener el temblor. No podía acallar la idea de que había gente acechándola, gente que sabía que tenía niñas en casa. Tal vez ni siquiera debía dejarlas solas. Eran un blanco fácil; todo lo que debía hacer cualquiera era pasar por allí y llevárselas. ¿Cómo era posible mantener la calma en esas condiciones? Tendría que informar de lo sucedido a la oficina central en Nueva York, pero se pondrían histéricos y de inmediato la llevarían de vuelta junto con las chicas, y perdería la dirección de la construcción. O peor aún, podrían pensar que sobredimensionaba aquello y utilizarlo como prueba de que no estaba preparada para dirigir una construcción en otro país, sin importar que se tratara de su propia patria, confirmando los estereotipos racistas y los prejuicios antimexicanos de algunos de sus jefes y los directivos de la oficina. En este momento México pasaba por una fase especialmente negativa entre la prensa internacional. Debía tener cuidado con lo que decía.

Cuando terminó de hablar con los trabajadores, Carmen decidió dirigirse a casa, pronto, para ver cómo estaban las chicas. Llamó a Izel por teléfono mientras recogía algunas de sus cosas del escritorio.

—¿Izel? ¿Estás bien?

—Ah... ¿Sí? ¿Qué pasa?

—¿Luna está bien también?

—Sí, mamá, está bien, justo andaba aquí, tratando de mostrarme su cuaderno de dibujo.

—Ve a ver cómo está, por favor.

—Mamá, literalmente acabo de verla. Está bien.

—¡Izel! —suplicó Carmen por el teléfono—. Por favor. Por tu mamá paranoica, solo échale un ojo por mí.

Oyó a Izel gruñir mientras se despegaba del sofá y echaba a andar marcando los pasos por el pasillo:

—¡Ugh! Está bien. ¿Por qué estás tan alterada? ¿Pasa algo?

—Todo está bien, Izel. No te preocupes, solo quería saber cómo estaban mientras ando fuera, eso es todo.

—¡Luna! Mamá quiere saber si estás bien. —Carmen oyó la voz de Luna al otro lado de la línea, amortiguada por su distancia del aparato.

»Dice que está bien. Te dije que todo está bien.

—Gracias, Iz —exhaló finalmente Carmen—. Estaré en casa en un rato, mándame un mensaje si quieres que compre algo.

Carmen tampoco podía contarles lo sucedido.

Caminó hacia la salida, imaginándose comprar una pistola, algo pequeño, una .38 o una Glock, o un rifle semiautomático, un AR-15, algo potente. Muchos arquitectos de la empresa tenían armas y les encantaba hablar de ellas. Carmen no podía recordar haber tenido alguna vez un arma en las manos, aunque fuera de juguete. Pensó que tal vez podría llamar a Fernando. Podía hablar con él, aunque tenía la irritante tendencia a decirle que se imaginaba cosas, era el rey del *gaslighting*. En cualquier caso, no tenía opción alguna por el momento.

Yoltzi salió jadeante de la improvisada oficina. Cuando era adolescente, le detectaron un soplo en el corazón, y justo en ese momento sentía un dolor agudo en el pecho que apenas le permitía caminar. No solo la discusión con Carmen la había alterado, quizá más que enfrentarse a una *tzitzimitl*, sino que además las sombras que se manifestaban en las paredes la llenaron de ansiedad y pena. Se descubrió en una situación muy complicada. Era muy poco probable que tuviera otra conversación con la arquitecta. Si quería proteger a Luna de su terrible destino, tendría que idear otro plan. Pero en ese momento se sentía avergonzada, arrepentida y herida, y no podía pensar en otra cosa.

Le sorprendía la forma irremediablemente desastrosa en que presentó su argumento. Siempre se sintió con la capacidad de leer a la gente y anticipar sus reacciones, y esta vez se había equivocado en todo. Dejó que su ansiedad e impaciencia se interpusieran en el proceso de abordar un asunto tan delicado. Quauhtli la previno de no decirle nada a Carmen de inmediato, pero cuando vio aquellas sombras en movimiento no pudo evitar tratar de advertirle, y tomó sus vagos términos como una amenaza física. Aquellas manchas en la pared cobraron vida y se retorcían como mensajes de un pasado remoto y del dolor reciente de su pueblo, de su sacrificio al ser convertidos y obligados a construir aquel monasterio, explotados hasta morir en nombre del dios que se veneraba entre esos muros.

De niña, en la escuela, la llamaban Yolanda, Yolandita, Yolo. Eso siempre la ponía de mal humor. Siempre los corregía.

—Me llamo Yoltzi.

A veces algunos la escuchaban. Sin embargo, la mayoría la ignoraba y seguían llamándola como les daba la gana. Ella pensaba, comprensiblemente, que pretendían agraviarla, dándole un nombre español que la redimiera de su nombre indígena. Era una forma de demostrarle que la consideraban inferior, que ni siquiera podían respetar su nombre. Lo odiaba tanto, que lo usaba cada vez que sentía que había hecho algo mal. Cuando se regañaba, en lugar de llamarse idiota o estúpida, se llamaba «Yolandita».

—Ay, Yolandita, sí que la cagaste —se dijo en voz alta mientras pasaba por el control de seguridad, donde el guardia se tomaba una Coca-Cola.

7

Al salir del trabajo, a Yoltzi le gustaba sentarse en la plaza. El calor era menos intenso que durante el día. Había gente, niños, y se podía respirar más ese aire de paz fresco e idílico que se supondría que predominara en una ciudad pequeña como esta. A veces se compraba un helado y lo disfrutaba lentamente, sola. Las personas solían ver su presencia como si buscara compañía, y los hombres, viejos y jóvenes, se acercaban para hacerle conversación. A veces eran amables, y otras desagradables. No les daba demasiada importancia. Por lo general, los ignoraba o, si era necesario, utilizaba ese talento especial que poseía para revelar verdades embarazosas sobre ellos, cosas que leía en sus rostros, la forma en que hablaban o caminaban, se vestían o coqueteaban. Rechazarlos era como un deporte. No los encontraba deseables en lo más mínimo.

Le gustaba especialmente el crepúsculo, ese momento en que la luz empezaba a retroceder. Sentada en silencio, veía cómo las sombras se alargaban hasta conquistarlo todo, poco a poco, como un líquido oscuro derramado sobre la plaza, las calles, todo el valle, para inundar al lugar en el más negro de los océanos. Le gustaba ver cómo desaparecían los brillos, los reflejos y los resplandores para ser sustituidos por la luz artificial, en un relevo de luz y contraste. Asimismo, los sonidos cambiaban y el calor cedía. Era un tiempo de fantasmas en el que ella misma se sentía parte de su historia, de los vivos y de los muertos, los peregrinos, de las tropas victoriosas y conquistadas, de los mercados, las familias y los niños. Sentada en su banca, podía ver pasar los días, los años y los siglos con una cadencia fascinante. Desde que era pequeña, siempre que llegaba a la plaza en el crepúsculo podía ver la diferencia entre los vivos, que iban y venían preocupados por volver a casa, por no tener dinero, atrapados por el deseo de poseer algo o a alguien, y los muertos, despreocupados, sin presiones ni intereses, moviéndose ritualmente, sin prisa.

Pero hoy las sombras y los espectros no pasaban como de costumbre. Parecían confundidos, y ella no podía sentir el flujo armonioso que marcaba la transición del día a la noche. Estaban perturbados, se movían desordenadamente, cambiando de ritmo y dirección. Algo sucedía o estaba a punto de suceder, algo que había sacudido a los seres diáfanos, los durmientes, los transparentes, los fallecidos; a los espíritus. Yoltzi permaneció sentada, observando inquieta. Era una señal más de que el peligro era real, de que había fuerzas capaces de alterar el orden en el reino de lo inmaterial, y probablemente podían afectar al mundo físico. Pudo ver una gigantesca bandada de pájaros en el cielo moviéndose rápido de un lado a otro mientras el cielo se oscurecía. Yoltzi se preguntó si la gente que la rodeaba podía ver lo que ocurría, o si, como mínimo, los desconcertaban los erráticos movimientos de las aves. La bandada parecía contraerse y expandirse como un gigantesco y oscuro corazón. Los chillidos y graznidos eran cada vez más fuertes. El cielo estaba casi oscuro, pero los pájaros, con sus movimientos sincronizados, palpitaban acercándose cada vez más al suelo, como si quisieran aplastar los edificios, devorarlo todo en su pulso maniático y gigantesco. Al principio, entre la oscuridad y la distancia, la bandada no parecía más que una masa uniforme. De repente, pudo ver que no eran pájaros sino mariposas, millones de ellas, una gigantesca colonia dibujando extrañas figuras contra el telón de un cielo negro.

Estaban tan cerca que empezaron a engullir las líneas eléctricas y las torres de la iglesia, y seguían acercándose. La gente empezó a correr, asustada al ver tantas. Las mariposas descendían como olas, como un ejército invasor, capas y capas de alas volando a toda velocidad entre las personas, las bancas, el kiosco. Todas esas pequeñas alas, los delicados cuerpos, se tragaban el sonido como una tormenta de nieve negra. Escondida bajo una banca, Yoltzi podía oír los gritos de la gente, los llantos de los niños, pero la masa los amortiguaba. El silencioso batir de las alas producía un rugido constante e imperceptible como ruido blanco, alaridos susurrados. No podía creer lo que presenciaba, y se preguntó si se trataba de otra ilusión, de una aparición. Miles de alas y cuerpos que componían un único y enorme ser tentacular rozaban su cabeza, su espalda. Un hombre agitaba un palo intentando ahuyentarlas, lanzando golpes como si quisiera romper una piñata. Desde el suelo vio que las sombras se deslizaban por el aire, amenazantes. Esto era demasiado real para no ser cierto. Era imposible que esas criaturas se hubieran extraviado simplemente o se confundieran en un enjambre como este.

Paralizada por el miedo y la confusión, con los ojos fuertemente cerrados, oyó aullidos de dolor a pocos pasos de distancia. Arrodillada bajo su escasa protección se balanceó adelante y atrás, y se descubrió murmurando y tarareando una canción. «Debe ser la que Quauhtli mencionó la vez que estuvimos en la plaza», pensó. Aunque todavía no la reconocía, de alguna manera sabía la melodía. No era claro si se inventaba las palabras que murmuraba, ya que le parecían casi un galimatías, pero a medida que cantaba, el ruido empezó a disminuir hasta que dejó de sentir el batir de las alas contra su espalda y cuello.

Cuando abrió los ojos, vio al hombre del palo caer al suelo y cubrirse la cara ensangrentada. La colonia se dispersó tan de repente como la tempestad había comenzado; las mariposas se alejaron volando de forma errática, algunas se quedaron posadas en los árboles y cables, y muchas más alfombraron el asfalto con sus cuerpos muertos. La plaza estaba ahora sumida en la oscuridad y un breve momento de silencio aturdido se rompió pronto con las palabras confusas, las voces asustadas y el llanto de las pocas personas que aún no habían huido. Yoltzi se levantó, sacudiéndose la tierra y un poco la vergüenza de haber pasado tanto miedo. Corrió hacia el hombre, que ahora sangraba y gritaba.

—Señor, déjeme ayudarlo. ¿Qué le pasó?

El hombre se quitó las manos de la cara y reveló un rostro desollado, huesos sin forma cubiertos de sangre, agujeros profundos y negros donde tenía los ojos y una mandíbula que sostenía unos dientes como pequeñas cuchillas de mármol. Soltó una risa que se convirtió en un rugido. Yoltzi perdió el equilibrio y cayó de espaldas. El hombre volvió a cubrirse la cara, llorando y suplicando.

—Ayúdame, por favor. No puedo... no puedo ver. Sentí una sobre mí y solo trataba de quitármela de la cara.

Yoltzi se levantó de nuevo y se dirigió hacia el hombre, lo agarró por el hombro y lo ayudó a levantarse. Un ojo le sangraba profusamente. La herida era profunda y una uña en su mano izquierda tenía sangre y piel atrapados debajo. Trató de calmarlo mientras caminaban diciéndole que no era tan grave, que probablemente lo vendarían y lo enviarían a casa. Lo acompañó al Hospital Juárez, lo dejó allí y se fue a casa.

Tenía muchas preguntas. Entre el encuentro con Carmen y las mariposas en la plaza, había sido un día espantoso. Parecía que todo ocurría demasiado rápido. Una especie de vórtice se apoderaba de su vida, como si los espectros llamaran con fuerza a las puertas de la realidad, intentando entrar. ¿Pero con qué intención? Nunca había sentido nada parecido. Con la capacidad de transitar entre la tierra de los vivos y la de los muertos, nunca había percibido que hubiera fuerzas intentando derribar la barrera entre los mundos. ¿Qué podrían querer?

Mientras iba por la carretera de vuelta a la ciudad y a su casa, observó cómo caía el crepúsculo sobre las nubes y empezaba a asentarse, y silbó para sí. Era una melodía reconfortante, tal vez Quauhtli tenía razón al decir que era de su infancia. La hacía sentir segura en esa época incierta.

8

Después de llamar a las chicas, la ansiedad de Carmen no se había calmado en lo más mínimo y empezó a recoger sus cosas de la oficina, apilando montones de papeles, carpetas y sobres en los brazos para salir furtivamente por el claustro del monasterio hacia su coche. De todos modos, hoy no la necesitarían para nada más en la obra. Era un día perfecto para trabajar en casa con las chicas, donde podía vigilarlas, asegurarse de que estuvieran a salvo. Al salir, el deslumbrante sol la cegó brevemente y cuando sus ojos se adaptaron por fin, Quauhtli estaba de pie justo delante de ella. Asustada, dio un salto y dejó caer al suelo el montón de documentos que había juntado apresuradamente; Quauhtli se agachó deprisa para recogerlos.

—Buenas tardes, ¿cómo está, señora?

Carmen tardó unos minutos en organizar sus pensamientos. Respiró hondo y se puso las gafas de sol, ideando una excusa.

—C-creo que bien, Quauhtli. Voy a terminar el resto del trabajo en casa hoy. Hace tanto calor aquí que apenas puedo pensar.

—Parece muy apurada. ¿Pasó algo?

Carmen se había agachado para ayudar a recoger los documentos, pero se puso en pie como un rayo con la pregunta. Sintió el cuerpo muy frío al recordar que la mujer dijo que era amiga de Quauhtli. ¿Acaso el simpático carpintero le había avisado que la arquitecta que trabajaba en el monasterio era un poco asustadiza, alguien fácil de impresionar?

—¿Qué te hace pensar eso? —dijo ella mirándolo con sorpresa y luego alrededor.

—Prácticamente pegó un salto hace un momento. Está a punto de que le dé algo.

Carmen sacudió la cabeza, pero no se atrevió a negar rotundamente lo que Quauhtli insinuaba. Le quitó los documentos.

—Solo tengo que ir a casa.

—¿Segura que está todo bien?

—Sí. —Se detuvo y respiró profundamente—. No, en realidad, no está bien.

Se bajó las gafas de sol como para distinguir en los ojos del artesano si podía confiar en él, buscando un signo de honestidad, aunque su intuición le decía que ese hombre podía formar parte de la gente que la acechaba, de los que querían hacerle daño o arrebatarle algo. No tenía pruebas de que pudiera confiar en él.

—¿Qué pasa?

—Una muchacha, que dijo trabajar para el Ayuntamiento, vino a amenazarme. —Carmen llenó de veneno las siguientes palabras—: Una amiga tuya.

Quauhtli se llevó la mano a la barbilla e hizo una mueca reflexiva antes de sacudir la cabeza con frustración:

—Fue Yoltzi.

Carmen se quedó helada, mirándolo con nueva suspicacia. ¡Así que lo admitía!

—¡Sí! ¡Entonces la conoces! ¿Por qué tus amigos vienen a acosarme, Quauhtli? ¿Viene a decirme que estoy en peligro y me da unos documentos falsos para que los firme? ¿El gobierno local trata de sacarnos más dinero o algo así?

—Lo siento, señora —dijo por fin Quauhtli—. No espero que

acepte que respondo por ella, pero es buena persona. No vino a chantajearla como emisaria del Ayuntamiento. Ella vino por su propia voluntad. Yoltzi me pidió que las presentara y supongo que fue lo que se le ocurrió para prevenirla.

—¿Prevenirme de qué? ¿Sabes de las amenazas? ¿Eres parte de esto?

—Supongo que Yoltzi no se explicó muy bien. A veces no se le da bien comunicarse.

—No sé si ese fue el caso. Pero nunca dijo qué o cuánto dinero quería.

—Ella no quiere nada así. No se preocupe por eso. Solo está preocupada por usted y por sus hijas.

—¿Y de dónde viene esa preocupación?

—Es cierto, ella no la conoce, pero es una persona honrada y, cómo se dice, sensible. Puede que no lo crea, pero tiene un don, un don muy especial.

—Quauhtli, no sé de qué estás hablando. Francamente, tengo que irme. Necesito ver a mis hijas, solo por mi propia tranquilidad. Tú y esa Yoltzi me están poniendo nerviosa. —Pensó en amenazar con llamar a la policía, pero sabía que era tan absurdo como inútil.

—Entiendo. Yoltzi cree firmemente en la antigua tradición nahua. Llámelo algo espiritual o supersticioso, pero ella tiene una fuerte conexión con las antiguas leyendas y, para ser honesto, con frecuencia me he inclinado a confiar en las cosas que dice. Debe parecerle una ridícula e ignorante superstición indígena.

—Por favor, no digas eso.

Quauhtli se rio, y luego se puso serio.

—Es difícil hablar de nuestras creencias con otras personas, en especial cuando dichas creencias son mostradas como cultos grotescos sedientos de sangre. No intento convencerla de que crea en algo, pero Yoltzi de verdad piensa que está en peligro. Es sincera en su intención de ayudar, no hubo nada malicioso en su advertencia. Se lo prometo.

—Escucha, Quauhtli, no pretendo menospreciar a nadie por sus creencias, pero no me parece bien que alguien venga a asustarme con supersticiones.

Carmen estaba algo sorprendida por la elocuencia de Quauhtli, y al mismo tiempo porque parecía ser un creyente.

—Tiene razón, señora. Asustarla con viejas leyendas es lo último que pretendía. Por favor, se lo ruego, no piense que Yoltzi es una mala persona que quiere sacarle algo. Conozco a esa muchacha desde siempre. Por favor, dele una oportunidad para explicarse y que le diga por qué está tan preocupada.

—Bueno, ya veremos —respondió Carmen, queriendo sonar decidida; sentía que el alivio le inundaba el pecho. No sabía por qué confiaba en Quauhtli, pero no pretendía demostrárselo ni hacérselo saber de ninguna manera.

Se dirigió hacia su coche y arrojó sus papeles en el ya caótico asiento trasero. Quauhtli le entregó el resto de los que había recogido. Ella los aceptó sin decir nada y los tiró junto a todo lo demás. Entró al coche y bajó la ventanilla.

—Veamos qué quiere esa mujer. Si dices que no tiene mala intención, estaría dispuesta a escucharla si es lo bastante importante como para que viniera a verme así.

—Vaya en paz, señorita Sánchez.

Ella hizo una mueca, mostrando su incredulidad. Arrancó y se fue sin decir nada más. La distancia entre la construcción y la casa no era mucha, y en menos de diez minutos ya estaba llegando a la entrada.

Cuando empezaba a recoger sus cosas del asiento trasero, levantó la vista y quedó helada de miedo. La puerta de la casa estaba abierta. Carmen se quitó el cinturón de seguridad, dejó abierta la puerta del coche y corrió hacia la casa. Se quedó parada en el umbral durante un segundo, más llena de miedo de lo que creía posible. ¿Y si había alguien dentro? Alguien esperándola, alguien con las chicas. Con cautela, asomó la cabeza a la sala, pero no vio a nadie.

—¡Izel, Luna! ¿Dónde están? ¡Izel! —gritó, corriendo por la sala hacia la cocina y luego hacia las ventanas que daban al patio trasero. Mientras corría para revisar las recámaras de las chicas, Luna apareció por una esquina.

—¡Oye, mamá! Mira, tengo un nuevo aldeano —dijo mientras intentaba mostrarle la pantalla de su consola de videojuegos, donde jugaba Animal Crossing.

Carmen cayó de rodillas y la abrazó con fuerza. Sudaba y el corazón se le salía del pecho. Separándose de Luna, la sujetó por los hombros y miró arriba a Izel, que había salido justo detrás de Luna.

—¿Por qué dejaste la puerta abierta? ¿Cuántas veces te he dicho que la cierres? —preguntó.

—Pensé que la habías cerrado con llave. Ni siquiera hemos pasado por ahí —dijo Izel.

—Mira, mamá, se llama Apolo. Es un águila calva. Mejoré mi casa y atrapé un tiburón ballena —continuó Luna.

—Entonces, ¿por qué está abierta? Estaba abierta de par en par cuando llegué —señaló hacia la puerta aún abierta—. Escúchenme bien, ustedes dos. Esa puerta debe estar cerrada, completamente cerrada, cuando yo no esté. Y si alguna vez ven algo sospechoso, deben llamarme de inmediato. No quiero hacerles pensar que están en peligro ni asustarlas, pero es que no sé qué haría si les pasara algo. Pónganselo un poco más fácil a su anciana madre paranoica.

Ambas asintieron e Izel volvió a su habitación. Luna seguía tratando de mostrarle a Carmen la pantalla, pero ella estaba demasiado ansiosa y no prestaba atención, mirando más allá del juego y directamente a Luna.

—Luna, ¿estás segura de que no abriste la puerta? No me voy a enojar. Solo quiero saber por qué estaba abierta.

—No la abrí.

—¿Fue Izel?

Carmen sabía que había cerrado con llave la puerta por la mañana. Recorrió la casa, buscando por todas partes una pisada, algo que faltara o se hallara fuera de lugar; cualquier señal de que alguien hubiera entrado.

—No lo creo. No vi nada. ¿Estamos en problemas?

Carmen soltó los hombros de Luna, alisó la tela y le dio una palmadita en la cabeza:

—No, cariño. No pasa nada. Sigue con tu juego.

Carmen se sentó en la mesa del comedor mientras Luna volvía a su habitación. Demasiado nerviosa para trabajar, fue a cerrar la puerta del coche, pero no se molestó en recoger los papeles del asiento trasero. En cambio, se sentó y repasó mentalmente los acontecimientos del día. Tenía claro que había cerrado la puerta con llave esa mañana al salir, pero si las chicas no la habían abierto y fue otra persona, ¿por qué nada se veía raro? Recorrió la casa varias veces y no encontró nada que faltara o estuviera fuera de lugar.

Durante la cena, Carmen mencionó la puerta una vez más.

—Sé que ya dijeron que no abrieron la puerta, pero ¿ninguna de ustedes vio algo raro? ¿Algo fuera de lo normal hoy, mientras yo no estaba?

—¿Dónde? —preguntó Izel, poniendo los ojos en blanco.

—En la casa, afuera, no sé. Algo, cualquier cosa que les llamara la atención.

—No, nada, nada en absoluto. Estamos en el lugar más aburrido de la Tierra. Nunca pasa nada —dijo Izel.

—Yo vi a una señora que pasa todos los días. Se para delante de

la casa y saluda. Dice cosas que no entiendo. A veces se queda un
rato, enciende un cigarro, saluda y se va.

—¿Qué señora?

—No sé, una señora, una anciana.

—¿Pero qué quiere? ¿Vende algo?

—No, solo pasa y saluda de forma extraña, moviendo las manos. —Luna empezó a agitar los brazos arriba y abajo, en círculos,
señalando el suelo y luego su pecho.

—¿Sabes algo de eso, Izel? ¿Quién es esa mujer y qué quiere?

—No sé. Luna habla con todo mundo, con cada persona, cada
animal y con todo. Prefiero no averiguar.

—¿Por qué no mencionaste esto antes?

—No lo sé. No parecía importante —dijo Luna.

—¿De verdad, mamá? ¿Vas a preocuparte por una anciana que
pasa y saluda? —preguntó Izel.

Carmen se cruzó de brazos. Estaba llevando esto demasiado
lejos. Se levantó y empezó a recoger los platos sucios. Dejar a las
chicas solas la mayor parte del día no la preocupaba antes, no tenía
por qué empezar ahora. Se dijo que estaba perdiendo el control
sobre sus emociones; perdiendo el control y punto. Si perdía el
control en la obra con los trabajadores, esa emoción la seguía a
casa. No podía perderse en el miedo y la incertidumbre. Se rio de
su reacción exagerada, de lo mal que había manejado la situación
con Yoltzi. Las chicas recogieron sus platos y limpiaron la mesa
del comedor.

Mientras Carmen lavaba los platos, trató de calmarse. Tenía
que existir una explicación razonable para que la puerta estuviera
abierta. Pensó en la interacción con Yoltzi ese mismo día, algo que
en un principio era inexplicablemente aterrador, pero que después
de hablar con Quauhtli tenía al menos alguna clase de explicación.
Esto debía ser lo mismo. Tal vez el estrés de todo le había nublado

la cabeza esa mañana. No era imposible que se olvidara de cerrar la puerta con llave ese día, tal vez el pasador no había entrado. Puso a un lado el cuchillo que lavaba y cerraba la llave del agua cuando la vio.

Una deshilachada pulsera tejida toscamente con seis piedras verdes estaba sobre la barra de la cocina, junto a la llave. Su mano, ahora ligeramente temblorosa, la tomó y la puso a la luz. No la había notado en su recorrido por la casa. No faltaba nada dentro, porque había algo más. Su pulso comenzó a acelerarse de nuevo. Todo su razonamiento mientras lavaba se fue por el desagüe al estar segura de que había cerrado la puerta con llave ese día.

—Chicas, ¿de dónde salió esta pulsera?

Ambas llegaron para ver las piedras que sostenía.

—Ni idea, nunca la había visto —dijo Izel.

Luna la examinó cuidadosamente.

—Parece que de la anciana —dijo.

—¿Y cómo llegó hasta aquí?

—No sé —respondieron las dos.

Carmen les dijo que volvieran a lo que estaban haciendo. Se llevó la pulsera a su habitación y la metió en el cajón de su mesita de noche. Fuera lo que fuera, no quería dejarla en la sala. Una sospecha, de origen desconocido, la hacía desear mantener esa cosa lejos de sus hijas. Fuera lo que fuera, significara lo que significara, Carmen se convenció de que debía ser algún tipo de señal. Que la visita de Yoltzi se produjera el mismo día no podía ser una coincidencia. O bien ella lo había hecho, conocía a las personas que la habían puesto allí, o tenía algo que ver con su extraña advertencia. Carmen se revolvió y trató de conciliar el sueño, inaugurando una noche de insomnio.

9

Hacia las siete de la mañana Carmen renunció a intentar dormir y se levantó de la cama. Escogió unas gafas de sol más grandes para cubrir durante el día las bolsas de sus ojos trasnochados y puso a preparar café en la pequeña cafetera italiana Moka que llevaba a todas partes. Las chicas aún no despertaban. La pulsera seguía en el cajón de la mesita de noche en su cuarto, enjaulada como un animal peligroso. Durante toda la noche consideró arrojarla a la calle o tirarla a la basura, pero pensó que era mejor dejarla ahí. Creía que podía ser un desafío de quienquiera que las acechara, alguien que entró en su casa y que, en lugar de llevarse algo, había dejado algo: una amenaza, una marca, una señal.

Mientras se servía una taza de café negro y amargo, Carmen evaluó la posibilidad de llamar a su jefe en la empresa para pedirle un remplazo y volver a casa en Nueva York. Se olvidaría de la pesadilla de la construcción. Su carrera sin duda se vería afectada, un fracaso del que se recuperaría, o no. Era probable que perdiera el trabajo, pero su vida y la de las chicas podría estar en peligro. Si alguno de sus compañeros varones abandonara un encargo así, sería interrogado y posiblemente reprendido, tal vez incluso amonestado. Pero ella, una mujer en su país de origen, sería sin duda objeto de burla.

«Las cosas no han cambiado, no nos engañemos», se dijo. «Mi

fracaso es el de todas las mexicanas». Sabía que exageraba, pero no podía dejar de imaginar a sus compañeras riéndose a sus espaldas, riéndose de la mexicanita que no podía siquiera terminar una simple renovación en su propio país.

Alguien quería asustarla para que se fuera, y lo estaba consiguiendo. Las palabras de Quauhtli flotaban alrededor de su cabeza. No tenían mucho sentido. ¿Decía en serio que ocurría algo sobrenatural, o aquello era una metáfora? Los espectros y los monstruos solían reflejar los horrores causados por la ambición, el odio y el egoísmo humanos. «Nada más», se dijo. Le dolía la cabeza. Lo último que quería era ir a la obra y continuar su lucha diaria por el control frente a los trabajadores, en especial Joaquín. Pero no tenía opción. Terminó su café, despertó a las chicas e insistió en que no debían abrir la puerta en ninguna circunstancia, que debían tener sus teléfonos todo el tiempo y llamarla en cuanto vieran algo fuera de lo normal.

—Incluso si es una anciana un poco loca que saluda. Si alguien se acerca a la casa, me avisan.

—Está bien —respondieron las dos, todavía medio dormidas.

—Voy a cerrar con doble llave. En cuanto salga, pongan la cadena.

—Mamá, ¿puedo quedarme con la pulsera de piedras verdes? —preguntó Luna.

—No. No sé. Déjame pensar.

Después de comprobar varias veces que todas las puertas y ventanas estaban cerradas con llave, Carmen se permitió salir al fin. El viento soplaba y las nubes eran grises. Era un día pésimo para que lloviera. Iban a entregar materiales muy delicados, y algunas partes del techo aún no habían sido impermeabilizadas del todo, por lo que tendrían que esperar otro día para dejar que secara antes de sellarlo. Al llegar a la construcción, ya estaban entregando algo de mármol y una gran pieza de madera tallada, una antigüedad restaurada que iría cerca de la entrada, detrás del vestíbulo. Se alegró de ver que por fin algo había salido según lo previsto. Los trabajadores desempacaban el mármol para el vestíbulo y el comedor. Carmen estaba satisfecha, sonriente, hasta que se acercó y notó que las losas no habían sido pulidas ni acondicionadas como quería.

—Paren. Deténganse todos. Esto no es lo que pedimos.

Los trabajadores se quedaron paralizados, inseguros.

—La madera se queda, pero este mármol no es el que le pedimos al proveedor. Deben haber enviado el cargamento equivocado. Súbanlo de nuevo a los camiones. Llamaré a la compañía.

Joaquín se acercó corriendo, empapado de sudor y furioso.

—Esto es lo que se pidió, señora. No haga bolas a mis hombres solo por un arranque de autoridad.

Carmen señaló las losas del material:

—Joaquín, estas piedras no están pulidas ni selladas. No son lo que pedí, así que las devolveremos ahora mismo para que nos den las correctas.

—Las descargamos y las instalamos. Nosotros las vamos a pulir y a sellar después.

—No me estás entendiendo. Pedí específicamente que lo hiciera el distribuidor, que tiene un sellador de grado industrial que sé que durará. Aun sin pulir se puede ver que no son del color correcto. ¡Mira! Aunque las pulieras y sellaras, simplemente no quedarían como se supone en el diseño.

—Bueno, ya veremos lo que dice el padre Verón.

—Verón no tiene autoridad en esta ni en ninguna decisión relacionada con la construcción. En realidad, ni siquiera es *mi* decisión. Yo diseñé la estructura, la empresa que compró el terreno en primer lugar tiene su propio diseñador, que escogió los materiales.

Mi trabajo consiste en garantizar que se respete su decisión, así que aquí se hace lo que yo diga, y si no te gusta, pues... —Se limitó a levantar las manos.

Joaquín quedó desconcertado. Estaba acostumbrado a mostrarse decidido y no esperaba una respuesta firme, mucho menos una amenaza delante de sus hombres. Carmen corría el riesgo de una sublevación, y si perdía a los trabajadores, las cosas se pondrían muy mal. Aparte de los retrasos, había visto lo sencillo que era para Joaquín hacerle difícil todo, y sabía de las posibles consecuencias en caso de una represalia personal.

—¿Puedo hablar con usted en privado? —preguntó Joaquín.

—Sí, claro. Tan pronto como esta mierda esté de nuevo en el camión. No podemos tener más retrasos. Mi puerta está siempre abierta, Joaquín. Pero ahora mismo quiero que todos devuelvan esto.

—Es que los conseguí con descuento. En lugar de rechazarlas, debería agradecerme.

Carmen entendió rápidamente lo que había pasado: una vez más, el capataz la había ignorado, consiguiendo que un conocido le entregara la mercancía a cambio de una parte del dinero.

—Te agradezco el esfuerzo. Gracias, pero no, gracias. Quizá hayan costado menos, pero el trabajo de pulir y sellar se vuelve a agregar al presupuesto de todos modos. Prefiero tener solo los materiales que pedí.

Se dio vuelta y les dijo a los trabajadores una vez más que se dieran prisa. Temía que la ignoraran; en ese momento su autoridad se derrumbaría. Pero, sorprendentemente, los hombres —incluso los más testarudos, como Bernardo— empezaron a llevar las losas de vuelta al estacionamiento. Ella fue a revisar la pieza de madera. Era perfecta, una magnífica talla barroca, elegante y llena de maravillosos detalles.

—Con cuidado, es frágil —les dijo a los encargados de quitar la envoltura.

—Sí, señora —respondió uno de ellos.

Joaquín se quedó paralizado con un papel arrugado en la mano, como si fuera una derrota personal. Irónicamente, el pequeño triunfo de Carmen se traducía en más retrasos y quizá mayores costos, pero estaba contenta de sacrificar un poco de dinero con tal de definir quién mandaba. Se dirigió a su escritorio y se sentó detrás de una torre de papeleo dándose cuenta, a la escasa luz de la pequeña habitación, de que aún no se había quitado las gafas de sol. Sonriendo, se imaginó que debió haberse visto como toda una cabrona allá afuera, jodiéndose a ese hombre arrogante.

Reclinándose, aturdida por el insomnio y la adrenalina del encuentro, Carmen se rio para sí: «Justo lo que necesitaba: hacerme de más enemigos».

La pulsera de piedras la molestaba, pero no podía evitar sonreír ante lo absurdo de todo lo que ocurría alrededor. Se sintió desbordada por un momento mientras la ansiedad y la euforia se le mezclaban en un extraño brote de manía. Cuando su corazón dejó de acelerar, volvió bruscamente a la realidad y se puso a trabajar, flotando durante el resto de la mañana hasta que el padre Verón llamó a la puerta del despacho.

—¿Puedo pasar?

Carmen le hizo un gesto para que se sentara frente al escritorio y le puso una taza de café delante sin decir nada.

—Gracias, hija.

—Por supuesto. ¿En qué puedo ayudarle, padre? —Carmen no levantó los ojos de lo que escribía.

—Bueno, solo quería reportarme. Escuché que tuviste una discusión con Joaquín esta mañana. Creí que ustedes dos empezaban a ponerse de acuerdo.

Carmen levantó al fin la vista de su trabajo:

—Se estaba embolsando dinero y todavía me dijo que debería agradecerle. Sé que quería que nos lleváramos bien, y creo que estoy siendo bastante amable al no despedirlo por lo que intentaba hacer hoy.

Verón frunció el ceño:

—Supongo que sí. Bueno, vine para ver si podía hacer algo para ayudar a suavizar las cosas, pero parece que no me necesitan.

—Padre... —comenzó Carmen, pero Verón levantó la mano.

—Está bien. Comprendo perfectamente tu opinión al respecto, y no creo que escuchar a otra persona decir «Así se hacen las cosas aquí» te calme. Respeto que quieras que este sitio funcione como creas conveniente. Yo solo...

—Padre, no es eso. Quiero preguntarle algo —Carmen lo interrumpió al fin en una pausa de su discurso—, un asunto más personal.

—¿Eh? Por supuesto, intentaré responderte lo mejor que pueda.

—Creo que alguien se está metiendo conmigo, tratando de intimidarme, no sé. Tampoco me refiero a Joaquín, ni nada. El otro día vino alguien del Ayuntamiento y me dijo que estaba en peligro y luego, cuando llegué a casa, la puerta estaba abierta y alguien dejó esto.

Carmen sacó la pulsera de jade de su bolsa y se la tendió a Verón, que la tomó en sus manos y le dio unas cuantas vueltas.

—¿Joyería?

—Solo quería preguntarle si significa algo. ¿Por qué la dejaron en mi casa? Sé que no estaba allí cuando llegamos. La vi en la cocina, junto al fregadero. Usted ha ido a cocinar antes y tampoco la vio, ¿verdad?

—No, no la vi. —Verón miró la pulsera, perplejo, antes de devolvérsela—. Pero si tiene algún significado, lo desconozco. He vivido aquí un buen rato y no la ubico más que como joyería artesanal de algún tipo. Lo único que puedo decir es que se parece a algunas viejas artesanías nahuas que he visto a la venta en los alrededores de Tulancingo.

—Está bien. Gracias, padre.

Verón puso su taza de café, ahora vacía, sobre el escritorio y se levantó para salir cuando se dio vuelta:

—No venía a defender a Joaquín. Espero que podamos continuar con nuestras cenas.

—Luna no me dejaría en paz si la privara de su mole.

Verón sonrió y asintió antes de salir de la oficina, dejándola terminar su labor del día en paz. Mientras trabajaba, sus hombros se relajaron por primera vez en años. Aun si no había sido de mayor utilidad, la visita de Verón al menos le recordó que alguien cerca se preocupaba por ella. Sin embargo, la pulsera de jade seguía molestándola. Cuanto más intentaba sacársela de la cabeza, más se intensificaba. Intentó imaginar quién la había puesto en el fregadero, pero solo pudo evocar a una figura vaga y sombría dejándola en la barra de la cocina. Cuanto más trataba de visualizar quién lo habría hecho, más crecía la oscuridad, volviéndose monstruosa e inhumanamente grande.

Verón había dicho que, aunque no sabía lo que era, parecía náhuatl, así que tal vez un nahua sabría si tenía alguna especie de significado. Carmen dejó el escritorio y se dirigió a la nave del monasterio, para hallar a Quauhtli trabajando en la pieza de madera tallada que habían entregado ese mismo día.

—Hola, Quauhtli. ¿Cómo va todo?

Él se apartó del trabajo y se levantó de su posición encorvada para saludarla:

—Arquitecta. Las cosas van bien, solo estoy resolviendo los detalles de cómo vamos a colgar la pieza que nos trajo.

—Qué bueno. Acompáñame un momento, quiero hablar contigo al respecto.

Dejaron la escultura y las herramientas de Quauhtli mientras Carmen lo guiaba hacia el exterior, donde nadie pudiera escucharlos, antes de volverse hacia él. Habló con decisión intencionada, adoptando un tono autoritario que no había empleado antes con el amable carpintero.

—Tienes que explicarme claramente lo que quisiste decir ayer. No quiero oír las diversas interpretaciones posibles con respecto a lo que se refería tu amiga. Quiero saber por qué vino a hablar conmigo, y qué significa esto —sacó el jade y se lo puso delante.

Él tendió la mano, indicando educadamente que echaría un vistazo a la sarta de cuentas. Carmen dejó caer la pulsera en sus manos.

—Todo lo que intentaba explicar ayer es que Yoltzi no pretende amenazarla en absoluto, sino que cree que está, a falta de un término mejor, bajo una amenaza espiritual —dijo, sosteniendo la pulsera a la luz—. Si se pregunta si esta pulsera tiene algo que ver con ella, lo dudo.

A Carmen se le hundió el estómago. Las respuestas que estaba tan segura de obtener con solo una pregunta directa en realidad necesitarían muchas más.

—Pero reconozco el jade con solo verlo.

—¿Significa algo? —preguntó Carmen.

—Nuestros antepasados solían poner cuentas de jade en la boca de los muertos, ya que creían que podía guardar el aliento, el alma o el espíritu. También era un símbolo de renacimiento. Pero eso es solo lo que se me ocurre ahora. Podría ser algo más. ¿Por qué?

Carmen explicó lo azaroso de la pulsera, cómo había aparecido en su casa.

—¿Así que alguien intenta echarme una especie de maldición vudú nahua o algo así? —preguntó Carmen con incredulidad, sin preocuparse por su enfoque sobre la cultura de Quauhtli.

—Bueno, como dije, podría significar algunas cosas si se pregunta acerca de la cultura «vudú» nahua —respondió Quauhtli, lanzándole una mirada—. Si bien es cierto que soy nahua, no sé todo lo que hay que saber sobre mi gente. Sé que no le entusiasma conocer a Yoltzi, pero si le da oportunidad de explicarse tal vez aporte sobre el posible significado de la pulsera.

Carmen frunció el ceño, y todo su rostro le comunicó a Quauhtli lo poco que le interesaba conocer a la mujer que justo el día anterior había llegado aparentemente a amenazarla. El deseo de saber con exactitud qué era ese extraño augurio que le habían dejado para que lo encontrara le quemaba más que la incomodidad de reunirse con Yoltzi. Le tendió la mano a Quauhtli, que le devolvió la pulsera en la palma.

—Supongo que ambos podrían venir mañana por la tarde.

Intercambiaron información y ella le dijo dónde se hallaba la casa en la que se alojaban antes de que Quauhtli se disculpara para terminar de trabajar. Carmen, de nuevo, decidió que ese día debía volver a casa un poco antes. Dejando el papeleo sobre la mesa de la oficina, se dirigió a su coche y manejó de vuelta al Airbnb.

Esa noche, sin embargo, Carmen puso manos a la obra, abriendo página tras página en internet sobre mitos y tradiciones nahuas en busca de menciones sobre piedras y pulseras de jade. Cuanto más investigaba, más información contradictoria hallaba. Cualquier afirmación sobre el significado del jade en la cultura nahua solo encontraba afirmaciones opuestas y oposiciones a estas afirmaciones. Cada región del antiguo Imperio azteca tenía diferentes rituales y usos para casi todos los símbolos que parecían compartir en la superficie. Todo era enrevesado y confuso, empapelado por siglos de evangelización española y la tendencia de la historia a condensar todo en una narrativa unificadora.

Sus ojos insomnes se volvieron pesados y pronto cerró la *laptop*, cayendo al fin sobre su almohada y sumiéndose en un sueño agitado.

10

El día siguiente, sábado, Carmen lo pasó entero en casa con las chicas. Por mucho que hablara de ir a ver ruinas antiguas y lugares de interés del país los fines de semana, los días previos la habían dejado con una necesidad imperiosa de descansar y relajarse. Las tres Sánchez pasaron la mayor parte del tiempo sin hacer nada. Luna pasaba de los videojuegos a dibujar en su diario y buscar cosas en la *laptop* de Carmen. Cada vez que Carmen miraba por encima de su hombro, veía otra página de Wikipedia sobre los aztecas o los nahuas. Siempre había sido una esponja de conocimientos, pero al parecer hacía la tarea antes de que llegaran sus invitados.

Izel se quedó sobre todo en su habitación, pero cuando por fin halagó a Carmen con su presencia para comer, esta aprovechó la oportunidad. Se inclinó sobre la mesa mientras comían y comenzó el proceso de cuestionamiento conocido como hacer que Izel compartiera siquiera el mínimo detalle de su vida personal.

—Me di cuenta de que últimamente le sonríes mucho a tu teléfono —dijo Carmen con una sonrisita, llevándose un poco de comida a la boca.

Izel dejó de comer por un momento, una breve pausa antes de continuar:

—¿Y? A veces mis amigos me envían cosas graciosas.

—No, no. Reconozco esa sonrisa cuando la veo. Tú crees que

no me doy cuenta, pero soy tu madre y veo todo. —Carmen abrió mucho los ojos para dar una ayuda visual a la explicación de su vigilancia maternal—. ¿Cómo se llama?

La tez clara de Izel se volvió roja:

—¿Quién?

—El muchacho que hace que necesites cargadores portátiles para estar hablando todo el tiempo. Sé que ya dije que soy tu madre, pero yo también fui joven.

—Oh my God, literalmente, ¿de qué estás hablando? De veras son mensajes con Halley y Tina.

Luna se unió a la conversación desde el sofá, gritando:

—¡Es Josh! ¡Lo vi en tu teléfono el otro día!

—¿Qué demonios? ¡Luna! Te dije que no espiaras en mi teléfono —respondió Izel.

Carmen se volvió hacia Luna:

—¡Tiene razón, Luna! Debes respetar la privacidad de la gente. ¡Y a nadie le gustan los soplones! Nada de revisar las cosas de tu hermana, ¿de acuerdo? Pero —se volvió hacia la sonrojada Izel— ¡te lo dije! Yo lo veo todo.

—Como sea. ¡Solo lo supiste porque Luna abrió la boca!

La sonrisa de Carmen se dibujó en sus ojos:

—¡No! Lo sabía porque soy tu mamá. ¿Está en tu grupo?

Izel terminó su almuerzo, eludiendo abiertamente el interrogatorio de su madre. Carmen se conformó con dejarlo así. Ya había sabido más de lo que esperaba.

Cuando el sol se hundía en el cielo y colgaba bajo y anaranjado sobre los cerros de Tulancingo, alrededor de las cinco, sonó el timbre.

—¡Yo voy! —gritó Luna saltando del sofá y corriendo hacia la puerta.

Carmen se levantó de su asiento, tratando de detenerla:

—¿Qué dije de abrir la puerta? ¿Sabes quién es?

—Tú los invitaste, ¿no? —Luna ya estaba quitando el pasador y abriendo la puerta.

Carmen se quedó con ella en la entrada a tiempo para ver que la puerta revelaba a Quauhtli, relativamente sereno, y a su lado a Yoltzi, que parecía congelada por los nervios. Haciendo a un lado sus reservas sobre dejarla entrar a la casa, Carmen esbozó una agradable sonrisa e hizo un gesto para que pasaran.

Cuando Yoltzi pasó junto a Carmen, le entregó tímidamente una botella con una etiqueta pegada escrita a mano.

—Perdón por lo del otro día, y gracias por invitarnos para poder explicarme. —Yoltzi apretó la botella en la mano de Carmen—. Es solo un buen mezcal de aquí. No es una gran disculpa, lo sé, pero pensé que era algo.

Carmen la tomó en sus manos y consiguió poner una sonrisa incómoda, asintiendo:

—Es una buena disculpa, gracias.

Los dos nahuas se acomodaron, tomando asiento alrededor de la mesa del comedor. Quauhtli observaba la habitación, deteniendo la vista en los mismos puntos de construcción y diseño que Carmen había notado al inspeccionar por primera vez el espacio. Tenía sentido: en cierto modo, estaban en la misma profesión. Sin embargo, Yoltzi solo tenía ojos para Luna. La esbelta nahua miraba intensamente a la pequeña, que, de manera desconcertante, no parecía interesada en romper el contacto visual. Era como si se estudiaran entre sí. Ciertamente había una energía entre las dos, una línea trazada de los ojos de una a los de la otra, pero Carmen distaba de convencerse de que hubiera algo sobrenatural en un concurso de miradas. Después de todo, Luna tenía tendencia a mirar fijamente a los nuevos conocidos que le parecían interesantes. Carmen a menudo se descubría disculpándose innecesariamente con la gente en las filas por la intensa curiosidad de su hija hacia los demás.

Desesperada por romper el extraño silencio entre los cuatro, llamó a Izel para que saliera de su recámara:

—¡Ven a saludar, Iz! Tenemos invitados.

—¿No vino el padre Verón el otro día? —preguntó Izel al salir del pasillo antes de ver las dos caras nuevas y detenerse en el arco del vestíbulo.

—Esta es mi hija mayor, Izel. Izel, ellos son Yoltzi y Quauhtli.

Yoltzi apartó por fin la mirada de Luna para observar a Izel. Sonrió abiertamente:

—¡Oh! ¡Tienes un nombre náhuatl!

—Es un nombre como cualquier otro. La gente siempre lo confunde y me llama Isabel o Itzel. Con mis amigos yo solo soy Izzy.

—¿Sabes que significa «única»?

—Sí. —Izel estudió las baldosas del suelo—. Mi mamá me lo recuerda todo el tiempo.

—De hecho, nosotros somos nahuas —dijo Yoltzi señalándose a ella y a Quauhtli.

—Luna, tu mamá me dijo que eres artista y un tanto aficionada a la historia —dijo Quauhtli—. ¿Sabes algo de la cultura nahua? A fin de cuentas, tu hermana tiene un nombre como los nuestros, ¿no?

—¡Sí! Leí un libro que me regaló mi papá una vez sobre el Imperio azteca, pero he pasado mucho tiempo buscando cosas desde que llegué.

—¿Y qué aprendiste?

—El autor hablaba de que, hace mucho, había un lugar llamado Aztlán, donde vivían los aztecas. Y que, un día, algunos de ellos decidieron que no los trataban bien y se irían a otra parte, un lugar mejor, donde no los obligaran a trabajar tanto o a morirse de hambre. Creían en un dios llamado Huitzilopochtli, cuando se fueron empezaron a llamarse «mexicas» y caminaron durante muchos, muchos años, buscando un águila que se comía una serpiente sobre un cactus en medio de un lago.

Carmen recordó haber aprendido al respecto en la escuela primaria. Siempre le pareció increíble que la señal que buscaban fuera tan específica. Alcanzó el mezcal y empezó a abrir la botella. Ya había admitido que probablemente lo necesitaría.

—¿También te gusta leer libros de historia, Izel?

—En realidad no, me gusta leer guiones y manga.

—¿Cuál es la diferencia entre los nahuas y los mexicas? —preguntó Luna.

—Los nahuas hablamos náhuatl. Hay nahuas en todo el país y en Mesoamérica. Los aztecas, texcocanos, cholultecas, tlaxcaltecas y otros herederos de los toltecas, todos son nahuas. Los mexicas y aztecas hablaban náhuatl, pero no todos eran nahuas. Llamamos nahuas a las personas según la región en que se asentaron. En su éxodo, los aztecas, o mexicas, se asentaron en un lugar llamado Coatepec, muy cerca de donde estamos. Allí se dividieron en dos grupos. Algunos creían en Coyolxauhqui, la diosa con falda de serpientes, y querían quedarse allí. Y otros creían en Huitzilopochtli, y pensaban que debían seguir buscando la señal del dios. Pelearon, y estos últimos salieron victoriosos; en 1325 encontraron su señal y fundaron Tenochtitlán, una magnífica ciudad en el lago de Texcoco.

Carmen empezó a aburrirse. Había escuchado esas historias cientos de veces, el relato del origen del país pleno de fantasía, retórica y nostalgia. Tomó un sorbo del mezcal. Estaba bueno. Les ofreció a los invitados con un ademán. Yoltzi lo rechazó, pero Quauhtli aceptó un vaso. Yoltzi le dirigió una mirada de burla, pero no pareció hacerle caso y se sirvió un modesto sorbo del regalo que ella había traído.

—No entiendo nada de esa gente y sus creencias. Solo sé que su religión consistía en sacarles el corazón a sus enemigos y comerse a los que vencían en la guerra —dijo Izel de repente.

—Los mexicas se convirtieron en una tribu guerrera. Atacaban a sus vecinos, los invadían, saqueaban, conquistaban y secuestraban a muchos para utilizarlos como esclavos o en sacrificios. Su economía dependía totalmente de la guerra. Ser guerrero era la única forma de ascender en la escala social, ser honrado y reconocido. Pasaron de ser nómadas a convertirse en los fundadores de una maravillosa civilización, pero nunca se libraron de la obsesión religiosa de alimentar con sangre a sus dioses sin parar, en especial a Huitzilopochtli, que desarrolla un apetito insaciable.

Yoltzi miró a las chicas y se dio cuenta de que sus descripciones de la guerra y los sacrificios quizá no fueran un buen tema de conversación:

—Perdón, no es la mejor plática para ellas.

—Leí sobre eso en internet —dijo Luna.

—Sabe mucho de sacrificios humanos y canibalismo —dijo Izel con una mueca de desagrado.

—No te preocupes, estas muchachas han escuchado de todo, o casi todo. Bueno, al menos Luna ha estado, de hecho, leyendo un montón de artículos en internet sobre sacrificios aztecas y cosas por el estilo. Es difícil prohibirles algo cuando técnicamente es educativo —dijo Carmen encogiéndose de hombros.

—Se habla mucho de las guerras, de la grandeza militar y de la crueldad de los mexicas, pero rara vez de que también eran el pueblo de la flor y el canto —dijo Quauhtli.

—Y a pesar de estar obsesionados con la guerra, con lo que llamaban «la muerte a filo de obsidiana» (es decir, el orgullo de morir en combate o sacrificados), fueron derrotados por un puñado de españoles con unos cuantos cañones, caballos y una gran habilidad para la diplomacia, quienes lograron agrupar a las tribus veci-

nas para levantarse contra sus enemigos y opresores, los aztecas
—dijo Yoltzi—. Algo que ocurre con frecuencia con las sociedades
guerreras.

—¿Sabes todo esto por tu origen? —preguntó Carmen.

—En parte. Pero también soy licenciada en Historia por la universidad del estado —respondió Yoltzi.

—No podemos juzgar a la cultura mexica conforme a los valores actuales —intentó agregar Quauhtli.

—Lo sé, pero tampoco podemos ignorar que eligieron pelear, combatir e invadir en lugar de cooperar y armonizar —dijo Yoltzi.

—Por lo que sabemos, la paz no habría sido fácil entre esos vecinos. Y no olvidemos que su economía se basaba en la agricultura y en los tributos de las guerras.

—Sí, pero cuando los mexicas ya habían creado un imperio invencible y poseían una riqueza extraordinaria, continuaron con su carrera bélica expansionista, ¿y para qué? Para ver su cultura destruida en un abrir y cerrar de ojos por un enemigo débil y completamente inesperado...

—Por favor, discúlpennos, Yoltzi y yo todavía discrepamos en esta clase de temas —dijo Quauhtli, un poco avergonzado por ignorar a sus anfitrionas mientras discutían.

—Sí, yo también lo siento —dijo Yoltzi, tan tensa que apenas podía respirar—. Yo provengo de la tradición de Nezahualcóyotl, de los poetas filósofos mexicas —dijo, y forzó una sonrisa como si hubiera hecho un chiste que solo ella podía entender.

—No te preocupes, supongo que por esto vinieron en primer lugar, ¿no? —dijo Carmen.

—Quiero saber más sobre los guerreros jaguar y los caballeros águila y los ritos de paso que debían realizar —dijo Luna, y preguntó—: ¿Es cierto que no hay otra cultura en el mundo tan obsesionada con la muerte como los aztecas?

—La mayoría de la gente solo se interesa por la arquitectura y la violencia de los mexicas, como si solo hubieran sido una cultura que amontonaba piedras cuando no estaban matando gente. La verdad es que su sistema filosófico era complicado, elegante y rico. Se preocupaban por la vida del alma, y tenían un diálogo espiritual con los médiums. Como dijo Matos Moctezuma, «los aztecas no adoran a la muerte, sino a la vida a través de la muerte».

Carmen los observó fascinada y aterrorizada a partes iguales, preguntándose de dónde provenía esa gente. Era increíble que personas tan extrañas y bien informadas a las que no habría prestado mayor atención en un día normal hubieran entrado en su vida, pero tenía que interrumpirlos. Le preocupaban más los problemas urgentes. Cualquier otro día podían conversar sobre los nahuas, Nezahualcóyotl y Quetzalcóatl.

—Chicas, los adultos tienen que hablar de cosas de trabajo. ¿Qué les parece si se van a sus cuartos? Va a ser muy aburrido.

—No, me quiero quedar. Quiero seguir hablando de los nahuas y de las guerras floridas —dijo Luna.

—Luna, en realidad no era una pregunta. Vete a tu recámara por ahora. Hablaremos de lo que quieras más tarde. Ahora tenemos que ocuparnos de algunos asuntos de trabajo.

Izel se fue rápidamente, mirando su teléfono. Luna, en cambio, se alejó de mala gana, arrastrando los pies.

—¡Y cierra esa puerta! —gritó Carmen, y con el mismo aliento se dirigió a Yoltzi—. Por favor, explícame qué está pasando.

—Trate de olvidarse, por un segundo, de todo lo que le enseñaron. Imagine que existen los fantasmas, seres transitorios, espíritus, demonios o almas diáfanas, como los llama Yoltzi —dijo Quauhtli.

—Y esto lo dice alguien que estudió física.

—Sé que no es fácil de aceptar, pero imagine que hay mundos

paralelos, mundos que no podemos ver, y la gente de esos mundos tampoco puede vernos. Pero, de repente, hay portales que se abren por algún motivo, y los vivos y los muertos pueden encontrarse. Algunos de esos encuentros no tienen repercusiones, otros son positivos y otros pueden ser peligrosos.

—De eso se trata la mitad del cine de terror —dijo Carmen.

—Y también mitos y leyendas en todo el mundo. Hay una razón para eso.

—¿Y cómo se relaciona con mi familia?

—Su hija menor —dijo Yoltzi— está en riesgo de ser utilizada como portal entre mundos. —Miró al suelo, como si la avergonzara hablar de esto frente a ella.

—¿Por qué Luna? —preguntó Carmen, visiblemente angustiada.

—Luna tiene una sensibilidad especial. Estoy segura de que, como su madre, puede ver eso, su apertura al mundo, esa hambre de conocer todo y a todos; es maravilloso, pero también es una vulnerabilidad. Su llegada ha despertado fuerzas antiguas que la ven como un pasaje, un portal o un vehículo.

—¿Y qué puedo hacer?

—Protegerla de eso, de los demonios —añadió Quauhtli.

—Bueno, sí, por supuesto. ¿Pero cómo se supone que lo haga? Quauhtli, por favor, entiende. No creo en apariciones, milagros, posesiones o demonios. No quiero juzgar tus creencias, pero no puedo aceptar que lo que me dices sea cierto.

—Lo sé.

Yoltzi volvió a hablar:

—Hace unos días vi que su hija tiene algo que atrae a los seres diáfanos, a ciertos espíritus. Sé que suena raro, pero imagínelo como una luz que puede atravesar la barrera entre dos mundos. Es algo que la mayoría de la gente no puede ver, pero por alguna razón yo sí. Al principio no estaba segura, así que la seguí por la calle durante un rato, y de repente apareció uno de esos seres, una *tzitzimitl*, un demonio. Fue como si marcara su territorio, como un cazador que observa a su presa y la sigue hasta que es vulnerable, y entonces ataca. Cuando me vio, quiso intimidarme.

—Yoltzi, no te lo tomes a mal, pero lo que dices suena a locura fanática. ¿Cómo sabes si no es solo tu imaginación?

—Ay, podría ser, no lo niego. Pasé mucho tiempo cuestionando mi cordura, pero eso ya quedó atrás. He visto suficientes cosas... que sí han sucedido.

—Pero hablas de fuerzas satánicas, demonios o lo que sea, que solo tú puedes ver y escuchar.

—Hablamos de este tipo de cosas con el lenguaje que nos enseñan en la escuela, en la iglesia, en la calle o incluso en las películas. Cuando decimos «demonios», pensamos en pinturas religiosas y películas. Las palabras que utilizamos no representan con exactitud a esos seres o cosas, o lo que sean. Esos seres inmateriales siempre han estado aquí, nuestros antepasados y los de ellos lo sabían, coexistían de diferentes maneras, les temían y les pedían favores. De cuando en cuando alguien, como yo, tenía la capacidad de verlos. No comparten nuestros valores o preocupaciones, pero tienen ambiciones que reflejan las nuestras. ¿Son nuestros muertos, nuestros dioses, seres interdimensionales? No tengo idea. Los mitos y las religiones intentan explicar su presencia. Todo lo que sé es que están al otro lado de una barrera y que solo pueden afectar ocasionalmente nuestras vidas.

—Lo que me cuentas suena interesante como teoría. Pero cuando esto apareció en mi cocina —dijo, sosteniendo la pulsera de jade— sí me preocupó. No tengo idea de dónde salió. Podría ser una coincidencia, quizá las chicas la encontraron y no quieren decírmelo, o tal vez ya estaba en la casa cuando llegamos. Pero la verdad es que es un misterio.

Carmen estiró la mano y se la entregó a Yoltzi.

—De verdad no creo que las chicas tengan nada que ver con esto. Y estoy segura de que la habríamos notado si ya estuviera aquí. Apareció de repente, y la puerta estaba abierta. No sé, pero no creo que los espectros de los que hablas necesiten abrir puertas para entrar. Pensé que como parece náhuatl, ustedes podrían saber si significa algo, si tiene algún tipo de mensaje detrás, pero no imaginaba que hablaríamos de cosas como espíritus y dioses —añadió.

—El jade era precioso para todas las culturas de Mesoamérica —dijo Quauhtli—. Leí un poco después de nuestra conversación de ayer. Podría ser una ofrenda, un pago simbólico a cambio de algo. Puede que no sea nada.

—¿Y la puerta abierta?

—Como dijo, no creo que los espíritus tengan necesidad de abrir puertas —dijo Quauhtli—. Pero ¿y la señora que mencionó? ¿Dijo que las chicas vieron a una anciana pasar por aquí?

—No sé nada más, pero dudo que sea un gran riesgo.

—Tal vez no sea una anciana; solo lo parece. Las cosas no son siempre lo que creemos que son —intervino Yoltzi.

—Francamente, me preocupan los vivos, los que existen en este mundo y esta dimensión, y que tengan malas intenciones, ya sea por mi trabajo, porque ven a mis hijas como gringas o simplemente por ser mujeres. Las mujeres aquí están en constante peligro.

—Si alguien lo sabe, soy yo —dijo Yoltzi.

—Hay razones para andar con cuidado por aquí. Joaquín puede ser peligroso. Pero no está loco, no se metería con una estadounidense —dijo Quauhtli.

—Estoy protegida por un pasaporte, esa es mi magia. Pero debo decir que es aterrador ver volantes de chicas desaparecidas por todas partes. ¿Cómo pueden vivir así? Quauhtli, Yoltzi, les creo cuando dicen que les preocupa mi bienestar y el de mis hijas. Estaba perfectamente dispuesta a escucharlos, pero, como dije, tengo demasiadas preocupaciones en el mundo material como para perder el tiempo con el reino de lo espiritual. No estoy segura de que un talismán o lo que sea nos protegerá, pero creo que mantener la puerta con llave sí lo hará —se levantó para indicar que la reunión había llegado a su fin.

Yoltzi se levantó de inmediato, agachando un poco la cabeza. Parecía un tanto abatida, como una vendedora que no había conseguido convencer a Carmen de comprar lo que ofrecía. Quauhtli también se levantó y le tendió la mano a Carmen.

—Aquí estoy para cualquier cosa que necesite. Ayuda con los vivos o con los muertos —dijo con una sonrisa.

—Muchas gracias.

—Y sí, es horrible lo que pasa con los feminicidios, y no solo aquí, sino en todo el país.

—No se preocupe, no volveré a molestarla sin avisar, señora —añadió Yoltzi—. Y el hecho de que estos crímenes ocurran en todas partes no hace que la atmósfera de miedo aquí sea mejor.

—No te preocupes por volver a molestarme. Creo que hemos superado nuestro malentendido. De verdad agradezco tu preocupación, aunque no la comparta precisamente.

Yoltzi se dio vuelta, apretando la bolsa contra el pecho, y se dirigió hacia la puerta con pasos cortos y rápidos. Al oír ruido junto a la puerta, Luna salió corriendo de su habitación.

—¿Por qué te vas? Dijiste que hablaríamos más de los aztecas y los mexicas.

—Nuestros invitados tienen que irse, Luna. Volveremos a verlos pronto.

Luna alcanzó a Yoltzi en la puerta y la abrazó con firmeza. Yoltzi aguantó varios segundos sin soltar la bolsa hasta que Luna se separó.

—Gracias por enseñarme.

Luna también abrazó a Quauhtli. Carmen estaba confundida por la excesiva familiaridad repentina de Luna con Yoltzi. Por un lado, era lindo y en absoluto fuera de lo normal que la alegre Luna se mostrara afectuosa con alguien que acababa de conocer, pero Carmen no quería prolongar la visita o esa relación más de lo necesario. Solo quería cerrarle la puerta a todo lo dicho y guardarlo en el cajón de los recuerdos absurdos. Esperaba en un futuro no muy lejano no recordar nada de los locos y sabios nahuas que querían proteger a su hija de los fantasmas.

La primera parte de su deseo se cumplió y por fin cerró la puerta. Luna ya se dirigía a su habitación y Carmen se hundió en el sofá de la sala sin respuestas sobre cómo o por qué la pulsera había llegado hasta allí, pero con un conocimiento mucho más amplio de la cultura nahua. Así que, pensó, al menos no había sido una completa pérdida de tiempo.

11

D e vuelta al trabajo la semana siguiente, Carmen se paseaba por la obra, revisando todo lo terminado hasta entonces. En general, estaba contenta. A pesar de algunos contratiempos burocráticos y de suministros, avanzaban a buen ritmo y últimamente no había encontrado mucha resistencia por parte de los trabajadores. Joaquín hacía todo lo posible por evitarla, y la mayoría de las veces entregaba sus materiales a tiempo. Mientras su vida personal parecía haber dado un giro extraño, todo en el monasterio estaba de hecho bajo control, para variar. El universo le había quitado el estrés del trabajo y, a cambio, le había dejado caer la ansiedad de la pulsera de jade en la barra de la cocina.

Su teléfono sonó. Era Izel.

—¿Qué pasa? —preguntó Carmen apresuradamente, sin saludar.

—No pasa nada, tranquila. Es solo que nos aburrimos, y como estamos hartas de estar encerradas en casa, decidimos visitarte en la construcción, por lo menos para tomar un poco de sol.

—Está bien, denme media hora y pasaré a buscarlas en el coche.

—No te preocupes, ya casi llegamos.

—¿Salieron solas? —Carmen ya caminaba a toda velocidad hacia la luminosa entrada del monasterio—. Recuerdo haber dicho claramente hace apenas unos días: «No salgan solas sin avisarme».

—Literalmente te estoy avisando ahora mismo —dijo Izel—. Estaremos allí en unos cinco minutos.

—¡Izel!

La comunicación se cortó y el teléfono de Carmen solo emitió un pitido como respuesta.

Fuera del refugio de la sombra del monasterio, el calor era seco e intenso. Sin nubes en el cielo, Carmen tuvo que entrecerrar los ojos contra la luz del sol reflejada en el paisaje al otear el horizonte en busca de las chicas. Mientras pudiera verlas, pensó, todo iría bien. Pero no podía distinguir casi nada entre las brillantes líneas de calor que surgían de la tierra recalentada. Dejando el coche en su sitio, Carmen echó a andar en dirección a la casa. Si estaban a solo cinco minutos a pie, debían estar justo encima de la ligera pendiente que rodeaba el monasterio. El polvo flotaba en el aire cuando Carmen comenzó a seguir un sendero apenas marcado entre la maleza con el sol martillando su cabeza. Cuanto más pasaba sin ver a las chicas en la cúspide, más rápido se movían sus pies abajo hasta que casi corría. Cuando por fin vio que algo se movía adelante, echó a correr. La silueta, más o menos de la altura de Izel, no parecía dirigirse hacia ella y Carmen agitó las manos sobre su cabeza, gritando.

—¡Izel! ¿Luna viene detrás de ti?

Izel no contestó, pero agitó los brazos en respuesta. Carmen seguía corriendo; el calor y el pánico crecían en su pecho, y empezaba a sentirse mal por la ansiedad. ¿Le había pasado algo a Luna? ¿Por eso se había detenido Izel? Carmen tomó el teléfono, dispuesta a marcar el 911.

Sus ojos finalmente se ajustaron al sol abrasador, y cuando Carmen se acercó se dio cuenta de que no había estado corriendo hacia Izel en absoluto. La silueta era la de una anciana. Una mata de pelo gris y sucio colgaba debajo de un rebozo andrajoso sobre su cabeza, ocultando el rostro demacrado y profundamente arrugado mientras la anciana murmuraba con voz temblorosa, agitando las manos en el aire hacia la nada. Carmen se paralizó y escudriñó alrededor, incapaz de ver el monasterio detrás ni el final del sendero que conducía al Airbnb del que debía venir su hija.

Desbloqueando su teléfono, Carmen se apartó de la anciana y le marcó a Izel sin obtener respuesta. Llamó a Luna. Llamó a Izel. Llamó a Izel de nuevo. Le temblaban los dedos mientras pasaban por su cabeza imágenes fragmentarias y situaciones fantasiosas en las que podrían encontrarse sus hijas. Los volantes de la plaza cubrían su mente.

La anciana se había vuelto más ruidosa, más enloquecida. Por el rabillo del ojo, Carmen pudo ver que la miraba mientras la bruja agitaba los brazos de forma más frenética. Decidió que necesitaba el coche. Tenía que ir a buscar a las chicas. Tal vez habían tomado la carretera principal. Carmen levantó al fin la vista de su teléfono e iba a correr de vuelta al monasterio, pero el paisaje había cambiado por completo.

El paisaje de Tulancingo giró con ella en el centro y el vértigo la hizo tambalearse. Su estómago, enfermo de ansiedad, llegó al límite y Carmen se dobló y vomitó sobre la tierra seca del sendero. Al enderezarse de nuevo e inclinar la cabeza hacia atrás para respirar profundamente, vio que el cielo del mediodía se había vuelto de un intenso color escarlata y las colinas circundantes desaparecieron para dar paso a una tierra vasta y árida que se extendía en todas direcciones. Sin ninguna forma de orientarse, Carmen sintió que su única opción era correr en la dirección en que suponía que había estado el monasterio, la dirección de la que creía haber venido.

—Oh, Dios, Luna, Izel, ¿dónde están? —gritó.

La acidez estomacal ardía en su garganta mientras jadeaba en el aire caliente y seco. La ilusión de control y el buen ánimo de la mañana se habían esfumado. Carmen se sentía completamente sola y aterrorizada en el vacío paisaje mexicano. Sola, excepto por la anciana. La anciana seguía allí. En todo el paisaje cambiante, el espacio estéril y vacío que había sustituido la realidad de Carmen, la mujer permanecía. Todavía podía escuchar sus incoherentes fárragos, el sonido de fondo de esta pesadilla lúcida. El lado más feroz de la naturaleza de Carmen estaba saliendo a la superficie. Fustigada por la paranoia y un profundo terror por la seguridad de sus hijas, Carmen giró y le gritó a la lunática.

—¿Quién eres? ¿Qué demonios quieres? —preguntó.

La señora dejó de moverse y clavó los ojos en Carmen.

—Busco a mi hija —dijo la anciana.

—¿Tu hija? ¿Quién es tu hija? —preguntó Carmen.

Los ojos de la anciana se entrecerraron. Bajo los viejos párpados arrugados, el blanco vidrioso de sus ojos pasó de estar inyectado de sangre a un rojo intenso y sanguinolento. Carmen había visto en la televisión algo parecido en los combates de boxeo. Era como si los vasos sanguíneos de la mujer hubieran estallado espontáneamente. Carmen retrocedió un paso, tropezó con una piedra y mantuvo el equilibrio mientras la anciana avanzaba hacia ella y empezaba a canturrear de nuevo.

Al volver a mover las manos siguiendo un patrón, sus uñas cortando símbolos e imágenes en el aire entre ellas, Carmen no podía dejar de observar su rostro. La piel no colgaba correctamente sobre sus rasgos al mover la boca. El rostro arrugado parecía una máscara de látex barata. Juraría que pudo ver cómo se desprendía de las órbitas de la mujer. El cántico llegó a una parte en la que la mujer colocó las manos sobre el pecho y, cuando lo hizo, el rebozo que cubría su cuerpo se hundió bajo sus palmas. Era como si no hubiera nada donde debía estar su caja torácica, pero algo empezó a moverse y a cambiar bajo la tela. Un codo o una muñeca empujaban el rebozo desde dentro. Algo bajo el rebozo presionaba hacia fuera, como si un apéndice extra brotara del esternón de la mujer. El vértigo había vuelto, y Carmen tenía náuseas de nuevo. Separando los pies para mantener el equilibrio, cerró los ojos con fuerza y trató de concentrarse en no desmayarse ni caer de nuevo cuando sonó su teléfono; lo buscó en su bolsillo. Con los ojos aún cerrados, sintió que el sol ya no caía sobre sus piernas y manos. Algo se lo impedía. El cántico de la anciana era más fuerte y Carmen podía sentir que las separaban escasos centímetros. Deslizando a ciegas los dedos por la pantalla y levantando el teléfono a su oído, Carmen gritó al micrófono.

—¿Izel?

—¿Sí, mamá? ¿Qué pasa?

—¿Dónde estás? —gritó Carmen.

—Estamos juntas. Luna olvidó sacar su cuaderno de dibujo y no paró de molestar hasta que regresé con ella para agarrarlo. ¡Oh, ya te veo! ¿Estás bien?

Carmen abrió los ojos y volvió a quedar cegada por el día antes de poder mirar alrededor. El cielo estaba despejado y todo había vuelto a la normalidad. Vio a las chicas caminando hacia ella. Luna, con su mochila a la espalda, la saludó con la mano mientras saltaba. Carmen sintió tal alivio que casi se olvidó de lo sucedido. Buscó a la anciana. Quería preguntarles si era la que habían visto pasar por la casa, pero ya no estaba. Desapareció. Carmen se quitó el sudor de la frente y de los ojos. Quería gritarles y regañarlas por hacerla pasar por eso, pero su encuentro con la mujer la tenía confundida. Luna corrió hacia ella y la abrazó. Izel se limitó a saludar con la mano desde donde estaba. Pensó que podría haber sido una alucinación, causada por el estrés, el miedo y el calor. En cualquier caso, los ojos de la mujer quedaron grabados en su memoria.

—Te estaba buscando. Te llamé y no contestaste.

—¿Me llamaste? Tuve el teléfono conmigo todo el tiempo y no vi ninguna llamada. Mira, no tengo ninguna llamada perdida. Probablemente llamaste a mi número de Estados Unidos o algo así.

—Estoy segura de que les marqué. A las dos, y no una ni dos, sino varias veces. ¡Mira! —Abrió sus llamadas recientes y las últimas que aparecían eran la primera llamada de Izel y la que acababa de hacer. Eso era todo. Su cabeza era un vórtice. Sentía un dolor palpitante.

—¿Qué pasó con la anciana, la vieron?

—¿Qué? —preguntó Izel.

—¡Sí! Hoy estuvo afuera de la casa, hace un rato —respondió Luna.

—¿Pero la viste aquí? Estaba aquí hace un segundo.

—No —dijo Luna.

Izel ya estaba enviando mensajes de texto. Probablemente contándoles a sus amigas el nuevo incidente loco de su madre. Carmen quería hacer más preguntas, preguntarles qué habían visto cuando la descubrieron, pero no quería trasladar sus paranoias a sus hijas. Aunque realmente no fuera nada, sabía que una de las cosas más aterradoras para un niño es ver a su madre asustada. Era uno de esos instintos que tienen los hijos a cualquier edad. Carmen decidió no insistir más.

—¿Por qué vinieron a visitarme? —preguntó, cambiando de tema.

—Para verte y, no sé, para hacer algo fuera de casa. No nos habrías dejado ir a ningún otro lado. ¿Qué opción teníamos? —dijo Izel.

—Está bien. Bueno, ¿ya comieron?

—No, y tengo hambre —dijo Luna.

—Podría comer algo —dijo Izel, sin siquiera levantar la vista del teléfono.

—Genial, podríamos ir por unas quesadillas al mercado.

—¡Sí! —dijo Luna, encantada.

—¿Podemos ir a un restaurante normal, aunque sea una vez? —La voz de Izel derramaba fastidio—. Entiendo que quieras para nosotras una «experiencia auténtica» o lo que sea, pero no creo que aquí la gente *solo* coma en bancas sucias e incómodas.

—Vamos. Es solo una comida rápida, luego pueden volver conmigo a la construcción para supervisar al equipo que está terminando el atrio y después iremos a algún sitio. Sé que ustedes dos han estado mucho en la casa últimamente.

—¡Sí! —gritó Luna de nuevo.

Izel emitió una especie de gruñido frustrado mientras caminaba en círculos, pero luego siguió a su madre y a su hermana hacia el área de comida.

Las quesadillas restablecieron el orden, como siempre. Incluso Izel, que tanto se había quejado, se zampó tres, olvidándose de la higiene y el aspecto del pequeño puesto del mercado. Luna estaba feliz, y Carmen pudo comer dos quesadillas de queso mientras remitían las náuseas que había sentido. Cuando terminaron, Luna quería ver los puestos de productos, comida y curiosidades, pero Carmen tenía que volver. Había dejado la obra sin supervisar en su ausencia, le preocupaban algunos acabados y tenía muchos documentos que firmar. Sentada en los pequeños bancos del puesto de comida en medio del ajetreo de la tarde, Carmen sintió que la naturaleza sobrenatural de su miedo era sustituida por la familiar ansiedad cotidiana que le producía el trabajo, como si sus temores y preocupaciones anteriores no fueran sino un mal sueño, algo visto en una película a la que no había prestado mucha atención y que recordaba a pedazos, escenas inconexas e inverosímiles, y los ojos penetrantes de la mujer. Despertaba de nuevo en el estrés normal de su vida de vigilia.

Luna escribía algo en su diario, complementando sus palabras con dibujos. Carmen pudo ver que dibujaba pirámides, penachos y pedernales. Siempre había tenido buena mano, sobre todo para copiar imágenes, pero estos bocetos eran extraordinarios.

—Luna, son unos dibujos muy bonitos —dijo.

—Siempre piensas que mis dibujos son bonitos.

Estuvo a punto de decir que esta vez era diferente, que lo decía en serio, pero en lugar de eso le pidió ver los bocetos, y le parecieron muy maduros y precisos.

—¿De dónde sacaste estas imágenes?

—No sé.

Eso era un poco raro. Normalmente Luna tenía una extraña memoria enciclopédica para las cosas que intentaba reproducir en sus bocetos. No paraba de farfullar sobre ellas mientras las hojeaba para Carmen. Izel se inclinó desde su asiento y miró el diario abierto en las manos de Carmen.

—Sí, son buenos. Definitivamente estás mejorando mucho. ¿Puedo publicarlos en mi Instagram? —preguntó Izel, apuntando con su cámara al diario abierto en las manos de Carmen.

Luna agarró el diario, arrebatándoselo a su madre.

—¡No! No quiero que nadie lo vea.

Carmen e Izel dieron un salto atrás, sorprendidas por la vehemencia de Luna.

—¡De acuerdo! No te preocupes. No voy a publicar nada. Perdón por preguntar —dijo Izel antes de volver a su pantalla.

Carmen frotó la espalda de Luna desde su asiento en la mesa:

—Está bien si quieres mantener tu diario para ti, pero Izel no pretendía molestarte ni nada parecido. No tenías que reaccionar tan agresivamente, Lunita.

Luna cerró el diario y lo acercó a su pecho.

—Lo sé. Es que no quería que le sacara una foto antes de que yo pudiera decir algo. —Luna miró a su madre y hermana, luego al suelo y murmuró a regañadientes—: Lo siento.

—Bueno, tenemos que volver a la construcción. Ya se me hizo tarde. Pueden venir conmigo y esperar un poco. Pero, por favor, no se alejen demasiado y no se metan en problemas. Izel, ¿quieres también un cuaderno para llevar un diario?

Izel bajó los hombros y puso los ojos en blanco.

—No. Gracias.

aminaron bajo el sol. Lo caliente y seco del aire era familiar. Soplaba una brisa del este que traía un poco de aire fresco, pero también levantaba polvo. Cuando llegaron al monasterio, las chicas se instalaron en el despacho de Carmen. Izel videollamó a su amiga Tina para quejarse de lo horrible que era todo. Luna seguía dibujando y haciendo notas en su cuaderno. Quauhtli asomó la cabeza para saludar.

—¿Cómo están?

—Estamos bien, Quauhtli. Acabamos de almorzar algo y las chicas se quedan aquí un rato mientras trabajo.

—¡Quauhtli! ¡Mira mis dibujos! —dijo Luna, sacando su cuaderno de la mochila.

Se inclinó hacia él y adoptó la cara que hay que poner cuando se examina el arte de un niño, una expresión exagerada de concentración. Quauhtli aparentaba evaluar en serio el arte de la pequeña cuando su rostro se suavizó y dijo con genuina admiración en la voz:

—¡Oye! ¡Son muy buenos, Luna! Tienes buen ojo, ¿eh? Impresionante para alguien tan joven.

—¿Qué? —dijo Izel al otro lado de ambos—. ¿Así que no me los enseñas a mí, pero Quauhtli sí puede verlos?

—Porque lo entiende.

Izel puso los ojos en blanco y se rio:

—Oh, está bien, claro.

—Quería verla para decirle que las baldosas del patio están listas. ¿Podría venir a revisar para aprobarlas? —le preguntó Quauhtli a Carmen con los ojos todavía en las páginas del cuaderno de Luna mientras las pasaba para él.

—Perfecto, estaré allí en un segundo.

—Y ya que sus hijas están aquí, tenía algunas cosas que iba a darle para que se las llevara. ¿Le importa si se las entrego ahora? —le preguntó a Carmen.

—Por supuesto —dijo ella, intrigada.

—Esto es para ti, Izel —dijo, y de un bolsillo de su delantal le entregó un dije de madera con un tigre tallado al estilo azteca.

—Gracias, Quauhtli. ¿Tú lo tallaste? —preguntó. Izel dejó el teléfono y se ató el dije al cuello antes de volver a tomar el aparato y mostrarle a Tina el regalo que acababa de recibir.

—Claro que sí. Y este es para ti, Luna —le dio uno similar, pero con un águila en su lugar.

—Es el águila de los guerreros —dijo, emocionada.

—Sí, el más alto honor para los jóvenes mexicas.

—¡Gracias, me encanta! Lo llevaré siempre.

—Gracias, Quauhtli. Eres muy amable. La verdad es que son muy bonitos. —Carmen no era muy aficionada a las artesanías, pero los dijes le gustaban mucho. Miró su reloj—. Ah, tengo que empezar mi ronda. Voy con retraso y tengo muchas cosas que hacer antes de que acabe el día.

Quauhtli se dio vuelta y salió por la puerta del despacho:

—La acompaño.

—Claro. —Carmen se volvió hacia sus hijas al salir—. Chicas, por favor, avísenme antes de ir a cualquier parte. Están en una obra en operación, así que traten de quedarse aquí, si pueden. Hoy intentaré terminar temprano y podremos salir a comer después.

—Bueno —dijo Luna mientras volvía a su diario.

Izel hizo un gesto con la mano, como diciendo: «Sí, sí, vete ya».

Carmen caminó con Quauhtli. Se detuvieron primero para ver las baldosas que había instalado y supervisado.

Siguieron haciendo la ronda mientras Carmen se reportaba con el personal, ya que acababan de incorporar a un maestro carpintero y al pintor, que ya la esperaba. Se suponía que Joaquín iba a estar en la visita, pero no estaba, y Carmen no echó de menos su actitud en absoluto, aunque su ausencia hacía más que evidente que las cosas no iban bien.

—¿Dónde está Joaquín? —dijo Carmen, furiosa.

Nadie respondió.

Forzó una sonrisa.

—Vamos a terminar con esto entonces.

En el momento en que entraban en la nave principal, oyeron gritos.

—¡Quítate! ¡Quítate! ¡Quítate!

Unas agujas de adrenalina pincharon la piel de Carmen mientras sus ojos corrían de un lado a otro para averiguar de qué se alejaba todo mundo. Lo oyó antes de verlo, el sonido de metal contra metal resonó en el monasterio abovedado anunciando la caída de la primera barra del andamio. Sus ojos se detuvieron al fin en la estructura que se tambaleaba, justo a tiempo para ver cómo caía otra barra de soporte mientras la sección del andamio comenzaba a doblarse y balancearse, las uniones cedieron y las tablas de la pasarela se vinieron abajo. Algunos trabajadores saltaron de él y al llegar a tierra corrieron para alejarse de donde pudiera caer. Un hombre saltó de una altura excesiva y aterrizó mal, Carmen vio cómo se le doblaba la rodilla al chocar con el suelo, luchando por ponerse en pie mientras la estructura se vencía a su lado.

El estrépito fue ensordecedor con todas esas piezas de metal hueco colapsando. Un par de trabajadores que estaban en los niveles superiores de la estructura improvisada no consiguieron bajar a tiempo y cayeron con ella. El andamio se derrumbó contra una pared, rompiendo el ladrillo como si fuera una simple pared de yeso.

—¡¿Están todos bien?! —gritó Carmen antes de que el sonido del metal cesara. Su cabeza giró para intentar hacerse una idea de los daños mientras pensaba en sus hijas. Se le heló la sangre y se volvió para ir corriendo a su despacho, rezando por que las chicas la hubieran escuchado y se quedaran donde estaban. Al darse vuelta, prácticamente cayó sobre las dos chicas. Los nervios y la conmoción se apoderaron de ella, dejó de contener la respiración y le gritó a Izel:

—¡Qué demonios estás haciendo! ¡Te dije que te quedaras en la oficina! ¡Podrías haberte lastimado viniendo aquí! ¿Y si se cayera algo más? —Carmen se dobló y las pegó a su pecho—. ¿Y si se hubieran lastimado?

Izel se retorció un poco antes de abrazar a su madre, claramente conmocionada:

—Estábamos en el despacho cuando lo oímos. Luna saltó del sofá y yo iba a detenerla, pero me di cuenta de que teníamos que ver si estabas bien.

Luna apoyó la cara en el hombro de Carmen:

—Lo siento. Solo queríamos ver si estabas bien.

Carmen les dio un fuerte apretón y se levantó de nuevo, mirando alrededor y llamando de nuevo a todos en el monasterio:

—¿Falta alguien?

No hubo respuesta directa, solo una cacofonía de gritos y murmullos al llamar los trabajadores a sus amigos. Unos cuantos se reunieron en torno a los escombros de la pasarela y juntos se pusieron a quitar barras y tablas de encima de uno de ellos. Carmen apartó a las chicas mientras Quauhtli iba a comprobar cómo estaban los trabajadores y a preguntar, uno por uno, si faltaba alguien. Volvió después de hablar con algunos:

—Parece que todos están bien. Solo uno quedó sepultado y parece que tuvo mucha suerte, solo se rompió la pierna y tiene algunos moretones por la caída de las tablas, ya lo llevan al hospital.

Carmen contempló la escena mientras el polvo se filtraba entre la luz de la iglesia, empezando a asentarse por fin. Un montón de barras metálicas de andamiaje, tablas de madera de la pasarela, baldes de yeso y mortero derramados y las antiguas piedras del monasterio mismo estaban esparcidas por el suelo de la cavernosa nave en un enorme tiradero de equipo de construcción e historia. Carmen se imaginó dónde asomarían sus pies debajo de la pila de ladrillos si hubiera llegado un minuto antes.

La pared demolida por el impacto reveló una habitación cerrada en la nave del monasterio. Parecía que el muro se había añadido específicamente para separarla, pero no había visto nada en los planos al diseñar la renovación. Esa habitación había estado ahí todo el tiempo, un crecimiento invisible en la iglesia, como un quiste o un tumor aferrado a su estructura interna sin ser detectado durante décadas, siglos. Indicando a las chicas que se quedaran donde estaban, Carmen se movió entre los albañiles que tosían, quitándose el polvo de la cara mientras se acercaba a la sombría abertura a la habitación desconocida. A medida que se acercaba a la destrozada fachada de ladrillo, el olor a podredumbre rancia y húmeda surgía de la oscuridad. Esa cámara olvidada en el corazón del monasterio había estado supurando en su interior durante años. El aire frío, similar al de una cueva, le produjo un escalofrío cuando apuntó con la linterna de su teléfono hacia el interior, revelando solo un suelo de tierra, una pequeña mesa rústica y algunos estantes.

—¿Qué es esto? Este cuarto no aparece en los planos.

Quauhtli había llegado a su lado y también miró hacia adentro.

—Consíganme unas lámparas —gritó Carmen por encima del hombro.

Mientras tanto, siguió escudriñando la sala con la luz de su teléfono. Quauhtli la siguió junto con varios trabajadores. Entraron en la pequeña sala amurallada durante Dios sabía cuánto tiempo. El olor a moho, siglos de podredumbre, descomposición y polvo viejo hacían que a duras penas se pudiera respirar. Había cajas con objetos, antigüedades de arcilla y piedras almacenadas allí durante siglos.

—Todavía no entiendo cómo esto ha pasado desapercibido durante tanto tiempo —dijo Carmen, aún incrédula—. Supongo que deberíamos llamar a alguien, ¿no? Si la iglesia hubiera sabido de esto, estaría en los planos. Esto debe tener algún tipo de importancia histórica. Quiero decir, ¿cuántos años tendrá toda esta mierda?

Nadie dijo nada en respuesta mientras ella tomaba el teléfono para llamar al padre. Le explicó que había ocurrido un accidente en el monasterio y le pidió que acudiera lo más rápido posible, que le aclararía todo una vez que llegara. Mientras tanto, los obreros seguían atisbando en la oscuridad; Carmen les indicó que colocaran reflectores para iluminar el espacio y que comenzaran a retirar los destrozos del accidente.

Carmen y Quauhtli examinaron los objetos. Luna los llamó junto a la pila de escombros que tenían detrás:

—¿Qué hay ahí, mamá?

—No estoy segura —se agachó y encendió una de las lámparas utilitarias que habían traído los trabajadores—. Pero quédate ahí atrás, ¿sí? No sé qué tan estable es este lugar ahora mismo.

—¿Qué pasó? —El padre Verón había arribado al monasterio y observaba la catastrófica escena. Pasó junto a las chicas en su camino para llegar hasta Carmen y les dio a Izel y a Luna un pequeño apretón en el hombro—. Me alegra que no se lastimaran con todo esto.

Carmen explicó cómo se había desplomado el andamio y que el golpe había abierto paso a una habitación desconocida.

—Con la sospechosa coincidencia de que ocurrió exactamente cuando debíamos comenzar la inspección que planeamos semanas atrás —dijo Carmen.

Uno de los trabajadores se acercó a Carmen.

—Parece que el techo es seguro —dijo.

—De cualquier manera, saca a los trabajadores mientras lo evaluamos.

—¿Y qué es esto? —preguntó Verón al ver la pared rota y el acceso a la bóveda.

—Otro de los pequeños secretos del monasterio —dijo Carmen—. Parece una especie de almacén que decidieron cerrar, tapiar, por alguna razón.

—¿Pero cuándo?

—A juzgar por el trabajo, la piedra y el cemento que usaron para pegarla —Carmen pasó los dedos por los bordes ásperos del portal recién abierto—, tuvo que ser hace mucho, y luego se olvidaron de él. Mire este mortero. No se parece en nada a lo que utilizamos hoy. Creo que podría considerarse patrimonio cultural, claramente es más antiguo que cualquier recuerdo vivo si ni siquiera usted sabía que estaba aquí, padre. Deberíamos llamar al Instituto de Antropología e Historia.

—Si lo hacemos, la construcción se parará durante meses o años. —Verón negó con la cabeza—. Ya has tenido una probadita, pero no sabes lo malo que puede ser lidiar con la burocracia en este país. De todas formas, esto es basura —dijo Verón—. Mira, son muebles viejos y artesanías rotas.

En un rincón de la habitación se desprendieron unas pequeñas piedras que golpearon el suelo al caer. Carmen giró la cabeza y vio a Luna sacando algo debajo de una vieja estantería, apartando imprudentemente escombros y polvo.

—¡Luna! ¿Qué haces? —dijo Carmen—. ¡Aléjate! Todavía no sabemos qué tan estables son las paredes aquí dentro. No puedes andar moviendo piedras por ahí. Es peligroso, sal ahora mismo.

Luna se alejó, retrocediendo hacia su madre y la entrada de la pequeña habitación, pero no podía apartar la vista de lo que acababa de descubrir, como en un trance. De entre el montón de rocas que Luna había despejado asomaba un objeto pequeño y redondo. Apenas sobresalía encima del montón de escombros; Carmen podía jurar que la cosa también tenía ojos. Quauhtli dio un paso adelante y lo recogió. Cuando lo giró en sus manos, miró los rostros en la sala con ansiedad, como si esperara que alguien más supiera lo que era. Sopló el polvo de la vasija de barro, revelando que estaba recubierta de piel y adornada con una cara que hacía una mueca terrible. Mostraba los dientes y sacaba la lengua. Parecía un monstruo.

—Una olla interesante —dijo Carmen.

—Es una *tlapalxoktli*.

—¿Qué es eso?

—Una piñata.

—¿Para que los niños la rompan?

—No exactamente. Es un sacrificio, una ofrenda, *tlamanalistli*.

—¿Es valiosa?

—Nunca he visto una igual. Es rara. No sé si es valiosa.

—Esto es propiedad de la Iglesia. Tendré que hablar con mis superiores.

—Creen que todo les pertenece —dijo Quauhtli.

—Estaba en la iglesia. Ha estado aquí durante años. Creo que lo mejor es sellar la pared de nuevo. No creo que tenga sentido sacar nada.

Carmen miró al cura con incredulidad.

—¡Estas son antigüedades! Probablemente son invaluables.

—No podemos ponernos sentimentales con cada olla vieja o piedra con garabatos. Lo siento. Si la sacamos y no lo notificamos, nos acusarán de saquear patrimonio cultural. Así que haremos lo que muchos en la Ciudad de México y en otras zonas arqueológicas: si encuentras algo, regrésalo a su sitio y evítate problemas.

—Padre, eso me parece irresponsable, arbitrario. —Carmen miró a Verón y luego a Quauhtli en busca de apoyo.

—No me sorprende. Llevan siglos haciéndolo —dijo el artesano—. Pero en este caso, no es mala idea dejar todo como está. Y no tocar nada.

—Pero ¿por qué? Quauhtli, ¿tú también?

—Hay cosas que es mejor ocultar y poner lejos del alcance de la gente. Esta es una de ellas —dijo el artesano.

—¿Pero no vas a defender tu cultura y tu patrimonio? Creía que por eso habías dejado tus aspiraciones científicas y volviste a tu pueblo.

—Soy nahua, pero a diferencia de Yoltzi, acepto que soy un híbrido. También soy un hombre de este mundo. Hay restos de cultura prehispánica por todas partes. ¿Qué cree que son las bases de estas columnas y estos muros, sino fragmentos de historia azteca?

—Ahora tenemos un problema mayor. ¿Por qué se desplomó el andamio? —lo interrumpió Verón.

—No me parece un gran misterio. ¿Dónde está Joaquín? ¿No es el capataz? ¿No es extraño que no esté aquí hoy? —dijo Carmen.

—Te suplico que no saques conclusiones apresuradas. Habrá que investigar este asunto con seriedad y no dejarse llevar por corazonadas y acusaciones sin fundamento. Hablaré con tu equipo, Carmen, con mis superiores, y ellos con los inversionistas.

Salieron de la cámara. Izel estaba sentada sobre una pila de bultos de cemento.

—Nos vamos a casa. ¿Dónde está tu hermana?

—No sé. Pensé que estaba contigo. Solo la vi ir hacia el agujero en la pared.

—¿Por qué no la detuviste? Es peligroso ahí. Le dije que se saliera —dijo Carmen, volviendo a toda prisa al anexo.

—Pensé que te alcanzaría.

—¡Luna! ¡Luna! ¿Dónde estás?

Quauhtli vio a Carmen llamarla con cara de preocupación y se unió a ella mientras corría de regreso a la cámara. Luna seguía inmóvil, mirando los artefactos de la sala oscura. Carmen entró corriendo y sintió alivio al dolor que empezaba a palpitarle en la frente.

—¡Luna! ¿Qué haces aquí? No puedes entrar y salir cuando quieras. ¡Te acabo de decir que no entres! ¿No entiendes lo peligroso que es?

—Sí lo entiendo. Estaba aquí contigo, mirando las cosas.

—Vámonos —dijo Carmen—. ¡Salte! ¡Ya! No lo voy a repetir. Te vas a lastimar aquí dentro.

Mientras Luna abandonaba a regañadientes la cueva umbría que habían descubierto, Carmen sintió que las venas de sus sienes palpitaban. Tal vez la presión arterial le había subido. El miedo al derrumbe que pudo haberla matado, el susto de perder a sus hijas, la decepción de descubrir accidentalmente lo que podría ser un tesoro ancestral que nadie quería reconocer, y la frustración de haber perdido parte del avance en la construcción, poniendo en riesgo su empleo. Todas estas preocupaciones se arremolinaban formando un agujero muy, muy oscuro, una tumba tan negra como la noche. Había empezado el día con mucha esperanza solo para tener ahora el corazón en el estómago.

Tras el derrumbe y las múltiples lesiones sufridas por algunos trabajadores, Carmen envió a todos a sus casas para que se tranquilizaran o acudieran a un médico si era necesario. Lo único que podía agradecer era que nadie hubiera muerto mientras ella estaba allí, pero aun así había un hueso roto que podría costarle el trabajo. Llevó a las chicas a casa en silencio, demasiado atrapada en su propia ansiedad como para entablar conversación con alguna de ellas.

Al llegar, el silencio se mantuvo intacto. Nada más cruzar la puerta, Luna se dirigió a su cuarto con pasos rápidos, dejando solas a Carmen e Izel en la sala de la casa alquilada. Izel volteó hacia su madre y le habló dócilmente.

—Lo siento, dejé que Luna se escapara. Probablemente te estresé más de lo necesario.

Carmen estaba demasiado absorta en sus propias preocupaciones para reconfortar adecuadamente a Izel y se limitó a frotarle el hombro.

—Está bien. Fue caótico. Me alegro de que no se hayan lastimado, pero a veces necesito que seas la hermana mayor y la cuides en una situación así.

Izel se marchó a su recámara y Carmen siguió a sus hijas, pensando que tal vez también le ayudaría un momento para sí. Caminó por el pasillo hacia su cuarto pasando por el de Luna, que, inusualmente, estaba cerrado.

13

Tenían sobras para la cena, algo del pollo que Carmen había preparado el día anterior. Nadie parecía de humor para charlar, ni siquiera Luna. Izel preguntó por el accidente.

—No sé qué pasó. Nunca me había sucedido nada igual —dijo Carmen.

—Pero no fue tu culpa.

—No, pero en este caso, soy yo quien tendrá que enfrentar las consecuencias.

—¿Vamos a volver a Nueva York? —preguntó Izel.

—No lo sé. Pero definitivamente regresaremos antes de lo esperado.

—Pero nadie murió —dijo Luna.

—Por suerte, no, pero algunas personas resultaron heridas y yo soy la responsable por este trabajo. Se supone que debo saber lo que pasa y ser los ojos de la empresa sobre el terreno para asegurarme de que se piensa en todo.

Las chicas recogieron la mesa sin que nadie se los pidiera. Lavaron los pocos platos sucios y se fueron a sus habitaciones. Carmen necesitaba un trago. Tenía el mezcal que le había traído Quauhtli. Fue a la despensa y lo encontró. Lo puso sobre la mesa. Buscó un vaso tequilero y lo llenó hasta el borde. Tomó el primer sorbo y sintió un pequeño alivio, una suave ligereza desde la planta de los pies hasta los hombros. Vio una naranja en el frutero y la cortó. Chupó una cuña y bebió un segundo sorbo, aún más reconfortante, de mezcal.

Algo hizo un débil ruido desde el otro lado de la pieza. Un ruido ligero, como de hojas de papel, sonaba como si algo se escondiera por ahí. Seguir el sonido la llevaba a la puerta principal de la casa. Tal vez fuera una enorme polilla mexicana golpeando la luz del pórtico. Carmen imaginó el sonido como algo que podría provenir de un bicho gigante, pero cuanto más cerca escuchaba, moviéndose despacio hacia la fuente del ruido, más parecía que eran palabras, palabras pronunciadas rápida y repetidamente. Era casi como una especie de conjuro. Carmen se detuvo en seco y se alejó de la puerta, corriendo hacia la ventana para ver qué había al otro lado de la puerta.

La anciana del sendero estaba de pie en los escalones de la entrada, agitando los brazos y susurrando su cántico. No miró en dirección a Carmen, sus ojos parecían cerrados, simplemente permanecía en la puerta dibujando símbolos en el aire con los dedos extendidos. Carmen miró por encima del hombro para asegurarse de que las chicas seguían en sus habitaciones. Sacando un cuchillo del bloque de la cocina, se dirigió a la puerta principal con sus latidos retumbándole en los oídos mientras la abría de golpe.

—Disculpe, ¿qué quiere?

La mujer no dejó de canturrear.

—Señora, váyase a su casa. ¿Qué hace? ¿Por qué nos sigue? La vi afuera del monasterio.

Como si despertara de un trance al escuchar la palabra *monasterio*, la mujer se quedó paralizada por un momento. Dijo algo que Carmen no pudo entender.

—¿Qué?

La mujer seguía hablando con su voz aguda y chillona. Izel y

Luna, al oír los gritos, asomaron la cabeza fuera de sus habitaciones para ver qué pasaba. En la oscuridad, Carmen no podía ver muy bien, pero de nuevo la cara de la anciana se transformaba, alargándose en la oscuridad. La máscara que parecía usar ahora lucía como si fuera a caerse en cualquier momento. Aun en la penumbra, Carmen juraría que pudo ver que las arrugas del rostro de la mujer se retorcían como si fueran gusanos. Por un segundo pensó que había bebido demasiado mezcal. Volvió a sentir el vértigo y las náuseas de su anterior encuentro. De repente, la cara de la mujer fue solo una calavera, y su mandíbula temblaba como una máquina. Carmen cerró la puerta de golpe, apretando la espalda contra ella para evitar que algo entrara.

—¿Viste eso?

—Sí, la cara de la anciana era solo huesos —dijo Luna despreocupadamente, como si se tratara de algo cotidiano.

—¿Qué? No vi nada —dijo Izel—. ¿Puedo salir a ver?

—No, quédate aquí.

—Pero quiero verla —dijo mientras se asomaba por la ventana—. No hay nadie ahí afuera.

Carmen revisó la cerradura de la puerta, asegurándose de que tenía llave.

—Debe haber sido un engaño de la luz. Era solo esa anciana loca que anda por el barrio. Por favor, regresen a la cama las dos.

—Pero si aún no son las diez —dijo Izel.

—No me importa —dijo, y se dirigió a la cocina. Terminó su vaso de mezcal y chupó otro trozo de naranja.

—¿Puedo al menos llamar a Halley?

—Puedes llamar a quien quieras. Solo quiero un poco de paz y tranquilidad.

Carmen miró su teléfono. Deseaba poder llamar a alguien, encontrar un oído amable y paciente entre sus contactos. Repasó los nombres de amigos, colegas y familiares, pero no sintió ningún deseo de contactar a alguno de ellos. Tenía un libro en la estantería, pero no tenía energía ni concentración para leer. Miró una publicación de Facebook, aunque perdió el interés rápidamente. Tenía ganas de gritar. Podía oír a Izel platicando por FaceTime. Carmen estaba segura de haberla oído reír y celebrar que volverían a casa antes de lo previsto. No podía culparla por ello. Luna estaba jugando o algo así. Carmen podía oír su voz y unos pasos en su habitación.

Su cabeza daba vueltas a escenarios en los que sus jefes le gritaban y la despedían del despacho de arquitectura, la despedían amablemente, le pedían que renunciara, la chantajeaban para que dejara su trabajo, o la culpaban de negligencia criminal. Se planteó reorganizar sus prioridades, tal vez buscar un nuevo empleo o aventurarse a tener su propia empresa. Siempre había querido hacerlo.

Puso la cabeza en la almohada y los estragos del día se apoderaron de ella de golpe. Sus músculos, en constante tensión desde la primera llamada de Izel, solo ahora se desanudaban. Antes de darse cuenta, sus pesados párpados se cerraron solos. Se encontró en un campo cubierto de maleza. Caminaba, un poco desorientada, buscando a sus hijas. Pero no quería parecer preocupada o ansiosa, porque alguien podría juzgarla con dureza. Mientras avanzaba, la maleza se marchitaba. Entonces se volvió y vio todo el campo en llamas. Era un infierno y las llamas se dirigían hacia ella. Intentó correr, pero no conseguía moverse con suficiente rapidez.

En su habitación, Luna estaba de pie frente a su cama. Rígida. Sus ojos seguían fijos en su mochila, con el zíper cerrado sobre la cama. Respiró profundamente algunas veces, se acercó a su cama y abrió cuidadosamente el zíper de la mochila. Dentro, envuelta en un suéter, estaba la piñata que había sacado de la cámara secreta mientras su madre discutía con Quauhtli y el padre Verón. La puso sobre el escritorio. Era una vasija hueca, sencilla, con una cara que hacía una mueca amarga. Pero Luna sentía una atracción incontrolable hacia ella. Supuso que nadie notaría su ausencia. Llevaba tanto tiempo perdida, ¿qué tan malo podía ser para ella tomarla? El simple hecho de tenerla cerca la hacía sentir bien, eufórica... no feliz, en realidad, pero sentía cierto calor y un cosquilleo en el pecho, como cuando más pequeña esperaba la Navidad. Al principio sentía que había hecho algo malo. Había robado, y tomar algo ajeno era algo terrible. Pero ahora sabía que ese objeto le pertenecía, y ella le pertenecía a él. No podía devolverlo. No lo haría. Podía sentir que la piñata tenía un pulso, una voluntad, un hambre. Sí, hambre. Y no sabía cómo saciarla.

as malas noticias llegaron por la mañana. Carmen se levantó temprano. Mientras preparaba café en su querida cafetera Moka, sonó el teléfono. Era su jefe, Michael Harper, que nunca llamaba a su teléfono personal, y mucho menos antes de las horas de trabajo. Debía de querer decirle algo fatal. Carmen dejó que sonara tres veces y contestó; Michael fue directamente al grano, preguntando por el andamio, los daños humanos y materiales, si ella tenía información sobre cuánto tardaría en reanudarse el trabajo. El hotel debía estar listo para las vacaciones de invierno, así que solo quedaban unos meses para terminar la obra y empezar a promocionarla. El arzobispo estaba disgustado, y sin duda los inversionistas iban a poner reparos al proyecto en cuanto supieran que había un retraso.

—Carmen, quiero decir en primer lugar que de verdad no dudo de tus capacidades. Tienes talento, confío en ti y es precisamente por esa confianza que estás allí —explicó Harper—, pero estas circunstancias exigen decisiones drásticas. Quiero que vuelvas y enviaré a Sam Miller para que te sustituya. Ahora estamos en un bache. Hiciste un trabajo increíble diseñando la renovación, pero Sam sabe cómo hacer las cosas rápido y barato.

No dijo nada. No podía mostrar su enojo, su decepción o su tristeza. Pero ¿Miller? ¿De verdad? Michael tenía razón, Sam trabajaba con rapidez, pero ser remplazada en su propio país por ese republicano dogmático no le agradaba.

—Solo quiero ser claro contigo, Carmen. Has hecho un gran trabajo, espectacular, pero es hora de volver. Nuestra experiencia nos dice que cuando ocurren cosas como estas y los clientes empiezan a preocuparse, es mejor hacer un cambio de personal. Eso es todo.

Evidentemente, su pequeño discurso, los elogios y el hecho de hacer él mismo la llamada formaban parte de su estrategia para evitar un litigio. Era lo único que les importaba. Todo lo demás resultaba irrelevante. En lugar de luchar por su trabajo o defenderse, le dio las gracias por la oportunidad y dijo que lo vería pronto en la oficina. Colgó. Tenía que vestirse e ir a la construcción para despedirse, aunque nadie la extrañaría. En cualquier caso, iría ahora y empezaría a hacer las maletas por la tarde.

Pocas horas después, estaba en la nave del monasterio. Casi habían terminado de limpiar el desastre de ayer. Vio que también sellaban la cámara, pero no pudo ver si habían sacado las reliquias. Pensó en denunciarlos ante el Instituto de Antropología por despecho. Pero supuso que, aunque lo hiciera, probablemente los sobornarían o el Instituto no se atrevería a hacer nada por miedo a la Iglesia o a tipos como Joaquín, que por fin estaba de vuelta en el lugar, fingiendo que no la había visto entrar. Hablaba enérgicamente con sus trabajadores. Carmen lo llevó a un lado.

—Qué bien, hoy lograste venir a trabajar.

—Alguien tiene que hacerlo, ¿no?

Carmen quiso insultarlo, pero no lo hizo. Siguió caminando hacia el que, hasta entonces, había sido su escritorio. Recogió sus cosas. No tenía muchas. Quauhtli llegó y la saludó desde la puerta.

—Pasa —dijo.

Entró, cabizbajo, deteniéndose a unos pasos de su mesa.

—Imagino que ya te enteraste de lo que pasó —preguntó.

—Sí, por supuesto. Fue un placer trabajar con usted, arquitecta.

—Muchas gracias, Quauhtli. El placer fue mío. Eres muy talentoso y dedicado.

—Gracias.

—Lo único que no me cabe en la cabeza es tu actitud respecto de las reliquias de ayer.

—Créame, hay cosas que es mejor dejar en las sombras. Hay objetos que pueden desatar un poder terrible. Tal vez piense que son supersticiones, pero la repentina aparición de esos objetos me hace creer que Yoltzi tenía razón al preocuparse. Es una coincidencia muy extraña.

—Me temo que no estaremos aquí para confirmar si tenía razón o no. Nos vamos mañana.

—Quizá nos volvamos a ver.

—Esperemos que así sea.

A Carmen solía costarle conciliar el sueño antes de un viaje. Pero esa noche su ansiedad habitual se vio incrementada y agravada porque seguramente la esperaba un lío en casa. Se preguntó cómo mantendría a las chicas si la despedían de la empresa, pero inmediatamente apartó ese pensamiento de su mente. Se negó a asumir lo peor. Sin embargo, el suave rumor de sus nervios era secundario frente a los punzantes recuerdos de aquella extraña mujer, las teorías de Yoltzi y la horrible sensación de que algo la envolvía. Sintió que la tierra intentaba tragársela. Las tenues siluetas de las montañas, apenas definidas por la contaminación lumínica de Tulancingo, con seguridad se elevarían sobre el horizonte y harían realidad su pesadilla.

Había planeado visitar la Ciudad de México cuando terminaran las obras, quedarse unos días para encontrarse con viejos amigos y recorrer la capital con sus hijas. Le hubiera gustado llevarlas al Museo de Antropología, a Bellas Artes, al Palacio Nacional, a la Catedral y al Templo Mayor, como le prometió a Luna. Todos esos planes quedaron cancelados. Carmen se había imaginado recuerdos futuros de introducir a Luna e Izel a su cultura familiar, una ilusión de ver a Izel dejando asomar una sonrisa genuina en su rostro un día de viaje fuera de la ciudad; recuerdos futuros que había inventado y que ya empezaba a atesorar con cariño. Esos sueños se desmoronaron con el andamiaje, uniéndose al polvo seco que giraba por el suelo del valle. El viaje solo merecía la pena por la oportunidad de mostrar a las chicas algo nuevo y que era parte de ellas, pero solo las puso en peligro, tanto físico como espiritual, si había que creerle a Yoltzi.

«¡Cállate!». La voz interior de Carmen cortó bruscamente su propio hilo de pensamiento. «Aleja esas supersticiones de tu mente».

Intentó convencerse de que no era culpa suya, de que había sido una combinación de mala suerte, sabotaje descarado y la actitud paternalista y condescendiente de su jefe. Aun así, no podía evitar sentir pena. Carmen se sirvió un sorbo del mezcal de la otra noche y se hundió en el sofá, tratando de calmarse y de enfocarse en los días venideros.

Terminó de hacer las maletas esa misma noche, yendo por la casa y recogiendo sus cosas, borrando su presencia de la casa alquilada. Dobló las últimas prendas de vestir y apartó un atuendo para el viaje de regreso; sola en su habitación, metió entre sus pertenencias los pequeños y coloridos recuerdos que había escogido en su visita al mercado con el fin de protegerlos durante el traslado. Pequeñas figuritas y un pretencioso vasito para licor que había comprado para su madre quedaron encima de la ropa doblada en su maleta, como un pequeño ataúd. A solas, mientras las chicas empacaban sus propias cosas, Carmen finalmente se permitió llorar, tan silenciosamente como pudo, sobre la maleta, lamentando el prematuro fin de su viaje familiar.

Ayudó a Izel a hacer su equipaje, sabiendo que era dada a dejar todo para el último momento, justo antes de salir hacia el aeropuerto. Intentó repetirlo con Luna, pero ella rechazó cualquier ayuda, lo cual estaba bien. Era extraordinariamente organizada para una niña de su edad. Carmen fue a la cocina y se sirvió un trago de mezcal. De la botella ya solo quedaba la cuarta parte. Anduvo por la casa en la oscuridad, tratando de hacer una lista mental de lo que debía hacer mañana por la mañana. Les esperaba un largo viaje. No aterrizarían en el JFK sino hasta cerca de la medianoche.

Alguien llamó a la puerta. El rostro de la anciana apareció por un instante en su mente. Su respiración se volvió superficial. Tenía que calmarse, pensar. Respirar profundo, buscar un arma. Respiró lenta y profundamente varias veces. No podía dejar que los nervios la dominaran. Oyó que llamaban otra vez a la puerta. Se levantó, tomó una escoba y se dirigió despacio hacia ella. La abrió con brusquedad, sujetando el palo de la escoba con firmeza en la mano derecha.

—Hija, perdona que venga tan tarde —dijo Verón, entrando en la casa—. No tienes que barrer. Creo que estos alquileres tienen personal de limpieza para cuando los huéspedes se van.

Carmen suspiró, sintiendo un sudor frío en la cara. Se rio.

—No, padre, estaba... preparándome para el vuelo de mañana. Pase.

—Siento mucho lo ocurrido. En serio, tu jefe ha cometido un gran error. No creo que haya nadie más capaz que tú para terminar este proyecto. Y la gente de aquí empezaba a encariñarse contigo.

—Gracias, padre, pero eso suena a demasiado poco y demasiado tarde.

—Así son las cosas. Pero quería verte personalmente para desearte buen viaje y que sepas que cuentas conmigo. ¿Necesitas que te lleven a la Ciudad de México mañana?

—No, padre. Todo está bien. Ya tenemos preparado un coche.

—¿Y cómo te sientes?

—¿Qué puedo decir, padre? Decepcionada, cansada, pero sobre todo confundida por todo lo que vi.

—¿Qué viste? ¿El comportamiento sexista de los trabajadores? ¿La delincuencia? Aquí eso ya no confunde a nadie, tristemente.

—Eso también, aunque... Me avergüenza un poco, pero he visto... ¿apariciones? Cuando hablamos en el monasterio no me atreví a contárselo, pero se han estado repitiendo. Yo las he visto, y las chicas también. Vimos a una anciana que de repente se convirtió en un esqueleto. Pensará que estoy loca, padre, pero es que más de una vez hemos visto cosas... sobrenaturales. ¿Cree que me estoy volviendo loca?

Verón lo meditó un momento, apoyando la barbilla en la mano izquierda. Carmen se levantó para prepararse un café.

—¿Puedo ofrecerle café, o un mezcal?

—Los dos, por favor. Gracias. —Verón se levantó y la alcanzó en la cocina—. No es una locura lo que me cuentas. No eres la primera que menciona esas cosas.

—¿Y qué puede ser? Hablé con Quauhtli y Yoltzi, una amiga de él que es como vidente o algo así. Creen que son espíritus.

—¿Y qué proponen?

—Dijeron que debía proteger a Luna, pero no parecían saber precisamente cómo. Todo era muy vago. En realidad, nada tenía sentido para mí, pero tal vez sea solo la brecha cultural.

—No soy un gran creyente en los exorcismos, pero podría ser un buen momento para probar algo así y ver si ayuda.

—Estamos a punto de irnos, padre. Sinceramente, creo que es

el estrés. ¿Sabe? Desde que llegamos aquí no he hecho más que trabajar y preocuparme por las chicas. Al principio me hacía mucha
ilusión traerlas conmigo, pero mientras más volantes de muchachas desaparecidas veía, más me aterraba cada día. Creo que con
todo eso empecé a ver cosas que no existían. Espero que esto se
acabe cuando estemos en casa.

—Esperemos que así sea.

Tomaron café y un poco de mezcal. Brindaron por los buenos
tiempos por venir. Entonces Verón se levantó y se despidió.

—Es tarde, Carmen. Debería llegar a casa y tú debes descansar
antes de tu vuelo. Cuídate.

La abrazó y se fue.

Ya sola, Carmen se dejó caer en el sofá y se cubrió la cara con
las manos. Le dolía la cabeza, lo que no era extraño teniendo en
cuenta su ansiedad seguida de un par de tragos de mezcal. De
pronto oyó un murmullo estridente, como el de un insecto o una
conversación telefónica lejana. Pensó que podrían ser las chicas,
hablando con alguien o jugando algún videojuego. Miró alrededor,
pero no quiso encender las luces, así que se quedó en el sofá. Entonces escuchó, muy claramente, una voz aguda que hablaba en un
idioma desconocido. Carmen se dirigió hacia la puerta de Luna y la
escuchó hablar con alguien.

—Luna, ¿con quién hablas a estas horas de la noche? —preguntó
a través de la puerta cerrada.

Las voces continuaron y Luna no respondió. Carmen se imaginó que su hija hablaba dormida. Tal vez debía dejarla en paz;
seguramente no era nada para preocuparse. Pero el ruido que salía
del cuarto no parecía del todo humano, como la voz de algo que
cantara desafinado y hablara al mismo tiempo.

—Luna, ¿qué estás haciendo? —dijo en voz baja, pero con
firmeza.

La voz se hizo más fuerte. Oyó claramente: «Lárgate, puta» en un gruñido bajo, como si alguien hablara con la boca llena, seguido de una risa aguda como las voces de niñas, los sonidos alargados y distorsionados mientras decía «Lárgate, puta» en español.

—¿Qué dijiste? —Carmen intentó abrir la puerta, pero tenía puesto el pasador. Tocó dos veces, con firmeza, pero con cuidado de no despertar a Izel.

«Lárgate, puta», volvió a oír, esta vez sin lugar a duda. Las risas continuaron, y un coro de voces se unió a ellas.

Las palabras golpearon a Carmen como un ladrillo. Por primera vez desde que criaba a Luna quedó absolutamente muda, con la boca abierta. Su pequeña y dulce Luna prácticamente nunca le había replicado siquiera. ¿De repente le gritaba insultos groseros detrás de una puerta cerrada? La impresión de que esas palabras salieran de la boca de Luna hizo que Carmen casi arrancara el picaporte.

—¡Luna! Abre esta puerta ahora mismo. —Luchó con él mientras trataba de recordar dónde tenía la llave—. ¡Luna! —gritó sin preocuparse ya de despertar a Izel, mucho menos a los vecinos.

La puerta se abrió. Luna salió frotándose los ojos somnolientos con una mirada aturdida.

—¿Por qué cerraste la puerta? ¿Con quién estás hablando? Oí groserías. —No podía dejar de hacer preguntas, por los nervios.

—Dejé la puerta cerrada por accidente. No estaba hablando...

—Lo oí claramente. Alguien decía groserías.

—No sé, mamá —dijo, y regresó a su cama. El teléfono estaba encendido y se reproducía un video.

Carmen lo agarró como si fuera un ratón, pellizcado entre sus dedos. En la pantalla aparecía un rostro desollado, como un esqueleto, riendo y diciendo algo incomprensible mientras los jirones de piel se movían como si fueran de papel maché.

—¿Qué es esto? —preguntó Carmen, casi dejando caer el teléfono por el miedo.

—Es un TikTok. Debí quedarme dormida mientras lo veía.

—¿Ese es el tipo de cosas que ves? —Volvió a mirar y vio en la pantalla a unas chicas con las caras pintadas como calaveras que decían «dulce o travesura» y luego estallaban en risas. El breve video comenzaba entonces su siguiente bucle, una y otra vez. La reconocible música de la escena de la regadera en *Psicosis* sonaba de fondo.

—Es un TikTok, mamá. Es todo. ¿Puedo volver a dormirme?

—Sí, sí, lo siento. Es solo que el volumen estaba demasiado alto. Eso fue todo.

Luna se durmió de nuevo. Carmen le besó la frente, salió de la habitación y cerró la puerta. Al otro lado, respiró profundamente y suspiró, sabía que había escuchado algo. Aunque el sonido estuviera amortiguado, tras la puerta sonó completamente diferente. Su cerebro se sentía lleno de estática ansiosa mientras consideraba la posibilidad de que estuviera tan al límite que empezaba a oír cosas inexistentes. Volvió a la sala en busca de su trago de mezcal. Lo tomó y se lo bebió de golpe. «¿Estoy bebiendo demasiado?», se preguntó. Al bajar el vaso, vio reflejada en el fondo la misma cara desollada que creyó mirar en el teléfono de Luna. Se le cortó la respiración en la garganta y sus músculos se contrajeron por la conmoción; el vaso cayó al suelo.

—Necesito acostarme —murmuró—, mi mente me está jugando malas pasadas. Solo necesito acostarme.

Le temblaban las manos, sentía que no tenía equilibrio y no podía levantarse. Entre el mezcal y sus espantosos nervios, sus piernas se habían convertido en gelatina. Permaneció allí durante lo que creyó un largo rato hasta que pudo ponerse en pie. No sabía qué le daba más miedo, si las cosas que veía por el rabillo del ojo o la idea de que en la espiral en que había caído su vida también estaba perdiendo el control de su propia mente.

Arrastrándose hasta su habitación, agradeció que solo tuvieran que quedarse allí una noche más y con suerte no tendrían que volver a pensar en este lugar, aunque fuera porque la estaban destituyendo de forma efectiva. Se derrumbó en la cama y se dio cuenta de que incluso tenía miedo de apagar las luces.

Juraría que oyó moverse algo debajo de la cama, algo que se escondía de la luz, una cucaracha quizá o incluso una rata buscando refugio en la oscuridad. Tenía muchas ganas de ignorarlo, de que el día terminara de una vez. Lo único en lo que quería concentrarse era en el vuelo que debía tomar al día siguiente.

«Que el propietario se encargue. O los próximos inquilinos. Me importa un carajo, simplemente yo no».

Pero el sonido continuaba, yendo y viniendo bajo la cama como si quisiera su atención. El corazón se le aceleró tanto que empezó a preocuparse de colapsar. ¿Tenía ya edad suficiente para sufrir un infarto? El movimiento debajo de la cama seguía. Fuera lo que fuera lo que había debajo, Carmen estaba convencida de que si despertaba y lo encontraba reptando sobre ella, de verdad podría tener un paro cardiaco con la cantidad de estrés que ya sufría. Cambió su peso en la cama y empezó a darse vuelta.

La habitación estaba en silencio. Carmen trató de escuchar los movimientos.

Nada.

Al final se atrevió a poner un pie en el suelo mientras veía alrededor, deseando tener al menos la escoba para defenderse. Salió del cuarto de puntillas, intentando volar, como cuando era niña y se imaginaba que el suelo era lava. Corriendo hacia la cocina, Carmen tomó la escoba y cuando pasó por la barra, un destello llamó su atención, y volvió a armarse con un cuchillo. No podía imaginarse apuñalando a una rata, pero no había opción. Volvió, de nuevo de puntillas, intentando hacer el menor ruido posible. Se sentía un poco tonta tratando de cazar un pequeño bicho armada con escoba y cuchillo. En cuclillas, pasó la escoba por debajo de la cama sin dar con nada. Mientras movía el palo para intentar que lo que fuera que anduviera correteando por ahí saliera del cuarto cuando menos, oyó algo a su espalda. Se levantó y miró alrededor, sosteniendo el cuchillo en las manos. Vio moverse algo bajo el ropero. El hueco era demasiado estrecho para meter la escoba y Carmen se acercó para ver mejor lo que fuera.

Algo le devolvió la mirada. Un ojo se abrió en la oscuridad y parpadeó.

Carmen soltó un pequeño grito y saltó hacia atrás, agitando la escoba delante de ella.

—Sal de aquí, cabrona —dijo, olvidando que las chicas dormían, y cortó el aire con el cuchillo. Luego se detuvo, imaginando que la rata podría atacarla y morderle la mano; le contagiaría la rabia, el tétanos o Dios sabía cuántas enfermedades horribles, pero lo que más la asustaba era la idea de que sus diminutos dientes se hundieran en su piel, desgarrando una vena o un tendón. Tensó el brazo y se levantó. Dejó caer la escoba y fue entonces cuando el animal —la rata, o lo que fuera— escapó. Carmen no pudo ver lo que era. Se sentó en el suelo, jadeando. Dejó el cuchillo y la escoba en el suelo, y se metió de nuevo en la cama y durmió con las luces encendidas, ansiosa y dispuesta a terminar con ese día.

15

Quauhtli, siento llamarte tan noche.

Permaneció en silencio, aturdido y un poco molesto por que lo despertara el timbre del teléfono, pero reconoció la voz de Yoltzi.

—Todavía no me dormía. Me corto las uñas a las... —miró el reloj— cuatro de la mañana. Es un excelente momento.

—Perdón, pero esto no podía esperar.

—Continúa. —Estiró el brazo, en busca del vaso de agua que solía dejar en su mesita de noche. Lo alcanzó y se lo terminó de un trago.

—Tuve una pesadilla.

—No sabía que ahora nos despertábamos para hablar de pesadillas. En ese caso, yo...

—¿Te acuerdas del enjambre de mariposas que atacó en la plaza la semana pasada? —lo interrumpió, sin apreciar demasiado sus esfuerzos por aligerar el ambiente.

—Recuerdo que me lo contaste.

—Mariposas, Quauhtli, y *tzitzimime*. No puedo creer que no me haya dado cuenta antes. No había hecho la conexión.

—La ¿qué? ¿Cómo? ¿Qué conexión? No sé si sigo soñando o lo que me dices es muy extraño.

—¿Te acuerdas de Itzpapálotl? ¿La mariposa de obsidiana?

—Claro que sí, pero ¿por qué?

—Es una *tzitzimitl*, diosa de la guerra y de los sacrificios humanos. ¿No estás de acuerdo en que esto se relaciona con lo que le ocurre a la niña, Luna? Un esqueleto con cuchillas de obsidiana en lugar de alas. Una aparición con una capa de invisibilidad.

—¿Qué puedo decir? Es cierto, pero también era la diosa de la renovación, del cambio. Ella es la que transforma y nos permite ser mejores personas.

—En mi pesadilla, estaba con Luna en la plaza cuando una oleada de mariposas negras caía sobre nosotras, cortando todo lo que tocaban con el filo de sus alas, como cuchillos. Intentaba protegerla escudándola con mi cuerpo, sentía cómo sus alas me rozaban, me abrían la espalda. Pero nunca la solté. Hasta que una de las mariposas se posó frente a mí, se transformó en Itzpapálotl y me pidió que le entregara a la niña, dijo que trataba de protegerla. Las otras mariposas seguían abriéndome los brazos, la cara, las piernas... los cortes eran cada vez más profundos. Trataba de cubrirme la cara con las manos, pero me rebanaron los dedos uno a uno. Observaba los muñones sin dolor, solo con furia por no poder proteger a la niña y tener que entregársela. Entonces me desperté.

—Es solo un sueño, Yoltzi. No te preocupes.

—Todas las señales están ahí. Los dioses siempre se han comunicado con los mortales por medio de los sueños.

—Creo que eso es más bien una rareza —dijo Quauhtli, perdiendo la paciencia—. La mayoría de los sueños son solo eso, sueños.

—¿No me crees?

—Creo que lo soñaste, pero no estoy seguro de que eso sea un mensaje o que haya algo que debas hacer.

—Los sueños son a menudo revelaciones.

—No todos los sueños.

Quauhtli tenía una relación complicada con los mitos de su

cultura. No cuestionaba que las fuerzas que sus antepasados reconocían como dioses —a los que les ofrecían rezos, ofrendas y sacrificios— estuvieran representadas en el mundo real. Lo que a sus primeros antepasados les parecían dioses eran, en realidad, fenómenos naturales y psicológicos aún por comprender, y en ese sentido los dioses seguían siendo reales. Quauhtli veía la realidad de la naturaleza y el movimiento de la cultura y de la Tierra como los movimientos de los dioses eran igualmente reales.

Yoltzi estaba más en sintonía con el lado más extraño y etéreo de las manifestaciones espirituales, y sabía cómo conectarlas con tal o cual dios, espíritu o espectro, como le gustaba llamarlos. A veces discutían cuando ella hablaba de dioses de diferentes mitologías como si pertenecieran al mismo panteón o tradición. Quauhtli se molestaba cuando ella mezclaba las leyendas chichimecas con las tradiciones toltecas, forzando todas sus interpretaciones dentro de un marco nahua. Esto era un ejemplo, en cierto modo, de que ella creía en una teoría general de los dioses mexicanos. Un día se lo mencionó y ella no respondió; tal vez se había ofendido. A menudo era difícil discernir lo que Yoltzi pensaba y sentía.

—Solo déjame pensarlo, pues. Hablemos mañana. Pero, ya que me despertaste, había algo que quería contarte. En el monasterio, mientras remodelábamos, descubrimos un sótano con objetos antiguos. Había una *tlapalxoktli*.

—¿De verdad?

—Sí, estoy bastante seguro.

—¿La tienes?

—No, preferiría que se quedara ahí. El padre Verón, que es el representante de la Iglesia y administra la construcción, decidió dejarla donde la encontraron y volver a sellar el sótano.

—Esa es otra señal, Quauhtli. Tiene que serlo. ¿Algo así, una vieja reliquia de la antigua cultura nahua, enterrada bajo los ladrillos de la iglesia, y que resurge después de todo este tiempo? Debe conectarse de alguna manera con todo lo que he estado viendo. Deberíamos destruirla.

—La están sellando. Encerrándola de vuelta en el lugar de donde salió. Si quisiera reaparecer, no lo conseguiría por mucho tiempo más.

—Está bien. Supongo. Siento haberte despertado para contarte un sueño.

—Tranquila, no importa. Tengo trabajo que hacer. Voy a aprovechar este tiempo para adelantar con algunas tallas que quiero terminar y entregar esta semana.

Quauhtli colgó y se puso en pie, estirando las piernas. Su casa era pequeña y humilde. Había vivido solo durante años. No tenía pareja ni buscaba. Era feliz tal como estaba. El viaje de vuelta a la sobriedad, la cordura y la estabilidad había sido difícil y lleno de renuncias, abandonos y desilusiones. Se había centrado en el trabajo manual, en sus tallas en madera, mosaicos y trabajos en piedra. Eran artes y oficios que había aprendido de su abuelo. Su padre, Cuauhtémoc, también había sido artesano: pintaba y esculpía con talento excepcional, pero como suele ocurrir, la pobreza, la injusticia y la escasez le pasaron factura. No era frecuente que las habilidades de Quauhtli y de su padre fueran remuneradas de forma justa, ya que el oficio solo cuenta con unas cuantas protecciones legales. Al fin y al cabo, no había muchos sindicatos a los que afiliarse en la zona. Un colega en el que su padre confiaba le sugirió que invirtiera en maquinaria de carpintería para hacer más piezas con mayor rapidez. Cuauhtémoc sacó todos sus ahorros, pidió un préstamo y le dio a su amigo todo el dinero para que le enviara algunas máquinas para el taller. Cuauhtémoc nunca volvió a saber de él. La estafa lo dejó sin dinero y emocionalmente derrotado. No pasó mucho antes de que perdiera su taller y tuviera que trabajar para otras personas por centavos. Comenzó a beber sin control.

Quauhtli, que debía tener unos doce años en ese momento, quería ayudar, pero su padre prefería que se concentrara en sus estudios. No deseaba que Quauhtli acabara haciendo artesanías como él. Como era bueno en las matemáticas, Cuauhtémoc esperaba que fuera contador o ingeniero para que ayudara a la familia. Quauhtli destacó como un estudiante brillante a lo largo de los años, fue admitido en la UNAM y se fue a la Ciudad de México, donde vivía con un primo por Azcapotzalco. Era una zona poco segura y alejada de la escuela, pero se las arreglaba, ayudaba en la tienda de su primo, estudiaba e iba a la Facultad de Contaduría. Mientras tanto, la situación en casa se deterioraba, empeorando cada día que Quauhtli estaba lejos. Además, Quauhtli estaba terriblemente insatisfecho con su carrera, que le aburría sobremanera. Sin decirle a nadie, se matriculó en la Facultad de Ciencias para estudiar Física. Al principio pensó que sería capaz de mantener la doble licenciatura, pero después de dos semestres se dio cuenta de que sería imposible mientras trabajara para su primo. Además, no le interesaba la Administración. Así que dejó la Contaduría y se dedicó a la Física. Pero las cosas empezaron a ir mal, ya que cada vez dependía más de las anfetaminas, las drogas y el alcohol.

A pesar de los intentos de su madre por ocultarlo, sabía que su padre seguía bebiendo hasta la inconsciencia, pero desconocía que tenía un problema cardiaco. Un lunes por la mañana Quauhtli recibió la llamada: al fin lo habían encontrado muerto, tirado entre la tierra de la calle, con suficiente alcohol en la sangre para toda una fiesta de bodas mexicana. Una muerte esperada, pero totalmente inmerecida para el que una vez fuera un hombre noble. Quauhtli quedó devastado, y esto precipitó su propia caída.

Quauhtli se duchó y se preparó un café, olvidándose por un momento de su pasado. Tenía un poco de pan del día anterior en una cesta. Estaba duro, pero era mejor que nada. Se sentó en la sala, encendió el televisor y desayunó sobre las seis de la mañana mientras veía las noticias. Habían destapado un escándalo en Pemex, un grupo de senadores lo señalaba. La calidad del aire era terrible, los niveles de contaminación estaban «por las nubes», según el comentarista, que se creía divertidísimo. Las noticias locales informaban de la desaparición de otras tres mujeres. Lo de siempre. Las tragedias del día a día. Mostraron unas fotos de una fosa clandestina a pocos kilómetros de su casa. Cinco cuerpos, mutilados hasta quedar irreconocibles, y culpaban a los narcos. La cámara enfocó unos pequeños guijarros verdes mientras un hombre explicaba que todos los muertos tenían uno debajo de la lengua. Quauhtli vio las piedras y saltó de su sillón.

—Jade.

Abandonó su café, se puso una chamarra y salió a toda prisa. Subió a su destartalada camioneta y condujo hasta llegar a la fosa. Los forenses seguían sacando los cuerpos. Había cinta policial rodeando el lugar. Quauhtli se acercó a ellos.

—Oye, amigo —le gritó a uno de los técnicos, que cavaba con cuidado con una pequeña pala alrededor de los restos humanos.

—¿Sí? —respondió, haciendo una pausa en su excavación y caminando hacia él.

—¿Viste las piedras que tenían los cuerpos en la boca? —preguntó Quauhtli.

—Sí.

—¿Eran verdes?

—Sí.

—Es un poco raro que pongan jade en la boca de las víctimas, ¿no crees?

—En realidad no. Lo hemos visto bastante en esta zona. Sospechamos que es la marca de los sicarios por aquí, como cortarles el dedo índice o sacarles el hígado. Cosas así, ¿sabes? Y nosotros, por lo general... No eres pariente de alguno, ¿o sí? —preguntó, dándose cuenta de repente de que podría estar compartiendo demasiado.

—Por suerte no.

El hombre sacó un cigarro y lo encendió.

—Agradécele a Dios.

—¿Puedo ver uno de esos jades?

—¿Para qué? Son pruebas, amigo. No se puede.

Quauhtli sacó de su cartera un billete de cien pesos. No tenía más. Se lo mostró.

—Solo quiero verlos.

—Que sean dos de esos y es un trato. ¿Eres de esos que coleccionan reliquias?

—Sí, digámoslo así. Colecciono... señales.

El técnico tomó el dinero discretamente y se dirigió al lugar donde excavaban. Observó alrededor, y cuando nadie miraba, abrió una bolsa y sacó un objeto. Volvió hacia Quauhtli, tendiéndole la mano con la piedra escondida en el hueco de la palma. Quauhtli se la estrechó y se quedó con el jade, dejándolo caer en su bolsillo.

—Para tu colección. Tenemos más que suficientes. No pasa nada si falta una.

—Gracias, buena suerte.

Quauhtli se dirigió a su camioneta. Encendió el motor y se dirigió al monasterio. Al llegar a su destino estacionó, apagó la camioneta y sacó la piedra del bolsillo. Tenía forma ovalada, lisa por un lado y redonda por el otro. Alguien la había moldeado específicamente para los rituales funerarios nahuas, grabando pequeños símbolos en la delicada piedra. Rostros, calaveras, burdas imitaciones de la clase de rostros rituales visibles en las paredes de las ruinas aztecas o en máscaras mortuorias. Quauhtli astilló la piedra con su propia uña y desprendió trozos de la gema. Era falsa.

Los responsables de la espantosa masacre no habían sido espectros, solo hombres. Lo que Quauhtli tenía en la mano no era más que una especie de perversa tarjeta de presentación que supuso que dejaban en las escenas de sus crímenes. Tiró la horrible cosa afuera, furioso. Furioso consigo mismo por haber manejado hasta allá en busca de piedras falsas. Furioso, además, porque los símbolos de su gente se habían reducido a espectáculos de muerte y desmembramiento. Incluso quienes vivían a la sombra de la cultura nahuatlaca solo la veían como gente que danzaba y arrancaba corazones. Los cárteles debían creerse una especie de guerreros aztecas modernos si dejaban por ahí cosas como esa pulsera de mierda para usar en Halloween.

Quauhtli encendió el motor de su vehículo y se alejó, dejando la piedra en el suelo.

16

Un taxista tenía el brazo alrededor del cuello de un maletero que le dio un codazo en el estómago. Carmen observó la pelea desde el Uber que habían abordado para ir al aeropuerto, ahora atorado en el tráfico provocado por la pequeña masa que observaba la pelea. Los hombres se soltaron mutuamente y cayeron al suelo, forcejeando entre manchas de chicle y colillas mientras los desconocidos que observaban los animaban: la monotonía estéril del aeropuerto cediendo ante la violencia habitual de las calles. Sus coches estaban detenidos sobre el asfalto, expulsando gases de escape.

—¡Ponle en su madre!

—¡No seas maricón y pégale!

—¡Dale! ¡Dale! ¡Chíngatelo!

Carmen no veía que el tráfico se fuera a mover pronto y, al acercarse su hora de salida, se inclinó hacia adelante y le dio un toque al conductor.

—Podemos bajar aquí —dijo en español.

El conductor abrió la puerta trasera de la camioneta de pasajeros y bajó para entregarles el equipaje. Como era de esperar, no había maleteros disponibles para ayudarlas; numerosas gorras rojas nadaban en el mar de gente que rodeaba la trifulca. Carmen trató de llamar la atención de uno cercano, pero la pelea parecía más importante que ganarse unos pesos de propina. Una de las gorras

165

rojas entró al centro del ring, uniéndose a la refriega. Ya cansada y frustrada, no sentía mucha simpatía por el deseo colectivo de ver sangre. Los hombres clamaron más fuerte. Carmen no miró qué había pasado, sino que se volvió hacia las chicas.

—Al diablo con esto, niñas. Izel, tú y yo agarramos cada una dos maletas y nos vamos.

Dio las gracias a su chofer y echó a andar hacia la puerta, recordándole a Luna que sujetara su brazo y a Izel que se mantuviera delante donde pudiera verla mientras pasaban entre la multitud. Los cuerpos fluían alrededor, todos empujando para ver mejor la pelea o unirse a ella. Mientras los hombros de la gente se separaban y volvían a juntarse, el mar de espectadores pareció abrirse por un momento y reveló una mata de pelo gris, espeso y sucio, que cubría un rostro terriblemente arrugado y que no miraba hacia el centro, sino que seguía a las chicas cuando atravesaban las puertas del aeropuerto.

Izel se detuvo en seco por un momento, rezagándose hasta que la alcanzaron su mamá y su hermana.

—¿Es la misma anciana de la última vez? —susurró Izel al oído de Luna.

—Sí —respondió ella sin mirar atrás.

Izel sintió que la piel se le erizaba de miedo:

—¿Cómo llegó hasta aquí?

—No lo sé, pero creo que está aquí con nosotras.

—¿Qué quieres decir? ¿Como si nos despidiera? Ni siquiera la conocemos.

—No, ella viene a Nueva York.

—¡De ninguna manera! Si veo a esa mujer en nuestro avión, voy a buscar al oficial de vuelo o algo así. Alguien con un arma.

Luna estaba ahora demasiado ocupada luchando con la maleta más grande y su rueda suelta para responderle. Carmen esperó a que la alcanzaran. Izel, al ver el estrés y el agotamiento en el rostro de su madre, no creyó conveniente mencionar a la anciana. Ni siquiera estaba segura de que fuera la misma persona. «¿Cuántas ancianas tienen el mismo aspecto así vestidas?», se dijo, pensando en la indumentaria de la mujer: cubierta con capas de suéteres y lo que parecía un rebozo. «Tal vez incluso la abuela Alma se vería igual con un atuendo semejante».

—Es una locura, ¿no? —la voz de Carmen rompió el silencio entre ellas—. Qué manera tan rara de despedirse de México...

Las chicas no contestaron. A Carmen le sorprendió que Luna, normalmente parlanchina, no tuviera nada que decir sobre lo que acababan de presenciar. Observando a Izel, reconoció una mirada vidriosa y melancólica en su rostro. A veces parecía olvidar la edad que tenía, la necesaria para comprender la situación que le esperaba a la familia en Nueva York, para entender que Carmen podría tener que buscar un trabajo pronto. Le era tan reconocible porque Carmen la había visto en el espejo aquella mañana y empezó a preocuparse de estar contagiando a Izel con sus propias preocupaciones. Se acercó a ella y le dio un suave apretón en la pierna.

—¿Estás bien? Pareces triste por irte cuando pensé que no podías esperar a volver a casa —dijo Carmen, sonriendo para asegurarle a Izel que bromeaba.

—No es nada, mamá. Estoy bien.

—¿Vas a extrañar México? Últimamente hablabas más español.

—Ah... en realidad no. Me alegro de regresar. Pero estoy tratando de hablar más español.

—¿Y tú, Luna?

—Yo también estoy bien, mamá. Aunque quisiera que pudiéramos quedarnos más tiempo.

—Entiendo. Sabes que no es cosa mía. Tenemos que volver,

pero la buena noticia es que te quedan unas semanas antes de que empiece la escuela. Puedes ir a la alberca, salir con tus amigos.

—No estoy de humor para nadar.

El resto de la espera en la fila transcurrió en silencio, y solo hablaron brevemente con el empleado de reservaciones mientras entregaban su equipaje documentado. Durante la espera en la fila de seguridad tampoco hubo ninguna conversación. Las tres se sumieron en sus pensamientos. Un agente las llamó con su mano enguantada y las dirigió a una de las bandas transportadoras. Luna colocó su mochila naranja en la banda antes que nadie y básicamente se apresuró a pasar por el escáner corporal, deslizándose por delante de un hombre mayor al que le correspondía el turno.

—¡Oye! —la llamó uno de los oficiales—. ¡Tienes que esperar tu turno, señorita!

Se dirigieron a Carmen:

—Mantenga a su hija donde pueda controlarla, por favor.

Carmen se sintió desconcertada y avergonzada de ser una de «esos padres» en un aeropuerto. Nunca había tenido que disciplinar a sus hijas en público y no sabía si decir algo, disculparse, simular que no había pasado nada o, mejor aún, fingir que ni siquiera era su hija. A Izel también le sorprendió el comportamiento de su hermana. No era raro verla correr, dar brincos y saltar llena de energía y alegría, pero nunca la había visto faltarle el respeto a nadie ni actuar con malicia. Tal vez no era para tanto, tal vez era un reflejo, aunque un tanto desconsiderado, provocado por el cansancio y la frustración de volver a casa tan pronto. Definitivamente, Luna estaba en casa en México; se hallaba en su elemento. Podría tomarle un tiempo aceptar su vida de vuelta en los suburbios.

Cuando la mochila de Luna salió de la máquina de rayos X, una agente la agarró.

—¿De quién es esta maleta? —preguntó.

—¡Es mía! —gritó Luna.

—Hay algo sospechoso en ella.

—¿Sospechoso? Es la mochila de una niña —preguntó Carmen, alcanzando a su hija.

Luna parecía inquieta mientras la agente la abría, sacando de su interior otra bolsa que contenía un objeto envuelto en periódicos. Los demás agentes miraron las manos de su colega mientras lo desenvolvía, descubriendo al final un frasco de plástico lleno de lo que parecían astillas de madera de color rojo óxido.

—¿Qué es esto? —preguntó.

Carmen tampoco podía identificar qué era. Izel miró abajo y hacia otro lado, estudiando sus zapatos. Luna se sonrojó, pero observó a la oficial con atención. Abrió el recipiente con cuidado y sacó un chapulín frito.

—¿Chapulines? —estaba perpleja, pero rápidamente retomó su tono autoritario—. Esto no está permitido.

—¿Por qué no? ¿Es ilegal? No es un líquido y no es tóxico —replicó Luna.

La agente miró a sus colegas sin saber qué decir.

—No puedes transportar algo así en un contenedor abierto.

—Era un contenedor cerrado hasta que lo abriste.

—No te dejarán llevarlo allí, te prometo que esto no va a pasar en la aduana estadounidense de todas formas.

—Entonces me los comeré en el avión. ¿Por qué no podemos llevarlo con nosotras?

—Políticas de las compañías aéreas.

—Perdón, ¿me está diciendo que hay una política que prohíbe los chapulines fritos en un avión? —intervino Carmen.

—Son insectos.

—Y en eso estamos de acuerdo. Pero son comida. Están muertos y cocinados. ¿No sabe que los insectos son el futuro de la alimentación humana?

La agente permaneció en silencio. Buscó la mirada de sus colegas, pidiendo apoyo. Uno de ellos se sumó al debate.

—No puede, señora.

Carmen estaba cansada. La fila no hacía más que aumentar, y ella podía percibir su fastidio por el retraso a causa de un frasco con chapulines.

—Está bien. —Tomó de la oficial el frasco y se volvió hacia Luna—. ¿Quieres comértelos aquí?

—No tengo hambre. Quiero llevármelos. Son míos.

Carmen levantó la cabeza y puso los ojos en blanco. Luna tomó un puñado de chapulines y se los comió. Varios viajeros que esperaban su turno la miraron con horror, incredulidad y un poco de asco. Carmen entregó el frasco con los restantes a la oficial.

—¿Qué? ¡Solo son chapulines! —dijo Luna, prácticamente gritando, a un pasajero que la miraba fijamente.

La agente cerró la mochila y se la entregó a Luna. Izel tomó la suya y se alejó lo suficiente como para fingir que no las conocía. Carmen tomó sus cosas de la banda transportadora y jaló a Luna a su lado.

—Muchas gracias —dijo ella, resentida.

Caminaron hasta llegar a una banca llena de gente, donde se pusieron los zapatos y arreglaron sus maletas.

—¿Qué te pasa, Luna? Prácticamente empujaste a ese hombre de la fila fuera de tu camino.

—No lo sé. No quería hacer nada malo.

—No te preocupes. No te voy a regañar, solo quería saber.

—Me quitaron mis chapulines. Es tan injusto.

—Lo sé. Pero era de esperarse.

Cuando llegaron a la puerta de embarque, Luna tomó asiento

en el suelo y no se movió en todo el tiempo que esperaron. Carmen observó a su hija con la mirada fija en la pantalla, prácticamente inmóvil, y pensó que debía decir algo, pero no estaba segura de cómo hablar con ella cuando se ponía así. Sentía que no la veía molesta desde su primera infancia. Decidió dejarla sola mientras, y se dirigió a Izel.

—Entonces —dijo alegremente—, ¿qué es lo primero que quieres hacer cuando volvamos?

—Salir con mis amigas Halley y Tina.

—¿Van a ir a la alberca? ¿O tampoco tienes ganas de nadar?

—No sé, ¿tal vez? Pensé que podríamos ir a la ciudad y ver algunas obras de teatro de verano en el parque.

—Es un buen plan. Yo solo necesito saber cuál es mi situación en el trabajo. Oye, ¡si me despiden, podemos ver todas las obras que quieras! —se rio sin humor—. ¿Qué te parece, Luna? ¿Quieres ir al teatro con nosotras?

—No me interesa el teatro. —Luna no se apartó de la pantalla de embarque.

———

Subieron al avión cuando los últimos rayos del día desaparecían, engullidos por nubes de lluvia.

—Espero que nuestro vuelo no se retrase por la tormenta. Vamos a llegar muy tarde de todos modos —señaló Carmen en cuanto oyó el estruendo de los truenos en lo alto.

La lluvia tamborileaba sobre el delgado metal de la pasarela mientras abordaban el avión con el resto de los pasajeros y se acomodaban en sus asientos. El cielo se había desfondado con los truenos y el avión estuvo inmovilizado en la puerta de embarque durante una hora, esperando que la tormenta amainara, aunque fuera un poco. Al final, se alejaron de la puerta a pesar de que la lluvia apenas cedía. La ciudad las dejaba ir, pero no tan fácilmente.

El avión se estremeció y saltó al atravesar las nubes turbulentas, pero volvió a la calma al alcanzar la altitud. Izel tomó un libro e intentó leer, pero estaba demasiado cansada y distraída para concentrarse. Esforzándose en mantener los ojos abiertos, y más aún por seguir las palabras en la página, se dio cuenta de que Luna, a quien ya suponía dormida, seguía despierta, solo que no movía ni un músculo. Estaba quieta como estatua en el asiento contiguo, mirando fijamente la pantalla negra que tenía delante.

—Luna, ¿quieres ver una película o un programa? ¿No funciona la pantalla, o algo así?

—No.

—¿Quieres hacer algo? ¿Jugar un videojuego, tal vez?

—No.

—¿Qué pasa?

—No pasa nada. Sé cómo encender sola la pantalla si me da la gana. Solo lee tu libro y ya.

—Bueno, cielos, no importa.

Normalmente, las turbulencias y los vuelos con mal tiempo la ponían nerviosa, pero Carmen estaba demasiado agotada para tener miedo durante mucho rato y se durmió en cuanto el avión ganó altura. Su cabeza se inclinó hacia un lado y se quedó profundamente dormida escuchando el suave rugido del viento alrededor del fuselaje y la tranquila discusión sororal entre sus hijas. Se deslizó en el oscuro e informe limbo entre la vigilia y el sueño.

Sonaban truenos fuera del avión. Carmen no supo cuánto llevaba dormida cuando el avión dio una violenta sacudida hacia un lado, despertándola de golpe. La piel se le erizó de adrenalina por el sobresalto y miró alrededor de la cabina, segura de ver al resto de los pasajeros en un estado similar de preocupación y desorientación, pero no fue así. Todos dormían, sin preocuparse por la violenta turbulencia que la había despertado. Los relámpagos destellaron afuera, iluminando el interior como un flash. Carmen preparó sus nervios para el trueno, pero no llegó. Sin embargo, los relámpagos parecían caer a pocos metros de ellos. Ahora del otro lado volvieron a estallar, mudos. El rugido del viento en el exterior también desapareció.

Un suave tintineo de conchas marinas y el chasquido de ramitas eran los únicos sonidos que rompían el silencio de la cabina, procedentes de la izquierda de Carmen. Se dio cuenta de que todo este tiempo, con toda su preocupación, ni siquiera había mirado al otro lado del pasillo para ver si las chicas estaban bien, pero la idea de girar la cabeza ahora, hacia las conchas que tintineaban, le heló el corazón con un miedo y una ansiedad indescriptibles. Sin embargo, el instinto maternal empezó a triunfar sobre sus temores personales y volvió lentamente la cabeza hacia el otro lado del pasillo.

Luna se reclinaba contra el asiento con la cabeza echada hacia atrás y las venas del cuello abultadas por la tensión. De un lugar indiscernible del pecho le crecía una masa negra palpitante y metastásica de alquitrán, sangre y ramas que se deslizaba contra sí misma mientras se transformaba y crecía hacia arriba hasta adquirir una horrible forma humanoide. Carmen se quedó sin aliento, contemplando un rostro retorcido y esquelético del que la piel, gris y enferma, se desprendía como hojas secas. Se inclinó hacia adelante, arqueándose sobre y alrededor de Izel mientras Carmen seguía sentada, paralizada e impotente al otro lado del pasillo; la criatura envolvió a su hija mayor con sus dedos en forma de garra, mirándola a los ojos. Su horrible rostro se quebró al sonreír ampliamente, mostrando unos afilados dientes negros que brillaron como obsidiana al destellar de nuevo el relámpago en silencio. De pronto, dos enormes alas negras de mariposa brotaron en su espalda, trayendo consigo un último y ensordecedor trueno.

Oyó a Izel a lo lejos:

—¡Auuu! ¡Paraaa!

Una nueva sacudida de la turbulencia despertó a Carmen. Aturdida y con sudor frío en el ceño, miró alrededor con pánico, viendo que otros pasajeros las miraban a ella y a sus hijas.

—¡¿Qué demonios te pasa?! —dijo Izel.

Carmen levantó la cabeza para ver a las chicas y descubrió que la discusión se había convertido en violencia mientras dormía. Izel empujaba los brazos de Luna y esta le daba patadas en las piernas a su hermana mayor. La vergüenza invadió a Carmen al instante y les gritó:

—Paren. ¡Deténganse! —gritó en un susurro—. ¿Qué les pasa? ¡Se parecen a los taxistas! Debería darles vergüenza. Nunca pensé que tendría que preocuparme de que se comportaran así. Especialmente en público...

Izel intervino:

—¡Yo ni siquiera empecé! Solo le pegué accidentalmente cuando me quedé dormida y empezó a encabronarse.

—¡Tal vez debiste disculparte y ver dónde pones tus codos huesudos!

—¡Cálmense ya, las dos! No van a estar peleando en el avión, sigan leyendo o lo que estaban haciendo. Podemos hablar de esto más tarde.

Las dos chicas se acomodaron en los asientos y procedieron a pasar el resto del vuelo en silencio. Carmen no podía creer que se hubieran peleado. Hacía años que no lo hacían. Izel normalmente se limitaba a ignorar a su hermana, pero tal vez ahora que Luna crecía había una mayor rivalidad entre ellas. Cosas como esa eran un tanto misteriosas para Carmen como hija única. La dinámica entre hermanos siempre era algo que consultaba con el padre de las chicas, pero tal vez Alma tendría alguna idea cuando llegaran a casa. Al mismo tiempo, no podía evitar pensar que era divertido y desconcertante en la misma medida escuchar a la dulce y chispeante Luna decirle algo tan malo a su hermana. Al parecer había desarrollado una boca respondona que Carmen no conocía hasta ahora. Seguramente estaban estresadas por los últimos días y se equilibrarían cuando bajaran del avión y volvieran a la casa.

Las tres estuvieron bien despiertas durante el resto del vuelo. Izel fingió abstraerse en una película, pero observaba a su hermana con el rabillo del ojo. Luna permanecía quieta, como en trance, inusualmente quieta después de su estallido. Carmen trató de volver a dormir, pero se descubrió muy despierta sin importar cuánto tiempo cerrara los ojos. Permaneció así hasta que se encendieron las luces de la cabina y anunciaron el descenso al aeropuerto JFK. Cuando la pared divisoria se abrió en tierra, Carmen se levantó, acarició la cabeza de Luna y le sonrió a Izel.

—¿Está todo bien? —preguntó, bostezando.

No respondieron.

—¿Siguen enojadas? No quiero llegar a casa con las dos de mal humor.

Izel se levantó, tomó su mochila y les dio la espalda. Luna se levantó y se preparó para bajar del avión.

—¿Ahora no me hablan a mí tampoco? ¿De qué se trata?

Salieron del avión lentamente, pasaron por inmigración, la entrega de equipaje y el control de seguridad. Luna estaba tensa y abrazaba su mochila contra el pecho, probablemente temerosa de que otro oficial del aeropuerto volviera a quitársela después del percance con los chapulines. Un funcionario de seguridad con marcadas bolsas bajo los ojos se apoyaba en una mesa, como si no pudiera mantenerse erguido sin hacerlo. Les preguntó si traían algo de México.

—¿Tequila? ¿Alimentos?

Carmen se limitó a negar con la cabeza y el agente les indicó que siguieran hacia la salida. De pie en la acera, Carmen sacó el teléfono para llamar a su madre y comunicarle que estaban listas. Al poco tiempo, Alma apareció con el coche de Carmen y salió deprisa para abrazar a sus nietas, plantar un gran beso en la frente de la más pequeña y acomodar a las tres dentro; Carmen se deslizó en el asiento del conductor.

El tráfico era escaso por ser tan tarde y llevaban buen tiempo.

—Ojalá nos hubieras dejado tomar el tren de regreso a casa, mamá. No tenías que manejar hasta la ciudad por nosotras.

—¡Tonterías, mija! Ya es muy noche, y no soy tan vieja para no poder recoger a mis nietas en el aeropuerto.

—Lo sé, lo sé. Gracias. —Carmen giró un poco la cabeza para hablar con las chicas atrás—. ¿Tienen hambre, niñas? —Ninguna había tocado la comida del avión, ni la pasta o el pollo—. Podemos pedir una pizza o comida china. ¿Qué les parece?

—¡Ah! —intervino Alma, agitando la mano—. Les preparé comida antes de salir. Solo hay que calentarla un poco cuando lleguemos.

Se dio vuelta en su asiento, y al ver a Izel profundamente interesada en su teléfono, miró a Luna:

—¡Entonces! ¿Cómo fue tu primer viaje a México? ¿Extrañaste a tu abuela?

Luna sonrió tímidamente, asintiendo con la cabeza antes de que se le borrara la sonrisa de la cara:

—Fue divertido, pero...

—¿Pero qué?

Carmen aguzó las orejas.

—Todo cambió allá. Nada volverá a ser como antes —dijo Luna.

Alma se volvió y miró a Carmen, algo preocupada.

—Todo estará bien, cariño. Sé que bromeé con la posibilidad de perder mi trabajo, pero todas estaremos bien —explicó Carmen.

—No lo sé —respondió Luna.

Alma pasó el resto del trayecto en coche intentando que Luna hablara más del viaje a México, pero a medida que pasaba el tiempo, las respuestas de Luna eran más breves e indiferentes. Carmen se sintió aliviada cuando por fin entraron en el acceso, sobre todo porque ansiaba algo de paz y tranquilidad después de deshacer las maletas y volver a sus vidas habituales. No estaba demasiado preocupada por el trabajo en ese momento. Carmen e Izel cenaron bien, pero Luna, que aún parecía ausente y malhumorada, apenas tocó la comida. Alma se dio cuenta y trató de preguntarle qué le pasaba, pero Luna se limitó a decir que estaba demasiado cansada para comer y llevó las maletas a su habitación.

—Tuvimos muchas aventuras. Luna necesitará algo más de tiempo para procesarlo. Está muy cansada, y el tiempo pasó tan rápido que es difícil recordarlo todo. Pero le llegarán los recuerdos con el tiempo.

Izel no tardó en seguir a Luna tras dar las buenas noches a Alma. Carmen se quedó con su madre en la cocina, pero no quiso entrar en detalles sobre su regreso anticipado. Le contó que habían tenido problemas con la obra, pero su madre estaba preocupada por Luna.

—Se ve diferente, ¿no? ¿Más madura, quizá? —dijo Alma.

—Creo que solo está cansada, mamá, y tal vez un poco gruñona. No quería volver. Ya la conoces, es mexicana hasta la médula. Estaba muy emocionada por ir al fin allá, y tuve que traerla antes de tiempo.

—Nunca la había visto así.

—No te preocupes, mamá. Estoy segura de que una vez que se adapte de nuevo a la vida en casa y descanse un poco, las cosas se calmarán. Fue un viaje largo, ¿sabes? Creo que empezaban a acostumbrarse a estar allá cuando tuvimos que salir y, tú misma lo has dicho, tal vez Luna esté sufriendo cierta angustia adolescente precoz —dijo Carmen. Luego abrió el gabinete de las bebidas y se sirvió un tequila.

—¿Qué, no hay un tequila para tu madre? —pidió Alma.

Bebieron mientras Carmen le contaba lo que sucedido en el trabajo, así como su cena con los nahuas.

—En resumen, creo que me saboteó ese cabrón misógino del capataz. Pero encima de todo, lo más loco del viaje debió ser que esos dos fueran a advertirme seriamente que creían que Luna estaba en riesgo de ser poseída por fuerzas malignas ancestrales o alguna tarugada por el estilo. Dejando eso de lado, todo normal.

Alma agitó la mano y se rio:

—¡Quizá el capataz era en realidad un espíritu maligno disfrazado también!

—¿Ves, mamá? Te dije que vimos de todo. ¡Incluso sucesos paranormales! —se rio Carmen.

—¿Quiénes son esas personas? ¿Con quién se juntaron? Me pasé toda la vida allá y nunca nadie me dijo una locura como esa. Si tu abuela, mi madre, hubiera oído a alguien que llegara a nuestra casa a hablar de dioses aztecas de la muerte, y de sus hijos... ¡Bueno, dudo que pasaran de la entrada antes de que ella agarrara una sartén! —Alma se carcajeó y señaló a Carmen con su vaso antes de dar otro sorbo.

Las visiones de ancianas en el desierto y monstruos en los aviones eran cosas realmente absurdas como para otorgarles cualquier consideración seria. Carmen era una mujer seria y había estado bajo mucho estrés en México. Una parte de ella se alegró un poco de que la sacaran de ese lugar si quedarse allí significaba más sueños y alucinaciones por la presión. Carmen se rio de todo ello y se sirvió una última copa antes de acostarse para intentar descansar un poco antes de afrontar el día que ya amenazaba con romper en el horizonte.

17

Tomar de nuevo el Metro North hacia la ciudad le pareció a Carmen tan extraordinariamente raro que casi confunde su parada después de hacer el transbordo al sistema del subterráneo. Era como si hubieran pasado años desde la última vez que estuvo en la ciudad y no un par de meses. Nada le resultaba conocido. Todo había cambiado, pero no sabía cómo. Los días en México tenían una marca desproporcionada en su memoria, como si hubiera estado allí durante décadas. Cuando llegó a la oficina, reanudó su ritual habitual de comprarse un latte y el periódico antes de subir al elevador. El sorbo al latte en el elevador le supo extraño, casi grasiento. «Esa cafetería tan cara de seguro le puso leche de avena o algo raro», pensó. Echó de menos el sabor del café mexicano que preparaba cada mañana en su vieja cafetera de confianza. Cuando entró en la oficina, sintió un escalofrío social. La mayoría de sus compañeros apenas la reconocieron, como si no estuviera allí. Nadie le preguntó qué tal el viaje o cómo había ido el proyecto. Si se hubiera corrido la voz tan rápido como solía pasar, ya sabían exactamente cómo había ido su viaje y la situación del proyecto. Sentada en su escritorio, no sabía por dónde empezar, qué trabajo debía hacer en ese momento. No tenía ningún proyecto. Justo cuando revolvía algunos papeles al azar en su escritorio, sonó su teléfono. Era la secretaria de su jefe, Linda.

—El señor Harper quiere verte ahora.

Carmen colgó sin decir nada. Se levantó, pero dudó entre llevarse el café o dejarlo allí para que se enfriara. Decidió llevárselo. Tal vez el hecho de tener una taza de café en la mano haría que la reunión fuera menos intensa de lo que esperaba.

—Buenos días —dijo al entrar.

—¡Carmen! —dijo él, fingiendo sorpresa y estirando la «r» de su nombre con exageración, una costumbre que él encontraba jocosa y ella pasivamente racista—. Me alegro mucho de verte. ¿Qué tal el viaje de vuelta? ¿Todo bien con las chicas?

—Todo genial, gracias. Las chicas se están adaptando a la vida en Estados Unidos.

—Supongo que te preguntarás por tus nuevas responsabilidades y cómo será tu trabajo ahora que has vuelto.

Carmen forzó una sonrisa.

—Quiero que te tomes las próximas semanas con calma mientras te asignamos a un nuevo proyecto. Tendré una reunión con la junta directiva dentro de dos semanas en la que decidiremos cuál será. Por ahora, solo céntrate en poner a Sam al día, antes de que lo enviemos a México a terminar el proyecto. Hiciste un gran trabajo para poner esto en marcha, así que si puedes hacer que sea tan talentoso como tú en los próximos días antes de que se vaya al sur, las cosas deberían resultar bien.

Carmen sabía que esto significaba que la junta directiva decidiría si se quedaba o la despedían del bufete y sus posibilidades podrían ser escasas. El resto de la empresa probablemente también lo sabía, y dudaban entre tratarla con lástima o no. Exhaló profundo, demasiado estresada para ocultar su frustración, y se levantó. Al volverse para mirar por las ventanas el panorama de la ciudad desde el piso 25, Carmen vio la nube más extraña que había notado en su vida.

—Gracias, Michael. Le enviaré a Sam todas mis notas —respondió distraídamente, esbozando una sonrisa cortés y profesional mientras contemplaba por la ventana la masa negra que se cernía sobre la ciudad. Casi dio un salto de sorpresa cuando, de repente, la masa negra palpitó y se dispersó en pequeños puntos negros antes de volver a formarse. Ahora que Carmen la había visto como un enjambre de algo, advirtió que sus bordes se desdibujaban y se agitaban como estática mientras la negrura luchaba para mantener su forma sobre la ciudad.

Harper siguió la mirada de Carmen y la acompañó en la ventana:

—Ah... ¿Qué demonios es eso? No son pájaros, ¿verdad?

—Demasiado pequeños... —Carmen recordó el dibujo del cielo de Luna, lleno de mariposas furiosas—. Creo que son mariposas.

—Nunca he visto a mariposas hacer eso, ni polillas ni sabe Dios qué. No sabía que pululaban así —dijo Harper—. ¿Has visto algo así antes?

Carmen estaba embelesada mientras las mariposas extendían su enjambre en extrañas formas en el cielo. Harper no parecía verlas ni notarlas como algo más que el movimiento aleatorio de bichos en el cielo. Los cuerpos negros y palpitantes parecían hablarle. Observando los patrones que los insectos tejían en el aire, parecían los de un alfabeto olvidado, una serie de ideogramas macabros que ella no podía leer, sino que simplemente intuía como una especie de comunicado ominoso, y sus movimientos repetitivos un cántico y una danza ceremonial al mismo tiempo. Más que ominosos, parecían un auténtico presagio en sí mismos, miles de oscuros presagios que maldecían el cielo y la ciudad con un lenguaje desconocido de jeroglíficos.

—No. Nunca vi nada igual —dijo, y salió del despacho de Harper.

Cuando volvió a su escritorio, llamó a Alma. Al marcar los números pensó en su conversación de la noche anterior, cómo se habían reído de cualquier idea de supersticiones y maldiciones de su antiguo país. Sorbió su café frío y se recordó que no estaba loca, solo estresada. Una vez leyó que las personas estresadas suelen buscar un significado o razones supersticiosas para su temor. Tal vez ella buscaba su propio sentido en los enjambres de bichos. El teléfono empezó a sonar y Carmen controló su imaginación.

—Hola, mamá, solo llamaba para ver cómo les va a ti y a las chicas.

—Todo está bien aquí. Ya casi desayunamos. ¿Cómo va todo ahí?

—¡Bien! Bueno, en realidad no. No creo que sea *malo*, pero seguro que no es bueno. Dios, no sé —no podía decir si hablaba de su trabajo o de su mente—, te contaré cuando te vea. Solo avísame si necesito pasar por algo de camino a casa.

Alma se despidió y colgó el teléfono, volviendo a la sartén con la salsa a fuego lento sobre la estufa. Bajó un poco más el fuego y echó una cucharada de salsa de adobo en la sartén. Con Carmen ya de vuelta en el trabajo, Alma deseaba que sus nietas se adaptaran sin dificultad a sus rutinas diarias habituales. Solo quería asegurarse de que sintieran que nada era demasiado diferente, y eso empezaba llenando la casa con el olor familiar de los Huevos Luneros Originales de la abuela Alma. En realidad, eran solo sus huevos rancheros, pero el peculiar paladar de Luna exigía un ingrediente especial en su plato.

Mientras Alma ponía otra sartén en el fuego para calentar los huevos, subió a despertar a las chicas con un toquido en la puerta.

Izel despertó de mal humor, pero abrazó a su abuela cariñosamente al salir de la habitación y bajar la escalera. Alma llegó a la puerta de Luna y llamó una, dos veces, antes de probar con el picaporte solo para encontrarlo cerrado.

—¿Lunita? ¿Estás despierta? ¿Por qué está cerrada tu puerta?

Luna gritó detrás de la puerta cerrada:

—Merezco algo de privacidad, ¿no?

—¡Oh! Por supuesto, cariño. Bueno, ya que estás despierta, baja a desayunar, ¿sí?

—Okey. Bajaré en un minuto.

Alma se unió a Izel en la planta baja, le frio unos huevos y le sirvió el plato caliente.

—¿Está bien tu hermana? Parece un poco... no sé —preguntó Alma en voz baja.

Izel se encogió de hombros:

—Está así desde que tuvimos que salir de México. Tal vez es un berrinche por haber acortado el viaje.

Oyeron que Luna bajaba por fin la escalera. Alma puso una sonrisa y le pasó a Luna sus Huevos Luneros mientras se sentaba, huevos rancheros con un poco de anchoa encima de ambos huevos. Izel hizo un ruido de arcadas y se rio del desayuno favorito de Luna. Pero Luna apenas comía, moviendo la comida con el tenedor como si intentara descifrar el misterio que escondía. Sin dejar de observar el plato, apenas levantaba la cabeza para mirar a su hermana y a su abuela mientras respondía con monosílabos a sus preguntas.

—¿Trajiste muchas cosas de México, Luna?

—No.

—¡Pensé que traerías toneladas de artesanías! ¿Ni siquiera un recuerdo para tu vieja abuela?

—No.

Alma miró a Izel, intrigada. Izel solo pudo encogerse de hombros como respuesta.

—Tu mamá me dijo que conociste a gente interesante que sabía mucho de la cultura nahua.

—Sí.

Luna apartó el plato, casi lleno aún, se levantó y subió de nuevo a su habitación.

—En serio, ¿qué tiene?

Izel se limitó a encogerse de hombros de nuevo.

Las dos intentaron hablar de otra cosa mientras limpiaban la cocina, pero las distraían demasiado los ruidos que salían de la recámara de Luna en la parte superior: pisotones en el suelo, toquidos en la pared, algo que era arrastrado, golpes y extraños crujidos.

—¿Ahora qué hace? —Alma estaba exasperada.

—Ni idea. Yo también lo escuché anoche.

Izel terminó de limpiar con Alma y se inclinó sobre la barra a mirar su teléfono, balanceando los pies y sonriendo. Miró a su abuela y sonrió de lado a lado.

—Puesss... voy a salir.

Alma le devolvió la sonrisa:

—¿De verdad? ¿Y adónde tiene que ir mi nieta hoy, en su primer día de regreso con su abuela?

—¡Voy a casa de mi amigo Josh, eso es todo! Te dejo el número de su mamá por si quieres llamarla y preguntarle.

—Ay, no voy a avergonzarte. Confío en ti, pero pienso que quizá Josh no es exactamente un «amigo». No sonríes tanto cuando vas a ver a Halley, ¿sabes? Vuelve al anochecer para que podamos cenar juntas como se debe cuando llegue tu mamá.

Izel se sonrojó y fue a su habitación a vestirse. Aunque Alma dijo que no era necesario, Izel dejó una nota con el número de la señora Rosenbaum en la barra de la cocina al dirigirse hacia la

puerta, dándole otro abrazo a su abuela. La puerta se cerró tras
ella y Alma pegó el número en el refrigerador con un imán. Por
encima, los extraños sonidos seguían emanando de la habitación
de Luna, amortiguados y distantes a través del techo. Pensó que si
Luna estaba tan empeñada en tener intimidad, tal vez fuera mejor
concedérsela y dejar que se calmara un poco. Después de todo, la
niña había pasado por muchas cosas en los últimos dos días.

Carmen terminó el resto del día en la oficina buscando todos los
correos electrónicos y la documentación que tenía sobre el proyecto del Hotel del Monasterio y reuniéndolos para su remplazo.
Era plenamente consciente e incluso entendía cómo funcionaba la
política de la oficina y de la empresa, sabía que realmente no había
otra opción que enviar a alguien nuevo a dirigir el proyecto sobre
el terreno tras el fallo del andamio, pero aun así le molestaba Sam.
Más aún, le molestaba la idea de que un gringo fuera a México
a ayudar a demoler un antiguo monasterio. Se sentía como si un
símbolo de la colonización fuera restaurado por nuevos colonizadores. Al menos cuando ella era parte del proyecto parecía más un
proceso de recuperación de la tierra, ahora era solo la obra de un
hombre blanco español remplazado por un blanco estadounidense
dando instrucciones.

Como fuera, le copió a Sam todo lo que necesitaba saber y le
envió un archivo con los permisos que necesitaría cuando llegara
allí. También le dio una lista del personal en el sitio con un apunte,
«grosero, se embolsa dinero» junto al nombre de Joaquín. Salió un
poco después que los demás, rezagándose para evitar compartir el
elevador con cualquiera que pudiera preguntarle por México, así
como para tomar un tren a casa que tuviera asientos libres.

Cuando Carmen subió al tren en Grand Central, el sol se había ocultado detrás de los edificios del centro, produciendo un crepúsculo prematuro en la ciudad. Se deslizó en un asiento y se acomodó para el largo viaje de vuelta a Newburgh, sorprendiéndose ante el escaso pasaje en un tren tan cercano a la hora punta. Casi le pareció injusto que le hubieran cobrado un boleto de horario principal. El tren salió de la estación y se alejó de la ciudad, y a medida que dejaban Manhattan y el sol se hundía en el cielo, la poca gente en el vagón de Carmen iba descendiendo paulatinamente con cada parada en las estaciones, hasta que tuvo el vagón para ella sola.

Miró por la ventana la puesta de sol al otro lado del río Hudson mientras el cielo se oscurecía. Al ver pasar la línea de árboles, de repente notó movimiento, algo que parpadeaba en el borde entre el cielo anaranjado y la oscura silueta de los árboles. Sus ojos se abrieron de par en par antes de entrecerrarlos hacia el sol brillante, tratando de vislumbrar de nuevo lo que había visto. Se hizo un hueco en la arboleda por donde pasaba una línea eléctrica desde la orilla del río hacia el oeste, y fue allí donde vio la estática zumbante de una nube negra. Se le cortó la respiración al distinguir brevemente el enjambre negro ondulante que el sol perfilaba entre los árboles antes de desaparecer de nuevo en la oscura sombra de la arboleda. Pero ahora podía verlo: el borde de la silueta de la línea de árboles era borroso y difuso.

El tren se balanceó en una curva y un terraplén le impidió ver más allá del agua. Entre los ruidos mecánicos, oyó el repiqueteo de conchas marinas procedente de la parte delantera del vagón. Sin embargo, al mirar hacia delante no había nada ni nadie con ella. No obstante, por las ventanillas hacia el siguiente vagón vio una mata de pelo gris que asomaba por encima de uno de los asientos. Quienquiera que fuera estaba de espaldas a ella, pero pudo ver las capas de mantas de lana amontonadas sobre sus hombros mientras se balanceaba adelante y atrás.

No era posible, pero tampoco había forma de negar que fuera ella: la mujer que Carmen había visto en México afuera de su casa y durante su alucinación por el estrés cerca del monasterio. La mujer de pelo gris levantó la mano y, brillando a la luz fluorescente del tren, Carmen vio en su puño una pulsera decorada con gemas verdes. Carmen se levantó del asiento, lista para correr al siguiente vagón, pero cuando pasaron el terraplén el sol poniente inundó los vagones de luz. Sus ojos se adaptaron rápidamente, aunque cuando pudo volver a ver fue como si el sol hubiera borrado a la anciana. Los únicos en el siguiente coche eran dos hombres de traje.

Una sensación de náusea invadió a Carmen. Cerró los ojos y se apretó la cara entre las manos, solo quería volver a casa con su familia, con sus hijas.

———

Alma subió la escalera y abrió la puerta de la habitación de Luna. Estaba acostumbrada a una relación bastante abierta con la habitualmente alegre Luna y no se lo pensó dos veces para entrar sin tocar. Sentada en la cama, Luna contemplaba el objeto sobre su escritorio. Se volvió hacia ella con enojo silencioso y se levantó.

—¿Qué quieres? ¿No se te ocurrió tocar la puerta?

—Solo quería tener una pequeña charla. Pareces extraña últimamente, como si estuvieras triste o preocupada. Puedes hablar conmigo, ¿sabes? Siempre estoy aquí para ti si algo te molesta, cariño.

—No estoy triste ni preocupada —dijo, y volvió a sentarse.

—¿Pasó algo en México?

Luna no respondió. Alma se sentó a su lado y la abrazó. El cuerpo de Luna se sentía frío al tacto. Fue entonces cuando se fijó en el objeto sobre la mesa.

—¿Y qué es eso? —preguntó, sin poder ocultar su asco.

—Es una artesanía que encontré en México. Mamá dijo que podía quedármela.

—¡Pero es tan espeluznante! ¿Qué es?

—Es una piñata.

—Nunca había visto una así —dijo Alma estirando los dedos para tocarla, llevada por el instinto de comprender la extraña textura del objeto. Parecía húmeda, y casi viva: respiraba y palpitaba. Luna se levantó de un salto para proteger la piñata con su cuerpo y mantenerla lejos del alcance de su abuela. Alma dio un salto hacia atrás, sorprendida ante la reacción de Luna.

—¡Cuidado! ¡Es frágil! —dijo, ocultándola.

—Luna, ¿qué pasa? Solo quería verla.

—Preferiría que no lo hicieras.

Permanecieron en silencio e inmóviles durante unos minutos, reconociendo ambas en los ojos de la otra que algo más profundo sucedió en ese momento. Algo se había roto en su relación y entre ellas se levantaba una nueva barrera que nunca había existido, como si Luna hubiera revelado algo imperdonable, algo terrible y hubiera sellado rápidamente una parte de sí misma frente a su abuela. Se enderezó y colocó la piñata en el ropero.

—Luna, de verdad no entiendo qué pasa contigo. Trato de entender, pero te siento muy distante de mí ahora mismo.

Luna no dijo nada. Alma se levantó y caminó vacilante hacia la puerta. No quería irse sin averiguar lo que acababa de pasar, sin hablar de ello. Solo quería romper el muro que Luna había levantado. Sabía que detrás del caparazón de Luna seguía estando la adorable niña que siempre había sido. Luna levantó entonces una mano hacia su pecho, tocando el dije que Quauhtli le había regalado. Lo tocó suavemente y se lo quitó de un tirón. Lo miró, abrió el cajón del escritorio, lo metió dentro y del mismo cajón sacó la pulsera de jade. Se la puso en la muñeca mientras Alma empezaba a cerrar la puerta. Alma intentó averiguar si eso tenía alguna relación con lo sucedido, pero no se atrevió a preguntar. Se detuvo un momento antes de cerrar la puerta.

—Luna, siempre puedes hablar conmigo, de lo que sea. Siempre.

Se quedó al otro lado de la puerta cerrada, lidiando con la repentina distancia entre ella y su nieta. Siempre habían sido muy unidas, pero ahora era como si fueran extrañas. Apartándose de la puerta de la extraña, Alma empezó a bajar la escalera, sintiendo que debía hablar con Carmen sobre lo que acababa de suceder, pero no sabía cómo exactamente. Era normal que los niños se distanciaran de los mayores al crecer. ¿Qué más había que decir? Al fin y al cabo, Carmen ya tenía mucho de qué preocuparse, pero ocultar lo que acababa de ocurrir no tenía sentido. Lo mejor era hablarlo y averiguar qué le pasaba a Luna.

Siguió bajando lentamente los escalones cuando escuchó un sonido, como de conchas marinas chocando entre sí. Al girar para buscar su origen, vio un gran saltamontes verde. Lo observó, intrigada, y cuando levantó la vista, había un esqueleto con alas semejantes a las de un insecto, ricamente ataviado con joyas de oro y piedras preciosas, flotando sobre la escalera. Su falda estaba hecha de conchas marinas que tintineaban musicalmente entre sí. La monstruosidad extendió su huesuda mano hacia ella. Alma gritó, y cuando lo hizo, dio un paso atrás y perdió pie, se golpeó la cabeza contra la barandilla y cayó por la escalera hasta que su cuerpo inconsciente tocó el suelo, donde quedó inmóvil despatarrado como una muñeca de trapo, con un hilillo constante de sangre que le resbalaba por el pelo hasta el piso. Cuando Carmen abrió la puerta, casi veinte minutos después, se había convertido en un pequeño charco alrededor de su cabeza. Desde arriba casi parecía uno de los halos pintados alrededor de los santos del monasterio, un amplio disco de un carmesí profundo que rodeaba la coronilla de su madre.

18

Carmen tenía los ojos hinchados, doloridos e inyectados en sangre por el llanto y la falta de sueño. Las tres Sánchez llevaban horas sentadas en la luminosa sala de espera del hospital mientras Alma era atendida. Izel se había disculpado muchas veces por no estar en casa cuando ocurrió, sin importar cuántas veces Carmen le dijera que no se agobiara por eso. Carmen solo agradecía que la mamá de Josh hubiera llevado a Izel tan rápido al hospital para reunirse con ellas. Ya era más de medianoche e Izel dormía al fin con la cara todavía pegada al costado de Carmen, húmeda por las lágrimas. Luna, sin embargo, estaba despierta, con el rostro seco y alerta. En la garganta de Carmen surgía una pregunta que temía hacer, todo era aún tan reciente, pero tenía que saber la respuesta.

—¿Por qué no llamaste a nadie, Luna? —preguntó en voz baja—. Hemos hablado de qué hacer en caso de una emergencia, ¿verdad? Sabes cómo marcar el 911 y que siempre puedes llamarme.

Luna bajó la mirada y permaneció en silencio. A Carmen le dolían más los ojos.

—Luna, no pasa nada si me dices que te asustaste y no sabías qué hacer. Solo quería preguntar...

—Estaba en mi cuarto. No sabía que la abuela se había caído —murmuró Luna, mirando aún hacia abajo.

—¿No gritó? ¿No la oíste caer por la escalera? —Carmen se sorprendió de lo acusadora que sonaba su voz.

Luna volvió a quedarse en silencio, todavía con la mirada baja. Carmen la siguió y vio que jugueteaba con algo en su muñeca. Se le heló la sangre y rápidamente se acercó, tomando a Luna por el brazo y jalándola hacia ella. De la muñeca de su hija colgaba la pulsera de jade que habían dejado en la casa alquilada en México.

—¿Por qué está eso en tu muñeca? Te dije que no te la pusieras.

—Nunca dijiste eso —replicó Luna, cubriendo la pulsera en su mano izquierda con la derecha—. ¡Suéltame!

Carmen iba a quitarle la mano de la pulsera, un tanto con la intención de arrancarle la maldita cosa allí mismo. Le resultaba indescriptiblemente incómodo que su hija usara algo que se había colado de manera tan subrepticia en su casa. En ese momento, una enfermera las interrumpió.

—¿Es usted la señora Sánchez, la hija de Alma Calderón? Su madre ya salió del quirófano.

La voz le recordó a Carmen dónde estaba y despejó su mente. Soltó de inmediato el brazo de Luna, avergonzada por haberle puesto las manos encima de esa manera. Se volvió para mirar a la enfermera.

—¿Podemos verla?

La enfermera las condujo por los pasillos hasta una habitación iluminada con las mismas luces espantosas y zumbantes de la sala de espera. Bajo el murmullo eléctrico, el respirador que mantenía viva a Alma resollaba en un rincón. Carmen abrazó a sus hijas mientras observaba el rostro gris de su madre. Alma era tan enérgica y voluntariosa que su hija solía olvidarse de su edad, pero ahora, con un tubo para respirar en la boca y los moretones asomando bajo su piel cansada, nunca había parecido más anciana, nunca había estado tan cerca de la muerte. Sintió que Izel le apretaba la mano cuando la puerta se abrió detrás. Una mujer delgada, con lentes y cabello sobre su joven rostro que parecía prematuramente gris, entró sosteniendo una tableta.

—¿Señora Sánchez? Soy la doctora Müller. Soy la encargada de atender a su madre.

—Carmen está bien. Esta es Izel y ella es Luna.

—Primero, permítame decir que lo siento mucho, Carmen. Esto debe ser aterrador para todas ustedes.

—¿Cómo está? —interrumpió Carmen las condolencias.

—Todavía muy delicada, me temo. —Müller cambió bruscamente a un tono de diagnóstico—. Tiene conmoción cerebral y fractura de cráneo. También sufrió algunas fracturas por estrés en la cadera y el hombro al caer por la escalera, al parecer. Todavía no sabemos qué consecuencias tendrá a largo plazo, pero por ahora la hemos puesto en coma inducido debido a la inflamación en su cerebro.

—¿Por cuánto tiempo?

La doctora evitó su mirada y extendió los brazos, como si dijera que no había mucho que pudieran hacer sino esperar:

—Hasta que la inflamación remita. —Le dio a Carmen su tarjeta—. Descansen, váyanse a casa. Las mantendremos informadas si algo cambia. Llámeme cuando quiera.

Carmen se quedó inmóvil un segundo, pero pronto se dio cuenta de que era inútil permanecer allí. La bomba del respirador se movía arriba y abajo por encima de la cabeza de su madre mientras Carmen se acercaba a ella para darle un beso en la mejilla magullada antes de volverse hacia sus hijas.

—Vamos, chicas. Deberíamos dormir un poco. Podemos visitar a la abuela de nuevo pronto, cuando con suerte esté mejor.

Ninguna habló mucho durante el traslado en coche desde el hospital. No volteó para comprobarlo, pero Carmen sabía que Izel y Luna se habían dormido en el asiento trasero después de una noche tan larga. El radio sonaba apenas mientras Carmen recorría las oscuras vías suburbanas de vuelta a casa, luchando por mantener su atención en el camino delante. Su cabeza flotaba entre la ansiedad y pensamientos sobre los presagios que había visto ese mismo día. Cada pensamiento acerca de presagios y visiones merecía la misma pregunta pavorosa en su mente: «¿Me estoy volviendo loca?» Lo único que quería era llegar a casa, servirse un tequila con su madre y charlar como la noche anterior. Quería que su madre bromeara sobre lo engañoso de las supersticiones y disipara entre risas las preocupaciones de Carmen con su afectuosa burla, pero le preocupaba no volver a oír esa risa en mucho tiempo, si no es que nunca.

Cuando llegaron al acceso, el rostro de Carmen se había humedecido con lágrimas nuevas. Sacudió a las chicas para despertarlas y las tres entraron en la casa silenciosa. Luna subió corriendo la escalera en cuanto estuvieron dentro. Carmen escuchó cómo sus pies golpeaban con fuerza los escalones y cerraba de golpe la puerta de su habitación; miró a Izel, pero las dos estaban demasiado cansadas para hacer un comentario más sobre su actitud. Izel fue al baño a asearse antes de dormir y Carmen pasó a la cocina, donde bajó la botella de tequila y sirvió dos vasos. Se bebió el primero, echando la cabeza atrás y engullendo. Dejando el vaso vacío en la barra junto al segundo, se limitó a mirar el diminuto estanque de alcohol en el otro vaso. Después de permanecer un rato en silencio, al final tomó el vaso, lo levantó por encima de la cabeza y lo volvió a poner sobre la superficie antes de llevárselo a los labios. Un pequeño sorbo fue todo lo que bebió antes de dejarlo otra vez en el centro de la barra para su madre.

«Como dejarle un vaso de leche a Santa Claus», pensó, sintiendo que sonreía por primera vez en el día.

Oyó crujir la escalera y el clic de la puerta de la habitación de Izel arriba. La casa volvió a quedar en silencio mientras le daba otro sorbo al vaso de tequila de su madre. Entonces, desde algún lugar que no pudo distinguir, oyó un zumbido. Sonaba casi como una cigarra, pero más consistente y sostenido. Engullendo lo que quedaba de licor, Carmen tomó un periódico de la barra y lo enrolló mientras se dirigía a la fuente del ruido. Jugando a caliente y frío, el zumbido del insecto la guio hacia la escalera y se hizo más fuerte a medida que se acercaba, sorprendentemente ruidoso. Cerca de la parte superior de la escalera había un saltamontes que frotaba sus patas de un color amarillo enfermizo, gimiendo cada vez más fuerte hasta que Carmen lo aplastó con el periódico.

Pero el sonido persistía, más silencioso y procedente de otro lugar de la casa. Carmen se acercó sigilosamente al cuarto de Luna, escuchando cada vez más fuerte el sonido. Al mirar hacia abajo, vio la pata amarilla de un saltamontes emerger y desaparecer bajo la puerta de Luna. Intentó abrir el picaporte, pero tenía puesto el pasador, algo que nunca había encontrado en su casa. Tocó suavemente la puerta y el sonido cesó.

No tenía energía para lidiar con eso, para despertar a Luna y regañarla por la puerta cerrada. Incluso su lengua se sentía demasiado pesada en su boca para hablar. Se arrastró escaleras abajo hasta su habitación y se derrumbó en la cama, jadeando como si acabara de volver de correr. Cerró los ojos y cuando los abrió vio un saltamontes. Era enorme, casi del tamaño de un perro. No podía gritar; no podía abrir la boca. Tenía los dedos entrelazados y no conseguía reunir fuerzas para desenredarlos. Comenzó a llorar suavemente mientras el saltamontes la miraba con sus ojos sin vida, más negros que la obsidiana.

A la mañana siguiente Izel despertó encima de las sábanas, todavía con la ropa del día anterior. Miró su teléfono y vio que ya eran las nueve de la mañana. Todavía medio atrapada en la bruma del sueño, sentía que seguía soñando. Todo se parecía a su casa, a su habitación, pero algo no encajaba. Era el silencio. El silencio de la casa era inquietante, un ambiente familiar que se volvía ajeno por la ausencia del ruido de sartenes y el eco de un radio que crepitaba abajo en la cocina mientras Alma preparaba el desayuno. Los restos de sueño se desvanecieron cuando Izel recordó que tal vez no escucharía esos ruidos durante mucho tiempo. Necesitaba a alguien con quien hablar, contarles a sus amigos sobre la extraña situación en su casa. Llamó a Halley. Sonó y se fue al buzón de voz. Izel no dejó ningún mensaje. Ninguna de las chicas había respondido a sus mensajes en varios días. El distanciamiento que a Izel le preocupaba que se formara mientras todas iban de campamento juntas y ella estaba lejos, en México, crecía y crecía. Abrazando sus rodillas contra el pecho en la cama, miró por la ventana.

Afuera había una nube negra de mariposas que hacían extrañas formas. Izel apretó la nariz contra el cristal para ver mejor antes de hacer varias fotos y videos con su teléfono. Eran hermosas, como si danzaran unas alrededor de otras, orbitando un punto invisible en el centro. Las mariposas empezaron a separarse lentamente del enjambre y a acercarse a la ventana en pequeños grupos. Izel empezó a grabar una historia, acercando la toma a la ondulante masa de mariposas que revoloteaban en el calor del verano. Aleteaban cerca, demasiado, casi tocando la pared y las ventanas. De repente, una de ellas se estrelló contra el vidrio con una fuerza impactante, dejando una grieta al caer. Izel cayó de espaldas al suelo, sobresaltada. Se arrodilló, bajó la cortina y se quedó quieta, sin saber muy bien qué hacer. Los cuerpos ligeros, casi ingrávidos, de las mariposas que rebotaban en su ventana sonaban como granizo o un repentino aguacero de verano. Izel estaba segura de que romperían la ventana al ritmo con que chocaban contra el vidrio, pero poco a poco la tormenta se redujo a un golpeteo, y luego a un goteo. Con cautela, se levantó y abrió de nuevo las cortinas sin ver nada más que oscuridad: la masa de mariposas cubría toda la ventana. Sin embargo, cuando parpadeó todas habían desaparecido excepto una. La mariposa negra revoloteaba justo afuera de la ventana y sus alas brillaban con un oscuro color púrpura opalescente en la sombría luz de la mañana. Pasó el dedo por el lugar donde vio a la primera mariposa agrietar la ventana, pero no había nada.

Se dejó caer otra vez en la cama, respirando profundamente y preguntándose si todavía soñaba. De repente, sacó deprisa el teléfono y abrió el carrete de la cámara. La imagen en miniatura del video mostraba la masa negra en el cielo, pero cuando hizo clic en ella el video solo la mostraba grabando el cielo vacío antes de caer hacia atrás desde la ventana sin razón aparente. Pasó las fotos del cielo vacío de la mañana y las borró todas. Al abrir sus mensajes de texto vio que tenía uno de Josh.

«¿Estás bien? Ayer estabas muy asustada. Siento lo de tu abuela. ¿Se pondrá bien?».

«Estoy bien. No lo sé, realmente todavía no saben cómo está, ¿sabes? Me siento un poco como si estuviera enloqueciendo, si te soy honesta».

«Ojalá se mejore pronto. Y probablemente yo también sentiría que estoy perdiendo la cabeza, ¿sabes? Lo que estás pasando es, tipo, superintenso».

Izel dudó un momento y escribió otro mensaje:

«Pero acabo de ver la cosa más loca. Afuera de mi ventana».

—————

«¿Qué?».

«Eran, tipo, miles de mariposas o polillas o algo, pululando en el cielo como una gran mancha».

«No pensaba que las mariposas volaran en bandadas como los pájaros».

«Estas sí, supongo».

«Bueno... sé que quizá estés ocupada con cosas de la familia, pero si quieres volvemos a salir pronto...».

Izel no sabía qué pensar. Josh siempre le había parecido lindo, pero creía que tener que abandonar su primera salida real por una emergencia loca haría que las cosas se volvieran raras entre ellos. Era agradable ver que todavía quería reunirse de nuevo y que parecía muy preocupado por ella, pero no podía evitar sentir que era amable con ella por educación. Un chico no puede precisamente desaparecérsele a la chica con la que ha estado hablando cuando ella acaba de tener una emergencia familiar traumática. Sin embargo, en realidad no le importaba. Un hombro compasivo donde llorar estaría bien y ya. Más que nunca sentía que necesitaba a alguien con quien hablar, alguien en quien confiar, ahora que sus amigas parecían demasiado ocupadas para responderle.

«¡Sí! Me gustaría. ¿Tal vez un día después de clases, ya que comienzan pronto?».

Oyó que Carmen llamaba a la habitación de Luna, contigua a la suya.

—Luna, cariño, ¿estás ahí?

Izel saltó de la cama y asomó la cabeza por la puerta.

—Sí, mamá —respondió Luna desde el otro lado de la puerta—. ¿Qué vamos a desayunar? Me muero de hambre.

—Ah, no sé qué tenemos, pero puedo preparar algo.

Luna abrió la puerta con ojos soñolientos, pero con talante dispuesto, pasando por delante de las dos y dirigiéndose a la cocina.

—Espero que haya jugo de naranja.

Bajaron juntas la escalera, con Luna saltando por los peldaños como siempre hacía. Era como si hubiera olvidado por completo los acontecimientos de la noche anterior. Izel casi pensó que debía recordarle que era raro actuar tan alegremente con un ser querido en el hospital.

Carmen preparó huevos fritos, tocino y pan tostado para las tres. En la mesa se dio cuenta de que Luna ya no tenía la pulsera de jade y tomó nota de buscarla y deshacerse de ella en cuanto pudiera. Aunque solo fuera una superstición que Quauhtli y Yoltzi le habían contagiado, se sentiría mejor sin ella en la casa.

—Hubiera preferido Huevos Luneros —dijo Luna—. ¡Pero estos también están buenos!

Carmen sacó la tarjeta de su bolsa y marcó el número de la doctora Müller para ver si había alguna novedad sobre el estado de Alma.

—Hola, señora. Lo siento, pero nada ha cambiado. La llamaremos si hay alguna actualización.

—¿Puedo visitarla hoy?

—Le avisaremos cuando esté lista para recibir visitas. Sé que solo quiere verla, pero de verdad me gustaría vigilarla de cerca durante un tiempo hasta estar segura de que se mantiene estable. Todavía sigue inconsciente y, sinceramente, creo que solo la haría sentir peor verla sin poder hablar. Le prometo que será la primera a quien llame en cuanto se despierte.

Carmen colgó y suspiró.

—Lo siento, mamá —dijo Izel.

Carmen le acarició la cabeza. Luna las observó mientras desayunaba.

19

Esa noche, Carmen subió la escalera y caminó por el pasillo tan silenciosamente como pudo. Dejando su vaso de vino en el suelo, se estiró y saltó para agarrar el cordón de la escalera del ático. Jaló la vieja escalera de madera. Años de pintarla torpemente y la deformación de los veranos húmedos hacían que fuera un gran esfuerzo, pero lo consiguió. Después de recoger algunos trozos de pintura que habían llovido sobre su vaso de vino, Carmen subió al ático. Abriéndose paso entre el desorden, abrió la ventana y sacó una pierna. Cuando se apoyó bien en el techo inclinado, deslizó el resto del cuerpo por la ventana y se escondió fuera de la vista de las chicas. Recostada con su vaso de vino en la mano, contempló las estrellas. Era una noche de verano excepcionalmente clara, sin una sola nube en el cielo nocturno.

Sentarse ahí arriba y observar las estrellas siempre la ayudaba a despejar la mente cuando nada más lo lograba. El porro en su bolsillo probablemente también le ayudaría. El aire de la noche de agosto era agradablemente húmedo ahora que había pasado la canícula de julio. Pronto llegaría el otoño, y con él las noches frías. Tenía que aprovechar estos últimos días de verano. Sacó el porro de su pequeño tubo de plástico, lo encendió y dio una profunda calada. Se palpó el bolsillo para asegurarse de que tenía el teléfono en caso de que las chicas o Müller llamaran; no podía escapar del mundo por completo como solía hacer aquí. Habían pasado semanas sin ningún progreso o noticias de la doctora, pero Carmen no podía permitirse creer que la condición de su madre era parte de su vida en tal medida que se acostumbraría a ella. Siempre esperaba la llamada para decirle que Alma había despertado.

La textura áspera de las tejas le jaló el pelo al inclinarse hacia delante para dar un sorbo a su vino. El porro relajaba poco a poco su cuerpo y le permitía soltar algunas de sus ansiedades. Mirando al cielo, trató de encontrar algo bueno surgido en las últimas semanas. Las chicas al menos parecían estar bien. Izel se mostraba de buen humor y no paraba de hablar de lo que Josh le había escrito ese día o de los planes que hacía con Josh. Estaba lejos de ser la misma chica huraña que en México, tan preocupada de que sus amigas la fueran a olvidar. Luna no había vuelto exactamente a la normalidad, pero eso era de esperar de una chica en el umbral de la adolescencia. Seguía con sus cambios de humor y Carmen no conseguía que dejara la puerta sin cerrar por nada del mundo, pero recordaba actos de rebeldía mucho peores que ella misma había hecho pasar a su madre.

Seguía haciendo trabajo de rutina en la oficina. No tenía nuevos proyectos, pero tampoco la habían despedido. No importaba si era por compasión por el estado de su madre, por alguna especie de requisito de diversidad o simplemente por el hecho de que era buena en lo suyo. Ya no pensaba en trabajar como independiente.

Observó una estrella en particular, contemplando lo lejos que estaba. Intentó imaginar lo pequeñas que debían ser sus preocupaciones en el esquema de todo lo existente muy por encima de ella.

De repente, las estrellas que contemplaba desaparecieron. Se apagaron como si un gran manto negro se tragara el cielo. La oscuridad la sorprendió; se sintió casi como si flotara en el vacío. Dio una última fumada y apagó el cigarro.

—Esta cosa es fuerte —dijo en voz alta, como para confirmar

que estaba despierta y no había caído en el agujero negro—. O tal vez tenía rato sin probarla.

Entonces oyó un ruido procedente de las profundidades del cielo, como el de miles de banderas agitadas por el viento o cientos de pájaros volando frenéticos. Recostada, cerró los ojos y se relajó, dejándose llevar desde el oscuro cielo hasta la oscuridad de su mente, tratando de deducir si el aleteo era real o solo el sonido de sus propios latidos. De la negrura de sus pensamientos surgió una figura que se aclaró. Carmen se enfocó más fuerte y de pronto vio el rostro desollado que había visto junto a su cerca en México. Soltaba risotadas y le mostraba una especie de cuchillo de piedra. Carmen abrió los ojos, pero seguía en la oscuridad, viendo todavía a la criatura como si la imagen hubiera escapado del ojo de su mente para volverse realidad. La horrible criatura se carcajeaba, su mandíbula colgante se movía sin coordinación con sus palabras.

—Al final no somos más que huesos, hija mía —dijo con una voz profunda que retumbaba dentro de su cabeza.

—¡No! ¡Vete! —gritó Carmen, intentando de nuevo abrir los ojos.

La oscuridad era envolvente. Abrir los ojos no supuso ninguna diferencia. Intentó tomar su encendedor, pero no lo encontró. Se puso a cuatro patas para orientarse y palpó alrededor en busca de algo que la conectara con la realidad, pero ni siquiera podía ver sus manos. Esto no podía ser real, quería culpar de todo a la hierba.

—¿Qué demonios me vendieron?

Le vinieron a la mente historias de terror sobre las drogas, de marihuana con PCP y químicos experimentales que la llenaron de un miedo más real. El aleteo sonaba ahora más cerca, y aunque no podía verlo, sabía que eran las mariposas negras. Las que había visto en Manhattan, las del cuaderno de Luna. Enojadas, las había llamado Luna, enojadas con los humanos. Volaban cada vez más bajo, rodeándola y tocándola suavemente con sus alas mientras ella braceaba en la oscuridad, tratando de ahuyentarlas. Una le rozó la frente y gritó. Dejó escapar un profundo aullido, incapaz de controlarse a pesar de ser consciente de no encontrarse en el mejor estado de ánimo, y de que no quería que las chicas la descubrieran así: drogada e histérica. Probablemente toda la cuadra se asomaría a sus ventanas para averiguar qué demonios sucedía, pero ella seguía sin poder ver las luces de las casas ni de las calles. Seguía oyendo la voz del esqueleto en su cabeza.

—Todos somos iguales en la oscuridad.

—¡Socorro! —gritó.

Acribillada por pequeños cuerpos peludos, se vio envuelta en alas de mariposa que rozaban su ropa, su piel y su pelo. Cerró los ojos con fuerza y se dio vuelta, cubriéndose la cabeza y con la cara contra el tejado. Intentando alejarse a rastras, apenas podía moverse; hubiera jurado que las mariposas la sujetaban, listas para levantarla y llevársela. El ruido de aleteos se volvió ensordecedor, tragándose sus gritos. Era como estar ahogada en un líquido viscoso que restringía todos los sentidos, incluso el movimiento. Tenía que salir de allí. Siguió intentando arrastrarse fuera, buscando cualquier cosa para armarse. De repente, sintió el borde del tejado y se jaló hacia él con toda su energía mientras las mariposas se oprimían con fuerza contra ella, como si quisieran aplastarla.

Por fin, capaz de moverse, arrastró medio cuerpo fuera del borde. La luz volvió al universo y por fin pudo ver la caída que le esperaba si no se agarraba bien, si las mariposas le hacían perder el equilibrio, si la hierba que había fumado engañaba sus sentidos. Sentía pesada la cabeza y sus piernas no podían mantener el equilibrio. Su cuerpo era como una tabla, a la deriva, deslizándose poco a poco hacia el suelo. El vértigo amenazaba con arrastrarla, pero el miedo a caer fue sustituido de repente por una sensación de ingravidez, de inmaterialidad. El aleteo y el zumbido se habían convertido en un sonsonete embriagante, hipnótico; se sentía parte de la nube negra de alas, como si las mariposas formaran parte de su cuerpo. Creyó que si se dejaba resbalar hacia delante un poco más, levantaría el vuelo sobre la ciudad, en lugar de caer a la acera.

Luna dibujaba en su diario, una costumbre que había abandonado desde su regreso. De repente dejó de copiar la foto de un gato en su pantalla y empezó a hojear su diario para ver sus otros dibujos. Se detuvo al llegar a las mariposas. Se levantó, miró por la ventana y vio a miles de mariposas negras volar alrededor de la casa, rozando con sus cuerpos el techo. Abrió la ventana y alargó la mano para tocarlas. Al oír el intenso aleteo que llegaba de arriba, levantó la vista y vio a su madre, rodeada de mariposas, colgando del tejado, aparentemente dispuesta a soltarse.

—¡Mamá! —gritó como nunca lo había hecho.

La voz de Luna devolvió a Carmen a la realidad y miró abajo la cara de su hija asomada a la ventana.

—¡Luna!

Luna le gritó frenéticamente:

—¡No pueden lastimarte, mamá! Solo pueden asustarte, ¡no están aquí realmente!

La cabeza de Carmen le dio vueltas, tratando de entender por un momento por qué Luna diría tal cosa antes que creerlo sin más. Cerró los ojos y se dio cuenta de que si se concentraba, ya no sentía que las mariposas la tocaban. Al abrir los ojos y decirse que no estaban realmente allí, las mariposas comenzaron a dispersarse; se desvanecieron de nuevo en la noche y le permitieron ver con claridad otra vez. La cabeza de Carmen empezó a despejarse lo suficiente como para que el miedo volviera a apoderarse de ella. Al ver el suelo, gritó y se aferró al borde. Con los ojos desorbitados por el miedo, su mirada encontró la cabeza de Luna asomando por la ventana.

—¿Estás bien? —gritó Luna.

Carmen no pudo responder, pero volvió a la seguridad de la azotea y rodó lejos del borde, tumbándose de espaldas. Las estrellas brillaban, igual que antes. Al erguirse, vio sus brazos cubiertos de un extraño polvo negro. Intentó quitárselo, pero parecía hundirse cuanto más se frotaba.

Luna cerró la ventana y se dirigió a su puerta. Quería saber qué ocurría y cómo su madre había llegado hasta allí. Le temblaban las manos mientras se dirigía a abrir la puerta, pero cuando pasó delante de su diario, abierto de par en par, mostrando sus dibujos de mariposas, se detuvo. Miró el dibujo con atención, como si las respuestas estuvieran allí. Abrió el cajón y sacó la pulsera de jade. Se la puso. Cerró los ojos con algo parecido al placer o el alivio, y vio a su madre tendida en el suelo, con las piernas formando ángulos antinaturales, como si se las hubieran roto por muchos sitios, un lago de sangre junto a la cabeza y una mancha roja en el pecho, como si le hubiera estallado el corazón o se lo hubiesen arrancado. Luna se quedó en su cuarto. Tomó un lápiz y la dibujó en la misma postura que la famosa imagen de la diosa Coyolxauhqui, desmembrada tras ser decapitada por su hermano, Huitzilopochtli, y arrojada a un barranco.

Luna sacó la piñata de su escondite en un rincón del ropero. Parecía más grande que la última vez que la vio. Cuando la tocó, las yemas de sus dedos se mancharon de un líquido rojo, algo parecido a la sangre. Mientras observaba cómo el líquido goteaba de la punta de su dedo, sintió un dolor agudo procedente de su abdomen. Se tocó la entrepierna a través de la ropa interior con la mano derecha y al ver sus dedos cubiertos de sangre, lo intentó de nuevo con la mano izquierda.

Imágenes de las mariposas negras desfilaron por su mente, pensamientos de ellas inundándola por miles entre sus piernas, desgarrando su cuerpo desde dentro, partiéndola por la mitad como un río fluyente, arrancándole la piel y convirtiéndola en uno de esos esqueletos de obsidiana. El dolor se hizo más fuerte al caer de rodillas para tratar de ahogar un grito. Sobre el escritorio, la piñata se hinchaba y humedecía, latiendo suavemente mientras Luna lloraba, rodando por el suelo de dolor mientras se cubría la entrepierna con ambas manos. Pensó que si movía las manos, todos los órganos saldrían de su cuerpo en un gran chorro de sangre y mariposas negras.

Carmen entró en la casa, sintiéndose débil. Ya no sabía si seguía drogada. Confundida, ansiosa y temblorosa, se dirigió hacia la escalera. Se sentía culpable de alguna manera, como si beber y fumar la convirtieran en objeto de desprecio. Su educación católica la había cargado con suficiente culpa que arrastrar durante el resto de su vida.

Nada tenía sentido. Luna la había salvado.

Se dirigió a la cocina para lavarse las manos y la cara. El polvo negro era difícil de quitar. No sabía cómo sacar las manchas de su ropa, que parecía cubierta de hollín. Un aullido animal provenía del interior de la casa, pero, aunque fuera real y no otra alucinación demente, estaba demasiado mareada y débil para ocuparse de nada. Le dolía el cuerpo y sentía la cabeza como un volcán a punto de hacer erupción. Rebuscando en el cajón una aspirina, oyó, muy claramente ahora, un aullido de dolor.

—¡Luna! —gritó, y corrió hacia arriba a pesar de su dolor.

La puerta estaba cerrada. Golpeó con todo el puño.

—¡Luna, abre!

No hubo respuesta. Solo los gritos de su hija. Carmen, desorientada y aterrada, comenzó a llorar mientras aporreaba la puerta. Podía ser una pesadilla, otra horrible alucinación, pero no soportaba el sonido.

—¿Estás bien? ¿Qué pasa? ¡Cariño, cariño, por favor! Por favor, dile algo a mami, ¿sí?

Por fin, Luna alcanzó el picaporte desde su posición en el suelo.

Carmen irrumpió y cayó de rodillas junto a su hija, horrorizada por la sangre que tenía en las manos, la cara y la ropa. Intentó comprender lo que pasaba.

—Luna, ¿qué te hizo esto? —preguntó, pensando aún en las mariposas que intentaron empujarla de la azotea.

Luna lloró y se cubrió la entrepierna con ambas manos una vez más. Fue entonces cuando Carmen se dio cuenta de lo que podía estar sucediendo. Incluso entonces, le pareció demasiada coincidencia. Trató de recobrar la compostura y ser una madre ante el miedo de su hija, reprimiendo el temblor en su voz.

—Esto es perfectamente normal. Ya hablamos de esto antes, ¿recuerdas? Y tu doctora habló de ello, y en la escuela también. No te preocupes, todo está bien.

—Estoy rota por dentro —seguía repitiendo Luna.

Carmen estaba sucia por el polvo de mariposas o polillas, se sentía cohibida y no quería tocar nada, pero no se atrevía a dejar sola a Luna. La llevó al baño y le explicó que era algo normal que le pasaba a toda mujer. Había una cantidad desastrosa de sangre que no se parecía a ningún ciclo que Carmen hubiera visto. Aunque ¿quizá esto les ocurriera a algunas chicas la primera vez? Pasara lo que pasara, Carmen sintió que su prioridad era hacer que Luna se sintiera segura y normal.

—¿A toda mujer? ¿Incluso a Izel?

—Sí, a Izel también. ¡Izel! ¡Ven al baño un momento!

Izel corrió por el pasillo y casi entró de un empellón al cuarto de baño mientras miraba alrededor asustada:

—¿Qué? ¿Qué pasó?

Vio la sangre en las manos de Luna y sus ojos se abrieron de par en par, pero Carmen atajó su pánico, interviniendo rápidamente:

—Estaba diciéndole a Luna que todo mundo se asusta con su primera regla. Pensé que podrías confirmarlo.

—Una parte de mí se está desgarrando —gruñó Luna, haciéndose una bola en el suelo.

—Oh... —Izel parecía intrigada—. ¿Por eso me gritaste así? ¿No les enseñan esas cosas en la escuela todavía? Ella ya debería saber.

—Izel, más respeto, por favor. Es difícil pasar por eso la primera vez. ¿O ya se te olvidó lo asustada que estabas cuando viniste con tu abuela y conmigo? Hay una gran diferencia entre saber y sentir. Además, ¿has estado siquiera en la casa? ¿Cómo no me oíste gritar antes?

—Claro que puede ser doloroso, pero no es tan malo. Y sí, mamá, estaba en la casa. Pero no escuché nada.

—Yo estaba gritando como loca, ¿y tú dices que ni cuenta te diste?

—No sé. Tal vez tenía los audífonos puestos, o algo así. ¿Me querías en el ático para que me cubriera de polvo también?

Sus alegatos fueron interrumpidos por Luna, que habló con los dientes apretados y la frente pegada a los azulejos del baño:

—Las mariposas están dentro de mí.

La mirada de Carmen saltó hacia Luna:

—¿Mariposas? ¿Por qué mariposas? Luna, ¿qué estás diciendo?

Luna la miró con firmeza, las venas palpitando contra sus sienes:

—Vinieron por mí.

—¿De qué hablas? —preguntó Izel.

—Algo realmente extraño sucedió en la azotea. Casi me caigo. Había unas mariposas o polillas negras a mi alrededor. Criaturas asquerosas. Esto no es del ático —dijo, abriendo los brazos y señalando las manchas en toda su ropa.

—¿Mariposas? —respondió Izel.

Ambas miraron a Luna, que se había levantado del suelo y ahora estaba de pie, señalando la puerta:

—¿Puedo tener privacidad ahora? Solo necesito un segundo para mí. Gracias por hacerme sentir mejor, pero creo que puedo manejar el resto sola.

Carmen e Izel asintieron inseguras antes de salir al pasillo mientras Luna cerraba la puerta tras ellas. Sin embargo, justo antes de cerrar, se asomó por la rendija.

—No es polvo, por cierto. Son escamas. Las mariposas y las polillas tienen escamas. Algunas incluso pueden ser venenosas.

Y entonces cerró la puerta. Izel se encogió de hombros y volvió a su habitación, pero Carmen se quedó en el pasillo un rato más. Luna se quedó en el baño toda la noche, o al menos bastante tarde como para que Carmen no pudiera seguir despierta. Comprobó una vez más cómo estaba Luna, llamando a la puerta y recibiendo como respuesta:

—¡Sigo bien aquí! No sabía que privacidad quería decir tener a alguien de pie junto a la puerta. ¡Supongo que estoy aprendiendo mucho hoy!

Carmen estaba demasiado cansada para enzarzarse y se limitó a decir:

—Okey.

Luego bajó la escalera y se desplomó en su cama.

20

Carmen despertó y revisó su teléfono como todas las mañanas, buscando alguna llamada o mensaje perdido de la doctora Müller. Casi un mes después del accidente, Alma seguía en coma en el hospital sin dar muchas señales de despertar. La hinchazón había disminuido y su cuerpo estaba sanando, pero aún no recuperaba la conciencia. A pesar de no querer volver a la normalidad todavía, Carmen debía regresar a la oficina ahora que su permiso con goce de sueldo tras la tragedia había terminado. Todavía había cuentas que pagar y ahora tenían más que nunca con los gastos del hospital. Se arrastró fuera de la cama para poner la cafetera.

Después de desayunar —Carmen había mejorado en la preparación de los platillos que su madre solía hacer— llevó a las chicas a la escuela. El trayecto transcurrió casi en silencio. Izel apenas hablaba por las mañanas, demasiado absorta en su teléfono como para prestar atención a Carmen o a su hermana menor. Desde que se reanudaron las clases, pasaba cada vez más tiempo con Joshua y no parecía tener tiempo para nadie más. Carmen dudaba un poco en aceptar tan rápidamente que su niñita mayor ya tuviera su primer novio —Dios sabía que Carmen no había sido una santa con sus primeros novios a esa edad, y los chicos que llevaba a casa difícilmente eran santos ellos mismos—, pero Izel estaba feliz y, en verdad, Josh era lo más parecido a un santo que podía ser un chico de dieciséis años. Valorando todo lo que la pobre chica pasaba, con sus amigas ignorándola y el accidente de su abuela, Carmen no podía pensar que un chico que la distrajera de todo eso fuera tan malo. Izel podía ser irritable y, a veces, francamente mala con su madre, pero Carmen sabía que era mejor hija de lo que ella había sido con Alma. Pensaba que su madre se habría reído de aquel descubrimiento. Tendría que asegurarse de decírselo con unos tragos cuando saliera del hospital. Si es que alguna vez salía del hospital. A Carmen se le hizo un nudo en la garganta.

Últimamente Luna también se quedaba en silencio durante los viajes en coche a la escuela, pero no debido al mismo atolondramiento particular de su hermana mayor. La brillante y risueña Luna se había vuelto huraña e indiferente casi siempre. Los cambios de humor que habían definido su relación después de México, cuando la Luna despreocupada que Carmen había criado se sumía de repente en el abatimiento y el enojo distante, se habían invertido. El nuevo estado normal de Luna era un silencio hosco casi constante, y ahora Carmen se consideraba afortunada si conseguía ver un chispazo de la hija que conocía. De hecho, a últimas fechas, la sacudida emocional que Carmen experimentaba cuando Luna pasaba bruscamente de su estado depresivo a la niña que correteaba por los mercados de Tulancingo casi la inquietaba más que verla deprimida en la casa todo el día. Sentía que ya no podía distinguir quién era Luna en realidad.

Llegaron a la escuela y las dos tomaron sus mochilas y se deslizaron fuera de los asientos.

Carmen bajó la ventanilla:

—¡Adiós, chicas! ¡Que tengan buen día!

Izel levantó la mano en señal de que había escuchado, pero ninguna de ellas se volvió para responder. Dejó escapar un largo y pesado suspiro, uno que sintió que llevaba conteniendo durante todo el silencioso traslado, y las observó subir los escalones de la escuela. Josh estaba recargado a un lado de la entrada principal, esperando a Izel. Vio el coche de Carmen y la saludó con la mano. Izel volteó finalmente para ver a quién saludaba y rápidamente lo tomó de la mano y lo metió a la escuela. Carmen sonrió para sí sabiendo que aún podía avergonzar a su pequeña.

Unos chicos también esperaban a Luna afuera. Sonrieron cuando pasó junto a ellos y le dijeron algo antes de seguirla dentro. Carmen se sintió aliviada de poseer alguna evidencia de que Luna tenía amigos en la escuela, considerando que no podía sacarle una palabra sobre cómo eran sus días. Le empezó a preocupar que Luna fuera tan callada fuera de casa como dentro, pero verla interactuar con algunas personas en la escuela la hizo pensar que tal vez se preparaba para ser una adolescente sufrida en los próximos años.

Puso el radio del coche en una emisora que le gustaba y se alejó de la escuela, entrando en la autopista hacia la ciudad.

Luna mantuvo la cabeza baja y atravesó la entrada principal sin mirar a ninguno de los tres chicos que la esperaban, ni siquiera cuando uno de ellos estiró el pie para intentar que se cayera. Tropezó un poco hacia delante y casi perdió el equilibrio, pero se enderezó.

—Deberías fijarte por dónde caminas —comentó uno de los chicos.

Luna levantó la vista del suelo y le lanzó una mirada al que había hablado, se llamaba Lester e iba un par de años adelante de ella. Giró la cabeza hacia donde estaban Izel y Josh, esperando que al menos uno de ellos se quedara cerca para ver lo que pasaba, pero solo vio la parte posterior de sus cabezas mientras se dirigían en dirección opuesta por el pasillo hacia los casilleros de la preparatoria. Juraría que vio a Izel voltear para mirarla un momento antes de continuar con Josh, que no se dio cuenta de nada.

—¿Qué miras ahí? Nosotros te estamos hablando, frijolera —preguntó, avanzando hacia Luna.

—Seguramente busca a su hermana —respondió el otro. Se llamaba Albert y Luna había escuchado de otra chica de su grupo que llevaba dos años en el mismo grado. Era el primo mayor de Lester, pero seguía estancado en el mismo grado que su pariente menor.

—¿Es su hermana? —dijo Lester, volviéndose hacia Luna—. ¿Por qué es mucho más blanca que tú? ¿A tu mamá le gustaban los blancos, o algo así?

Luna no respondió y siguió caminando. Los tres habían hecho esa pequeña rutina desde la primera semana de escuela, cuando se fijaron en ella por primera vez. Incluso en la primaria había tenido que lidiar con una buena cantidad de niños blancos malvados en su grupo, pero nunca dejó que la agobiaran. Los profesores le habían comentado a Carmen durante los cinco primeros años de escuela que Luna prefería responder a eso con amabilidad y que nunca agachaba la cabeza, avergonzada. Nunca había odiado a nadie. Sin embargo, estos chicos eran mayores, más odiosos. Años de silenciosa permisividad ante su comportamiento por parte de profesores y padres los había hecho salirse con la suya en casi todo, y ahora dirigían ese terrible privilegio hacia la pequeña mexicana en su primer año de secundaria.

Los tres vieron a Luna alejarse y Albert gritó a su espalda:

—¿Adónde vas? ¡El armario de la limpieza está del otro lado, Consuela! ¿No necesitas un poco de Fabuloso para empezar el día?

Luna hizo girar el candado de su casillero, ignorando las risas exageradas de los chicos mientras se alejaban. La profesora de música, la maestra Moore, sacó la cabeza de su aula y les gritó a los tres que entraran en ese instante, por lo que se alejaron rápidamente.

—¡Oigan, vuelvan aquí! —gritó, desistiendo casi de inmediato, y se volvió hacia Luna—. Cariño, ¿estás bien?

—Sí. Estoy bien. —Luna no apartó la vista de su casillero.

—¿Conoces a esos chicos? ¿Quieres que los mande a la oficina del director?

—No. De verdad no importa.

—Bueno, por mi parte no creo...

Luna cerró de golpe su casillero y la maestra Moore se calló mientras la pequeña Luna se metía el cuaderno de dibujo bajo el brazo y se alejaba. El resto de los estudiantes en el pasillo habían comenzado a moverse de nuevo. Todos vieron lo sucedido y se detuvieron para contemplar el espectáculo. Algunos se reían en voz baja. Otros evitaban cualquier posibilidad de hacer contacto visual con Luna. Sin embargo, otra chica de secundaria caminó junto a ella.

—¿Por qué no hiciste que los enviaran a la oficina del director? Esos tres son bastante idiotas —comentó.

—No les harían nada —dijo Luna—, aunque estoy segura de que recibirán lo que merecen.

—¿Qué? ¿Crees que el karma los va a alcanzar, o algo así?

—Sí. O algo así.

Luna salió del pasillo y entró en su salón, donde comenzó su rutina diaria de dormitar durante las clases, yendo a la deriva de un salón a otro y manteniendo los ojos abiertos lo suficiente como para evitar ser señalada por sus profesores.

Sentada en la clase de Historia ese día, Luna mantenía sus ojos vidriosos hacia el frente. En realidad, nunca se centraba en el profesor, solo miraba en su dirección, observando su forma borrosa farfullar y farfullar frente al grupo sobre fracciones o el pentámetro yámbico. Su profesora de Historia, la maestra Alpert, tomó un marcador para pizarrón y dibujó un mapa rudimentario de América del Sur y Central.

—Bueno, ya hemos hablado un poco de lo que encontraron los colonos europeos cuando llegaron a lo que hoy llamamos Estados Unidos, pero ahora vamos a centrarnos más en lo que ocurría mientras tanto en lo que es ahora el sur —encerró en un círculo una buena parte de México—. Entonces, ¿alguien sabe lo que encontraron los españoles al llegar a México?

Una de las compañeras de Luna, Tasha, levantó la mano y respondió:

—¿Aztecas?

—Muy bien. Sí. Como todos habrán leído en sus libros de texto el fin de semana, cuando los españoles llegaron por primera vez a México en 1519 entraron en contacto con los nativos aztecas.

Luna salió al fin de su trance autoinducido para gruñir audiblemente. La maestra Alpert se volvió del pizarrón donde remarcaba toscamente los límites del Imperio azteca, sorprendida al notar que no solo era Luna quien había hablado —si un gruñido contaba como hablar— al parecer por primera vez en todo el semestre, sino que lo había hecho para interrumpir la clase.

—¿Sí, Luna?

—¿Qué caso tiene enseñar esto si usted no sabe nada? ¿«Nativos aztecas»? Esto va a ser de nuevo lo que enseñó sobre las tribus indígenas americanas.

—¿No crees que aprender sobre quienes vivían aquí antes que nosotros es importante? ¿No tienes familia mexicana, Luna? ¡Podrías tener sangre azteca! Deberías querer aprender sobre ello.

—No de usted, gringa. Yo no tengo «sangre azteca» —recalcó—, tengo sangre nahua. Aunque trate de fingir que quiere enfocarse en las culturas que sus antepasados aplastaron, no puede evitar pisotear aún más su historia. Que usted enseñe esto es una estupidez. —Luna, por favor, cálmate. —La maestra Alpert no podía creer que una niña de once años hablara así. Pensó, por supuesto, que alguien le inculcaba esas ideas, adoctrinándola en el odio. Era clarísimo y había que hacer algo al respecto—. No es una farsa. Somos gente sensata y tenemos curiosidad e interés por estas tribus, que forman parte de nuestro crisol cultural.

—Este crisol se creó robando, violando, matando, esclavizando y explotando a nuestros nativos.

—Lo que dices es inaceptable, Luna. Solo demuestra tu ignorancia.

—El sistema que escribió toda la basura que intenta enseñarnos sobre los pueblos nativos viene del mismo sitio. Estados Unidos y España destruyeron la cultura de los indígenas y ahora quieren enseñar a los niños lo que era esa cultura para que todos se sientan mejor.

—¿Quién te dice esas cosas? Te han enseñado a odiar a tu país.

—Este ni siquiera es su país —dijo Hunter. Apenas la conocía.

—No te metas, Hunter —dijo la maestra, y se volvió hacia Luna—. No pienso discutir contigo. Es absurdo. Ve a la oficina del director.

Luna se levantó. Caminó hacia Hunter y le lanzó una mirada de acero.

—¿Cuál es tu país? Porque definitivamente no es este.

—No sé a qué están jugando —dijo la profesora mientras caminaba a toda velocidad entre los pupitres para intervenir. Agarró a Luna de la mano y la jaló hacia la puerta. Los niños comenzaron a insultar y a gritarle a Luna. La maestra salió del aula, arrastrando a Luna consigo.

—Silencio, nadie sale y nadie se mueve. Ahora vuelvo.

Todos en el salón continuaron gritando caóticamente.

—Luna, ¿qué te pasa? ¿Por qué intentas provocar a todo mundo? —dijo la profesora mientras sujetaba la muñeca de la niña frente a la puerta del salón.

—¿Qué le pasa a usted? Nos quitaron todo y ahora quieren que seamos dóciles y obedientes.

—¿A quién te refieres? Yo no le he quitado nada a nadie. Lamento si me equivoqué en algunas cosas, pero te aseguro que solo intento enseñar sobre...

La maestra Alpert se interrumpió bruscamente. Seguía sujetando la muñeca de Luna mientras intentaba tranquilizarla, pero lo que tenía agarrado en la mano de repente se sintió helado y duro como piedra. Su primer impulso fue que su alumna debía tener algún problema médico. La maestra se preocupó al instante por Luna, pero cuando su mirada fue del brazo de Luna al gris enfermizo de su cara, esa preocupación se convirtió rápidamente en miedo por su propio bienestar.

Mirar a los ojos de Luna era asomarse a dos hondas y oscuras cavernas que se extendían sin fin en la ladera de una montaña. En lo más profundo del rostro cavernoso de Luna ardía un fuego antiguo, cuya luz parpadeante no podía extinguir la espesa oscuridad interior. La maestra Alpert no podía apartar la vista, como arrastrada a las profundidades. El tiempo se congeló y dentro de la cara de Luna, titilando en las paredes de las dos cavernas, se hallaban visiones sombrías de muerte y desmembramiento, un terrible ritual que tenía lugar junto al fuego en su interior. El estómago de la maestra Alpert comenzó a retorcerse y su rostro se vació de sangre, dejándola tan gris como Luna. En las sombras de la cueva, una figura era sujetada por los brazos mientras otra le clavaba algo en el pecho, salpicando sangre contra las paredes de la caverna. Al final del pasillo, alguien cerró de golpe un casillero y la maestra

Alpert regresó a la realidad, una realidad en la que Luna la miraba, ahora gritando.

—¡Au! ¡Maestra Alpert! ¡Me está lastimando! ¡Suélteme!

La profesora miró estupefacta y mareada su mano alrededor de la muñeca de Luna, los nudillos blancos por la tensión mientras Luna intentaba apartarse. La maestra Alpert había estado apretándosela. Todavía aturdida, le soltó el brazo, revelando las marcas rojas de los dedos y un moretón que rodeaba la muñeca de Luna se formaba rápidamente.

Luna la miró, agarrándose la muñeca:

—¿Por qué hizo eso? Siento haberle contestado en clase.

Los demás estudiantes se habían amontonado en la puerta tras escuchar los gritos de Luna.

—¿Cómo hiciste eso? —preguntó confundida la maestra Alpert.

—¿Tanto odia la historia de mi gente? —respondió Luna entre lágrimas de rabia antes de correr por el pasillo hacia el despacho del director.

La maestra puso una mano contra su pecho. El corazón le latía con fuerza, como si estuviera a punto de estallarle. Respiró profundamente. Le dolía mucho la cabeza. Lo que había visto era tan real, tan tangible, tan imposible. Se preguntó cómo podría explicar lo que acababa de suceder.

Carmen seguía luchando por avanzar entre el tráfico de la mañana que bajaba por el Bronx cuando el radio se interrumpió, sustituido por el tono de su teléfono. Tras un breve retraso, la consola del tablero del coche identificó la llamada: doctora Müller. La sangre que se le subió a la cabeza a Carmen estuvo a punto de hacerla chocar con el sedán que tenía delante. Su pulso se aceleró e instintivamente abrió la ventanilla, dejando entrar el aire fresco del otoño con la esperanza de mantenerse presente. Se quedó helada, sabiendo que la llamada podría ser una noticia buena o una demoledora. Con el dedo tembloroso, pulsó el icono verde del teléfono.

Hubo una larga pausa al otro lado de la línea mientras se conectaba, dejando a Carmen con el sonido de su corazón latiéndole en los oídos.

La voz de Müller salió de las bocinas:

—¿Señora Sánchez?

—Sí —la voz de Carmen era débil.

—No se preocupe. Son buenas noticias. Su madre despertó.

El aire volvió por fin a los pulmones de Carmen. No se percataba de estar conteniendo la respiración. Rápidamente soltó:

—¿Puedo ir a verla ahora?

—Por supuesto. La pondré al corriente de los detalles cuando llegue, entonces.

Carmen se abrió paso entre los carriles; llamó a su jefe y le explicó que necesitaría un día más antes de acudir mientras se adentraba en el lado de la autopista que iba al norte.

Al salir del coche en el estacionamiento del hospital, le envió un mensaje de texto a su antigua amiga Sofía diciéndole que, después de todo, no iría a la ciudad ese día y que tendrían que comer juntas en otro momento. Carmen atravesó la puerta automática para dirigirse a la recepción del hospital y rellenó el formulario para visitantes tan rápido que debió de ser una especie de récord. La mujer de la recepción le indicó el elevador y llamó a la doctora para que se reuniera con Carmen en la habitación de Alma.

Müller la esperaba cuando llegó a la puerta y levantó la mano para detenerla.

—Antes de que entre, quería ponerla al día sobre el estado de su madre y moderar un poco sus expectativas.

—Moderar mis... —El corazón de Carmen se hundió un poco al darse cuenta de que, por supuesto, su madre aún no estaba totalmente recuperada. En su prisa por llegar al hospital ni siquiera había considerado cuál sería el estado de Alma ahora.

Müller continuó:

—Está despierta; consciente a ratos. Es posible que todavía esté un poco confundida por la conmoción, pero debido a las múltiples fracturas por la caída todavía la tenemos con bastantes analgésicos. Está de buen ánimo, pero básicamente dopada, así que no tiene mucho sentido lo que dice. Solo quería que supiera que si parece un poco chiflada, es más probable que sea por los medicamentos que por otra cosa.

Carmen asintió con la cabeza y señaló con la mano el picaporte, mirando a Müller en busca de una indicación de que ya podía entrar. La doctora asintió y Carmen giró el picaporte con un suave clic, abriendo la puerta con cuidado. Su madre, muy lentamente, con aspecto adormilado y sereno, dirigió la mirada desde la ventana de la habitación hacia Carmen mientras entraba y cerraba la puerta suavemente tras ella.

Los inquietantes jadeos del respirador al que Alma estaba conectada la última vez que Carmen la vio habían desaparecido junto con todos los horribles tubos que debieron introducirle en la garganta para alimentarla y mantenerla respirando. En el silencio, los tacones de Carmen resonaron contra el suelo estéril de linóleo. Alma levantó sus frágiles y profundamente magullados brazos hacia su hija.

—Mija —susurró prácticamente.

Su rostro sonriente y la débil llamada a su hija arrasaron los ojos de Carmen y contuvo un sollozo estremecedor en su garganta mientras agarraba las manos de su madre con el mayor tacto posible. Las manos de Alma se sentían tan delicadas como hojas de otoño, como si fueran a desmoronarse entre sus dedos si la sujetaba con demasiada fuerza. Renunciando a un abrazo posiblemente doloroso, Carmen se inclinó y le dio a su madre un beso leve en la frente.

—Hola, mamá —dijo.

Alma miró por encima de los hombros de Carmen:

—¿Dónde están mis nietas?

—Están en la escuela ahora mismo, mamá, pero te extrañan muchísimo. Dios, estoy tan contenta de que estés bien. Nos asustamos mucho, mamá.

—Yo también me espanté.

—Debió ser aterrador cuando te caíste. Si no hubiera llegado a casa en ese momento, no sé... —El sollozo atorado en la garganta de Carmen amenazaba con liberarse si seguía imaginando cuáles habrían sido las consecuencias de no haber llegado a tiempo.

—No me refiero a la caída, mija. Vi algo. ¿Te acuerdas de los grillos en Tepoztlán? ¿Cómo los escuchábamos cantar cuando eras niña? Son muy ruidosos. Ahora están aquí.

Carmen miró alrededor del cuarto de hospital, olvidando brevemente que su madre seguía en un estado mental entre el sueño y la realidad:

—¿Aquí?

—Recuerdo que te acostaba y escuchaba el sonido de esos grillos y saltamontes toda la noche mientras cantaban bajo la luna. Me preguntabas por qué hacían tanto ruido ahí fuera, en la oscuridad, y yo siempre te decía que se reunían para arrullarte, que eran los espíritus de tus abuelas y abuelos que trataban de acompañarte en la noche a pesar de que ya no podían hablar.

Los ojos de Alma miraban a través de Carmen hacia el techo y más allá mientras caía en una ensoñación sobre el pasado.

—Pero, a decir verdad, siempre me aterró su sonido solitario.

—¿Soñaste con ellos mientras estabas dormida?

Los ojos de su madre se volvieron claros como el día al mirar a los de Carmen; un apremio se apoderó de la frágil y debilitada voz de Alma:

—Vi uno en la casa. Grande como un perro. Un grillo, mirándome fijamente con sus ojos oscuros de obsidiana y entonando una canción zumbante antes de que viera a la muerte salir de él. Era de Luna. Ella lo invocó.

Las esperanzas de Carmen de tranquilizarse al ver a su madre consciente de nuevo escaparon de su corazón junto con gran parte de la sangre en su rostro. Inexplicablemente, descubrió que las manos le temblaban mientras sostenía las de su madre.

—Tiramos los grillos. No nos dejaron subirlos al avión —respondió Carmen, pensando en los únicos que recordaba.

—Eso los trajo. Ella la tiene. —Los ojos de Alma se agitaban. La bolsa de suero inyectada a su brazo goteaba sobre ellas en silencio—. Cubierta de piel y cuero. Vi su cara. Vi su interior, vi lo que era.

Alma miraba frenéticamente alrededor, sus ojos recorrían la habitación vacía, de color beige.

Carmen se inclinó hacia adelante sobre su madre.

—¿Ver qué? ¿Qué era eso?

Los viejos ojos vidriosos se detuvieron al fin, fijándose con intensidad en los de Carmen, mientras Alma respondía con sencillez:

—*Tlapalxoktli.*

Sus ojos se cerraron por fin y su mano se aflojó en la de Carmen mientras volvía a dormirse. Carmen se levantó inmediatamente de la cama y abrió la puerta, llamando a la doctora Müller para que revisara a su madre; tras un breve vistazo al electrocardiograma, afirmó que estaba bien.

—Como dije, pierde y recupera la conciencia. Se le oye como si estuviera en una especie de estado onírico. Espero que al menos haya podido hablar con ella un poco.

—Sí —dijo Carmen débilmente—, así fue. Gracias. Tengo que irme, pero, por favor, llámeme si despierta lo suficiente como para creer que puede venir a casa.

—Por supuesto.

Carmen recorrió el hospital decididamente más despacio que a su llegada, yendo por los pasillos como un fantasma. Lo único que le confirmaba que en realidad movía las piernas era el sonido constante de sus tacones contra las baldosas al vagar por los pasillos fluorescentes. Al final, en la seguridad e intimidad de su coche, liberó la tristeza en su garganta. Su rostro se enrojeció, lleno de ardor mientras balbuceaba y jadeaba entre sollozos que la destrozaban. Allí permaneció, en el frío gris del estacionamiento de concreto, llorando en su coche, sintiéndose más sola de lo que lo había estado en mucho tiempo.

Las palabras de su madre habían salido como un sinsentido del inconsciente, pero a Carmen no le preocupaba, como suponía la doctora Müller, que hubiera sufrido un traumatismo craneal tan grave que ahora fuera una anciana loca y demente. No, lo que la aterrorizaba, además de todo lo que le había ocurrido a su madre, era que sus divagaciones tuvieran sentido para ella. En la confusa y enredada ensoñación que su madre había enunciado, Carmen sintió que había una especie de verdad indistinguible. Sus palabras, «Ella la tiene... *tlapalxoktli*», resonaron en su cabeza. Quauhtli había dicho esa palabra cuando estaban en México, pero era náhuatl; nunca supo que su mamá conociera alguna palabra en ese idioma, aparte de términos muy comunes asimilados en el español mexicano: *tlapalería, mecate, chocolate, nopal*. Justo la noche anterior a su caída, Alma incluso se había burlado de las creencias supersticiosas de los nahuas. El miedo de Carmen tenía menos que ver con la adversidad médica y las heridas de su madre: era más bien el miedo a su propia hija. Todos esos presagios y los acontecimientos de México las habían seguido hasta su casa.

Cuando sus lágrimas se secaron, Carmen arrancó el coche y salió del estacionamiento del hospital sin rumbo. Ya había pedido permiso en el trabajo y no tenía sentido conducir hasta la ciudad solo para intentar ver a Sofía para un almuerzo tardío. Vagó sin dirección por las calles, parando para comprar algo de comida rápida para ella sola en el coche cuando el sonido de un teléfono llenó de nuevo el interior. El corazón le dio un vuelco y casi se atragantó con la ensalada envasada, pensando que podría ser de nuevo del hospital, pero tras una breve pausa el nombre de la escuela de Izel y Luna apareció en la pantalla del tablero del coche.

Carmen contestó:

—¿Hola?

—Hola, señora Sánchez. —Era el director—. Su hija se encuentra en mi oficina. Odio tener que hacer esto, pero ¿hay alguna manera de que venga a recogerla? Tengo un asunto relativamente urgente que discutir con usted en relación con un incidente entre Luna y uno de sus profesores.

—Ay, carajo —soltó Carmen—. Lo siento. Se supone que hoy es mi primer día de vuelta al trabajo después de un descanso.

—Entiendo que es algo imprevisto, pero de verdad insisto en que deberíamos platicar antes de enviar a su hija a casa.

Carmen se inclinó sobre el volante y suspiró profundamente:

—Okey, en realidad estoy bastante cerca. Estaré allí tan pronto pueda.

Carmen tiró el recipiente de plástico al suelo del asiento trasero y metió la reversa, saliendo del estacionamiento donde estaba sentada para dirigirse hacia la escuela, con las palabras de

su madre sobre Luna y aquella palabra náhuatl aún resonando en
sus oídos.

⸺

Cuando llegó a la entrada, la mayoría de los niños ya se habían
ido a casa en los autobuses o en los coches de sus padres. Entre
los rezagados que quedaban, Carmen vio a Izel esperándola con
Josh a su lado. Desde la distancia, Carmen pudo ver que Josh trataba de levantarle el ánimo a Izel. Los dos se hallaban tan absortos
conversando que ni siquiera se dieron cuenta de que Carmen se
acercaba a ellos.

⸺Seguro que todo está bien, Izzy. Ya sabes que le cuesta un
poco encajar ⸺le decía Josh a Izel⸺. Son cosas normales por las
que pasas cuando empiezas la secundaria, yo sé que no me llevaba
bien con todos cuando iba en sexto.

Izel levantó la cabeza de entre sus manos:

⸺Quiero decir que aun así no es normal, ¿o sí? Es una maldita
locura. Ella se porta muy diferente y ni siquiera comenzar la escuela es la causa, creo. Ya actuaba así incluso antes de que mi abuela se cayera. No la conoces lo suficiente como para darte cuenta,
pero creo que algo anda mal con ella o algo así. Es como si fuera
una persona totalmente...

Se volvió para mirar a Josh a los ojos y vio que su madre se acercaba a ellos por detrás:

⸺Oh, diablos ⸺tartamudeó por un instante⸺. Ah, hola, mamá.

Carmen miró a los dos un segundo, casi queriendo unirse a la
conversación, escuchar todo lo que Izel tenía que decir sobre lo
que pasaba con Luna, pero ahora no era el momento. No delante
de Josh, en especial. En cambio, les sonrió.

⸺¡Hola a ambos! ⸺Se volvió hacia Josh⸺. Siento que solo nos

veamos a ratos, siempre a la mitad del drama familiar. ¡Supuse que podría ser mi oportunidad de presentarme con el chico al que mi hija le envía tantos mensajes de texto todo el tiempo!

Izel hizo una mueca:

—Mamá...

—Oh, sabía que no siempre les enviabas mensajes a tus amigas mientras estábamos fuera. No le sonríes tanto al teléfono cuando Halley te manda mensajes.

Carmen disfrutaba ese breve momento de normalidad suburbana, avergonzando a su hija al conocer a su noviecito de la escuela.

Sin embargo, Josh no se inmutó y le tendió la mano:

—¡Bueno, también es un placer conocerla, de verdad! Perdón por tanto misterio. Supongo que le causaba a Izel tanta vergüenza como para que hasta ahora nos presente.

Carmen miró a Izel:

—También es gracioso, ¿eh?

—Oh, Dios mío. Mamá. En serio, tienes que ir a la oficina del director y traer a Luna. —El tono de Izel acabó con toda la alegre interacción mientras su cara pasaba de la vergüenza a la seriedad—. Creo que es bastante serio.

La mirada de Izel no le pasó desapercibida a su madre. Carmen se disculpó y les dijo que volvería enseguida para llevar a todos a casa, pero pudo intuir por los comentarios de Izel que no sería precisamente una reunión breve. Cuando llegó a la oficina principal de la escuela, la mujer de la recepción la dirigió a la puerta de cristal opaco al fondo, a través de la cual Carmen vio tres siluetas, dos grandes y una pequeña: Luna. Tocó dos veces y entró para encontrar a Luna, el director y la maestra Alpert. Luna volteó para mirar a Carmen cuando entró por la puerta con los ojos hinchados. El director, Thomas Anders, le indicó que tomara asiento.

Carmen lo hizo, pero habló antes que nadie:

—Antes de empezar, usted me llamó para decirme que tenía que recoger a Luna, pero no me dijo qué pasaba. ¿Está en problemas?

Thomas respiró profundamente, mirando a la maestra Alpert y luego a Carmen antes de suspirar:

—Bueno, es un poco complicado. Es un asunto muy delicado.

La maestra Alpert, blanca como una sábana, irrumpió en la conversación:

—No era mi intención. No sé qué pasó, pero, por favor, créame que no fue a propósito. Lo siento muchísimo, señorita Sánchez.

Carmen miró a uno y otro, y al final vio a Luna sosteniendo su brazo, donde un moretón con la forma de una mano se mostraba ahora completamente en su delgada muñeca.

—Por favor, explíqueme —le dijo al director, que detalló lo que parecía ser la historia del incidente tras escuchar tanto a Alpert como a Luna.

Al final fue una discusión bastante corta. Carmen estaba indignada de que el arrebato de Luna formara siquiera parte del relato.

—Quiero decir que podemos hablar de su comportamiento en otro momento, claro. Pero ¿esto? —Carmen señaló el moretón en el brazo de Luna—. Esta conversación empieza y termina con usted alegrándose de que no esté dispuesta a demandar a la escuela y a ella en concreto —señaló a la maestra Alpert.

—Y nos alegra su disposición a no llevar esto a los tribunales, de verdad —respondió Thomas—. Solo quiero, ya que está usted aquí, hablar sobre cierta preocupación que otros profesores han expresado acerca de Luna en la escuela.

Carmen se levantó de su asiento y le hizo un gesto a Luna para que la acompañara mientras abría la puerta:

—Entonces tal vez vuelva en otro momento. No escucharé nada más ahora. Adiós.

Luna siguió a Carmen fuera del despacho y por el pasillo hasta la fachada de la escuela, donde Carmen se reunió con Josh e Izel.

—¿Qué sucedió? —preguntó Izel antes de ver la muñeca de Luna—. Oh, Dios mío. ¿Esos idiotas te hicieron eso, Luna?

Carmen estaba a punto de decirle a Izel que discutirían la situación en el coche, pero se fijó en esa pregunta.

—¿Qué idiotas?

Izel se encogió ante la pregunta, pareciendo ligeramente avergonzada mientras Josh decía:

—Hemos visto que unos chicos mayores se meten con Luna a veces en los pasillos.

Carmen miró a Luna, que desvió la mirada, y de nuevo a ellos.

—Ya hablaremos... hablaremos de eso en el coche.

Nervioso, Josh se despidió de la familia y recogió sus cosas para irse caminando a casa. Las tres Sánchez se fueron en el coche casi en silencio.

21

Una brillante luna llena colgaba en el cielo, iluminando las hojas amarillentas de un bosque, mientras Yoltzi se dejaba llevar por el húmedo aire nocturno. El único sonido que podía oír era el delicado susurro de las hojas en la brisa ligera. Observando alrededor, advirtió por un hueco entre los árboles un suave resplandor a la distancia, sobre unas colinas; seguramente una ciudad o un pueblo pequeño al otro lado de la cuesta. Pero más que eso, reconoció las colinas que había crecido mirando. El inconfundible paisaje era el de Tulancingo, pero si ese era el caso, el bosque donde ahora se encontraba hacía tiempo que se había convertido en viviendas.

A lo lejos, en lo más profundo del bosque, vio la tenue luz parpadeante de una hoguera. Se movió al instante y sin esfuerzo, llevada hacia la hoguera como una espectadora omnisciente, pasando con facilidad entre los árboles. Junto al fuego había una anciana. Estaba encorvada, demacrada, las profundas líneas de su rostro mostraban no solo su edad, sino una fatiga extrema. Parecía que su piel apenas se sostenía en su cara mientras sentada junto al fuego murmuraba en voz baja y acariciaba una sarta de cuentas en la mano como si fuera un rosario. Yoltzi se acercaba cada vez más, tratando de oír lo que decía, intentando averiguar por qué la habían llevado allí para encontrar a esa anciana cansada. Se acercó más y más sin que la anciana se percatara de su presencia hasta que por fin pudo

oír lo que decía en voz baja, y descubrió que no murmuraba nada.
Cantaba suavemente para sí en náhuatl, el mismo estribillo una y
otra vez, repitiéndolo como una oración o un cántico.

Yéhua in xóchitl
xikiyehua ipan moyollo
pampa nimitztlazohtla
pampa nimitztlazohtla
ica nochi noyollo.

La mujer repetía esto una y otra vez, pasando entre los dedos
la pequeña sarta de cuentas de jade. Temblaba mientras lo hacía.
Tan cerca como se hallaba, Yoltzi pudo ver los brazos de la mujer
cubiertos de cortes y golpes, y sus pies desnudos. La mujer dejó de
cantar abruptamente, mirando fijo a lo lejos antes de volver la cabeza con brusquedad para clavar sus ojos en los de Yoltzi. El rostro
de la anciana estaba impregnado de un miedo terrible. El corazón
de Yoltzi dejó de latir casi por completo por el sobresalto, pero
pronto se dio cuenta de que la mujer no la miraba a ella, sino a través de ella. Al girar la cabeza para seguir su mirada, Yoltzi vio otras
tenues luces que se movían por la selva, provenientes del pueblo a
lo lejos. La mujer empezó a echar tierra sobre el fuego, intentando
sofocarlo antes de adentrarse en el bosque, pero tuvo que dejar
que las brasas siguieran ardiendo. Al apagarse la luz, empezaron a
oírse voces fuertes procedentes de las otras luces, que se movían
velozmente entre los árboles hacia ellas.

La mujer alcanzó a adentrarse en la oscuridad de los árboles,
pero se desplomó. Estaba demasiado débil. Era vieja. Estaba muy
cansada. Había llegado más lejos de lo que cualquier anciana debería por un terreno tan brutal. Así que allí se quedó, jadeando
en el suelo y agarrando su sarta de cuentas hasta que las luces del

bosque emergieron de los árboles al fin, revelando a los portadores de las antorchas. Un pequeño grupo de soldados con uniformes españoles rodeó a la mujer y, como retaguardia, un hombre con vestimenta religiosa católica se acercó a ella.

El sacerdote misionero se inclinó y miró a la anciana antes de hablar:

—Te reconozco algo: no esperaba tener que perseguirte hasta aquí. Pensamos que estaríamos de regreso antes del anochecer.

En el suelo, la anciana seguía murmurando su oración para sí. El sacerdote se levantó y le dio una fuerte patada en las costillas.

—Acabemos con esto. Tal vez si llevo tu cabeza en una maldita pica, tu gente idiota renunciará al veneno espiritual que tanto les has procurado.

Llamó a uno de los soldados para que se acercara y sacara la espada de su cinturón. La mujer continuó su oración.

—Borraré vuestra abominable religión de la Tierra y levantaré un nuevo imperio sacro con los escombros de vuestros templos satánicos. Vosotros, salvajes, creéis en los sacrificios de sangre, ¿cierto? ¿Creéis que la sangre de vuestro pueblo tiene el mismo peso que la sangre de Cristo? —Pateó a la mujer en la espalda, levantando la espada sobre su cabeza—. Entonces esto debería ser un gran homenaje para vuestros dioses.

Yoltzi trató de cerrar los ojos, pero no pudo evitar verlo descargar la espada sobre la anciana. Le penetró el estómago y retorció la hoja en su abdomen; la sangre derramada se acumuló en el suelo y brilló negra bajo la luz de la luna. La anciana se arqueó de dolor cuando el sacerdote le sacó la espada. Dejó de rezar, pero no de hablar. Brotaba sangre de sus labios y les habló en náhuatl. Los soldados y el sacerdote no habían llevado un intérprete, así que no tenían forma de saber que su oración había pasado de ser una protección a una maldición vil.

Escupiendo sangre con cada palabra gutural de odio, la anciana sacerdotisa arrancó de su alma lo sagrado mientras se levantaba del suelo:

—¿Derramas mi sangre para tratar de borrar a nuestros dioses, nuestra lengua? ¿Crees que derramando sangre verás nuestro fin? Hemos sangrado sobre esta tierra desde que el primer sol se alzó sobre el mundo. Nuestros dioses viven en la tierra como viven en nuestra sangre, estamos en el alimento que tus soldados bastardos comerán de las cosechas y del agua que corrompen.

Al sonreír, sus dientes, negros de sangre, brillaron como la obsidiana en la noche. Yoltzi y los soldados vieron con horror que la anciana hundía la mano en la incisión abierta infligida por el sacerdote. Sin dejar de maldecirlos a él y a toda su gente mientras hurgaba en su propio pecho, sus entrañas cortadas empezaron a caer junto con varios trozos grandes de arcilla. Los pedazos de cerámica rota se estrellaban contra el suelo en el pequeño lago de sangre que rodeaba sus pies mientras se carcajeaba, hasta que terminó de hurgar en su pecho. Sus ojos se pusieron en blanco, ennegreciéndose mientras soltaba un horrible y prolongado estertor que alcanzó un volumen ensordecedor, y se arrancó la mano del cuerpo destripado. Nadie habló, ni siquiera respiraban.

Bajo la fría luz de la luna vieron en su puño su propio corazón, que seguía sacudiéndose. Su cuerpo, a pesar de ahora no ser más que un vacío recipiente de piel y huesos, habló:

—Mi rabia es la rabia de mis dioses, la rabia de mi pueblo, la rabia de mi sangre que has derramado. Durará tanto como mi corazón.

La anciana se abalanzó hacia delante, cayendo inerte mientras arrojaba su corazón a las brasas que quedaban de su hoguera improvisada, donde continuó retorciéndose y sacudiéndose al ser consumido por el calor de los carbones. Su sangre se había hundido en la tierra formando un lodo espeso, del que empezaron a surgir pequeños bultos que se retorcían hacia la superficie como gusanos en la carne. Estos nódulos atravesaron al final la espesa sustancia, extendiendo sus alas. Miles de polillas negras brotaron de la tierra y se escurrieron hacia el cielo, como la sangre de una herida, hasta cubrir las estrellas mismas, tragándose la luna y toda la luz con ellas.

Cuando Yoltzi sintió que se sofocaba junto con la luz del cielo nocturno y empezó a perder el conocimiento despertó con un sudor frío. Toda la cama estaba húmeda de sudor y la cabeza le palpitaba como si la hubieran golpeado con un martillo. Todavía seguía oscuro y el reloj en la mesita de noche marcaba las 5:35 a. m. No pudo volver a conciliar el sueño.

Ayudó a su madre a preparar el desayuno, como todas las mañanas, antes de ducharse y dirigirse al trabajo, parando en una farmacia para comprar unas aspirinas por el camino. El otoño tardaba más que nunca y el calor ya era insoportable a pesar de lo temprano que era; la brisa apenas movía las ramas de los árboles. Sin embargo, cuando Yoltzi salió de la farmacia con el ibuprofeno en el bolso, hasta esa suave brisa había desaparecido. El viento rugía ahora en sus oídos, arrastrando basura y hojas de la calle. Podía ser el otoño anunciando por fin su llegada, pero Yoltzi sintió algo en el viento que lo delataba. Algo desagradable y antinatural.

Las nubes grises parecían observarla desde arriba, lanzando de cuando en cuando un trueno al dirigirse al Ayuntamiento. Saludó al vigilante y subió las escaleras. Se sentó en su escritorio, se tomó un ibuprofeno con un trago de café y trató de ignorar el palpitante dolor de cabeza mientras revisaba su bandeja de entrada. Al escudriñar la pantalla, su cabeza solo latió con más fuerza y empezó a sentirse débil. Las pantallas a veces le lastimaban la vista por la mañana y su dolor de cabeza probablemente no ayudaba, así que se levantó y fue a servirse más café, pero apenas pudo agarrarse al borde del escritorio cuando la acometió un mareo. Fue intenso, agudo y cegador. Tuvo que sujetarse a la mesa para no caer. Uno de sus compañeros, Edmundo, se dirigió hacia ella cuando notó que tropezaba.

—¿Estás bien? ¿Qué te pasa?

—No es nada. Solo estoy mareada.

—¿Te sientes mal?

Yoltzi levantó la mano:

—No. No. Creo que me paré demasiado rápido. Estoy bien.

Levantó la vista del lugar donde su mano había afianzado el borde del escritorio y se encontró con los ojos de Edmundo, pero solo vio cuencas vacías que la miraban y heridas sangrantes en lugar de los pliegues de su rostro sonriente mientras la sostenía por los hombros, tratando de estabilizarla.

—Bueno, solo dime si necesitas irte a casa por el resto del día.

—Voy a ir al baño —soltó Yoltzi con el pulso retumbando dolorosamente en su cabeza y se dirigió a trompicones al baño de mujeres.

Sin atreverse a mirar las caras de sus otros compañeros, Yoltzi volteó al suelo y pensó en la anciana de sus sueños, en su cántico de protección. Con la mano apoyada en la pared del pasillo para mantener el equilibrio, llegó por fin a la puerta del baño, que cerró con seguro tras de sí.

Se lavó la cara, bebió un poco de agua de la llave y se sintió un poco más tranquila. Por encima del agua corriente y más allá de la puerta podía oír las voces apagadas de la charla de la oficina. Por debajo del murmullo, empezó a escuchar el incesante chirrido de grillos. Poco a poco pasaron de ser un ruido de fondo a una cacofonía, y su horrible zumbido chocaba contra su cráneo palpitante, haciéndola caer de rodillas. El dolor era tan grande que sujetó su cabeza por miedo a que se abriera de verdad por la presión interior. Con su visión borrosa y acuosa, vio sombras nadando bajo sus pies. Empujaban contra el suelo, estirando la fina membrana que separaba su mundo del de ella, e imprimían los dientes desnudos y las serpientes ondulantes de sus máscaras mortuorias contra el abultado suelo de baldosas.

Cerrar los ojos ante los horripilantes rostros, esperando que las visiones desaparecieran si simplemente les negaba la vista, solo le mostró a Yoltzi nuevos terrores. Vio una piñata prehispánica, una *tlapalxoktli*, que se abría desde dentro como si algo en su interior tratara de liberarse. La cubierta de piel de la *tlapalxoktli* se rajó, sangrando a medida que vaciaba sus entrañas: unas pocas gotas al principio, y luego un flujo constante carmesí. Yoltzi recordó a la mujer de su sueño abriéndose y eviscerándose. Sin querer mirar, abrió los ojos, pero la visión se había manifestado ante ella en el cuarto de baño junto a las sombras que pululaban y los insectos ensordecedores. La sangre brotaba del objeto, salpicando las paredes, el espejo y la porcelana en una cascada carmesí. El techo del baño desapareció y del cielo nocturno sobre ella descendieron dos *tzitzimime*. Una llevaba a Luna entre sus huesudos brazos. La seguía una oleada de esqueletos alados que traían consigo todo un ejército armado con cuchillas de obsidiana y mandíbulas de bestias.

Yoltzi trató de gritar a todo pulmón, soltando alaridos, pero ni siquiera podía oír su propia voz por encima de la fuerza del sonido de los grillos y las bestias que tenía delante. Desesperada, intentó repetir el cántico de la mujer, pero solo extrajo fragmentos de su sueño.

—*Yéhua... xikiyehua ipan... pampa nimitztlazohtla... noyollo.*

Se dio cuenta, mientras encadenaba estas antiguas palabras, de que realmente podía oírse. Su mente se sentía más clara y, más allá de las ilusiones, como si mirara a través de una espesa niebla, pudo distinguir el picaporte del baño. Siguió tarareando y murmurando el cántico fragmentario mientras se abría paso lentamente entre la niebla hasta la puerta. Agarrando el picaporte, abrió de golpe la puerta y salió al pasillo, de vuelta al tranquilo murmullo de la oficina.

Al levantarse, Yoltzi se dirigió de inmediato a la pared opuesta al baño, pero no vio nada. Observó a su alrededor, en busca de alguien que pudiera haber visto su salida atropellada, y otra vez abrió tímidamente la puerta del baño para mirar dentro. Era el mismo baño de siempre. El dolor de cabeza también había desaparecido, pero la voz de la mujer de su sueño reverberaba ahora en su cabeza. El murmullo silencioso, un susurro, arañaba el fondo de su mente una y otra vez.

Se dirigió a su escritorio. La gente trabajaba, hablaba y deambulaba por los pasillos como siempre, actuando como si no pasara nada. Edmundo se acercó a ella una vez más.

—Yoltzi, tengo algo para ti.

El rostro sin ojos de Edmundo volvió a mirar al suyo. Sus rasgos empezaron a desdibujarse, y Yoltzi no solo veía a Edmundo, sino a alguien con tatuajes y joyas tradicionales nahuatlacas. A medida que la piel se desprendía del rostro sin ojos, la otra cara también se volvía nítida. Era como si las dos imágenes se superpusieran sobre Edmundo, existiendo y desapareciendo en un parpadeo, hablando en náhuatl, español y en algo totalmente distinto mientras le tendía la mano. Intentó concentrarse en el objeto negro que sostenía, y de repente se percató de que era una hoja de obsidiana. Lo miró, pasmada.

—¿Qué es esto?

Los rasgos de Edmundo seguían reorganizándose: su piel se volvía gris como un cartón que se desintegrara con el viento, dejando al descubierto los huesos de su rostro. Oyó el tintineo de la falda de conchas de una *tzitzimitl* chocando entre sí, así como cantos ceremoniales y el crepitar de fuego. Con la palma abierta, no amenazaba con la hoja tallada. En cambio, parecía ofrecérsela.

—Esto es para que te saques el corazón y te cortes la cabeza como adorno para un hermoso *tzompantli*. —Las tres bocas, la de Edmundo, la de la *tzitzimitl* y la del nahua, se movían a destiempo, su voz era una horrible mezcla de las tres que parecía salir de lo más profundo de su cuerpo—. Confío en que puedas encontrar la manera.

Yoltzi caminó hacia atrás, lentamente. Edmundo, transformado en *tzitzimitl*, la siguió con los brazos extendidos.

—¡Quédate ahí! —gritó ella tan fuerte como pudo, pero nadie en la oficina parecía oírla. Siguió retrocediendo, tarareando para sí, hasta que alcanzó una distancia suficientemente cómoda como para darle la espalda y correr. Una de las esquinas de la oficina, en el tercer piso, tenía grandes ventanales. A través de ellos observó una enorme nube negra de insectos, las mismas mariposas que vio en la plaza de la ciudad semanas atrás, agitándose en el cielo. De la nube indefinida vio formarse figuras en relieve mientras la forma de muchas *tzitzimime* parecía emerger de la masa. Era el mismo ejército que había visto momentos antes en su visión.

Yoltzi atravesó la puerta hacia la escalera, bajó corriendo a la planta baja e irrumpió en el vestíbulo. Dirigiéndose a las puertas principales, se cruzó con pequeños grupos de oficinistas y ciudadanos que charlaban entre sí, indiferentes a Yoltzi o a sus visiones. En sus rostros, Yoltzi veía los mismos rasgos indeterminados. Era como si casi todas a quienes se encontraba tuvieran superpuesta una segunda persona, cuerpos con muchos espíritus floreciendo como los pétalos de un clavel. Nunca había visto nada parecido. En su vida, Yoltzi había conseguido ver los espectros de los muertos como tales y la vaga energía del alma de una persona, pero ahora podía ver a los muertos que aún vivían en los vivos. Masas borrosas de rasgos españoles, nahuas y proto-aztecas se agolpaban en las cabezas de todos los que se cruzaban con ella, todos hablando las mismas palabras, pero en varias lenguas diferentes. Muchos rostros, muchas imágenes de personas luchando por verse en la misma figura. Cuando llegó a la entrada, miró al patio del edificio: una docena de *tzitzimime* habían aterrizado. El vigilante observó a Yoltzi.

—Señorita, ¿está usted bien? Parece muy asustada. ¿Qué le pasa?

Incapaz de entender su confuso discurso, Yoltzi señaló sin palabras a los esqueletos alados. El guardia miró en la dirección en que señalaba.

—¿Qué es? No veo nada.

Sus palabras, también, eran una confusa mezcolanza de náhuatl y español, pronunciadas una sobre otra. Dos voces luchando por salir de la misma boca.

Yoltzi salió del edificio sin decir nada. No sabía a dónde ir. Todos los rostros que veía cambiaban y le hablaban a medida que avanzaba por la calle, así que se quedó mirando sus pies mientras la llevaban hacia la casa de Quauhtli.

22

A Verón no le gustaban las llamadas telefónicas. Tenía muy pocos amigos y no le interesaba buscar a los que le quedaban. Si alguna vez se reunían cara a cara, le alegraba oírlos hablar de sus vidas y sus familias, pero él era muy reservado, así que no tenía mucho que compartir. Sin embargo, a lo largo de las semanas desde la partida de Carmen, un peso lo agobiaba. La noche antes de que se fuera había querido disculparse con ella por no ser una fuerza mediadora suficiente: no la había protegido de los trabajadores, de la Iglesia ni de los propietarios de las tierras. Se sentía en cierto modo responsable de que la enviaran de vuelta a casa y pensaba constantemente en lo que pudo haber hecho para contrarrestar el menoscabo que ella sufrió en la obra. Todo esto lo agravó el nuevo arquitecto que dirigía la construcción, Miller. A los ojos de Verón, era un hombre arrogante sin respeto por el monasterio, por los trabajadores, por la Iglesia ni por él. En Carmen, Verón había percibido su admiración por el monasterio como un fragmento de historia y un toque delicado que buscaba mantenerlo vivo aun mientras lo renovaban. El nuevo, Miller, parecía la encarnación de los inversionistas inmobiliarios extranjeros: una herramienta precisa forjada específicamente para la mercantilización eficiente y clínica de la tierra. Estaba aquí para construir un hotel, simple y llanamente. Habían tenido algunas conversaciones, pero por lo regular se comunicaban por medio de memorandos y de su asistente. Además, Verón echaba de menos a las chicas. Se había acostumbrado a visitarlas y a mantener largas conversaciones con ellas, sobre todo con Luna, mientras les preparaba comida. Cuando se fueron, se dio cuenta de que lo habían hecho sentirse un poco menos solo.

Llamar a Carmen debía de resultarle bastante fácil, pero se encontró dudando. No hablaba con ella desde el viaje, e incluso eso fue solo una breve atención, para preguntar si habían llegado bien. Verón respiró hondo y marcó. Escuchó la voz de la arquitecta.

—Hola, Carmen. Me alegra mucho escuchar tu voz.

—Padre, ¡qué agradable sorpresa! ¿Cómo está?

—Como siempre. Ya sabes cómo es por aquí, al menos para mí. La vida se mueve despacio a diferencia de allá en Nueva York, ¿no? ¿Cómo están las chicas? Luna acaba de empezar en una nueva escuela, ¿cierto?

Verón siguió intercambiando cortesías, ganando tiempo mientras buscaba las palabras para empezar la disculpa que hubiera querido ofrecerle semanas antes. Carmen se mostraba dispuesta, aparentemente feliz de responder a sus preguntas. Le dijo a Verón que sí, que Luna había empezado en su nueva escuela y sobre el novio de Izel.

—Ah... el chico. Recuerdo que me hablaste de tu corazonada de que platicaba con alguien.

—Sí, se llama Josh. Es bastante agradable.

—Me alegra saber que todas están bien.

—Sí.

Verón escuchó la melancolía en la voz de Carmen a través del teléfono.

—¿Están todas bien? —preguntó.

Carmen hizo una pausa al otro lado de la línea.

—No quería arruinar una llamada agradable.

Carmen abandonó por completo el tono alegre en su voz y le

confesó que, de hecho, no todo les iba bien en Nueva York. Verón escuchó con atención, tomando asiento en su despacho del monasterio y tapándose el otro oído del ruido de la construcción. Escuchó las preocupaciones de Carmen acerca de su madre en el hospital y sobre lo que le había ocurrido a Luna a manos de su maestra. La idea de disculparse por lo ocurrido entre ambos profesionalmente se disolvió, dando paso al deseo de ayudarla en sus momentos de dificultad en su calidad de sacerdote.

—Carmen... siento mucho oír lo que tú y tu familia han pasado. Me siento fatal por no haber llamado antes. Sé que cuando estabas aquí no hablábamos de temas de fe y que no eres precisamente una católica practicante, pero —hizo una pausa—, ¿has considerado la posibilidad de rezar? Si no como un medio para recurrir a un poder superior, al menos como una forma de aceptar estas cosas.

—A veces me lo planteo, pero... —se interrumpió.

—¿Sí?

—¿Recuerda lo que le dije en nuestra última noche en Tulancingo? ¿Sobre las apariciones?

Verón se enderezó más en su asiento y se encontró inclinado hacia adelante, interesado en la voz incorpórea de Carmen al otro lado de la línea. Había pensado bastante en esas visiones al considerar su propio papel en el regreso de Carmen a Nueva York. Si habían sido causadas por el estrés de su trabajo en el monasterio, como ella creía, entonces su retiro era, con todo, algo bueno. Lo consideraba el lado bueno de toda la situación.

—¿Las que viste mientras trabajabas aquí?

—Me siguieron a casa.

—Bueno, si fueron causadas por el estrés, parece que tu vida no se tranquilizó mucho a tu regreso a Nueva York.

—Lo sé, pero siento que me estoy volviendo loca. Quiero decir, ¿cómo lo puedo llamar a estas alturas? Estoy viendo cosas que no están ahí. La otra noche casi me caigo del techo por culpa de un montón de mariposas. Oigo grillos por toda la casa, y veo a esta... esta mujer por todas partes. Padre, yo...

—¿Sí?

—Siento que hasta estoy creyendo lo que me dijeron Quauhtli y su amiga aquella noche. Empiezo a sentir que es Luna —la voz de Carmen vaciló al otro lado de la línea mientras contenía las lágrimas—. ¿Qué clase de madre soy así? Seguramente lo está pasando mal en la escuela y con mi mamá en el hospital, pero cuando la miro hay algo en sus ojos que es diferente, como si no fuera realmente ella ahí dentro. Me estoy perdiendo, padre Verón.

La línea quedó en silencio mientras ambos rumiaban la confesión de Carmen; la suave estática de la llamada internacional resaltaba apenas del ruido de fondo al otro lado del teléfono. No podían descartar que, entre el trabajo y el accidente de su madre, el estrés de su vida reciente estuviera erosionando la cordura de Carmen. Pero su voz era clara detrás de las lágrimas. Podía oír su desesperación por no creer las cosas que decía. Pensó en lo sola que debía sentirse para contarle todo eso. Se le partió el corazón de imaginarla sufriendo en silencio por esos pensamientos, sin atreverse a enunciar nada de ello por miedo a ser vista como alguien que estaba perdiendo el contacto con la realidad, alguien que podría no ser apto para cuidar niños.

—No creo que estés loca y me consta que eres buena madre, Carmen. —Reclinándose atrás en su silla mientras hablaba, Verón miró hacia la nave del monasterio y vio a Quauhtli ayudando en una instalación. Pronunció sus siguientes palabras en voz baja, vacilante y con gran aprensión—: ¿Crees que los dos nahuas sabían algo?

—No sé. Parecían capaces de poner en palabras lo que he estado... viendo.

—Entonces voy a investigar, aunque solo sea para aliviar tus temores a lo sobrenatural. Yo también rezaré por ti, Carmen.

—Gracias, padre. Por escuchar. Y por no juzgar mi estado mental.

Los dos se despidieron y Verón se dirigió rápidamente a la nave para buscar a Quauhtli. Joaquín se acercó al cura, sin duda para quejarse más del remplazo de Carmen, pero Verón se limitó a ignorarlo, sin tiempo para entretenerse con otra historia de «ese gringo no sabe qué carajo hace».

Le dio un toque en el hombro a Quauhtli y le indicó que lo siguiera a su despacho, donde cerró la puerta a su espalda. Verón le explicó la llamada que acababa de tener con Carmen, remarcando su preocupación por ella tanto desde una perspectiva espiritual como psicológica, pero dejó claro que creía que la forma simbólica que adquirían las alucinaciones o visiones de Carmen parecían ser de naturaleza nahua.

Quauhtli hizo una mueca:

—¿Grillos y mariposas negras?

—¿Significa algo?

—No estoy del todo seguro, pero la señorita Sánchez no me parece de las que son propensas a la histeria. Si está tan mal como usted cree, podría tener algo que ver con lo que Yoltzi le advirtió.

—¿Te refieres a la amenaza espiritual? Carmen mencionó que fueron a su casa, pero no entró en más detalles antes de irse. Sin embargo, ¿qué tanto creen realmente en ese tipo de cosas?

Verón se dio cuenta, por la mirada displicente que cruzó brevemente el rostro de Quauhtli, de que resentía su pregunta como un cuestionamiento velado de las creencias nahuas, pero no sintió que fuera el momento de mostrarse conciliador. A pesar de sus diferencias en cuanto a fe y respeto por la Iglesia, siempre vio a Quauhtli como un hombre razonable y sensato, y necesitaba saber, a bocajarro, si encontraba veraz la afirmación de su amiga de que Carmen se enfrentaba a alguna especie de amenaza espiritual.

—Es difícil de decir. Creo que las apariciones y las visiones pueden representar algo real, fragmentos de realidad que la mente consciente no puede registrar y que, para darles algún sentido, debemos relacionar con nosotros mediante símbolos. Pero si cree que voy a ponerme un penacho, quemar salvia y danzar para ahuyentar a los espíritus, pues no lo haré. Eso no es lo mío.

»¿Recuerda, padre, todas esas películas de terror con espíritus y fantasmas enojados que cobran venganza con una familia por lo demás inocente? ¿Se ha dado cuenta de que la mayoría de las veces están ambientadas en casas y pueblos construidos sobre cementerios sagrados de los nativos? Son expresiones de una cultura siempre consciente de estar pisando suelo ensangrentado. Incluso si esa culpa no está presente en su vida diaria, acecha en los márgenes, llegando a ellos en historias fantásticas de muertos que buscan venganza. No se trata de una sola extensión de tierra, como lo presentan en las películas. México está construido sobre cementerios improvisados, miles de fosas comunes, las lápidas de incontables muertos: mujeres jóvenes, niñas, indígenas, inocentes y pobres diablos. Estamos malditos. Vivimos sobre un gigantesco cementerio. No solo no hay justicia para los muertos, sino que no hay respeto por sus restos, no hay un homenaje a su memoria ni descanso para sus almas.

Mientras Quauhtli hablaba, Verón no pudo evitar sentir que los comentarios iban dirigidos a él indirectamente. Las paredes entre las que se encontraban ahora, los techos abovedados de la iglesia que renovaban para un inversionista extranjero que buscaba sacar aún más dinero de las viejas piedras del edificio, a Quauhtli debían parecerle un enorme sepulcro. Verón nunca había sentido tan ajustado el alzacuellos como en ese momento, imaginándose la sangre derramada colectivamente para construir este lugar con el polvo de Tulancingo. Incluso en la tradición católica los pecados del padre recaían en los hijos. Desde niño se le había revelado a Verón con el primer libro de la Biblia, la historia de la creación y la entrada de la muerte en el mundo, la simiente del hombre y la serpiente combatiéndose por toda la eternidad.

Quauhtli prosiguió contándole lo que Yoltzi le había instruido a Carmen, dándole a Verón su propia homilía ligera sobre el mito de las *tzitzimime* y el inframundo del Mictlán. Al final Verón se levantó, asintiendo repetidamente mientras procesaba toda aquella información.

—Parece que ya tengo definida mi tarea. Consultaré los archivos eclesiásticos. Hay muchas memorias de prácticas y mitos nahuas que conocieron mis... —hizo una pausa, mirando a Quauhtli con cierta culpa en los ojos— mis predecesores.

Verón avisó que se iba del monasterio y dejó a Quauhtli seguir con su trabajo.

———

Quauhtli ayudó a terminar la instalación de una de sus piezas más grandes para lo que sería el vestíbulo principal del hotel renovado que pronto ocuparía el lugar del monasterio. Era un candil de madera tallada más alto y ancho que el propio Quauhtli. Había encontrado los restos nudosos de un pirul muerto por la sequía en un paseo a pie meses antes y lo había transportado en su camioneta. Colgado al revés, por el grueso tronco del árbol, la corteza fue arrancada y las ramas moldeadas mediante el tallado y el injerto de sobrantes en cinco apéndices en forma de zarcillo que en su palma contenían la principal fuente de luz. Luces más pequeñas caían entre los dedos del pirul, escapando de lo que parecía una mano a punto de cerrarse alrededor de la fuente de luz más grande. Miller, en la construcción por primera vez en la semana, se acercó a ver la instalación terminada. Le dio una palmada en la espalda a Quauhtli.

—Se ve fantástica, Cottle.

Quauhtli volteó para agradecerle el cumplido, pero el arquitecto ya estaba en otra parte de la nave diciéndole a uno de los trabajadores que hacía algo mal. Con la labor del día más o menos terminada, Quauhtli se dirigió a su camioneta y arrancó el motor con la esperanza de llegar a casa antes de la puesta de sol por primera vez en la semana.

Bajando a tumbos por los caminos disparejos de las afueras de Tulancingo, observó el cielo mudar sobre su hogar del naranja pálido de la hora dorada a tonos más profundos de rojo y púrpura. Los días de verano no eran mucho más largos allí que en cualquier otra época del año, dada la cercanía con el ecuador, pero el color del cielo siempre marcaba el comienzo de las estaciones. El cielo otoñal sobre Tulancingo florecía en azul y púrpura como un moretón y Quauhtli apenas consiguió su deseo al doblar hacia su tranquila calle de tierra con el sol comenzando apenas a desaparecer detrás de las colinas. Sin embargo, al entrar al acceso a su casa, se detuvo en seco. Vio una luz en el interior que no había dejado encendida por la mañana. Metió la mano bajo el asiento del copiloto para agarrar la fría cacha del revólver.

Ya habían entrado a robar en su casa cuando vivía más cerca del centro de la ciudad, y al mudarse fuera del área urbana, donde había aún menos gente y policía, se descubrió siguiendo al fin el ejemplo de su viejo y aprendió a disparar.

Dejó la camioneta prendida en la entrada y se acercó a la casa lenta y silenciosamente, con los faros encendidos a su espalda. Se acercó sigiloso a la ventana de la sala, y al asomarse vio una figura encorvada debajo de la mesa, meciéndose adelante y atrás. Era pequeña, pensó, y no parecía haber nadie más, así que entró. Su huésped no pareció darse cuenta ni preocuparse mientras entraba con el revólver metido en la cintura; se mecía adelante y atrás, murmurando en voz baja, y Quauhtli se percató de que se había envuelto en una manta que él tenía sobre el sofá.

—¿Hola?

No respondió. Quauhtli le dejó por un momento e hizo una rápida inspección por el resto de la casa en busca de otras personas, pero el bulto bajo la mesa parecía estar solo. Volviendo a la sala, ahora convencido de que se trataba de uno de los zombis que de cuando en cuando deambulaban por las calles, trastornados por la heroína que corría por las venas de las carreteras del sur del país, se acercó hasta donde le resultaba soportable. Habló despacio y con claridad.

—¿Hay alguien a quien pueda llamar para que venga a buscarte?

El bulto siguió meciéndose adelante y atrás, murmurando. Mientras se mecía, un mechón de pelo gris se desprendió de la manta que envolvía su cabeza y Quauhtli se quedó helado. ¿Era la anciana cuya pulsera de jade sospechaba tener Carmen? ¿Acaso ahora lo visitaban los mismos espectros que, al parecer, acechaban a la familia Sánchez? Retrocediendo, advirtió por fin que la intrusa murmuraba en náhuatl. Sin pensarlo, sacó la pistola de su cintura, sin considerar la inutilidad de utilizar balas contra un espíritu.

Otro mechón de pelo se deslizó de abajo de la manta. Negro. Quauhtli bajó el arma y le arrancó la manta a Yoltzi. Ella lo miró con los ojos llenos de lágrimas, enloquecidos e inyectados en sangre.

—¡Ah! Yolandita! —gritó—. ¿Qué demonios haces? ¿Cómo llegaste aquí?

Ante sus palabras se tapó los oídos y gritó en náhuatl:

—¡Déjame en paz! ¡Déjame en paz!

Quauhtli se arrodilló y la sujetó por los hombros mientras ella se agitaba contra su contención.

Él le habló en náhuatl:

—¡Soy Quauhtli! ¡Quauhtli! ¡Estás en mi casa!

Yoltzi dejó de forcejear y echó la cabeza atrás, mirándolo fijamente a la cara, escudriñando sus rasgos una y otra vez, buscándolo. Su voz era débil y vacilante al responder en su lengua materna.

—Sigo viéndolos. No puedo dejar de verlos. No puedo dejar de oírlos.

—¿Qué? ¿No puedes dejar de ver qué?

—A todos.

Quauhtli la levantó y la sentó en el sofá, sirviéndole un trago en un intento de calmar sus nervios, aunque fuera un poco. Sentado frente a ella, Yoltzi sondeó la habitación, sus ojos iban de un lado a otro antes de posarse al final en Quauhtli, lo que pareció tranquilizarla.

—Puedo verte claramente, al menos.

—¿Qué quieres decir? Quiero ayudar, pero necesito saber qué pasa.

—Visiones —agitó la mano delante de su cara—. Nunca han sido así. Son tan claras que invaden mi cabeza. No puedo distinguirlas de mi presente. Ahora todo está mezclado. Pensaba que ni siquiera podía oír lo que decía la gente hasta que me hablaste en náhuatl.

—¿Comenzó hoy?

—Empezó después de mi sueño de anoche. Creo que recibí un asomo del pasado, una mirada a una de las cosas que siguen afectando el presente, y ahora las dos se fusionan en mi cabeza. Todas las personas que veo tienen más de una cara, me miran a través de los ojos de todos sus antepasados, hablan con la voz de todos los que les antecedieron.

Si alguien más le hubiera dicho a Quauhtli algo así, habría asumido que estaba perdiendo la razón. Aun teniendo en cuenta las visiones y premoniciones previas de Yoltzi, Quauhtli siempre las había creído con reservas. Ella era alguien muy conectada con el mismo pasado que él le había descrito a Verón, por medio de su sangre y de sus estudios, y Quauhtli veía su sensibilidad como una expresión de la misma clase de angustia subliminal que encontraba en obras de ficción como *Poltergeist*, o algo así.

Sí, supondría que Yoltzi había sucumbido a alguna especie de locura, si no fuera por lo que Verón le dijo que ocurría a más de mil kilómetros de distancia. Se inclinó, esperando centrar a Yoltzi aún más en sí misma.

—¿Viste algo más que tenga que ver con la niña? ¿Tiene que ver con Luna?

Los ojos de Yoltzi dejaron de buscar y miraron los de Quauhtli.

—*Tlapalxoktli*.

Quauhtli acomodó a Yoltzi en el asiento del copiloto de la camioneta, que seguía encendida, y regresó por el camino que había recorrido. Con los faros encendidos, ahora bajo la luna en ascenso, se dirigió de nuevo al monasterio. Cuando llegaron no quedaban coches ni camionetas en el estacionamiento salvo la camioneta del vigilante nocturno, don Sebas. Acercándose al monasterio con Yoltzi detrás, Quauhtli llamó a la puerta y le gritó a Sebas adentro.

—Noches, don Sebas.

Al cabo de unos minutos oyeron el sonido del vigilante procedente del interior del monasterio.

—¿Quién es?

—Soy yo, Quauhtli. Vine a recoger unas cosas que se me olvidaron.

—Hola, Quauhtli —dijo mientras abría la puerta—. ¿Sigues trabajando a estas horas de la noche?

—No es tan tarde, don Sebas. Esta es mi prima, Yoltzi.

—Presentarla como su prima le evitó tener que dar explicaciones.

—Mucho gusto, señorita. Pasen. Solo estaba haciendo mi ronda. Cuando acabes, asegúrate de cerrar bien la puerta.

—Claro.

El guardia continuó su ronda y Quauhtli guio a Yoltzi por los oscuros pasillos hasta que llegaron al lugar del accidente del andamio. Después de que la pared se abriera, la habían tapiado mientras ideaban una solución para volver a sellar la habitación. Quauhtli retiró las tablas con la cuña de un martillo que encontró en el suelo. El aire que salió era frío y viciado. Siglos de moho y polvo flotaban en el aire que parecía resollar desde el agujero en la mampostería.

Quauhtli cambió al náhuatl:

—La piñata estaba aquí cuando la pared se abrió.

Movió alrededor una lámpara eléctrica, buscando en los rincones más oscuros del cuarto mientras Yoltzi encendía la linterna de su teléfono y buscaba en la estantería ruinosa pegada a la pared. Sin embargo, lo único que veía eran libros podridos por el moho y los insectos, pequeñas chucherías de madera y parafernalia religiosa.

Buscaron la piñata donde había aparecido originalmente, pero no había más que polvo y telarañas. Buscaron en las repisas y en las cajas, en cada rincón y entre cada objeto. Nada.

—¡Carajo! ¿Y ahora qué? —preguntó Quauhtli.

—Ya comenzó entonces. Luna la tiene.

—No hay manera de que la tuviera con ella todo el viaje a Estados Unidos sin que nadie se diera cuenta.

—Esto lo explica todo. En el momento en que vi a esa niña supe que estaba destinada a ser notada por Itzpapálotl.

—Entonces no hay nada que podamos hacer.

—Sí hay. Tengo un hermano en Nueva York. Martín-Nelli. Puedo quedarme con él.

—¿De qué diablos estás hablando, Yoltzi? Ni siquiera tienes papeles. No estarás pensando en cruzar por el río, ¿verdad?

—A veces hay que correr riesgos.

—¿Y cómo sabes que esta es una de esas veces?

—Porque lo sé, Quauhtli. Morirá gente si no voy a ayudar.

Quauhtli levantó las manos en señal de frustración.

—Aparecen mujeres muertas todos los días aquí mismo, en nuestra ciudad, en lo que era nuestra tierra, jóvenes y no tan jóvenes. El mal está aquí mismo, entonces, ¿por qué buscar en otro lado? Si estás tan segura de poder salvar a la gente de los pecados del pasado, de maldiciones y resentimientos, ¿para qué ir tan lejos cuando solo tienes que dar la vuelta a la esquina?

—Porque esa carga que debería ser nuestra está sobre una niña inocente en alguna parte. No sé por qué, pero por alguna razón tengo la oportunidad de detenerlo, creo. He visto el dolor y la rabia que vive en esa piñata que se llevó la niña. Si me quedo aquí sin hacer nada, me volveré loca, Quauhtli. No creo que esto se detenga hasta que la niña muera o se salve. No puedo cambiar la historia de este país. No puedo calmar a los muertos sobre los que caminamos cada día, los muertos cuyas tumbas han sido cubiertas con asfalto y cemento y acero, no puedo quitar todo ese dolor de esta tierra.

»Pero podría hacerlo con una de ellas. La vi en mi sueño. Vi cómo moría con odio en su sangre. Puedo salvarla, y también a la niña.

23

Luna caminó en línea recta hacia la escuela, sin mirar a ninguno de los compañeros que entraban también por la puerta principal ni a su madre, que le deseaba buen día desde la ventanilla abierta del coche. Todo el fin de semana Izel había observado a su madre preguntarle a Luna una y otra vez si estaba segura de asistir hoy, diciéndole que no pasaba nada si se quedaba en casa después de lo ocurrido con la maestra Alpert.

Luna solo contestó:

—No es que ella vaya a estar ahí.

Había en su voz una fría seguridad, carente de toda inocencia o ingenuidad. Tenía razón, por supuesto. La escuela había llamado rápidamente a una sustituta mientras el distrito investigaba si la maestra Alpert podía volver al plantel. No estaría allí ese día, pero el moretón de Luna, que sobresalía por debajo de la manga de su chamarra, estaba muy presente.

Izel siguió a Luna desde cierta distancia y observó cómo giraban las cabezas. Los grupitos de niños pegados a las paredes de los pasillos conversando, ya enterados de lo sucedido, se daban golpecitos unos a otros y volteaban a ver a la pequeña Luna mientras iba sola entre la multitud de alumnos.

Josh estaba adelante, apoyado en la pared justo a la entrada de la escuela. Luna pasó junto a él sin ni siquiera voltear y Josh se giró para mirar a Izel, levantando las manos y haciendo un gesto confundido en dirección a Luna. Verla avanzar en silencio, sin detenerse, llenó a Izel de renovada culpa.

—¿Ya volvió a la escuela?

—¿Mamá le dijo que no tenía que venir, pero Luna insistió, o no le importó ni una cosa ni otra? No estoy segura.

—Eso apesta. Todo mundo dice que probablemente despidan a la maestra Alpert.

En el pasillo, mientras Luna se dirigía a los casilleros de la secundaria, Izel vio a un chico tocarse la muñeca y hacerle un gesto a sus amigos para que vieran el moretón en el brazo de Luna. Los pasillos rebosaban de melodrama. Luna caminó con la vista en el suelo hasta llegar a su casillero para girar el disco fingiendo que no había nadie alrededor cuando Izel vio a los tres aparecer por una esquina. Albert le dio un golpecito a Ron en el hombro, señaló a Luna y el trío se desvió para interceptarla en su casillero, riéndose cuando Lester comenzó a hablar con ella.

Los pies de Izel se movieron antes de que pudiera pensar, pero Josh la agarró por el brazo.

—Podrías empeorar la situación.

Izel le apartó el brazo y siguió caminando. Mientras se abría paso entre los demás estudiantes que iban y venían por el pasillo, oyó a Lester por encima del ruido.

—¡Oh, mierda, es verdad!

Señaló el brazo extendido de Luna mientras ella sacaba libros de su casillero.

—Pensé que todo mundo mentía, pero de verdad te atacó, ¿eh? ¿Qué le dijiste?

—¿Pueden dejarla en paz?

Izel puso una mano en la espalda de Luna y se plantó a su lado.

—Solo queríamos saber qué dijo para que la maestra Alpert se volviera loca y le pegara o lo que fuera, cálmate.

—Ella no dijo nada para «hacer» que la maestra Alpert la agrediera. La maestra Alpert claramente no debió ser profesora. ¿Y a ti qué te importa, de todos modos?

Ron habló junto a Lester:

—Yo supe que gritó que todos son colonizadores o algo así, y que no quería que una maestra blanca le enseñara Historia. Tal vez queríamos saber cómo se siente de tener una hermana blanca, ¿sabes?

Los tres chicos se rieron y la cara de Izel enrojeció de rabia, pero más que rabia, lo que se descubrió sintiendo fue una intensa vergüenza. Los tres imbéciles acosaban a Luna de esa manera desde que llegó a la escuela e Izel había ignorado el asunto. El talante persistentemente animado de su hermana menor a lo largo del tiempo le había generado la idea de que Luna era indestructible de alguna manera. A lo largo de los muchos cambios en sus vidas —la ausencia de papá, la mudanza al norte del estado, dejar de ver a sus amigos, México— Luna se había mostrado más valiente que nadie en la casa. Izel se dio cuenta de que no solo no había sido una hermana mayor en la que Luna pudiera confiar, sino que en realidad se acostumbró a confiar en Luna. Ahora, mientras miraba a su hermanita temblar, Izel se percató de lo profundamente injusto que era eso. Luna no miraba a ninguno de ellos, solo su casillero mientras temblaba. El corazón de Izel se hundió como una roca y su enojo inicial se ahogó por completo en un lago de lástima por ella misma y por Lunita.

—¿No tienes nada mejor de qué preocuparte? —Al final, Josh había seguido a Izel—. Si ya saben lo que pasó, entonces déjenla en paz.

—Solo teníamos curiosidad de escuchar la historia de primera mano. ¿Por qué todo mundo está tan sensible al respecto? —respondió Albert con una sonrisa idiota en la cara. Era evidente que lo disfrutaba.

—¿No tienes como treinta años? Tal vez deberías tener más curiosidad por el examen de suficiencia básica que por una estudiante de secundaria, maldito imbécil.

Albert se acercó a Josh:

—Repite eso.

Los dos se miraron fijamente sin dejar de insultarse y retar al otro a que intentara algo. Izel se limitó a observar a Luna. No se había movido de su sitio frente al casillero. Izel se inclinó y trató de girarla por el hombro para que la viera. Necesitaba que Luna se volteara, que supiera que su hermana mayor estaba de verdad allí esta vez, que las anteriores habían sido un error, que así era como debían de ser las cosas y así serían a partir de ahora. Egoísta y desinteresadamente a la vez, Izel necesitaba que Luna supiera todo eso. Necesitaba una absolución y que Luna fuera consciente de que, a pesar de la evidencia previa, tenía una hermana mayor. Pero Luna se alejó de su contacto. Al apartar la mano, Izel vio su rostro. Sus mejillas brillaban por las lágrimas, pero la mirada que tenía no era de tristeza ni de miedo. Era de un rencor sin límites, que convertía el inocente rostro en una expresión bestial.

Apenas se parecía a Luna. Con los labios curvados sobre los dientes pelados, gruñó en voz baja mientras las lágrimas caían por su rostro contorsionado.

—Asquerosos gringos de mierda. Sus antepasados deberían haber chocado con las rocas y ahogarse en el mar. Sus cabezas deberían estar en picas por toda la costa.

Izel agarró a Luna con fuerza por el hombro y apenas pudo moverla, pero consiguió torcer su cuerpo lo suficiente para asomarse a sus ojos sin mirada. Los ojos brillantes de Luna habían sido remplazados por una oscuridad tan profunda y vasta que Izel pensó que podía ver estrellas dentro del cráneo de su hermana. Fue como si el sonido de los chicos discutiendo y de los demás estudiantes reunidos escapara a su alcance, amortiguado como si se hallara bajo el agua, mientras contemplaba aquel espantoso rostro en lugar del de Luna. Entre sus miradas brevemente entrelazadas, Izel juraría que sintió una frontera, un punto inexplicable entre sus ojos que, si se cruzaba, uno podía caer en esa oscuridad que parecía habitar en su hermana. Era la misma sensación que al asomarse a un barranco: no exactamente vértigo, sino el reconocimiento físico del peligro. Izel pudo sentir a Luna justo después de ese punto en el que, si trataba de alcanzarla, sabía que también caería.

Alguien chocó contra su hombro y la lanzó hacia los casilleros. Josh recibió un puñetazo artero de Ron y cayó sobre ella, devolviéndola a ese momento y haciendo que Luna rodara al suelo. La expresión en el rostro de Luna desapareció, remplazada por una ira más humana e Izel observó, impotente e impactada, cómo saltaba hacia Ron, clavándole las crecidas uñas en las mejillas y arañándole la cara. Izel luchó por salir de entre Josh y la pared, poniéndose en pie mientras los estudiantes en el pasillo formaban un círculo al tiempo que Luna atacaba a Ron. Mordió a Albert cuando trató de apartarla de Ron, y cualquier duda de Lester acerca de golpear a una chica quedó superada al fin ante la sensación de que lo que clavaba las garras en su amigo era más parecido a un animal rabioso que a una niña de secundaria. Se echó atrás y lanzó un puñetazo azaroso y poco entrenado al costado de Luna. Ella consiguió arañarle el brazo mientras el golpe la dejaba sin aire y se desplomó en el suelo junto a Ron.

Izel apartó a los demás estudiantes de su camino y rodeó a Luna con un abrazo de oso, tanto para detenerla como para protegerla de cualquier otra represalia.

—¡Puta psicópata! —gritó Ron. Tenía las mejillas rojas por los arañazos, pero solo un hilillo de sangre le goteaba del lado derecho de la cara, donde Luna había conseguido encajarle una uña en la piel.

Josh volvió a interponerse entre los chicos y las dos hermanas, pero cualquier otro enfrentamiento quedó interrumpido. La maestra Moore y alguien más del cuerpo docente se habían abierto paso entre la multitud y separaron a las dos partes, increpando la violencia y preguntando cómo había comenzado aquello.

Esta vez, Izel tuvo el privilegio de llamar a su madre e informarle que tendría que recogerlas en la oficina del director.

—¿De nuevo? —preguntó Carmen por teléfono. Susurraba en el aparato, intentando no gritar en su despacho—. ¿Qué demonios pasa ahora? ¿Es Luna otra vez?

Izel se removió en su asiento:

—No. No realmente, quiero decir. Es una historia larga.

—Bueno, no puedo dejar al trabajo otra vez para recogerlas, así que tendrán que esperar allí un rato después de las clases. Saldré temprano para ir a buscarlas.

—Lo siento, mamá.

La llamada terminó. Miró a Josh, que le sonrió, lo que hizo que su mejilla inflamada y morada se arrugara de forma poco natural alrededor del ojo.

—No puedo creer que intentara detenerte pensando que tú podías empeorar la situación —se rio.

Al mirarlo ahora, sentado en la oficina administrativa, Izel se sorprendió de lo cómico que debió verse Josh al plantarse como un tipo duro para protegerla. No pudo evitar imaginárselo tal como estaba en ese momento, con una mejilla ya hinchada añadiendo un poco de alegría extra a un lado de su cara. La idea de que intentara mirar mal a alguien con sus ojos excesivamente amables la hizo reír mucho más que su broma. Sin embargo, no se lo dijo y se limitó a reírse, dejando que sintiera que había conseguido aligerar el ambiente.

Izel se volvió hacia Luna, frotando suavemente la parte superior de su espalda:

—¿Estás bien?

No se volvió para mirar a su hermana mayor:

—Solo quiero irme a casa.

—Lamento si hemos empeorado las cosas. Solo intentábamos que te dejaran en paz. Sé que te han estado molestando últimamente, y... —Izel hizo una pausa—. Siento que la primera vez que he decidido hacer algo terminara así. Solo quería...

Luna la atajó:

—Sí, seguro que ahora me dejarán en paz.

Luna abrió su mochila, sacando su estuche de lápices y su diario. Era obvio que no quería hablar con ella e Izel debía respetarlo. Su intento de mitigar su propia culpa por el *bullying* a Luna solo les había traído problemas a los tres. Josh tocó a Izel en el hombro y le mostró una historia de Instagram que alguien había publicado de él recibiendo el puñetazo en el pasillo.

Los dos revisaron los diversos videos y fotografías que otros estudiantes habían tomado de la pelea, encontrando al menos algo de entretenimiento en todo ese desastre. Era un tanto divertido ver desde fuera algo que sucedió tan rápido para sus protagonistas. Pasaron el tiempo así durante un rato, viendo videos y enviando mensajes de texto a los amigos sobre lo ocurrido.

Sin embargo, mientras hablaban, vio que la atención de Josh se centraba en algo justo detrás de ella. Dejó de hablar y se encontró con sus ojos, que señalaban en silencio hacia Luna. El sonido de su lápiz garabateando frenéticamente en el papel, ahogado por su conversación, ahora era audible en la oficina, mayormente silenciosa. Izel se volvió para mirar a Luna, recordando lo que le había visto hacer frente al casillero cuando empezó la pelea.

Luna dibujaba con mano cargada, la cantidad de presión sobre el lápiz amenazaba con romper el papel mientras rayaba en su diario. Garrapateó un rostro tras otro, una y otra vez, en la misma página. Se superponían, sus líneas se mezclaban entre sí mientras la página se volvía cada vez más oscura. Izel reconoció muchas de ellas como aztecas, sin saber los nombres o significados de ninguna de las imágenes, pero reconociendo el estilo: dientes pelados y rasgos faciales que parecían girar fuera de los cuerpos de las criaturas que Luna dibujaba mientras sus ojos enloquecidos miraban fijamente desde la página. Cada uno de los dibujos de Luna era diferente, como si los inventara o representara a todo el panteón. A medida que la vasta colección de rostros y figuras de grafito se amontonaba en la página, los bordes se curvaban hacia dentro y casi todo el espacio en blanco había desaparecido. El blanco brillante de la página estaba invadido por una mezcla de tonos grises y negros que se tragaban cualquier forma. Cuanto más dibujaba, más confusas se volvían las líneas, los rostros se mezclaban y creaban fusiones sin dejar de conservar sus formas distintivas. Se podía ver cómo dos rostros juntos también creaban un rostro único y diferente.

La página se hundía bajo la cacofonía de figuras. Pero era como si a Luna solo le faltara una más, que Izel la contempló dibujar con celosa ferocidad. Luna aporreó la página con un trazo grueso y brutal, formando un rostro esquelético: su mandíbula, los dientes y los pómulos estaban expuestos por la piel desollada que le colgaba de la barbilla. El rostro dominaba toda la composición, las líneas oscuras que lo componían atravesaban el resto de la página. Todas las figuras más pequeñas, los dioses menores y las bestias surgidas de los dedos de Luna quedaron relegados por el opresivo y horripilante semblante que Luna talló en el papel, sujetando el lápiz como el cuchillo de un asesino.

Todo el tiempo que esperaron a su mamá Luna tuvo que estar sentada escuchando a Izel y Josh, sometida a aburridas conversaciones sobre gente que no conocía. ¿Por qué demonios esto era tan importante para Izel? Ni siquiera decían nada interesante. Solo hablaban de lo ocurrido una y otra vez. De todos modos, en realidad no podía escucharlos. Si lo hacía, no procesaba como palabras los ruidos que emitían. Últimamente Luna tenía problemas para entender lo que la gente le decía.

Sentía como si intentaran abrirle la cabeza. Casi quería decir que era como si alguien le clavara un hacha en el cráneo, pero parecía venir de dentro. Sus ojos lagrimearon mientras la presión en su cabeza aumentaba. Descubrió que llegaba en oleadas, como si un océano se desbordara por un precipicio hacia su cabeza, y cada ola que se estrellaba aumentaba la presión, llenando el espacio de su cráneo y aumentando el dolor entre sus sienes.

Cuando imaginaba las olas, las aguas oscuras, siempre había algo debajo. Bajo la oscuridad resplandeciente se arremolinaban tenues rostros, cientos de ellos: rostros, personas e imágenes. El dolor disminuía cuando miraba el mar de imágenes, agitado y poco profundo. El sonido de cada ola se difuminaba en una estática palpitante y sorda, un susurro aullante. Sacó su diario e intentó sacar los rostros de las aguas, darles definición. Todo esto le parecía a Luna algo autónomo, como un ejercicio que había practicado durante años y que ahora le era natural. Si sacaba las caras de las aguas turbias de su mente y las ponía sobre el papel, la presión en su cabeza disminuiría. A su juicio, parecía bastante lógico.

Lo mismo ocurría con las voces que oía. Con solo repetirlas, los dolores de cabeza desaparecerían. Ni siquiera tenía que hablar en voz alta, solo debía gesticular las palabras y sería suficiente. Eso era todo lo que necesitaba hacer para alejar el dolor. Era tan sencillo. Era todo lo que debía hacer. Solo tenía que repetir lo que le mostraban y no le harían daño. No le dolería si solo escuchaba. No le dolería si dejaba que las olas la arrastraran.

Recordaba haber ido a la playa con su mamá e Izel un verano en el que Izel le enseñó a flotar de espaldas. Fue tan fácil dejar que las olas pasaran debajo de ella, la mecían tan suavemente. Ni siquiera se dio cuenta de que la marea la alejó de la orilla hasta que oyó a su madre gritar por encima del rugido del océano. Izel nadó para rescatarla y la agarró de la muñeca, jalándola hasta la arena.

Cuando salieron nadando juntas de las olas, Izel se volvió hacia ella y le dijo:

—Sé que se siente bien, pero debes asegurarte de no dejarte llevar. ¿Okey, Lunita? Mamá casi enloquece cuando te vio tan lejos.

Luna garabateó en su diario, aliviando la presión en su cabeza hasta que su mamá llegó. La madre de Josh también estaba allí. Era blanca y parecía mayor que Carmen. Luna permaneció sentada en silencio en la oficina mientras todos hablaban. Estaba segura de que la gente le hacía preguntas, pero ninguna parecía real. Todos gesticulaban mientras hablaban. Josh se señaló el ojo y luego a Luna y encogió los hombros. Cuando el subdirector explicó lo sucedido en el pasillo, cómo Luna se abalanzó sobre ese chico, Ron, ella miró al suelo y se agarró el costado del tórax donde su golpe le había sacado el aire. En todo momento Izel dejó lo más claro posible que nada de eso era culpa de Luna. Josh intentó explicar que Luna solo hizo eso después de que Ron la golpeara, pero Carmen no parecía escucharlo en absoluto, solo miraba a Luna mientras Luna le devolvía la mirada. En los ojos de su madre, Luna podía ver un tumulto de miedo y duda y culpa. Podía mirar a través de ella.

Luna no recordaba el viaje en coche a casa, pero esa noche, durante la cena, su madre siguió mirándola así. Incluso cuando le hizo preguntas sobre cómo se sentía, con aparente preocupación maternal en su voz, Luna pudo ver una tenue luz de desconfianza en los ojos de Carmen. Notaba que la gente la trataba de forma diferente últimamente, pero por primera vez vio que ni siquiera su madre podía verla igual que antes. ¿Así era crecer? ¿Olvidar cosas y que la gente te mirara diferente?

Después de la cena, Carmen le dio un abrazo rígido y distante, diciéndole que tendría que quedarse en casa sin ir a la escuela durante un par de días.

—No puedo tomarme más tiempo del trabajo ahora mismo, cariño. Creo que me despedirían si pidiera otra semana para quedarme aquí contigo —su madre nunca había parecido más cansada—, y no puedo pagar una niñera en este momento. ¿Estarás bien aquí sola?

—Estaré bien sola.

Su madre no parecía muy convencida, pero era claro que no tenía más remedio que dejar a la pequeña sola en casa mientras iba a trabajar.

Luna subió la escalera para ir a su habitación seguida por Izel. Sujetando el hombro de Luna tanto para reconfortarla como para detenerla, la alcanzó justo en la puerta de su cuarto. Tenía en el rostro la misma mezcla de preocupación y culpabilidad que su madre mientras se disculpaba.

—Sé que ya lo dije cuando estábamos en la oficina, pero solo quería decirte de nuevo que lo siento. No solo me refiero a lo del pasillo hoy, también, sino, tipo, todo. Quizá has estado pasando por un momento difícil con la nueva escuela y todo eso, y yo anduve demasiado distraída para ver cómo estabas o incluso preguntar cómo te iba. Supongo que tengo a Josh para hablar de cosas como lo que le pasó a la abuela, pero has estado algo sola, ¿no?

Apretó el hombro de Luna.

—Creo que hoy trataba de demostrarte que estoy ahí para ti, pero solo te hice las cosas más difíciles.

El peso que Luna cargaba se le vino encima. La carga emocional del último mes —el miedo de perder a Alma, la soledad al recorrer los pasillos de una nueva escuela, la distancia de su familia— amenazó con brotar de sus ojos mientras su hermana mayor le frotaba el hombro. El sollozo que estaba a punto de soltar se le volvió a meter en la garganta mientras la cabeza le palpitaba de nuevo.

—Está bien —fue todo lo que Luna musitó como respuesta mientras su cabeza sonaba como una campana llena de susurros y voces.

—Y que esos tipos se vayan a la chingada de todos modos —sonrió Izel—. No debería decirlo, pero fue bastante divertido cómo hiciste gritar a esos pendejos.

El ruido en la cabeza de Luna era ensordecedor. No podía escuchar sus propios pensamientos por encima del sonido de fuego crepitante y voces que simultáneamente gritaban a todo pulmón y susurraban en sus oídos. Quería hablar con Izel, decirle algo, pero ni siquiera podía escuchar correctamente a su hermana. Si hablaba, no estaba segura de ser capaz de oírse por encima del horrible escándalo en su cabeza. Entonces las voces se callaron y por fin pudo oírse, pero no decía nada. Luna oyó su voz hablar con su hermana, pero no era ella la que pensaba o decía las palabras. Alguien más hablaba con su voz.

—Sí, ojalá esos pedazos de mierda se murieran.

Izel dejó de frotar el hombro de Luna y su mano se apartó ligeramente:

—Bueno, definitivamente son pedazos de mierda. Pero que mamá no te oiga hablar así.

—Espero que se ahoguen en su puta sangre.

Luna intentaba decirle a Izel que no hablaba en serio. Quería que Izel siguiera frotando su hombro y que supiera que la perdonaba por no defenderla antes, pero todo lo que salía de su boca eran viles deseos de muerte e Izel ya había retirado la mano de su hermanita. Luna se sintió atrapada en un cuerpo que no era suyo mientras sus pensamientos eran invadidos por imágenes de esos tres chicos. Los veía escupir sangre, morir quemados, con la cabeza hecha papilla. Aquello le producía náuseas y un vértigo de emoción. Una parte horrible y extraña de su mente saltaba de alegría ante la visión imaginaria de una venganza desmesurada contra esos chicos.

—Okey, eh, buenas noches, entonces —dijo Izel, volviendo a bajar la escalera y dejando a Luna sola en su habitación.

Con la puerta cerrada detrás, Luna escuchó a su familia en el piso de abajo hablando de ella. La cocina estaba justo bajo su cuarto y podía distinguir claramente las voces apagadas.

—Sé que tal vez estoy diciendo algo obvio, mamá. Tipo, sé lo que parece hoy, pero creo que algo está realmente mal con Luna.

Hubo una pausa antes de que su madre dijera algo:

—¿Se... se ve como ella misma? ¿Cuando la miras a los ojos?

Luna dejó de escuchar y abrió el armario. Grillos y saltamontes se amontonaban por el suelo a sus pies, dando saltos grandes y pequeños en la opresiva oscuridad que emanó de las puertas abiertas. La ropa colgada estaba llena de agujeros y las polillas revoloteaban en un pequeño enjambre, golpeando las paredes al posarse y levantar el vuelo. Luna se llenó de miedo y júbilo al mirar el brillante cadáver de la piñata. Su carcasa de cuero se había humedecido con plasma y un líquido viscoso que cubrió las manos de Luna cuando la levantó del suelo. En sus manos palpitaba al ritmo de los latidos de su corazón y de su cabeza.

Pensó que los dolores de cabeza desaparecerían si simplemente lo utilizaba. Si lo dejaba salir, se sentiría mucho mejor. Solo que-

rían salir, dijo una parte de ella, y una vez fuera tal vez no se sentiría tan sola. Nadie la defendería más que ellos, ¿no lo veía? ¿No
oía a su propia familia hablar de ella abajo como si ya no fuera su
hija o su hermana siquiera? Hundió la uña en la piel húmeda de la
piñata. La sangre tibia fluyó a lo largo de sus dedos y antebrazos.
La presión en su cabeza se disparó junto con las voces de muchos.
Repitió sus palabras, dejando salir la presión con los ojos cerrados
con fuerza mientras se mecía adelante y atrás con la piñata en las
manos.

24

Albert volvía a casa a altas horas de la noche. Había estado en casa de un amigo donde fumaban hierba en el garaje convertido en antro y jugaban con una vieja consola conectada a un televisor aún más viejo y estropeado. Albert cerró de un tirón la vieja puerta lateral de madera tras de sí y salió a la acera, levantando la tela de su sudadera y oliendo a fondo para revisar que no apestara demasiado a humo. No estaba tan mal. Tomaría el camino largo a casa y probablemente se airearía lo suficiente como para que sus padres no se dieran cuenta si todavía estaban despiertos. No les importaba demasiado, pero parecían disfrutar de cualquier oportunidad para darle la monserga. No les preocupaba que fuera un desmadre, solo poder decírselo.

Cuando llegó a Leavenworth, miró en dirección a su casa y dobló en sentido contrario, pensando que daría otra vuelta por el barrio antes de regresar. Absurdamente, sacó un paquete de cigarros del bolsillo de la chamarra y tomó uno. Después de encenderlo, cambió el encendedor a la mano izquierda y giró la derecha, inspeccionando la ligera marca que aún tenía en el lugar donde esa desquiciada niña de secundaria lo había mordido en la escuela. Se rio un poco, expulsando humo y vapor en el aire frío de la noche. El idiota de Ron fue el único de ellos que se metió en problemas por haber iniciado la pelea, técnicamente.

Oírse romper el silencio de la noche con esa risita hizo que Al-

bert se percatara de lo tranquilo de la calle esa noche. No era tan
tarde. Normalmente habría al menos algunas casas viendo todavía
una película, algo de televisión, niños jugando, gente volviendo de
una salida nocturna; pero no había nada. Se detuvo un momento
y aspiró el cigarro, sin oír nada más que el suave crujido del taba-
co encendido. Al exhalar, oyó algo parecido a unas campanillas de
viento o una cortina de cuentas a su espalda, pero no había viento,
y cuando volteó para ver de dónde venía, tampoco vio ninguna
campanilla.

Se encogió de hombros y continuó caminando en la noche per-
turbadoramente silenciosa. Ni siquiera oía el familiar ruido blanco
de la autopista al final del barrio, ni pudo ver las luces de algún
coche. Sin saber a ciencia cierta por qué, caminó un poco más rápido. Una sensación incómoda que no podía explicar le subía por la
espalda baja. Su cuerpo le pedía que se moviera más rápido y en dirección a su casa. La campanilla de viento volvió a sonar. Esta vez
giró más rápido. Todavía nada. Todas las casas por las que había
pasado ahora tenían las luces apagadas. Tiró el cigarro a la cuneta
y siguió caminando, decididamente más rápido.

Al girar a la izquierda en la calle Plymouth, Albert iba a acortar
su paseo y dirigirse directamente a casa. A medida que avanzaba
por la cuadra, el sonido lo seguía a distancia, desde algún lugar más
allá de la oscuridad formada por los faroles visiblemente apagados.
Como ya no podía atribuir su malestar a la simple paranoia de la
marihuana, la caminata de Albert se convirtió en una carrera. Corría por la calle oscura, perseguido por ese sonido destellante en la
oscuridad. El zumbido bajo de estática de la autopista había vuelto, el sonido de muchas llantas rodando sobre el áspero pavimento. También era cada vez más fuerte. Igual lo era el suave sonido
de las campanillas. Albert llegó al final de la cuadra y volvió a ver el
rótulo de Leavenworth. Giró a la derecha hacia su casa.

El corazón le martillaba en el pecho. El sonido de la carretera había crecido y ahora en sus oídos, por encima de los fuertes latidos de su corazón y el escándalo que no se atrevía a mirar atrás, estaba el grito susurrado de miles de personas. Una cacofonía jadeante de almas torturadas aullaba como el viento en su cabeza. Llegó al final de la siguiente cuadra. El letrero decía «Calle Plymouth».

Albert se quedó helado, en cortocircuito, incapaz de comprender cómo había corrido aparentemente en círculo, de vuelta al lugar donde había emprendido la huida del sonido. El sonido. Estaba detrás de él. El estrépito de muchos objetos pequeños, como una cortina de cuentas, se fue acercando.

No tenía saliva en la boca, su garganta estaba seca y el crecido estudiante de preparatoria temblaba al darse vuelta para mirarla. Sus ojos vacíos se clavaron en los suyos y el vestido de conchas marinas se balanceó suavemente cuando se acercó a él. Saltaron grillos de sus cuencas vacías, retorciéndose desde algún lugar dentro del cráneo mientras la piel de una anciana se desprendía lentamente de los huesos de su cara.

Lo único que podía hacer era correr, así que lo hizo. Ahora aceleraba y el tintineo de las conchas marinas a su espalda sonaba al ritmo de sus propias zancadas, acompañando cada una de sus pisadas. Tardó unos segundos en llegar al final de la cuadra. Ser un corredor de pista tenía sus ventajas. Todos los faroles estaban apagados y apenas podía ver más allá de unos pocos metros bajo la escasa luz de luna, pero el rótulo reflectante de la calle era legible: «Calle Plymouth». Corrió con más fuerza. Otra vez la calle Plymouth. El sonido de conchas continuaba persiguiéndolo. Otra vez la calle Plymouth. Las lágrimas brotaron de los ojos de Albert y le ardían igual que los pulmones. Jadeaba, tragando sollozos confundidos mientras intentaba avanzar más rápido. En la penumbra vio algo tirado en un patio más adelante e hizo un rápido movimiento para agarrarlo al pasar, tomando una pequeña pala de jardín para defenderse.

Los gritos roncos eran ahora ensordecedores cuando por fin vio Leavenworth. En su mente esto tenía que ser una horrible pesadilla, una que podría acabar si llegaba a casa y a su cama. Tomó la derecha y vio su casa. Ignorando el dolor en los pulmones y las piernas, el balbuceante chico saltó por encima de la puerta lateral como atleta olímpico y giró para abrir de lleno la puerta corrediza de su casa. Dentro, se desplomó sobre la mesa del comedor resollando. La hora del microondas marcaba las 3:14 de la madrugada.

Las conchas marinas habían desaparecido. Los gritos habían cesado. Sin embargo, por encima del retumbar en sus oídos, Albert oyó el crujido de una tabla del piso en algún lugar de la casa. Se pegó a la pared para ocultarse y apretó la pala entre las manos, mirando alrededor en la habitación oscura y dándose cuenta de que todo era extraño. Un cuadro de un castillo en una colina colgaba sobre un sofá mucho más grande del que tenía su sala. «Es solo una pesadilla», pensó Albert. El crujido venía por el pasillo hacia la sala y la cocina. Albert no dejaba de mirar el espacio desconocido que hacía un momento era exactamente igual a la sala de su familia. Se sintió enloquecido. Su cabeza aún nadaba por la falta de oxígeno y vio una silueta emerger de la esquina, apenas una sombra sin forma en la casa sin luz, y aún acelerado por el miedo y la adrenalina, Albert blandió la pala y gritó mientras la agitaba para defenderse.

Conectó y lanzó al hombre contra la barra. Su voz ronca aulló de dolor mientras se agarraba el costado y luchaba por tomar lo que acababa de dejar caer sobre la superficie.

—¡Malditos drogadictos! ¡No tengo nada de valor! —gritó.

Albert se quedó de pie agarrando la pala, con su enorme físico imponiéndose sobre lo que ahora distinguía en la oscuridad como un hombre enjuto y mayor. Las lágrimas seguían manando por su cara. No tenía idea de cómo debía terminar ese sueño. Pensaba que esa era su casa, donde todo acabaría.

El anciano se apartó de la barra, empuñando una pistola en su mano curtida. Albert intentó despojarlo de ella con la pala. El fogonazo iluminó la habitación lo suficiente para que Albert pudiera ver la cara del aterrado anciano. El segundo y el tercer disparo revelaron la cara de cuencas vacías de la anciana justo detrás de él. Albert miraba ahora al techo, el viejo de pie sobre él temblando mientras soltaba el arma. El sonido del anciano marcando frenéticamente el 911 y gritando en el aparato se desvaneció en un ruido de fondo apagado mientras la visión de Albert se oscurecía. Se quedó con la mirada perdida en el techo de estuco blanco. Desde arriba lo miraban las cuencas vacías de esos ojos azules. El esqueleto parecía agrandarse a medida que Albert se adentraba más y más en la oscuridad de su visión apagándose. Ella era el único inhibidor de su mundo, ahora oscuro como el carbón, y en esa negrura de tinta, desvaneciéndose en el frío leve del sueño permanente, ahora podía ver que sus ojos no estaban, de hecho, vacíos.

Lester estaba a salvo en su casa. La tenía para él solo durante la noche mientras sus padres iban al cine, y sin duda pararían en un bar de regreso. Subió la escalera del sótano con una botella de ron barato que había escondido allí después de sacarla de una fiesta semanas antes. Volvió a sentarse en la silla de su escritorio, jaló la palanca abajo e inclinó un poco el asiento hacia atrás. Una notificación de Discord apareció en un lado del monitor de su computadora. Un tipo que había conocido en un sitio de memes, @ChimpConnoisseur2124, le enviaba un mensaje directo para que se conectara y jugara con él. Lester le dio un trago al ron barato en su botella de plástico. Ardiente. Se le torció la cara y aspiró aire antes de sacudirse. Se puso unos audífonos y entró en el chat de voz.

—Ey, Chimp.

—Mi amigo se acaba de salir, ¿quieres tomar su lugar y jugar juntos?

—Claro.

Nunca se aprendían los nombres de los demás en internet. En muchos de los sitios en los que Les pasaba el tiempo había un acuerdo tácito de nunca dar a nadie nada que pudiera identificarte de alguna manera. El tipo de cosas que compartían ni siquiera eran tan malas a sus ojos, pero había un miedo colectivo a ser expuestos en la vida real. La «cancelación» y la «turba *woke*» acechaban en silencio en las salas de chat. Entonces, Les era @lurkymurker1592 y Chimp era Chimp.

Los dos jugaron un par de rondas, en las que Les tomó un trago de vez en vez. Al final decidió beber un pequeño sorbo por cada tiro en la cabeza y, tras unas cuantas rondas más, sintió calientes las orejas en los audífonos. Le estaba contando a Chimp todo lo sucedido en la escuela ese día. Chimp no paraba de reírse mientras intentaba hablar y eso hizo que se le quebrara la voz de adolescente, lo que hizo que los dos se rieran más.

—¿La tumbaste y ya?

—¡No sabía qué más hacer, hombre! Se estaba volviendo loca y pensé que le sacaría los ojos o algo así.

—No puedo creer que le pegaras en el riñón a una niña mexicana —jadeó Chimp en su micrófono— lo suficientemente fuerte para mandarla rodando por el suelo de un pasillo.

—No sé, hombre, me apaniqué y zas.

—No, amigo. Es que es cagadísimo.

Les encendió un cigarro y acercó una lata de refresco vacía para usarla como cenicero improvisado. Dio una fumada y lo atravesó sobre el borde de la lata mientras empezaba la siguiente ronda. Al cabo de unos minutos, el audio de la llamada se distorsionó y entrecortó. A Les le costaba oír los avisos de su amigo y había una extraña estática que lo cubría todo. Parecía que alguien giraba una matraca en el micrófono de Chimp mientras hablaba.

—¿Chimp? ¿Tienes un televisor encendido o algo así? Ya no te oigo.

Pronto la voz de Chimp quedó totalmente ahogada por la estática y Les empezó a juguetear con el cable de sus audífonos, pensando que debía haber una rotura en alguna parte del cable. El traqueteo continuó y se le unió un tenue cántico. Parecía que una multitud de personas, a lo lejos, gritaba y gruñía al compás de la sacudida atemporal del traqueteo. El personaje de Chimp seguía moviéndose y jugando normalmente en la pantalla. Por encima de la estática, Les volvió a oír su voz al fin.

—Oh, sí, está encendido en la esquina de mi cuarto.

—Okey, va. Qué raro. No podía oírte por un segundo, solo el sonido de lo que sea que es ese traqueteo.

—¿Traqueteo?

—Tal vez era solo la estática.

—¡Oye, Lurk, voltéate!

Les giró su personaje para revisar detrás de ellos, pero no vio a nadie. Se puso a cubierto y acercó el panorama para ver si había alguien.

—No hay nadie. ¿Ves adónde se fueron?

—No, Lurk. Quiero decir que te voltees, *bro*. —El traqueteo se había hecho aún más fuerte, ya no sufría ninguna clase de distorsión por los audífonos. Era claro como el cristal. La voz de Chimp era tranquila y dominante—. Todavía no te has dado cuenta. Lleva un rato aquí dentro. Ella solo está mirando tu pendejez, esperando que voltees.

En el tenue reflejo de la habitación de Lester en una de las esquinas más oscuras del monitor de la computadora, algo se movió. Saltó y se arrancó los audífonos de la cabeza, girando y volcando la silla cuando las ruedas se atoraron con la alfombra de su cuarto. El cable de los audífonos jaló la vieja lata de refresco que utilizaba como cenicero y el cigarro encendido cayó al suelo.

Lester no se fijó en el poliéster humeante de la alfombra junto a su escritorio, en el creciente círculo de fibras sintéticas caramelizadas. Estaba absorto en el lento avance de la mujer. Su piel desollada se mecía con el repiqueteo de su falda de conchas marinas mientras cruzaba lentamente la habitación hacia él. En la tenue luz azul de la pantalla de la computadora, los ojos huecos de la *tzitzimitl* eran vacíos de oscuridad pura. Sus brazos se movían alrededor, las muñecas y los dedos lanzados al aire en un aparente conjuro. Las articulaciones se movían mal, como si no hubiera nada entre los huesos. Sus manos giraban una y otra vez, dando vueltas en círculos. El humo acre de la alfombra en llamas llegó al fin a los pulmones de Lester. En el suelo, detrás de él, la brasa humeante del cigarro se había transformado en una pequeña hoguera. La casa, sin remodelar desde su construcción en algún momento de la década de 1980, tenía lo contrario de una alfombra ignífuga moderna y, ahora que se había prendido, envolvió rápidamente el escritorio de Lester. Tras devorar el escritorio de madera como una bestia hambrienta, las llamas saltaron a las cortinas de la ventana y cubrieron las paredes.

Un humo negro se alzó de la alfombra y los químicos tóxicos hicieron que la garganta de Lester ardiera y se cerrara mientras boqueaba desesperado en busca de aire puro. Intentó alcanzar la puerta, pero ella se interpuso. La menuda figura de la mujer esquelética era ahora una enorme bestia gruesa de huesos y carne colgante cuyas puntas se carbonizaban junto con el resto de la habitación mientras se acercaba al chico. A cada paso parecía crecer más y la habitación se ajustaba a ella. El espacio se curvó alrededor del pálido monstruo mientras Lester, con los ojos hirviéndole en la cabeza y los pulmones con arcadas, exigiendo oxígeno, se encontró al pie de la montaña en que ella se convirtió ante él. Las llamas se alzaron en paredes de escala cósmica y violento fulgor. Ella se inclinó, con sus grandes cuencas vacías del tamaño de lunas.

Dentro de su cráneo había un cosmos, lleno de estrellas y galaxias de parto. Lester vio cómo la gran multitud de luces se extinguió, milenios pasaron en un instante mientras el cielo nocturno dentro del cráneo de la mujer se convertía en una negrura de tinta. Esa oscuridad, la oscuridad del final de todas las cosas, de una noche sin estrellas, salió de los ojos de la diosa y arrastró a Lester hacia sus aguas sin esperanza. Se desplomó en la nada, su alma consumida por la eternidad del vacío mientras su cuerpo se derrumbaba en el burbujeante alquitrán plástico del suelo de su cuarto para ser devorado por su hogar en llamas.

El incendio ardió de forma desmesurada. No quedó nada que indicara que había un cadáver en la casa, mucho menos para identificar a Lester como la víctima. No era posible que hubiera ocurrido, dijeron, las casas no se quemaban de esa manera. Incluso sus huesos se convirtieron en cenizas. La falta de unos restos mortales les negó a sus padres cualquier cierre, y siempre se aferraron a la fantasía de que podría estar vivo en algún lado, un pirómano resentido en fuga y no ceniza dispersa en un baldío lleno de madera carbonizada.

—

Ron aceleraba por una carretera tranquila en su Jeep. Iba abrigado con varias capas y una chamarra mientras el frío se colaba a raudales por la fina capota de lona del viejo Wrangler sin techo. No se dirigía a ningún sitio en particular. Solo necesitaba estar fuera de casa, lejos de la gente. Las llantas chirriaban contra el pavimento en su carrera sin rivales por las calles vacías de la antigua zona industrial de la ciudad. En un cruce, a la luz de los faroles y el semáforo, asomó la cabeza para ver su cara en el retrovisor. En la penumbra aún pudo distinguir las marcas de los arañazos y el profundo corte que le había hecho Luna en la mejilla.

Maldijo y pisó el acelerador, tomó la entrada a la autopista. A esa hora de la noche apenas había coches en ella. No era una interestatal, sino una vieja y solitaria carretera que atravesaba un rincón olvidado del Rust Belt estadounidense. Ron atravesaba la noche y se encontró calmado, casi arrullado por el sonido constante de las llantas contra la carretera. Iba a encender el radio para despertarse cuando vio que algo salía reptando de las rejillas de ventilación. Un pequeño insecto oscuro y brillante se escurrió por los conductos del aire acondicionado y abrió y cerró lentamente las alas antes de emprender el vuelo dentro del coche. Ron lo apartó de un manotazo y subió el volumen como deseaba.

Otro, posiblemente el mismo, pasó revoloteando frente a su cara y consiguió atraparlo entre su palma y la ventanilla. Aplastado contra el plástico de la ventanilla del conductor, Ron vio que era una mariposa negra. Los faroles que pasaba por la autopista iluminaban por detrás al bicho aplastado y sus diminutas escamas brillaban contra la transparencia. Atraído inicialmente por la novedad de la pequeña criatura, Ron se encogió de hombros y la apartó de la ventanilla hacia el asiento trasero para olvidarla.

Entonces volvió a pasar volando por su cara. Iba a golpearla, pero falló y vio otra encima del tablero. Miró hacia la salida del aire acondicionado, y decenas de ellas empezaban a escurrirse desde algún lugar de la ventilación del coche.

—¡Qué asco! —Ron apagó la calefacción y cerró de golpe las rejillas de ventilación. Se estremeció por el frío y por la idea de todos esos pequeños bichos arrastrándose por ahí, unos encima de otros, en el interior de su coche. Una parte de su mente no podía evitar imaginarse ahí dentro con ellos, como si se diera un baño de gusanos en *Factor Miedo*.

Se estremeció y siguió por la autopista hacia su casa. El viaje no era tan relajante ahora que sabía que su coche estaba infestado de bichos, por majestuosos que fueran. Fue justo cuando vislumbró la primera señal de salida, todavía a unos tres kilómetros de distancia, cuando las rejillas de la ventilación se abrieron. Una avalancha de brillantes alas negras estalló de cada salida como la marea nocturna e inundaron el auto. Se posaban en cualquier superficie del interior, así como sobre él. Ron aulló de confusión y asco mientras las ahuyentaba, tratando desesperadamente de mantenerlas alejadas de él sin chocar el coche.

Cada vez que agitaba la mano, aparecían más mariposas que volvían a taparle la vista. El interior del coche ahora era invisible, imposible de vislumbrar a través del grueso manto de alas que lo envolvía. Ya no podía ver sus propias manos al tratar de apartarlas del parabrisas. En su cara sintió a una de ellas contra la piel sensible de la herida causada por las uñas de Luna. La notó incluso entre la ventisca del resto. La sensación de que empezaba a meterse en la herida era indescriptible y atroz. El insecto se retorcía para entrar en su piel mientras él se sacudía infructuosamente la mejilla. Pudo sentir cómo se deslizaba entre las capas de su carne como una aguja intravenosa cuando otra aterrizó. Ron palpó desesperadamente buscando el zíper de la puerta de lona para abrir el coche y dejar escapar todos esos horribles insectos, y sintió que algo lo palpaba también.

Unos dedos duros y huesudos le clavaron los hombros desde atrás. Alguien iba en el asiento trasero, hundiéndole los dedos en los hombros e inmovilizándolo en el asiento. Ya no podía estirarse hacia delante para alcanzar el parabrisas. Cuando se esforzó intentándolo, sintió que los dedos le atravesaban la piel. Su chamarra se volvió muy cálida cuando las huesudas garras le rodearon las clavículas, perforando el músculo y agarrando el hueso como si fuera un asa.

Pisó el freno de golpe, pero no sintió nada. Tampoco sentía el pie en el acelerador. Era como presionar el aire donde antes estaba el espacio para los pies y Ron se dio cuenta de que no sentía casi nada, ni siquiera lo caliente de la sangre que empapaba su chamarra. En el espejo retrovisor, un par de ojos vacíos en una pálida calavera le devolvió la mirada desde la parpadeante oscuridad creada por el enjambre de insectos. El mundo quedó en silencio cuando sus miradas se cruzaron.

Las mariposas se desvanecieron y la vista de Ron volvió por un instante desconcertante. Solo tuvo una fracción de segundo para darse cuenta de que sus hombros estaban ilesos y su pie seguía en el acelerador antes de notar al fin la boca de incendios al envolver la parte delantera del Jeep en un choque frontal.

El Jeep prensado saltó por los aires y el techo de lona se desprendió sin más del destrozado armazón metálico cuando Ron se estrelló contra él. Surcó el aire de la noche durante lo que le pareció una eternidad a su mente gravemente conmocionada, pero por supuesto solo fue un violento instante. El rótulo bajo de «Solo ascenso» lo esperaba. La afilada señal metálica se clavó en el abdomen de Ron cuando su cuerpo se precipitó desmadejado contra ella, empalándolo solo a medias y abriéndolo como un pez. Miró alrededor, y pudo ver que había salido de la autopista en algún momento y entrado en la ciudad.

«Me pregunto a qué hora hice eso».

Nada le quedaba registrado. Intentó levantarse de la señal, pero solo sintió que la pierna le colgaba debajo como un calcetín lleno de carne molida. Su cuerpo sufrió un espasmo involuntario por el dolor no sentido y provocó que la sangre manara de su boca. Se echó a la espalda una mano inerte y sintió la fría punta de la señal de estacionamiento asomar por el otro lado, resbaladiza por la sangre.

Los músculos de su cuello cedieron por completo y su cabeza colgó hacia delante, mirando directamente a la esquina opuesta de la señal metálica, donde se posaba una mariposa negra que abría y cerraba suavemente las alas. Así lo encontraron. Con los ojos abiertos sin ver, y mirando fijamente algo que ya no estaba allí.

25

or la mañana toda la ciudad sabía de lo sucedido. Se llamó a todos los hogares de los alumnos de la escuela de las chicas para notificarles que las clases se habían cancelado al menos ese día para dar a los estudiantes y a la comunidad en general un tiempo adecuado para procesar la repentina muerte de tres compañeros.

El cuerpo de Carmen se tensó al escuchar el mensaje telefónico. Con el celular pegado a la oreja, miró a Izel al otro lado de la cocina mientras desayunaba en la pequeña mesa donde las chicas solían comer por la mañana. Aún no despertaba a Luna, ya que se suponía que ese día no asistiría a la escuela de cualquier modo. Carmen volvió a meter el teléfono en su bolsillo y se sentó en la mesa frente a Izel.

—Iz, ¿te contaron algo tus amigos o has visto en Instagram qué pasó anoche?

—No, ¿por qué? En realidad no he revisado mi teléfono esta mañana, acabo de despertar.

—Bueno, hoy no vas a la escuela. Las clases están canceladas.

—¿Qué? ¿Por qué?

—Esos tres chicos que dijiste que han estado acosando a Luna... a los que terminó atacando ayer... murieron anoche. Reconocí sus nombres en la llamada que acabo de recibir de la escuela.

Izel dejó de comer y miró a su mamá. Las dos se contemplaron en silencio mientras cada una intentaba asimilar si la otra la consideraba loca por lo que ambas pensaban. Izel miró por encima del hombro, claramente buscando a Luna y se volvió hacia su madre.

—¿Qué carajo? ¿Te llamaron de la escuela específicamente?

—No. No fue así. Quiero decir, ¿por qué lo harían? Fue solo un mensaje grabado del director.

—¿A qué te refieres con «por qué lo harían»? Ayer mismo tu hija atacó a los tres como un animal salvaje, ¿y todos acaban muertos esa misma noche?

—No hay forma de que crean en serio que una niña lo hizo. No hay forma de que ella agrediera así a esos tres chicos, es una cosita. ¿Tan siquiera viven cerca de nosotras?

—O sea, sí, viven en los suburbios, pero... —Izel miró alrededor—. No sé... Aunque sé lo que pensarán todos en la ciudad.

Carmen hizo una mueca y asintió. Era ridículo pensar que Luna fuera capaz de herir físicamente a esos chicos dado su tamaño, pero pensó en las mariposas del techo. Pensó en la advertencia de Yoltzi allá en Tulancingo. Entendió lo que Izel quería decir. Los chicos de la ciudad estarían hablando, hablando acerca de que Luna había ido a México a aprender vudú o brujería maya o alguna patraña. Los padres no serían mucho mejores, ni menos fantasiosos. Simplemente saldrían con alguna explicación «racional» a todo el asunto. Si no fueran la clase de cristianos fundamentalistas locos que había encontrado por ahí y que creían que todo era brujería, dirían que era cosa de pandillas, un cholo malo que supo que su sobrinita tenía un problema con unos gringos. Ella sabía lo que se decía en los televisores de los bares, restaurantes y hogares de esa ciudad en el horario de máxima audiencia. Todo mundo allí se alimentaba con el tipo de dieta informativa que les hacía pensar que la MS-13 no solo ya invadía el norte del estado de Nueva York, sino que les vendían hierba específicamente a sus hijos.

Carmen miró el reloj y vio que tenía que irse si quería llegar puntual al trabajo. Después de todo el tiempo que había pedido últimamente, no tenía la opción de solicitar más. No le quedaba más remedio que dejar a Izel y a Luna en casa durante el día mientras iba a la ciudad.

—¿Estarás bien aquí sola, Iz?

Ya estaba sumergida en su teléfono, pasando historias y enviando mensajes de texto a los chicos de su salón para averiguar qué sabían sobre lo sucedido a Albert, Les y Ron. Sin embargo, levantó la vista para mirar a Carmen.

—Estaré bien, mamá. Sé que tienes que ir a trabajar. Me quedaré aquí con Luna el resto del día. Estaremos bien.

Carmen permaneció sentada con el coche encendido en el acceso durante casi quince minutos, sin atinar a poner la reversa y arrancar el vehículo. Algo no le permitía dejar a Izel y Luna solas en casa ese día. Tenía muchas ganas de quedarse con ellas, pero no podía permitirse que la despidieran en ese momento. Debía tragarse sus ansiedades y ponerse en camino si quería librar el día. Respirando hondo, Carmen metió la reversa y observó la casa alejarse en el retrovisor mientras se dirigía al trabajo.

Dentro, Izel terminaba lentamente su desayuno mientras se informaba cuanto podía sobre la muerte de los tres chicos de la escuela. Solo distaban unas horas desde que los encontraron, así que no mucha gente sabía exactamente lo sucedido, pero los rumores decían que fue violento para todos ellos. Escuchó la casa crujir por encima de ella, en la habitación de Luna, y un terrible escalofrío recorrió su columna vertebral al darse cuenta de que tenía miedo de su hermana menor.

Recordó lo que Luna había dicho la noche anterior al acostarse. «Espero que se ahoguen en su puta sangre».

Luna se iba a quedar sola en casa de todos modos si la escuela estuviera en funciones, e Izel no quería permanecer allí en ese momento. Se estremeció y se dirigió a la puerta, enviándole a Josh un mensaje de texto que decía que iba en camino. Cuando llegó a su casa, la madre de él la recibió con un abrazo y una mirada compungida.

Tan pronto Izel encontró a Josh en su habitación, cerró la puerta a su espalda. Se quedaron allí un momento, sin decir nada, en un momento de shock compartido por la situación en que se encontraron al despertarse. Toda la escuela los vio a ambos enfrentarse a esos tres y aparecían muertos esa misma noche. Fuera cual fuera la realidad, podían estar seguros de que en toda la ciudad se hablaba de ellos de alguna manera. Josh rompió por fin el silencio entre ellos.

—¿Qué chingados está pasando?

—¡No sé, carajo! Todo es muy jodidamente loco, ¿no?

—¿Crees que la gente pensará que tiene algo que ver con nosotros?

Izel lo miró y puso los ojos en blanco:

—¡Por supuesto! Aunque no lo crean en serio, seguro que todo mundo ya está haciendo chistes sobre cómo Luna terminó el trabajo anoche.

—¿Ya lo sabe ella?

Izel no respondió, sino que se sentó en el suelo con la espalda apoyada en la cama de Josh. No sabía cómo contestar. Por supuesto, nadie le había dicho a Luna lo ocurrido, pero estaba segura de que ella lo sabía. Izel miró la cara de Josh, con la mejilla aún roja y ligeramente hinchada donde lo habían golpeado el día anterior, y no sabía cómo contarle sobre lo sucedido la noche pasada. O no era que no supiera cómo decírselo, sino que no sabía si podía ad-

mitir que una parte de ella de verdad creía que Luna tenía algo que
ver en todo eso. Empezó con poco.

—Luna me dijo algo anoche.

—¿Sí? ¿Supo algo?

—No. No. Ella no sabía nada, no creo que nadie le haya dicho
nada todavía, pero... —Izel hizo una pausa y dejó escapar un profundo suspiro—. Dijo que quería que esos tres murieran.

—Bueno, tiene sentido. Quiero decir, estaba furiosa con ellos,
¿no? Sería bastante normal decir una cosa semejante.

—Entonces dijo: «Espero que se ahoguen en su puta sangre».

—Eso ya es menos normal. Muy aterrador. Pero solo era una
niña enojada, ¿sabes? No es que lo dijera en serio.

Izel no se atrevía a enunciarlo abiertamente, así que solo se
puso a llorar. No podía admitirlo en voz alta. En lo profundo de su
ser sabía que algo andaba mal con Luna y una parte aún más profunda realmente pensaba que Luna les había hecho eso a los tres
chicos. El terror la invadió al pensar en ello. No solo le aterraba la
idea de que Luna le hiciera algo así, sino que la mortificaba sospe-
char así de su hermanita.

—¡Oye! ¡Ey! Todo va a estar bien.

Josh se deslizó hasta el suelo junto a Izel y la abrazó, repitiendo
una y otra vez variaciones de esa frase, tratando de convencerla de
que todo saldría bien. Ella lloró en su hombro y, estremeciéndose
entre sus lágrimas, le dijo lo asustada que estaba.

—Por favor, no pienses que estoy loca si te digo esto.

—Prometo no pensar que estás loca. Con lo que al parecer sucedió anoche, estoy dispuesto a creer cualquier cosa.

Izel sonrió débilmente.

—Bueno, ya sabes que fuimos a México con mi familia, ¿sí?

—Sí.

Izel comenzó a contarle la historia de su estancia en México, que él ya había escuchado antes, pero esta vez no se guardó nada. Le contó todo sobre la anciana, el andamio y los nahuas que fueron a visitarlas una noche. Se quedaron sentados juntos en el suelo de la habitación de Josh durante casi todo el día, hablando de lo ocurrido en México y de que Izel empezaba a pensar que había algo más grande en marcha.

Carmen estaba extremadamente ansiosa mientras conducía a casa después del trabajo. Ese día solo había podido pensar en la mirada que Izel le lanzó en la mañana cuando le dio la noticia de los tres chicos. No habían hablado de ello a bocajarro, pero Carmen necesitaba saber si Izel creía que Luna tenía algo que ver con lo ocurrido la noche anterior. No se atrevió a preguntárselo entonces, demasiado temerosa de que su propia hija la considerara una loca, pero después de que ese pensamiento la desgarrara mentalmente durante todo un día, sabía que no podría dejar que la noche terminara sin saber la respuesta.

Al estacionar en el acceso, una vez más se quedó sentada con el motor encendido. Al comienzo del día no conseguía salir y ahora una parte de ella tenía miedo de volver a entrar. Sacudió la cabeza y apagó el coche.

Una vez adentro, miró alrededor en busca de las chicas, sin ver a ninguna. Tampoco oyó a nadie moverse por la casa.

—¿Izel? ¿Luna? —llamó a sus hijas.

Al subir la escalera pudo escuchar un sonido proveniente del cuarto de Luna. Izel no parecía hallarse en casa, pero Luna sin duda tenía que estar allí. Algo ocurría en su habitación. Cuando Carmen se acercó, a través de la puerta le llegaron susurros y aleteos amortiguados. Por primera vez en mucho tiempo parecía que no estaba cerrada con pasador; Carmen se detuvo tras girar el picaporte y abrió muy lentamente. Estaba tan oscuro que apenas podía ver dentro, incluso con la luz de la casa a su espalda. Cuando sus ojos al fin se acostumbraron, pudo ver de dónde provenían los sonidos de aleteo. Cientos de bichos volaban por la habitación, chocaban contra la puerta y pasaron junto a su cabeza cuando abrió un poco más. La luz detrás de ella cayó sobre los pies de la cama de Luna, donde estaba asentada la piñata, que palpitaba y brillaba húmeda bajo la tenue luz que se filtraba. Carmen quedó pasmada por su terrible aspecto.

Abrió la puerta de par en par, al percatarse de que era la piñata de la obra y comprendió lo que Alma trataba de explicarle en el hospital. Cuando la luz inundó la habitación, un movimiento en los márgenes atrajo su mirada hacia arriba. Cerca del techo, por encima de la cama, Luna flotaba en el aire, sostenida por un lecho de insectos voladores. Giró la cabeza para mirar a su madre, con ojos negros como la obsidiana, y habló.

—El Mictlán se levanta. La venganza llegará a la Tierra y los muertos robarán el sol de regreso para ellos.

Era la boca de Luna la que se movía, pero el sonido parecía venir de todos los rincones de la habitación. Era avasallante y ensordecedor. Lo único que Carmen podía oír era la terrible voz extraterrestre penetrando en su mente. Intentó taparse los oídos mientras los grillos empezaban a cantar, zumbando su horrible canción, que le hacía vibrar el cráneo.

—¡Luna! —gritó, pero ni siquiera pudo escuchar su propia voz.

El sonido era tan potente y doloroso que estaba segura de que su cabeza iba a implosionar y, por un instinto de supervivencia, volvió a cerrar la puerta de golpe. El sonido cesó y la presión se alivió en su cabeza. Se desplomó en el suelo con la espalda apoyada en la puerta de Luna y empezó a llorar, alargando la mano para palpar el picaporte, que volvía a estar cerrado.

26

quella noche Quauhtli trabajaba en el monasterio, como hacía a menudo. Le gustaba el silencio y, en la soledad del lugar, sus sonidos antiguos y torturados eran como ecos de épocas más miserables que la suya. Podía pasarse la noche entera entre los crujidos de las viejas vigas que sostenían el techo, los quejidos de la madera en contracción y expansión. Le parecía imposible ser el único que percibía la historia en el viejo y fatigado material de esos muros. Imaginando el lugar lleno de turistas, se preguntó si oirían aullar esos ecos de la historia, amortiguados, desde el interior de los muros de piedra limpios de la sangre que los había fraguado, pero igualmente manchados.

Esa noche intentaba terminar unos ornamentos de madera que debía reparar y pintar. Había prometido que estarían listos esa semana. Miller no tenía ningún interés en lo que hacía, ni siquiera hablaba con Quauhtli la mayor parte del tiempo. A Quauhtli no le molestaba demasiado. No necesitaba que le explicaran una y otra vez su trabajo o los plazos. Nadie se metía con él y esa era una de las cosas que más le gustaban de trabajar allí. Conocía la historia de cada rincón del monasterio, su arquitectura y decoración, lo que faltaba y lo que sobraba, los cambios de tema y las remodelaciones. Las estatuas, los iconos, las pinturas, los retablos, los candelabros, los relieves, las tallas de las columnas que a veces mostraban una variedad de estilos incorporados en diferentes periodos, siguiendo las tendencias de su tiempo y sin mucha consideración por la coherencia estética. Sabía ser fiel al espíritu artístico de la construcción y respetar el trabajo de los numerosos artesanos y albañiles de la obra, la mayoría indígenas, que a lo largo del tiempo habían añadido y quitado elementos por diversas razones.

Quauhtli estaba subido en un andamio, pintando, cuando oyó un grito, un aullido electrizante que no podía confundirse con los sonidos propios del edificio. Se quedó paralizado. Con el cuerpo rígido, solo sus ojos se movían, recorriendo la oscuridad en busca de su procedencia. Por un momento pensó que ocurría un asesinato dentro del monasterio. Su instinto de suponer lo peor le llenó la cabeza con la imagen de que la obra vacía era utilizada por una banda que pasaba por allí para encargarse de algún pobre soplón o policía. No era la idea más absurda. Había trabajado en suficientes construcciones como para haberlo visto antes. En una ocasión, llegó a una construcción en el norte de Hidalgo y se encontró con una multitud de obreros alrededor de una lona manchada de sangre, echada deprisa sobre algún desafortunado, tirado entre la madera descartada. La lona de plástico era tan opaca como para difuminar la espantosa visión, pero no lo suficiente para ocultarla. Algunos de los trabajadores con más curiosidad morbosa la levantaron cuando Quauhtli decidió alejarse.

Bajó con cuidado, tratando de no hacer ruido. Caminó entre las sombras lentamente, atravesó un corredor y luego otro, y de repente escuchó voces. Se escondió contra la pared hasta que oyó una voz conocida.

—¿Quién está ahí?

—Soy yo, don Sebas.

—¿Qué pasó, Quauhtli? ¿Me quieres matar de un susto? No te había visto y no tenía idea de que anduvieras por aquí.

—He estado aquí toda la noche —señaló hacia la nave central—. Estaba trabajando y oí un grito.

—Ah, perdón. Es *Radio Muerte*, el programa. ¿Lo has oído mencionar? —dijo don Sebas, mostrándole su viejo y ruidoso radio—. Lo escucho desde hace tiempo.

—Sí, don Sebas, todo mundo ha oído hablar de *Radio Muerte* —respondió con una sonrisa—. Ya casi acabo aquí. Quiero terminar unas cosas en la pared de la nave central y me voy.

—¿Necesitas calentarte un poco? —Don Sebas le tendió una botellita de un cuarto de litro de mezcal y la agitó.

—No, gracias. —Quauhtli rechazó el ofrecimiento y sonrió—. Tomar mezcal y subir a un andamio no parece buena idea, ¿verdad?

Quauhtli volvió al trabajo. Ahora se sentía un poco tonto al asustarse tan fácilmente, y se reía de sí mismo mientras subía al andamio. Sin embargo, cuando llegó arriba, su sonrisa pronto fue sustituida por un espantoso sudor frío. Se sintió crispado de ansiedad y miedo. Al mirar hacia una sección de la pared cerca de donde colgaría el ornamento, vio algo que sobresalía. En la oscuridad era difícil distinguirlo, pero el bulto se deslizaba hacia él, estirándose contra la superficie como si la mampostería tuviera una piel invisible. Al llegar hasta él, Quauhtli vio su forma presionada contra el velo que separaba su mundo del de los muertos: una mujer. Era esquelética y en su mano pudo distinguir un garrote de obsidiana.

Quería negarse a creer que veía algo así. Incluso hizo ademán de recoger sus herramientas como si reanudara su trabajo, pero las manos le temblaban demasiado como para sujetar algo. No podría bajar el andamio de esa manera.

—Tienes miedo, Quauhtli —dijo el espectro en náhuatl.

Así que también era obvio para el fantasma. La mente de Quauhtli naufragaba. Aun después de oír a Yoltzi hablar de espíritus durante años y crecer con descripciones e historias de los dioses, no estaba en absoluto preparado para un encuentro tan vívido.

—Tú y tu amiga deben apartarse de lo que no les concierne. Es hora de la venganza —continuó la voz.

—Si tú lo dices.

—Tú habrás de ser un hombre poderoso. El pueblo regresará del Mictlán para exigir lo que nos corresponde. El inframundo se vaciará en el mundo de los vivos a través de la niña. Ella será el recipiente de nuestra venganza.

—Lo que veo es a mi gente siendo arrastrada al Mictlán.

—Muchos más morirán. Tú y tu amiga son nobleza. Todavía se llaman nahuas. Reconocen la sangre que corre por sus venas como tal, a diferencia de tantos otros que deciden ignorarla. Pueden vivir como príncipes o ser devorados como perros.

Las paredes estaban llenas de sombras que se movían rápidamente: siluetas de hombres, mujeres y niños que corrían con desesperación de un lado a otro. Entonces el esqueleto desapareció. Quauhtli sacó su lámpara para comprobar si seguía allí. Sus manos seguían temblando. Las sombras continuaban moviéndose con frenesí entre las paredes blancas. Había un hedor pútrido. Quauhtli no creía poder seguir trabajando allí; bajó del andamio sin recoger sus cosas y corrió hacia su camioneta. Eran casi las dos de la mañana y fue por la autopista tan rápido como se lo permitía su viejo vehículo.

No había viento, y el interior de la camioneta estaba todavía viciado y caliente por permanecer todo el día bajo el sol. Abrió la ventanilla para que entrara el aire fresco de la noche cuando lo alcanzó otra camioneta con media docena de hombres armados con fusiles AK-47 en la parte trasera. Las máscaras que les cubrían el rostro estaban decoradas con calaveras prehispánicas. Quauhtli siguió conduciendo sin mirarlos directamente, solo echando miradas furtivas por el retrovisor. Aunque les temía, por supuesto, en ese momento se asemejaban tanto a los espíritus que parecían rondar la Tierra que no se le ocurrió otra cosa que ignorarlos. Al negarles su miedo tal vez podría conseguir que se alejaran como un espíritu malvado.

Quauhtli había crecido viendo a suficientes chicos unirse a los hombres que iban detrás de él para saber cuán semejantes eran. Había cierta rabia en su interior, un sentimiento de que les habían arrebatado algo, algo que debía haber sido su derecho. Desde el momento en que nacían era como si para ellos fuera imposible una vida próspera. Incluso si tenían oportunidad, para cuando eran adolescentes la promesa de dinero fácil y de poder era demasiado tentadora para dejarla pasar. Los hombres en esa camioneta detrás de él también querían venganza, igual que los espíritus, solo que no lo sabían. Venganza contra la historia, cobrada cada día en la gente equivocada.

Le siguieron el paso durante unos minutos sin hacer nada. De repente, uno de ellos dio una orden y el conductor aceleró, rebasando a Quauhtli. Cuando pasó por la plaza Morelos, observó que otro grupo de hombres tenía a varias personas arrodilladas. Había una hoguera sobre uno de los prados.

—Tierra sin ley —dijo en voz alta.

Cuando llegó a su casa, encontró a Yoltzi de pie en la sala con las maletas hechas y una mirada desafiante. Había dicho el otro día que quería ir a ayudar a Luna, pero a pesar de lo confiada que se veía allí en su sala, Quauhtli sabía que no estaba en condiciones. Llevaba en su casa desde que la encontró bajo la mesa y todavía no entendía nada que no fuera náhuatl. No sabía cómo esperaba llegar a la frontera, y mucho menos cruzarla.

—Estoy lista para irme.

—Piénsalo bien, por favor. Estás arriesgando tu vida por gente que apenas conoces.

—No lo entiendes. No se trata de que las conozca o no las conozca. Esa niña corre por mis venas, y por las tuyas. No sé cómo, pero ahí está. Estas fuerzas que intentan poseerla son las mismas que han roto todo lo que somos y por lo que vivimos.

—¿Cómo puedes estar tan segura?

—Las señales están ahí. Las he visto por todas partes. Lo que le pasa a la niña es lo mismo que está pasando aquí, y si no detengo lo que le sucede no creo que haya esperanza. Tampoco para nosotros aquí.

—¿Es todo lo que llevas?

—No necesito nada más.

—Podría ser un viaje largo. Escúchame. Si hablas con el alcalde y le explicas que tienes que ir a ver a tu hermano y te inventas algo para que parezca urgente, tal vez pueda ayudarte a conseguir la visa e ir legalmente, en avión. Yo te ayudo con el dinero para el boleto y todo lo demás.

—Quauhtli, ya sabes cómo es esto. Aun con su ayuda, sería difícil que me dieran la visa. Y, de cualquier manera, tomaría semanas, incluso meses. No hay tiempo.

—Es demasiado peligroso.

—¡Es peligroso aquí! —señaló alrededor—. ¿Recuerdas cuando era raro que mataran a alguien? Ahora desaparece gente todos los días y hay fosas clandestinas con cuerpos descuartizados y quemados, cadáveres colgados de los puentes, cabezas en los parques. Hay una epidemia de mujeres violadas y asesinadas. Eso es lo normal ahora.

—¿Y crees que eso va a cambiar si te enfrentas a los espectros en el norte?

—No lo sé. Solo sé que he visto el dolor del espectro que persigue a la niña. Está muy enojada, Quauhtli. Ha olvidado cualquier bien existente en el mundo de los vivos, ya que solo puede ver que quiere venganza. ¡Pero yo la vi! Vi quién era cuando vivía. Puedo recordarle que ella también estuvo entre los vivos y que no todo es malo aquí. Puedo hacerle entender que los vivos son capaces de vivir bien.

Quauhtli vio en sus ojos llenos de lágrimas que no podría convencerla de quedarse.

—Sigues viendo y oyendo cosas, ¿verdad?

Ella asintió.

—Entonces tendré que comprarte el boleto de autobús.

Quauhtli la llevó a la estación de autobuses. Condujo con cuidado. Temía encontrarse con la misma patrulla que había visto antes. Si lo veían con una mujer, las posibilidades de que lo detuvieran eran aún mayores. Quauhtli trató de mantener la conversación.

—Llegar a la frontera es la parte fácil. ¿Qué harás después?

—No te preocupes. Mi hermano me envió una lista de todo lo que tengo que hacer, a quién debo contactar y demás.

—Sabes, hay gente que para estos autobuses y secuestran a todos los que viajan.

—No te preocupes.

Llegaron a la estación de autobuses poco después de las tres de la madrugada. Solo había unas pocas personas merodeando afuera del pequeño y deprimente tugurio con su zumbido fluorescente en la noche desierta. Las polillas rebotaban contra las duras luces blancas del exterior de la estación. En el mostrador, Quauhtli miró alrededor pensando que podría ser la persona más vieja del lugar. En el interior había gente joven sentada con maletas de tela, viejos abrigos y en los ojos el brillo de la promesa de una nueva vida y miedo de no vivir para ver otro amanecer. Habló con el empleado del mostrador y le consiguió a Yoltzi su boleto.

—Bueno, nos vemos... algún día, supongo —dijo.

Quauhtli no era muy bueno para mostrar afecto, y Yoltzi tampoco. Pensó en abrazarla para despedirse, y ella también quería hacerlo, pero se quedaron quietos, mirando al suelo. Él le tendió la mano y ella se la estrechó. Él le sujetó el hombro con la mano libre.

—Adiós, cuídate. —Forzó una sonrisa.

—Tú también.

Se volvió y salió por la puerta. Se dirigió al estacionamiento, subió a su camioneta y respiró profundo. Puso la llave en el encendido, pero no pudo girarla. Se quedó allí en silencio. Vio pasar una Suburban negra a toda velocidad, y detrás de ella dos patrullas de la policía con las sirenas encendidas. Detrás de ellos iban dos camionetas con ametralladoras.

—¡Carajo! —Quauhtli golpeó la palma contra el volante.

Sacó una pequeña mochila de abajo de su asiento, se puso una chamarra de mezclilla y volvió a caminar hacia la estación de autobuses. Había un cajero automático y sacó todo el dinero que pudo. Se dirigió a la sala de espera del autobús a Ciudad Juárez. Vio bastante gente, muchos de ellos durmiendo en las bancas, algunos en el suelo. Yoltzi estaba de pie junto al ventanal. Miraba los autobuses y a la gente en la oscuridad.

—Vamos.

—¿A dónde?

—Te voy a llevar a la frontera. Mi camioneta aguantará el camino.

—No me compliques las cosas, Quauhtli.

—Te dejo en la frontera y regreso.

—Olvídalo. No tiene caso. Ya tengo mi boleto.

—Sí tiene caso. A la chingada el boleto.

—Quauhtli, no puedes protegerme siempre.

—Ahora mismo apenas puedes hablar con la gente. Pude ver en tu cara hace un momento que tenías problemas para responder. No hacías más que mirar al empleado. No puedo dejar que trates de llegar a la frontera por tu cuenta tal como estás ahorita. Tal vez no pueda cruzar contigo, pero al menos puedo asegurarme de que llegues lo suficientemente lejos para tomar tus propias decisiones pendejas.

Recogió las maletas y echó a andar hacia la camioneta antes de que ella pudiera contestar. Cuando ella asomó a la entrada para volver afuera, la puerta del copiloto ya estaba abierta y Quauhtli en el asiento del conductor. El motor estaba en marcha.

erón pasó todo el día en los archivos eclesiásticos. Había una interesante aunque caótica colección de todo tipo imaginable de documentos. Era evidente que nadie acudía a investigar desde los tiempos de la Revolución mexicana. Encontró manuscritos educativos del siglo XVI, una factura por venta de ganado de 1867, anuarios que detallaban los esfuerzos de los evangelizadores y crónicas del trabajo comunitario. La mayoría de los documentos tenían relación con las finanzas del monasterio, la administración diaria de la institución y el régimen de la propiedad. Había algunos interesantes sobre la relación entre los agustinos y los dominicos, así como sobre misioneros itinerantes. Se topó con algunos testimonios e informes sobre herejía y satanismo de 1715, así como las medidas ordenadas por la Corona para la segunda conquista: la conquista espiritual. Le interesaba más dar con cualquier cosa relacionada con las piñatas y su vínculo con las *tzitzimime*. Imaginó que sería difícil localizar algo acerca de la llegada de las *tzitzimime* a la Tierra, pero tal vez podría hallar una referencia indirecta.

Verón estaba a punto de rendirse a las seis. Tenía hambre, le escocían los ojos y el polvo viejo había penetrado profundo en su nariz. Reunió algunos de los documentos que le parecieron interesantes, aunque no tuvieran relación directa con su investigación. La iluminación era pésima. Justo en ese momento llegó el padre

Saldívar. Tenía más de ochenta años y llevaba la mitad de ellos a cargo del archivo.

—Hijo, me dijeron que viniste en busca de unos documentos.

—Así es, padre, pero no pude encontrar ninguno.

—¿Puedo saber qué buscas?

—Puede parecer una tontería, pero me gustaría saber si se ha documentado la presencia de piñatas indígenas, *tlapalxoktlis*, en el templo durante los primeros años de la fundación del monasterio.

—Interesante. —El anciano estudió los estantes de material antiguo—. ¿Hay alguna razón para tan repentino interés por viejas vasijas de barro?

—Es complicado, padre. Pero ¿ha oído hablar alguna vez de las *tzitzimime*? —preguntó, riendo nerviosamente.

Saldívar asintió:

—Cosas del fin del mundo. Demonios bajando del cielo.

—¿Sabe al respecto?

—Sí, por supuesto. Tenía que aprender algo rodeado de todos estos viejos papeles. Siempre he tenido una cierta fascinación morbosa por las versiones del apocalipsis de otras culturas.

—¿Qué más sabe de ellas?

—Era una función de su calendario. Los nahuas celebraban la ceremonia del fuego cada cincuenta y dos años. Era una función de su calendario, que en realidad eran dos calendarios: uno espiritual de 260 días y otro solar de 365. Cada día de ambos calendarios estaba dedicado a diferentes dioses y espíritus, ¡cientos de significados diferentes para cada día durante cincuenta y dos años! Realmente te hace agradecer tener que preocuparte solo por un Dios y un puñado de santos, ¿no es cierto? —Saldívar se rio y le sonrió a Verón—. Me resulta bastante interesante lo de los calendarios separados, una práctica tan literal y cotidiana de separar la vida cívica y práctica de la del espíritu. También, que su calendario espiritual se basara en la duración de la gestación. Siempre me ha fascinado cómo elegimos contar el tiempo conforme a nuestra...

—¡Padre! —Verón atajó la divagación del viejo erudito. Sabía que Saldívar era una fuente impresionante de conocimientos, pero ya lo había oído disertar antes. Si le permitía empezar a pontificar, nunca obtendría una respuesta. Verón se aclaró la garganta—. ¿El fuego nuevo y las *tzitzimime*?

—¿Eh? Ah, sí. Los calendarios se volvían a alinear cada cincuenta y dos años. Era la celebración más importante de sus vidas, el cierre y la apertura de un nuevo siglo espiritual. Era un tiempo entre tiempos, cuando el estado del universo era incierto. La gente se deshacía de sus pertenencias, hacía sacrificios y todos los hogares debían apagarse, excepto por un fuego sagrado. De ese único fuego del siglo pasado se encendía uno nuevo para comenzar el siguiente.

»En su cosmogonía, vivían bajo el quinto sol. Cuatro generaciones de la raza humana habían sido aniquiladas antes que ellos, junto con los cuatro soles previos. En estas alineaciones cada cincuenta y dos años, no estaban seguros de que el sol volviera a salir. Se consideraba una época peligrosa y de mala suerte. Se realizaban rituales masivos de oración, canto, danza y sacrificio.

—Para mantener el sol vivo en el siguiente ciclo.

—Exactamente. Las canciones eran tan intrincadas e importantes que se dice que el tamborilero que perdía el ritmo era ejecutado.

Verón trató de animar al archivista con un poco de su humor:

—Cincuenta y dos años para ensayar una canción que impidiera el fin del mundo tenía que ser, sin duda, una actuación de muy alto nivel.

—Bueno, la última celebración fue en 1507. Ese año tuvieron la más fastuosa de la historia de Mesoamérica. Asistieron los señores de Tenochtitlán, Texcoco y Tacuba. La siguiente habría sido en 1559, pero no se celebró por la conquista.

—El fin del mundo ciertamente nunca viene de donde uno espera, ¿verdad?

—Sí. Uno se pasa la vida adorando a cientos de dioses de muchas caras para evitar que el sol se apague, solo para que un español con pólvora y la nariz mocosa nos tire el cielo encima. Hace que te preguntes qué tan equivocados estamos acerca de nuestro propio día del juicio. Llevamos dos milenios esperando el Apocalipsis de Juan y habría que pensar en quién será nuestro conquistador agripado.

—Sí, por supuesto. —Verón se retorcía para sacarle la respuesta que necesitaba al sinuoso anciano—. ¿Y dónde entran las *tzitzimime* en todo esto?

—Las *tzitzimime* eran las diosas del cielo nocturno, seres enormes que vivían en la oscuridad del cosmos; tan solo sus articulaciones estaban formadas por estrellas enteras. Si no salía un nuevo sol al amanecer del nuevo siglo, las *tzitzimime* descendían y devoraban la Tierra. Eran las mujeres guerreras que habían muerto durante el parto, símbolos de la muerte tan estrechamente aferrada a la nueva vida. Se mencionan en el Códice Magliabechiano —dijo el padre Saldívar, refiriéndose al documento azteca del siglo XVI.

—¿Así que solo eran una amenaza durante la víspera de esta ceremonia?

—Sí, se supone que esa es su única oportunidad. Si durante los cinco días aciagos del nuevo siglo las ceremonias del fuego nuevo no eran suficientes, las ofrendas no bastaban para mantener el sol o la música de la oración desafinaba, las *tzitzimime* oscurecerían el cielo y destruirían a la humanidad —se rio, mostrando una dentadura ruinosa y amarillenta.

—¿Y cuándo tendrá lugar la próxima ceremonia del fuego nuevo?

—No sé, hijo. Haz las cuentas.

Verón sacó su celular. Tecleó 1559 y siguió añadiendo 52. 1611, 1663, 1715, y así hasta llegar a 2027.

Este año, 2027 —dijo, en parte nervioso y en parte divertido—. Justo ahora.

—¿Estás seguro?

Verón volvió a comprobarlo y obtuvo el mismo resultado.

—Sí, estoy seguro. ¿En qué época del año solía efectuarse la celebración?

—Algunas fuentes dicen que en diciembre, pero es difícil saber. Muchos estudiosos modernos han tratado de correlacionar el calendario con el cómputo gregoriano moderno.

—Pero el clima no era demasiado frío en estas zonas.

—Es cierto, pero los aztecas venían del norte. Conocían el invierno, y utilizaban las cosechas y las estrellas para guiarse. Por esa razón, el marcador más evidente de la estación habría sido el equinoccio.

—Padre, ¿qué más sabe de estas monstruosidades?

—Que sus víctimas favoritas eran las mujeres embarazadas, a las que transformaban en otras de ellas. Ah, y por supuesto los niños.

—¿Niños? ¿Está usted seguro?

—Sí, por supuesto. Chicos y chicas. Podríamos ir a la biblioteca episcopal de Puebla. Allí hay un documento del siglo XVIII al respecto, si no recuerdo mal. Es algo bastante extraño. Lo leí hace años, así que no recuerdo mucho. Creo que el autor era un tal Sebastián Melgar.

Verón se fue muy animado. Le gustaba la idea de visitar Puebla. Era un viaje corto y podía estar de vuelta en casa el mismo día.

No se atrevió a preguntarle directamente al padre Saldívar si era posible exorcizar una monstruosidad semejante, pero al menos se sentía un poco menos perdido en su búsqueda.

Por la mañana Verón se levantó más temprano que de costumbre. Se preparó algo para desayunar y un sándwich para comer en el camino. Estaba entusiasmado por visitar La Cordial y pedir un buen plato humeante de mole antes de volver. Salió temprano para evitar el tráfico. Mucha gente que trabajaba en Puebla hacía el mismo trayecto. Durante el camino, pensaba en lo que le había dicho el padre Saldívar. Tal vez no averiguaría nada más y con lo que le contó el anciano sacerdote tendría que arreglárselas. Iba perdido en sus pensamientos cuando de pronto se dio cuenta de que ya estaba en el centro de Puebla.

Lo recibió el sacerdote encargado del archivo, el padre Antón Juárez-Valdivia, un hombre de cuarenta y tantos años con un gran bigote y la cabeza calva. Tenía acento español, quizá andaluz. Le costó bastante convencerlo para que le permitiera rebuscar entre los antiguos documentos sin ningún nombramiento ni formación en el manejo de materiales de archivo. El jefe de archivo estaba de sabático y no volvería para guiar a Verón entre los materiales durante al menos dos semanas más. Verón estaba a punto de intentar sobornar a su colega sacerdote cuando Antón cedió al fin, haciendo que Verón jurara por su fe que volvería a poner todo exactamente donde lo había encontrado, a lo que él, por supuesto, accedió. Verón metió las manos en los guantes de nitrilo que recibió mientras lo conducían al interior de la antigua biblioteca y Antón lo dejó allí.

Verón se dirigió a la estantería, comprendió cómo estaba organizada y encontró la parte del archivo que le interesaba. Sacó sus apuntes del día anterior y se concentró en hallar el texto del tal Melgar, mencionado por el padre Saldívar. Revisó el códice y algunos manuscritos, fascinado. Le hubiera encantado tener más tiempo para leer tranquilamente. No tardó más de unos minutos en dar con el texto de Melgar. Supo de inmediato que era el documento del que habían hablado. Era un testimonio sobre ciertos procesos evangélicos escrito para el cardenal, con el fin de integrar un oficio que sería presentado al virrey.

Hablaba de las costumbres indígenas y de los programas educativos para los niños. De paso, mencionaba que habían instruido a los niños romper los ídolos de sus padres, con el fin de liberarlos del embrujo de los demonios a los que servían. Los objetos que habían roto eran las piñatas, las *tlapalxoktlis*. Al parecer eran objetos repulsivos hechos de sangre, pelo, barro, entrañas zurcidas con fibras y con forma de demonios. Melgar no había entendido el simbolismo de las piñatas: por un lado, decían venerarlas; por otro, las rompían para liberar espíritus. Verón no tenía claro cuál era el castigo, teniendo en cuenta que aquellos objetos estaban hechos para ser rotos.

«¿La parte transgresora era romper las piñatas sin ceremonia?», se preguntó.

Evidentemente, los monjes eran iconoclastas. Se dedicaron a convertir estatuas en piedras para construcción o estatuas de santos y crucifijos. Verón pensó en cuántas de las piedras que habían estado moviendo en el monasterio como parte de la remodelación fueron en su día artefactos sagrados, partidos y reutilizados como ladrillos para la construcción de las estructuras opresivas de la iglesia. Las figuras de arcilla se rompían, se enterraban o se arrojaban al río. Él y Quauhtli solían hacer comentarios triviales sobre la historia entre sus dos culturas, pero leer un relato como el de Melgar hizo que Verón se sintiera terriblemente culpable.

Sabía que sus predecesores no habían sido auténticos santos, pero la destrucción gratuita de la cultura nahuatlaca era repugnante. No suficiente para hacerle cuestionar su fe, pero sí el techo bajo el que la practicaba.

De cualquier manera, el autor señalaba que romper esas piñatas desató la furia de las *tzitzimime*. Estos demonios ascendían desde el inframundo del Mictlán en busca de venganza. Tenían el poder de enloquecer o llevar al suicidio a cualquiera que las viera. Una vez que llegaban a la superficie de la Tierra, se metamorfoseaban en polillas negras y grandes saltamontes, aunque a veces se mostraban como viejas arpías. Los antiguos nahuas afirmaban que cuando las *tzitzimime* aparecían, se acercaba el fin del mundo.

Si no se les detenía, podían destruir a toda la humanidad. Melgar describía que estos seres habían hecho que seis vigías se desmembraran entre sí, y tres religiosos murieron en circunstancias sospechosas: uno empalado, otro incinerado y otro decapitado, al parecer por propia mano. Las muertes hicieron huir a varios monjes. Buscaron al único sacerdote nahua sobreviviente para exigir su ayuda y derrotar a las *tzitzimime*, que asolaban el monasterio y el convento. Cuando por fin encontraron al viejo chamán y lo arrastraron hasta el lugar, Melgar solo describía vagamente que el sacerdote «efectuó un ritual nahua de oración y canto» y la plaga de muerte cesó. Ese era el final del documento. El códice no explicaba cómo detuvieron la plaga en ese tiempo.

———

Verón se despidió y dio las gracias al padre Antón. El camino de vuelta fue ciertamente más agotador que el de ida. El tráfico era intenso. Llegó a casa cuando anochecía. Se sentó en la mesa del comedor y releyó sus notas.

Se instaló en su habitación y llamó a Carmen. Prometió que investigaría sobre las cosas que le contó y lo había hecho, aunque dudaba en llamarla sin tener una solución real a mano. Lo mejor que podía ofrecerle parecía ser el origen de un problema que no tenía forma práctica de resolver. Todo el tiempo transcurrido en el archivo solo lo orientó hacia una forma de identificar posiblemente lo que ocurría, pero no había ninguna clase de ritual o invocación que se le ocurriera para ayudarla.

Marcó y rápidamente escuchó el clic de la línea.

Ninguno de los dos habló por un momento, pero Carmen rompió el silencio.

—¿Padre?

—Sí, Carmen, soy yo. Acabo de volver de los archivos eclesiásticos. He estado investigando las posibles razones espirituales de lo que describiste que le pasa a Luna y no estoy seguro de haber llegado a algo concluyente.

Prácticamente podía oír su respiración agitada al otro lado de la línea.

—Aunque no sea concluyente, por favor, solo dígame que al menos sabe algo. Sé que cuando le llamé el otro día no tenía claro lo que sucedía y quizá pensé que estaba un poco paranoica, pero...

A pesar de todo lo que Verón había hecho para investigar las afirmaciones de Carmen, se sentía cada vez más preocupado. No estaba preparado para lo que Carmen parecía dudar tanto en contarle.

—¿Sí?

—Ahora sé que es verdad. Sé que hay algo dentro de Luna. Se ve en sus ojos, pero no es ella. He estado fingiendo que no lo noto, que puedo vivir con ello, pero ya mató a tres chicos en nuestra ciudad y creo que solo empeorará.

—Escúchame entonces, Carmen, voy a ir a Nueva York. Creo

que esto tiene que ver con el Año Nuevo azteca. Hay una antigua tradición nahua llamada «ceremonia del fuego nuevo» o «atadura de años», que al parecer estaba destinada a evitar cosas como esta. No sé nada sobre el panteón de los dioses aztecas o sus creencias, pero el momento parece tener sentido. El comienzo de los días malos está previsto para el 26 de septiembre, así que creo que será cuando cobre mayor intensidad.

—¿Por qué viene a Nueva York entonces, padre?

—No puedo realizar ningún rito nahua, pero intentaré llevar a cabo un exorcismo. Es todo lo que tengo en mi poder contra una amenaza espiritual como la que ustedes enfrentan.

—¿Cree realmente que...?

—No lo sé, pero es lo único que se me ocurre hacer por ti y tu familia. Estaré allí el día 26.

Terminaron la llamada y Verón se dedicó a programar su vuelo a Nueva York para la semana siguiente.

28

Carmen apenas durmió esa noche. El sueño se le había vuelto algo desconocido. Ni siquiera recordaba la última vez que había descansado una noche completa. En algún momento previo al viaje a México, seguramente. Dios, de eso hacía meses. Desde entonces, lo único que conocía por la noche era su perspectiva del techo. Carmen yacía en la cama mirando ese mismo techo, pensando en lo mucho que extrañaba la época anterior a encargarse de la remodelación del monasterio. Padecía en su interior el dolor del deseo imposible de regresar y rechazar la oportunidad de mostrarles a sus hijas de dónde venía su familia. Incluso volvería y cambiaría toda su carrera si eso significara ya no sentirse así.

Aquí estaba ella, una mujer adulta, acostada con miedo a su propia hija. Era como si hubiera un animal peligroso enjaulado en el pasillo, tras la puerta cerrada de Luna.

Carmen pensó en la niña que recordaba saltando entre los puestos del mercado de Tulancingo, en la sonrisa radiante de Luna y su risa estridente llenando el aire. Se le rebosaron los ojos de lágrimas al imaginar a esa misma niña atada a una silla y destrozándolo todo mientras Verón le lanzaba agua bendita y gritaba en latín. ¿Qué diablos estaba a punto de hacerle a su propia hija?

Josh llegó la mañana del sábado a ver a Izel. Nadie había dormido bien y recibió un alarmante mensaje de Izel, rogándole que fuera a recogerla. Estaba nervioso.

Izel salió corriendo por la puerta principal y fue hacia el coche de Josh. No quería seguir allí. Todo era muy extraño.

—Vamos, nomás, adonde sea. No puedo estar aquí. La casa es asfixiante. Está embrujada.

Nunca pensó utilizar ese término para referirse a su propio hogar, pero la realidad era un concepto que no resultaba muy claro en ese momento.

Él no sabía qué decir. Quería estar con ella y compartir su angustia y su ansiedad, pero se alegraba muchísimo de poder volver a casa cuando quisiera, desconectarse del extraño y delirante mundo de Izel.

—¿Tienes hambre?

—Sí. No. No sé. Solo quiero irme.

Josh aún no había comido nada esa mañana, y decidió ir por comida rápida.

Subieron al coche y Josh condujo durante diez minutos hasta el McDonald's más cercano. Empezaba a nevar, apenas unos copos aquí y allá.

—No es posible que esté nevando ahora, ¿cierto? —dijo Josh.

Un viento gélido los recibió al abrir las portezuelas hacia el estacionamiento. Izel contempló en lo alto los copos dispersos que caían desde el cielo de color pizarra y atrapó uno en su manga, observando la evidencia indiscutible antes de que se fundiera en la tela.

—Es nieve —dijo con voz átona y apagada como el techo de nubes.

—De seguro es el planeta recordándonos que está muriendo. La corriente en chorro saliéndose de posición, tratando de alcanzarnos y congelarnos sin que nos demos cuenta —Josh se rio—. Estamos demasiado jodidos.

Ella se quedó mirando el cielo sobre la ciudad mientras caminaban por el estacionamiento, resintiendo el aire frío en los ojos y la nariz. Normalmente se uniría a Josh con una broma acerca de que los *boomers* les habían dejado un mundo moribundo o algo así, pero pudo sentir en el estacionamiento el mismo pavor que antes en su casa. Ahora eso se fugaba al mundo real, al exterior. No era el planeta recordándoles el cambio climático. Era lo que estuviera dentro de Luna, recordándole a Izel que la esperaba cuando volviera, que era inevitable.

Él pidió una Big Mac, McNuggets, una orden grande de papas fritas y malteadas de vainilla para ambos. Ella no podía entender lo sucedido, pero en ese momento se resignó a no buscar una explicación. Llegaría tarde o temprano. Se sentaron junto a la ventana. Estaba casi vacío; no era la hora habitual de comer una hamburguesa. O eso quería pensar Izel. Josh comía con voracidad. Ella se quedó mirando la mesa de plástico prefabricada entre ambos, no tenía hambre.

—Mira —dijo Josh, señalando la ventana—. ¿No dijiste que una nube negra como esa estaba afuera de tu ventana hace unas semanas, cuando las cosas empezaron a ponerse raras?

Izel levantó la vista y vio a lo lejos miles de mariposas negras revoloteando como olas, encrespándose y rompiendo solo para multiplicarse, como fractales de Mandelbrot.

—Rayos... primero este frío rarísimo, y ahora... Tal vez creyeron que les quedaban dos semanas más o menos para migrar —Josh seguía comiendo—. Todas van a morir, ¿no?

Terminó su comida. Izel apenas le había dado unos sorbos a su malteada. Las mariposas se acercaban por momentos. Izel empezó a temblar. El pavor que había sentido en el estacionamiento aumentó al acercarse las mariposas, palpitante y expandiéndose hasta volverse un terror que la envolvió toda. Era como si su propia piel quisiera arrancársele del cuerpo y le gritara que se fuera de allí, que huyera.

—Algo va mal. Vienen hacia nosotros —dijo.

—Okey, okey, pero mira sus movimientos, la precisión. Nunca había visto algo así. Es casi como una actuación. Como si danzaran, o deletrearan algo. Siguen moviéndose en los mismos ciclos.

Las mariposas se acercaron rápidamente, y antes de que ellos pudieran decir nada, se estrellaron contra los grandes ventanales del McDonald's. Los empleados salieron de atrás del mostrador para ver. Izel le gritó a Josh, que parecía hipnotizado ante el espectáculo.

—Josh, ¡vámonos!

La ventanilla del servicio para llevar estaba abierta y los insectos inundaron el restaurante por la cocina. Al verlos, Josh se levantó por fin, agarró la mano de Izel y corrió hacia la puerta, pero ya la atacaban desde el exterior. La masa de alas negras golpeaba el plexiglás por fuera, rebotando y amenazando con engullirlos si intentaban abrir. No podían salir, y había más y más mariposas dentro del restaurante. Los empleados agitaban sus utensilios y las charolas como armas improvisadas para tratar de alejarlas o matarlas, pero eran demasiadas.

Josh e Izel se escondieron bajo una mesa, pero pronto se dieron cuenta de lo inútil de su pequeño parapeto.

—Espera aquí —Josh le apretó la mano y miró alrededor del restaurante. Había en sus ojos una mirada decidida—. Voy por el coche. Puedo deslizarme por la puerta muy rápido y lo traeré de reversa hasta la puerta principal.

—No, no me dejes. Voy contigo.

—Espera aquí —dijo, y salió corriendo de abajo de la mesa.

Se cubrió la mitad inferior de la cara con la bufanda y se sumergió en el muro opaco de alas brillantes, desapareciendo en la medianoche del enjambre. Lo rodearon, frotándose contra él. El enjambre era increíblemente denso. Todos los pequeños cuerpos operaban juntos en su contra y moverse a través de ellos era como correr bajo el agua o intentar avanzar en una duna de arena. Abrió el coche, entró y algunas mariposas se colaron con él. Las aplastó frenéticamente y mató a unas cuantas contra la ventanilla. Cuando eliminó a una buena cantidad de ellas, al final se dio cuenta de que cada parte de su cuerpo estaba absolutamente cubierta de lo que parecía hollín. Lo ignoró y puso el coche en reversa, girando el volante y deslizándose justo hasta la entrada del McDonald's, donde tocó el claxon. No podía ver a través de la nube, pero Izel no tardó en aparecer fuera del enjambre y lanzarse hacia el coche.

—¿Qué es esta mierda? —gritó, cubierto del polvo negro de las mariposas—. Estoy todo embadurnado.

Josh hizo patinar las llantas contra el pavimento al salir a la vía principal y alejarse a toda velocidad de la nube detrás de ellos.

—Volvamos a casa. Puedes ducharte allí —dijo Izel. Empezó a notar que el coche se desviaba hacia la izquierda—. ¡Mira por dónde vas! ¡Josh!

Cuando apartó su atención de la nube que seguía en el retrovisor, vio a Josh desvanecerse contra la puerta del lado del conductor, sujetándose a duras penas al volante. Se encorvó hacia delante y trató de mantenerse agarrado.

—No me siento muy bien.

—¿Qué pasa? ¡Josh! ¡Para el coche!

—Estoy tan... mareado... —tosió antes de desmayarse contra el volante.

—¡Josh! ¡Josh! —gritó Izel.

Ella se acercó y agarró el volante cuando se le escapó a él de las manos. El pie de Josh continuaba apoyado ligeramente en el acelerador y el coche seguía avanzando. Izel luchó para levantarle el pie y hacer su pierna a un lado, apartándolo de los pedales, y guio el coche lo mejor que pudo hasta que se detuvo contra un farol.

Izel saltó afuera y corrió hacia el lado del conductor, sacudiendo a Josh y desabrochándole el cinturón de seguridad. Le gritó una y otra vez para que abriera los ojos, pero él se desplomó en el asiento. De su boca goteaba un hilillo de un líquido oscuro y opalescente sobre su labio inferior. Tenía el mismo tono que las escamas de mariposa con las que había visto cubierta a su madre hacía unas semanas. Sin saber qué más intentar, Izel hizo lo que haría cualquiera y llamó a una ambulancia.

—Mi novio se acaba de desmayar mientras manejaba. No chocamos, pero algo le pasa y está inconsciente. Estamos en la intersección de Havemeyer y la Quinta, ¡por favor, apúrense!

La operadora le dijo que se quedara donde estaban y que alguien iría por Josh. Mientras las sirenas se acercaban, Izel solo podía seguir llamando a Josh con la esperanza de que la oyera y abriera los ojos.

En el trayecto en ambulancia, Izel tuvo la horrible tarea de llamar a la mamá de Josh para decirle que lo llevaban al hospital y que fuera allí de inmediato. Sosteniendo su mano fría, que colgaba de la camilla de la ambulancia, Izel lloró, percatándose de que su tragedia familiar ahora destruía también a quienes estaban cerca. Luego llamó también a Carmen y le dijo que pasaría la noche en el hospital al lado de Josh.

—Josh está en cuidados intensivos. Llamé a sus papás. También están aquí.

—Pero ¿qué pasó?

—Todavía no lo saben, pero creen que se intoxicó con algo.

¿Una reacción alérgica severa, quizá? Sé que parece una locura, pero creo que fueron esas extrañas mariposas negras.

Izel quería quedarse allí, pero Carmen la convenció de que la dejara recogerla para llevarla a casa.

—¿Por qué no nos afectó a ti o a mí el polvo de mariposa esa noche en el techo? —le preguntó su hija mientras manejaba de vuelta a casa.

—No lo sé. Tal vez no inhalé tanto como Josh.

—O tal vez trataban de asustarnos en lugar de matarnos.

29

Quauhtli conducía ansiosamente por la autopista en dirección al norte. Sentía que los seguían, que los vigilaban. Cada vez que veía los faros de un coche en el retrovisor, intentaba adivinar sus intenciones por la velocidad a la que se acercaba, si mantenía la distancia o desaparecían de cuando en cuando. Yoltzi sabía lo que le pasaba por la cabeza. Ella también iba alerta, no tanto por los maleantes, sino por los espectros que veía y sentía, incluso en la camioneta. Era un viaje largo, casi veinte horas hasta Ciudad Juárez, donde Yoltzi se encontraría con el coyote que su hermano le había recomendado.

Por fin se detuvieron a cenar en Aguascalientes alrededor de la una de la mañana. Eran casi seis horas desde que salieron.

—Nos faltan otras catorce horas —dijo Quauhtli, satisfecho tras una cena de enchiladas mineras y cecina.

—Todavía es un rato.

—O podemos decir que hicimos lo que estaba a nuestro alcance y regresar.

—¿Por qué?

—Porque no tiene caso seguir. Ya lo sabes.

—Eso no está a discusión. Si quieres regresar, no hay problema. Te seguiré agradeciendo que me hayas traído hasta aquí.

Quauhtli lo pensó. No era mala idea, volver a casa. Llegaría temprano, casi al mediodía. Podría ir a trabajar y luego dormir en su propia cama. Miró alrededor del restaurante. Las únicas personas eran cuatro hombres con gorras de traileros; tal vez lo eran, pero tal vez no. Los miraban descaradamente. Yoltzi también los vio.

—¿Qué crees que están mirando? —le preguntó Quauhtli, susurrando.

—Saben a dónde voy, y lo que me propongo. No quieren que vaya, pero no pueden hacer nada al respecto.

Quauhtli los miró, inseguro. Se dio cuenta de que ahora vestían de forma diferente a un segundo atrás, y sus rostros eran distintos de los que había visto. No estaban comiendo ni bebiendo como antes. No había un solo plato en la mesa.

—¿Qué pasó? Esos tipos no son los mismos de hace un momento —dijo—. ¿Cómo es que cambiaron?

—No sé, Quauhtli.

Los miró de nuevo y una vez más, diferentes caras, diferentes ropas, una gorra azul, un sombrero de ranchero.

—¿Qué pasa? —preguntó.

—Están aquí por nosotros.

—¿Debo ir a gritarles, o pelearme con ellos?

—No sé, tal vez te muelan a golpes, tal vez desaparezcan. Puedo ver cosas, pero eso no significa que las entienda.

—Vámonos, pues.

Llamó a la mesera y pidió la cuenta. Pagó la comida y salió, evitando las miradas de los cuatro hombres que no dejaban de transfigurarse. Subieron a la camioneta, hicieron una parada rápida para cargar gasolina y volvieron a la carretera.

—¿Quieres parar en algún lugar y descansar un poco antes de seguir? —preguntó Quauhtli.

—No tenemos tiempo que perder. Ya sabes que los moteles pueden ser poco confiables en las autopistas. Lo último que necesitamos es que nos roben la camioneta mientras dormimos.

—Catorce horas es mucho tiempo para estar despierto. ¿Por qué no duermes un poco y te despierto en un rato? Podemos manejar por turnos.

Yoltzi asintió y apoyó la cabeza contra el interior de la camioneta, dejando que el zumbido de las ruedas contra el asfalto la adormeciera.

Lejos de dormirse, Quauhtli estuvo alerta toda la noche y no la despertó para su turno. Yoltzi durmió unas horas. Llegaron a Torreón temprano por la mañana. Hicieron una parada para tomar un café y comer algo. No querían perder más tiempo. Les quedaban menos de diez horas para llegar a la frontera y deseaban estar allí cuanto antes. Ese último tramo del viaje no era fácil, pero transcurrió relativamente rápido en medio del calor creciente. Camargo, Delicias, Chihuahua. Durante el recorrido Yoltzi empezó a cantar, primero nada más un murmullo, pero al final casi cantaba para sí.

—¿De dónde es esa canción?

—La tengo en la cabeza. Al principio era solo la melodía, creo que lo mencionaste hace tiempo en la plaza. Pero poco a poco la letra fue llegando a partes hasta que tuve un sueño y la escuché entera.

—Así que eso es lo que cantabas el día que aparecieron las sombras. Es bonita. Reconfortante, ¿sabes?

—Tal vez —dijo, y tarareó algunos fragmentos que recordaba, se detuvo y volvió a empezar, en un tono diferente.

—Sin embargo, juraría que la he escuchado antes. No solo contigo. —Quauhtli comenzó a imitar la melodía, más fuerte.

—Por Dios, Quauhtli, a lo mejor la música no es lo tuyo, en serio —dijo Yoltzi riendo—. Pero sigue, a ver si la recuerdas.

Siguieron cantando en un caótico dueto, a veces intercalando palabras en español y otras en náhuatl. Llegaron a Ciudad Juárez poco después de las once de la noche. Nunca habían estado allí. Recorrieron las calles en silencio durante un rato. Ambos estaban hambrientos. El calor seco era aletargante. Ella le dijo a Quauhtli que se dirigiera al centro. Podrían encontrar una cafetería y llamar desde allí al coyote, un tipo llamado Patricio. Encontraron un modesto restaurante junto al hotel Santa Fe. Quauhtli tuvo la tentación de alquilar una habitación y echar una siesta. Comieron y Yoltzi le envió un mensaje a Patricio. Le dijo dónde estaban.

—Entonces de verdad vas a seguir con esto —dijo Quauhtli.

—No me trajiste hasta aquí para nada.

—¿Cómo sabes que puedes confiar en ese tipo?

—No lo sé con seguridad. Nunca se puede saber con seguridad, pero se supone que es de fiar.

Quauhtli se apoyó en el reposacabezas y dejó escapar un largo suspiro. Yoltzi nunca había visto su ceño tan fruncido mientras miraba el estacionamiento de la cafetería.

—Todavía tienes problemas para oír y ver bien, ¿no, Yoltzi?

—Va mejorando. Pude entenderlos, a ti y al encargado en la última parada que hicimos. Sin embargo, las caras siguen pareciéndome extrañas. Es como si viera a los antepasados de todos y a ellos al mismo tiempo.

—Carajo.

Quauhtli apoyó la cabeza contra el volante, frustrado por lo que estaba a punto de hacer.

—Dile que tienes que llevar a tu primo también, que tendrás el dinero para dos personas esta noche. Si te dejo ir sola, no podré con la preocupación durante semanas. Si te pasa algo de ida o de regreso, no creo que pueda vivir conmigo mismo. Es claro que no puedo hacer nada para detenerte, considerando que te estoy ayudando decididamente en este momento. Dile que me llevas a mí también.

———

Estaban en el lugar acordado a las once y media, esperando en la camioneta a Patricio. Quauhtli tenía en la cartera el dinero que Patricio había pedido después de vaciar considerablemente sus ahorros y encontró un lugar para estacionar la camioneta, donde lo esperaría cuando cruzara de regreso. Estaba bien iluminado y había otros coches en el estacionamiento. Esperaba que su modesto vehículo no atrajera la atención de nadie y se lo robaran. Tras más de una hora de creciente ansiedad, Patricio llegó por fin, bastante después de la medianoche.

—Llegas tarde. Empezábamos a pensar que ya no vendrías —dijo Yoltzi, visiblemente molesta.

—No te preocupes, tranquila. Tuve que arreglar algunas cosas por tu cambio de planes.

Venía con cuatro hombres más. Llevaban mochilas, botellas de agua y bolsas con Dios sabía qué escasas pertenencias que estaban dispuestos a cargar en su viaje al Norte. Guardaban silencio. Era evidente que tenían miedo. Patricio no los presentó. Se acercó a Quauhtli.

—¿Y mi dinero? —preguntó.

Quauhtli sacó el efectivo del bolsillo y se lo entregó. Yoltzi los miró ansiosa. Patricio contó el dinero.

—Nos vamos —dijo.

Caminaron en la oscuridad durante un rato.

—Rara vez revisan este túnel. Como sea, tengan cuidado. Esperen mi señal. No salgan del túnel hasta que vengan a buscarlos.

Eso es lo más importante que deben recordar. Esos amigos los recogerán ahí y los llevarán a Las Cruces. Los que han cruzado antes saben qué hacer, y los que no, bueno, lo averiguarán. Tienen que entrar en los conductos cuando les diga, también. No lo olviden, sin hacer ruido. Ni una palabra. Y tampoco enciendan lámparas.

Patricio los dejó para hacer una llamada. Quauhtli se acercó a uno de los jóvenes que esperaban con ellos.

—¿Cómo te llamas?

—Ramiro.

—¿Es la primera vez que cruzas la frontera?

—Sí. Lo intenté hace un año, en lancha, pero la migra nos agarró y me regresaron. Aunque parece que es más fácil de esta manera.

—¿Y tú? —le preguntó a otro, que rezaba y se persignaba.

—Soy Ángel. Viví dos años en El Paso. Me deportaron hace un año. El ICE me agarró y estuve encerrado en la penitenciaría de Winn, en Louisiana. Pero no puedo ganarme la vida aquí, así que debo tratar de volver.

Un hombre de pelo canoso le tendió la mano a Quauhtli.

—Soy Alfonso. También me deportaron. Llevaba quince años viviendo allí. Teníamos una tienda de cortinas. Mi familia me está esperando. Mis hijos nacieron en Tucson.

Quauhtli quería saber más sobre sus vidas, pero cuando estaba a punto de preguntarle al último por su historia, Patricio volvió corriendo.

—Ya. Muévanse, muévanse. Callados.

Lo siguieron por un terreno baldío entre basura, partes de coche oxidadas y arbustos secos. Caminaron deprisa, agachándose tanto como podían. De repente llegaron a lo que parecía una montaña de chatarra metálica, depósitos de gasolina y puertas de carro, todo amontonado. Patricio movió un desecho que ocultaba un agujero en el suelo.

—Este es el paso más seguro de toda la frontera. Bueno, el paso ilegal más seguro. Entonces, buena suerte.

Los hombres bajaron por una escalera rústica en dirección a lo que parecía una tubería de alcantarillado. Yoltzi bajó y al final Quauhtli también. Antes de entrar, vio que Patricio sonreía. No era nada fuera de lo normal, pero le pareció sospechosa su sonrisita, como si se burlara de ellos. Quauhtli entró en el túnel. Había agua sucia y fétida, de unos treinta centímetros de profundidad. Se arrastraron o agacharon en silencio, vadeando en la oscuridad durante un rato. De cuando en cuando alguien encendía la linterna del teléfono para ver, pero se acordaban de las palabras de Patricio y la apagaban. Quauhtli supuso que llevaban un kilómetro y medio caminando cuando sintieron una corriente de aire en la cara. Quauhtli entornó los ojos en la oscuridad, negándose a encender una linterna tan cerca de una aparente abertura, y vio lo que parecía ser una lámina de metal corrugado, colocada en posición vertical. Uno de los hombres más jóvenes la inspeccionó y vio que era la salida. Les habían dicho a todos que esperaran hasta que alguien viniera a buscarlos y levantara desde afuera la puerta improvisada. Si abrían a ciegas el túnel hacia Estados Unidos, no tenían forma de saber si rondaba por allí una patrulla del ICE o un grupo de milicianos merodeando. Así que se sentaron en el agua a esperar. Nadie habló. Algunos temblaban por el frío y el miedo. Quauhtli quería ignorar las indicaciones y largarse, pero Yoltzi estaba quieta, como en trance.

—Esto me da mala espina —le susurró él al oído.

—A mí también, pero tenemos que esperar. Aguanta —respondió Yoltzi.

—Cállense. Nos van a oír —dijo una voz en la oscuridad.

Pasaron horas hasta que alguien quitó la lámina de la salida del túnel. Los brillantes reflectores de la camioneta que tenía detrás proyectaron su sombra en el túnel y cegaron al grupo de viajeros. Quauhtli se dio cuenta enseguida de que llevaba un AK-47 colgado del brazo. No era reglamentario entre la policía o los vigilantes fronterizos, pero sin duda era el tipo de arma que portaría un posible miembro de las milicias. Quauhtli sabía que peores que los policías militantes que uno podría encontrar al volante de las camionetas del ICE eran los fanáticos antinmigrantes de los que había oído hablar en las proximidades de la frontera estadounidense. El tipo de psicópatas civiles paramilitares que perforaban los suministros de agua utilizados por los migrantes o que simplemente les disparaban a ellos mismos. Imaginó sus últimos momentos y los de Yoltzi corriendo como animales de presa cazados por algún pendejo racista, hasta que escuchó a uno de los hombres gritar en un español fluido.

—Rápido, hijos de la chingada. Salgan con las manos arriba.

Tampoco parecía alguien dispuesto a ayudarlos a cruzar. Quauhtli miró rápidamente, revisando si podían regresar o esconderse en el túnel, pero no había nada que pudiera servir de refugio. Yoltzi y él salieron del túnel con las manos en alto. En el exterior había hombres armados con el rostro oculto. Tenían un par de camionetas con los reflectores apuntando al grupo. Era fácil desorientarse después de caminar bajo tierra mucho rato, pero teniendo en cuenta la distancia que habían recorrido y la dirección en la que se dirigían, estaba convencido de que debían estar al otro lado, después de la línea que divide Texas y Nuevo México.

Los sicarios sometieron al grupo, les quitaron los celulares y todas sus pertenencias antes de subirlos a las bateas de las camionetas a punta de fusil y llevarlos a una bodega a unos veinte minutos de distancia. No había forma de saber dónde estaban o adónde iban. Era una noche cerrada. Las camionetas se detuvieron en un almacén de lámina corrugada vacío, en medio de la nada, y los

migrantes fueron bajados de las bateas de las camionetas y ro-
deados.

—Algunos de ustedes morirán aquí, pero otros tendrán suerte.
Quien tenga familia aquí, levante la mano.

El hombre mayor, Alfonso, la levantó.

—Mi esposa está aquí. Por favor, no me hagan nada. Ella pagará.

—Así se hace, gente —dijo el hombre con el fusil a los demás.

Se acercó a él y, sonriendo, lo golpeó en la cara con la culata.
Sin motivo alguno, solo para mostrar su poder y autoridad. Para
intimidar. Otro de los secuestradores agarró a Alfonso mientras se
retorcía de dolor a causa de su nariz rota y lo llevó a la esquina para
llamar a su mujer y pedirle que pagara el rescate.

—¿Y los demás?

—Tengo tíos en Nueva Jersey —dijo el joven cuyo nombre
Quauhtli no supo.

—Muy bien. ¿Y tú? ¿O prefieres morir ahorita mismo?

—Mi abuelita vive en California, pero no tengo su número
—dijo Ramiro.

—Tienes unos diez minutos para conseguirlo, cabrón, o te cor-
tamos los huevos.

—Tengo algunas amistades, pero no sé cuánto dinero pueden
reunir —dijo Ángel, hundiendo la cabeza en los hombros.

—Entonces vas a llamar a esos amiguitos tuyos y a averiguar
qué tan buenos son.

Los llevaron a hacer sus llamadas. Solo Yoltzi, Quauhtli y algunos otros desafortunados se quedaron a las órdenes de los hombres con rifles.

—¿Y ustedes dos?

—No tengo dinero ni familia aquí —dijo Yoltzi.

—¿Y tú, güey? ¿Vas a salvar a tu novia?

Quauhtli no respondió.

—Te voy a decir entonces lo que va a pasar —explicó el sicario con barba—. El resto de ustedes, pobres pendejos sin nada que ofrecernos, serán trasladados mañana por la mañana. Tenemos empacadoras y granjas para que trabajen hasta que puedan pagar su propio rescate. No podemos perder el tiempo con gente como ustedes.

Yoltzi había oído hablar de operaciones como esa. Parecía que, o bien habían descubierto al coyote que contrataron y lo obligaron a entregar al grupo, o bien Patricio simplemente vendía a la gente. Grupos como esos hombres esperaban al otro lado de la frontera, obtenían dinero rápido de los rescates y utilizaban a los rezagados como mano de obra esclava en granjas tanto agrícolas como de sustancias ilícitas. Mientras el hombre armado hablaba, Yoltzi se concentró en él.

Observó los rostros arremolinados de sus antepasados y familiares, una historia visible de su sangre plasmada en su rostro. Si pudiera entrever algo que le sirviera de ayuda. Aunque, pensó, un hombre como él probablemente no daba mucha importancia a sus ancestros; sin dinero, lo único a lo que ella podía recurrir era a alguna parte de su humanidad.

—¿Sabes que el cáncer de tu madre se puede curar? —le dijo al hombre armado.

—¿Qué dices, puta? —dijo empuñando el arma, apuntándole con el dedo en el gatillo.

—Lo que oyes. Su cáncer no es terminal, a pesar de lo que dicen los médicos. Son charlatanes. Yo puedo ayudarla. Eso es lo que hago en Catemaco, de donde vengo.

—¿Qué...? ¿Eres una pinche bruja?

—Puedo contarte más sobre tu familia. Pero tú decides si quieres perder el tiempo. En realidad, soy bastante buena curando gente.

El hombre estaba fuera de sí. Se quitó el pasamontañas y bajó el rifle. Miró alrededor para ver qué hacían sus compañeros con los demás migrantes. Algunos realizaban llamadas, otros golpeaban a sus prisioneros y les gritaban insultos. Ahora mismo, era él quien estaba ansioso.

—¿Cómo sé que no me estás choreando?

—Bueno, confía en mí. Si la salvo, me dejas ir, si no, puedes seguir donde estábamos.

Quauhtli estudiaba los movimientos del hombre, esperando a que cometiera un error. El secuestrador dejó el arma en el suelo y sacó un teléfono del bolsillo. Marcó y se dio vuelta para asegurarse de que los demás no escuchaban. Justo entonces, Quauhtli vio su oportunidad y la aprovechó. Se levantó de un salto y se lanzó contra él, lo golpeó de lleno por detrás y lo derribó. Quauhtli recogió el arma con un rápido movimiento. El hombre en el suelo intentó levantarse, pero Quauhtli le pisó el pecho y le apuntó con el rifle entre los ojos. Los otros secuestradores se dieron cuenta de que algo pasaba.

—¡Ayúdenme, cabrones! —gritó, mirando fijamente el cañón del arma.

Cuando voltearon para ayudar a su compañero, Quauhtli le disparó a uno y luego alcanzó al segundo en la cara al darse vuelta. Apuntó a un tercero, que volvía corriendo con una pistola en las manos. Quauhtli disparó y el tipo cayó retorciéndose al suelo. Le disparó a otro y cayó, pero seguía moviéndose. Buscó a los otros dos.

—¡Atrás de ti! —gritó Yoltzi.

Quauhtli se dio vuelta, pero era demasiado tarde. Una bala le perforó el costado izquierdo. Quauhtli siguió disparando y abatió al último. Se dirigió hacia Yoltzi y ambos salieron de la bodega, corrieron y subieron a una de las camionetas. Las llaves estaban en el contacto. Las giró y se alejó. Intentó disparar al motor y a las llantas para inutilizar el otro vehículo, pero los otros hombres se habían recobrado por fin de la confusión inicial, le disparaban y no quería arriesgar su suerte.

—¿Cómo carajo supiste lo de la madre de ese tipo? —preguntó Quauhtli.

—No sé. Fue como lo que ha estado pasando con las caras de la gente, y escuchar español y náhuatl al mismo tiempo. Fue como si pudiera ver a su mamá dentro de él, como si siguiera la historia de su sangre por el árbol genealógico y la encontrara rápidamente.

—Sabes manejar, ¿verdad? No sé cuánto tiempo más podré seguir —dijo, tocándose la herida de bala. Su camisa estaba empapada de sangre.

—Tenemos que ir a un hospital —dijo Yoltzi.

—Sería complicado, explicar lo que pasó. Y encontrar uno será aún más difícil.

Quauhtli perdía sangre rápidamente. Yoltzi no sabía qué hacer con una hemorragia así; deseó tener de verdad poderes curativos. En un país desconocido, no tenían idea de qué dirección seguir, por suerte los maleantes conducían camionetas viejas y la que habían tomado tenía un GPS anticuado en el tablero.

—No puedo continuar —dijo Quauhtli—. Maneja tú.

Se revolvieron en los asientos delanteros y Yoltzi siguió hablándole mientras miraba el retrovisor, esperando ver la camioneta detrás de ellos en cualquier momento.

—Voy a descansar un rato. —Quauhtli se detuvo—. Avísame cuando quieras que me despierte.

—Quauhtli, no te duermas. Aguanta un poco —dijo ella, sabiendo que nunca despertaría si lo hacía.

—Solo un rato. ¿Me cantas esa canción? No sé qué tenía, pero cuando la tarareaste en la plaza aquel día me hizo sentir muy seguro.

Yoltzi lo vio caer en la inconsciencia y supo que no podría mantenerlo despierto. No había llorado en mucho, mucho tiempo, pero sollozó a su lado mientras tarareaba e intentaba cantarle la canción.

A punto de hundirse para siempre en la oscuridad, Quauhtli levantó una mano manchada de sangre y tocó el rostro de Yoltzi, susurrando débilmente.

—Oye, creo que tu abuela nos cantaba esa canción cuando éramos niños. Decía que su cancioncita ahuyentaría los fantasmitas escondidos en tu habitación.

—¿Quauhtli? Por favor, por favor, no te me duermas, ¿sí?

Sonrió. Le goteaba sangre de la comisura de la boca y se rio:

—Creí que tenía que venir para protegerte y soy yo el que acabó herido.

—No te vayas, Quauhtli, aguanta, no puedo hacerlo sola.

Sonrió y sus labios se llenaron de sangre, tosió.

—Ya me fui. Ya no puedo regresar. Dile a Luna y a las demás que estaré pendiente de ellas.

—¡Díselos tú mismo! ¡Solo tienes que seguir despierto! ¡Despierta!

Le rogó que se mantuviera despierto, empujándolo y gritando, pero tras minutos de silencio supo que manejaba con un cadáver en el asiento del copiloto. Sin importarle, tarareó y cantó la canción de su abuela para él, con la esperanza de que pudiera escucharla dondequiera que hubiera ido.

Pronto la camioneta hizo un horrible ruido chirriante, y el velocímetro no subía por mucho que acelerara Yoltzi el motor. Probablemente le había dado una de las balas que les dispararon al alejarse. La banda, sin duda, aún los perseguía, y ella sería un blanco fácil en la camioneta averiada. Se bajó, mirando a Quauhtli por última vez.

—Perdóname, pero no puedo llevarte caminando. —Las lágrimas corrieron por su rostro al verse obligada a abandonar al único otro nahua que conocía—. Gracias, valiente Quauhtli. Siento que tuvieras que protegerme de nuevo.

Presa del pánico, corrió hacia la carretera. Había un pueblo no muy lejos de allí según el GPS. Tal vez a unas pocas horas a pie. Tenía que arriesgarse. No había ningún lugar donde esconderse en el desierto.

Al cabo de unos minutos, oyó el estruendo de los vehículos que Quauhtli no había logrado inutilizar y que se acercaban por la brecha detrás de ella. Vio una gran roca y corrió a agacharse detrás de ella. Había unos arbustos y una zanja. Se tumbó como pudo y se cubrió con ramas y tierra, como si se sepultara. En ese momento, la camioneta con los dos secuestradores sobrevivientes pasó a unos metros de ella. Se subieron a la batea, buscando con lámparas y con las armas listas para disparar. Faltaban al menos unas horas para el amanecer. Seguramente ya habían encontrado el cuerpo de Quauhtli en la camioneta y la buscaban. Sabían que no podía estar muy lejos y no había muchos escondites en las dunas. Pudo oírlos gritar y manejar alrededor, convencidos de que debía estar cerca. Le gritaron, diciéndole que si se asomaba, la matarían rápido.

—Pero si no lo haces, te vamos a sacar los ojos y a destazarte viva, ¡puta cabrona!

Ella permaneció allí, inmóvil. Los hombres bajaron de la camioneta. Llegaron a unos pasos de ella. No la vieron, pero no estaban dispuestos a dejarla ir.

—Tiene que estar cerca, en algún lado. No puede haber llegado ya a la carretera. No es un pinche caballo de carreras.

—Bueno, pues ni madres que está aquí. No veo una chingada.

—Tal vez se fue hacia Santa Teresa.

—No seas pendejo. La habríamos visto.

—Vamos a buscar a Jones y su gente para que nos ayuden a encontrarla.

Un rato más tarde, a la escasa luz de la mañana, más de ellos fueron y vinieron. El cártel tenía mucha más gente que los cuatro o cinco que vio buscándola al principio. Contó al menos veinte hombres diferentes rastreándola por el desierto, buscando vengar a sus compañeros caídos. Seguramente habrían dejado ir sin más a una fugitiva, pero ella y Quauhtli habían matado a tres de ellos para poder escapar. Yoltzi no se había movido ni un centímetro durante la noche y se quedó inmóvil, cerró los ojos e imaginó que se iba flotando. Las voces y los gritos seguían resonando en sus oídos, acercándose y luego alejándose. Era como si estuviera en un ataúd. Le parecía imposible que no la hubieran visto. Pero al mismo tiempo vio cientos, miles de hombres, mujeres y niños transparentes, condenados por siempre a caminar hacia el norte. De alguna manera, interrumpían y distraían a los que la buscaban.

Cuando Yoltzi abrió los ojos era de noche otra vez. No había voces ni sonidos. Estaba asustada, pero una voz insistente le decía que era su oportunidad de irse. «Ahora, o te convertirás en polvo aquí mismo», escuchó en náhuatl. Esa noche no había luna. La oscuridad era densa y cargada. Echó a andar hacia la carretera, temiendo encontrarse con las patrullas que la buscaban. No miraba a los lados, solo hacia delante. Pensó en el cuerpo abandonado de Quauhtli. Sintió que todo era culpa suya, que no tenía sentido seguir ni volver, como si hubiera fracasado antes de empezar.

De repente, se dio cuenta de que no estaba sola. Sus antepasados, espectros todos ellos, caminaban a su lado. Llegó a la carretera. Caminó entre una multitud de espectros durante casi dos horas, cantando la canción de su abuela mientras la melodía y las palabras se hacían más y más claras, surgiendo de las turbias profundidades de su memoria. Los faros de la camioneta del secuestrador se hicieron visibles, dirigiéndose hacia ella, pero no trató de esconderse. Siguió caminando con la cabeza baja. Era imposible que no la vieran, pero la camioneta pasó junto a ella. Se había convertido en otro de los fantasmas. La habían vuelto invisible, sin rostro entre muchos rostros antiguos. No podía evitar cumplir el propósito de su viaje. Cuando llegó a la ciudad más cercana, buscó una estación de autobuses y compró un boleto hacia el norte. Se escondió en el baño durante horas, suponiendo que los secuestradores llegarían buscándola. Atenta a ruidos de alboroto en el exterior, se sentó y esperó en su cubículo hasta que llegó la hora de la salida.

Salió disparada de los baños hacia el autobús, en gran parte vacío, y se hundió por fin en la tapicería barata del asiento sin dejar de mirar por la ventanilla. Se mantuvo despierta con su canción de familia y por fin se atrevió a dormir una vez que cruzaron la frontera de Texas. Al dejarse sumergir en la inconsciencia, vio a los espectros que la guiaron por la carretera. Entre los rostros luminosos e indistinguibles vio la cara sonriente de Quauhtli y supo que había dicho la verdad cuando prometió que velaría por todas.

30

Hacía años que Verón no viajaba a Estados Unidos. No tenía motivos para hacerlo. Afortunadamente, su pasaporte y su visa aún no caducaban. La última vez que había estado de visita fue a la Ópera Metropolitana de Nueva York con su amigo de la infancia, el compositor Óscar Mandel, que lo había invitado durante unas semanas para asistir a algunas de sus producciones, dado su reciente diagnóstico de cirrosis. Se alojaron en un apartamento de la calle 92. Fueron a ver *Un ballo in maschera* de Verdi, *Die Walküre* de Wagner, *Rusalka* de Dvorak y *Manon Lescaut* de Puccini. Recorrieron la ciudad de arriba abajo hablando de arte y sobre la historia y la naturaleza de la religión. Desde que Verón se unió a los jesuitas, Óscar, ateo declarado de toda la vida, lo había criticado ferozmente. No podía creer que su amigo de siempre consagrara su vida a la Iglesia. Discutieron sin cesar sobre su vocación, pero ante aquel diagnóstico, Verón voló sin pensarlo a pesar de sus diferencias y de sus propios momentos de duda.

Cuando sacó el pasaporte del cajón se acordó de su amigo y sus dudas sobre la religión, los milagros y la fe. En esos momentos de introspección, el eco de las palabras de Mandel resonó en su cabeza. ¿Cómo podía ser tan arrogante para creer que sería capaz de realizar un exorcismo? ¿Qué pensaría su amigo de semejante disparate? Pero no podía atender a razones en ese momento, ni siquiera del fantasma de su amigo muerto, cuya memoria tal vez debería honrar olvidándose de la locura en la que estaba a punto de embarcarse.

Pero no lo reconsideró. Compró el boleto con su tarjeta de crédito, sin pensar que era un gasto del que podría arrepentirse después. Abordó al avión por la puerta 45 y trató de concentrarse en su libro, *El rito del exorcismo, el ritual romano: reglas, procedimientos, oraciones de la Iglesia católica*, de Michael Freze, que compró en inglés para su lector electrónico. También había conseguido *Lo esencial del exorcismo*, de Ryuho Okawa, pero no estaba seguro de este. Todo parecía excéntrico y absurdo. Leyó durante todo el vuelo. La gente reaccionaba a menudo de forma muy particular al verlo vestido de sacerdote. Algunos simulaban no verlo, como si pudieran ocultar sus pecados fingiendo que no estaba allí. Otros sonreían en exceso, tratando de que los suyos les fueran perdonados.

Aterrizó a las cinco de la tarde en el aeropuerto JFK, pasó por la aduana y recogió su maleta. El funcionario le preguntó si traía tequila o algo que declarar. Estuvo a punto de decirle que lo único que llevaba eran un par de libros para aprender a hacer exorcismos, pero no creyó que el agente entendiera el chiste detrás de eso. Incluso para ser otoño hacía frío, sobre todo viniendo de México. A Verón le temblaban un poco sus manos viejas mientras marcaba el número de Carmen para comunicarle en qué hotel se alojaría.

Deshizo la maleta en su habitación y pasó el día pensando cómo llevaría a cabo su exorcismo cuando fuera a casa de Carmen al día siguiente. Volvió a leer un ensayo de Roger Bartra sobre la teoría del placebo. Cada vez que terminaba de leer una parte de su exigua investigación se quedaba sintiéndose impreparado y seguía con otra. Bebía su café sin pausa, sirviéndose una taza tras otra de la percoladora de la habitación. «El ritual es lo que importa», se repetía para dejar de pensar en el contenido del ritual, que no debía ser más que pura improvisación en el mejor de los casos. Se puso a rezar.

Preparó la sotana que usaría, los textos que leería, el agua corriente que bendeciría, un rosario; no, dos rosarios. No podía pensar en Luna como una niña malcriada haciendo pataletas. No estaba seguro de si debía asumir que un demonio la había poseído o si algo en su interior se rompió. «¿Cómo se supone que debo diferenciar entre una enfermedad mental y la influencia de un factor externo?», pensó. Ese era el dilema, no tanto cuál era la naturaleza del factor externo, fuera un demonio, un fantasma o algo así.

Comenzó a leer pasajes de la Biblia, que había marcado entre las recomendaciones que encontró en los textos de la biblioteca y los libros que compró por internet. No dejaba de mirar el reloj, sintiéndose como un chico el día anterior a un examen. La idea le sacó una sonrisita. Le resultó interesante revivir emociones de su juventud en un momento así. Le costaba concentrarse. Tenía una sola oportunidad de hacerlo bien y con éxito.

Salió a dar un paseo. No había mucho que ver cerca del hotel en Newburgh. No sería un paseo inspirador ni pintoresco. Todo estaba demasiado lejos y empezaba a hacer frío. El viento era fuerte y helado, y lo desanimó de hacer una caminata ligera. Había un centro comercial, un par de bares, negocios de comida rápida y un restaurante vietnamita justo enfrente de su hotel. Pegándose al cuerpo el saco veraniego y con la vista en el anuncio de neón del restaurante, Verón se percató de que su última comida había sido el magro almuerzo servido en el avión y consideró la posibilidad de comer allí. En el camino, las rachas se hicieron más fuertes y pudo ver una nube negra en el horizonte que se movía rápidamente, a pesar del viento en contra. Le pareció extraño y se apresuró a ir al restaurante.

Cuando llegó, el lugar estaba vacío. Tomó asiento en un pequeño reservado y sacó su Biblia, para seguir estudiando las páginas en preparación de lo que debía hacer al día siguiente. Una mesera le ofreció un menú que tomó sin mirar, apenas apartando los ojos de sus versículos para estudiar la carta antes de pedir. Después de esperar lo que le pareció una eternidad, le pusieron un tazón delante. Le dio las gracias a la mesera sin levantar la vista, tomó la cuchara y la sumergió en el caldo, todavía con los ojos escudriñando las páginas del texto.

Con la mano libre levantó la cuchara del plato y la acercó a su boca, soplando el caldo. Verón se inclinó para olerlo, y en lugar de la fragancia del caldo y las especias, percibió un olor a descomposición. Dejó su libro, miró el tazón por primera vez y vio que tenía un pájaro pequeño dentro, demasiado pequeño para ser pollo. ¿Tal vez una codorniz? Metió la cuchara y sacó una mariposa negra, empapada, que empezó a mover las alas bajo el peso del caldo. Verón lanzó un grito de sorpresa y dejó caer la cuchara. Se levantó de un salto de su asiento, mirando alrededor del lugar sin ver a nadie. No veía a la mesera por ninguna parte, así que recogió el tazón, caminando hacia lo que parecía ser la cocina.

—Hola —dijo de entrada, con la voz quebrada por la confusión, y se aclaró la garganta—. ¡¿Hola?! Hay una especie de bicho en mi sopa, no puedo comer esto.

No hubo respuesta. Empujó la puerta y miró dentro. Había una masa de mariposas negras volando frenéticamente por la habitación. El suelo estaba cubierto de pieles humanas, desolladas de los cuerpos ahora sentados, apoyados contra las estufas y los hornos. Por encima de ellos, con el uniforme de mesera, vio de pie una figura esquelética a la que le faltaba la cara. Sus ojos, carentes de párpados y abiertos de par en par, giraban a un lado y otro mientras se acercaba a Verón. El tazón se hizo pedazos contra el suelo cuando lo dejó caer despavorido y retrocedió. Cuando el rostro esquelético habló, su voz parecía un coro, y hablaba fuera de sincronía con los movimientos de la mandíbula que colgaba de su cabeza.

—¿Buscas que tu libro te salve, padre? ¿Crees que el dogma de la Iglesia silenciaría a los muertos por su mano? No tememos el fuego y el azufre que tú y los tuyos predican, ya vimos de lo que son capaces los hombres de sotana.

Aterrado, Verón salió corriendo del restaurante y no se detuvo hasta llegar de nuevo al vestíbulo de su hotel. Caminó hacia la recepción, jadeante.

—Estuve en un restaurante vietnamita por allá —señaló en un gesto amplio—. No recuerdo el nombre.

—Sí, sé cuál es.

—Cuerpos. Vi dos cadáveres adentro. No sé, tal vez tres.

—¿Qué?

—Acabo de sentarme a comer, fui a la cocina y creo que los cocineros están muertos.

—Espere. ¿De qué rayos habla? Ese lugar ha estado cerrado durante años. ¿Fue a comer allí?

—Le digo que sí.

—¿Cómo entró?

—Yo solo...

Señalando a su espalda el restaurante de enfrente, giró la cabeza y ahora lo vio cerrado con tablas y cadenas. El recepcionista le dio la espalda, haciendo una mueca.

Verón regresó afuera. El viento era aún más fuerte. Se dirigió de nuevo hacia el restaurante y se percató de que la puerta estaba cerrada y con precintos. Había un gran cartel que decía «Se renta». Las ventanas, tapadas con papel y triplay. Se hallaba en ruinas. ¿Cómo no lo había notado? ¿Cómo entró? Volvió sobre sus pasos, temblando. El saco ligero que traía no servía de mucho en ese clima. Volvió corriendo al hotel. Incluso había olvidado que tenía hambre.

Fue al baño a lavarse la cara. Levantó la vista hacia el espejo y se horrorizó al ver justo detrás de él a otro esqueleto, esta vez adornado con piedras preciosas, un penacho de plumas y dientes afilados y metálicos. Lo miraba y parecía sonreír. Se dio vuelta, pero no había nada. La *tzitzimitl* estaba en el espejo y estiró un brazo para tocarlo.

—¡Maldita seas! ¡Aléjate de mí, engendro del diablo! —gritó.

El esqueleto comenzó a impulsarse fuera del espejo. Verón reconoció la imagen de lo que ahora salía del espejo como una de las *tzitzimime* de los textos del archivo que había leído. Debía ser uno de los espíritus que poseían a la joven Luna. Sin embargo, no había tiempo para especulaciones, era una manifestación infernal, y eso era todo. Ese ser no esperó a que fuera a buscarlo, había venido a enfrentarse a él en su propio hotel. Verón salió del baño, tropezó con un zapato y cayó al suelo. Pudo ver a la *tzitzimitl* caminar hacia él en el espejo, lentamente, con una hoja de obsidiana en la mano y mostrando su lengua atroz. Desde el suelo tomó otro de sus libros y lo lanzó contra el espejo del baño, volviéndolo añicos y con él la imagen de la *tzitzimitl*, antes de cerrar la puerta de golpe y hacer temblar las paredes. Verón intentó ponerse los zapatos, que se había quitado en la habitación, pero estaban colmados de insectos. Los grillos salían de ellos en sus manos. Los dejó en el suelo y retrocedió a rastras hasta la pared. Empezó a recitar el padrenuestro, pero lo interrumpía con insultos y amenazas al ver aparecer al terrible demonio ahora en el espejo de cuerpo entero del cuarto.

—Padre nuestro, que estás en... atrás, perra. No puedes hacerme daño... cielo, santificado sea tu nombre... maldita monstruosidad, regresa a tu tumba, montón de huesos... venga tu reino...

El esqueleto ya había atravesado el cristal del espejo y pisado la alfombra de su habitación de hotel. Se arrastró gritando hasta la cama y buscó la botella de agua que había bendecido. Intentó destaparla, pero sus movimientos eran torpes y, presa del pánico, la lanzó sin más hacia el demonio. Surcando el aire, atravesó la imagen del monstruo y se estrelló contra la pared opuesta, impregnando el papel tapiz de agua bendita mientras el esqueleto avanzaba hacia él. Todo el ruido que hacía incitó a un vecino a golpear la pared entre sus habitaciones.

—¡Silencio! ¿Qué le pasa? ¿A qué vienen esos gritos?

—¡Ayuda! —gritó Verón—, ¡está aquí! ¡Está en mi habitación!

La persona detrás de la puerta corrió al vestíbulo para decirles que alguien en la habitación 205 estaba gritando, rompiendo cosas y pidiendo ayuda. El gerente llamó rápidamente a la policía, suponiendo que se trataba de un incidente de violencia doméstica o alguna clase de robo.

—Virgen santísima de Guadalupe, Reina de los Ángeles, Madre de las Américas... vete, monstruo, vuelve al infierno... a ti clamamos tus hijos amados. Te rogamos que intercedas por nosotros ante tu Hijo... miserable, pútrido demonio, ¡déjame en paz! —gritó desesperadamente Verón.

Podía oír una voz en su cabeza que decía: «¿Es este tu exorcismo? ¿Es esto a lo que viniste hasta aquí, padre? Todo ese poder que ustedes, los sacerdotes, ejercen sobre los vivos, la promesa del paraíso y la salvación. Ni siquiera puedes salvarte a ti mismo. Eres débil. ¿Y creías que tu odiosa Iglesia salvaría a la niña? ¿Creías que nos volverías a poner donde nos pusieron tus predecesores?».

A medida que la bestia hablaba, crecía en tamaño y se elevaba sobre Verón, que se encogía de miedo, rezaba en voz alta y se defendía débilmente con el mobiliario de la habitación. Verón le lanzó el control remoto y rompió la ventana. Luego lanzó una lámpara. Oyó que alguien llamaba con violencia a la puerta.

—¿Qué pasa? ¡Abra inmediatamente!

—¡No puedo! —gritó Verón—. No eres real. No estás aquí. Ruega por nosotros, Madre amantísima, y... ¡Muere, puta momia de mierda!

Verón cayó de rodillas. Los golpes y gritos en la puerta aumentaron. Supuso que esa persona entraría para salvarlo. Estiró la mano, esperando ayuda...

Un policía entró en la habitación, con la pistola desenfundada tras oír tanto alboroto. Lo primero que vio fue una mano huesuda que sostenía amenazante un cuchillo. Incapaz de contenerse, disparó una, dos, tres veces, las balas volaron más allá del espectro y le dieron a Verón, dos en la cabeza y una en el pecho.

Los demás huéspedes y los empleados del hotel estaban en el vestíbulo, tratando de ver lo que ocurría. Cuando oyeron los disparos, algunos corrieron, otros se tiraron al suelo. Al darse cuenta de que le había disparado al hombre en el suelo, sin cuchillo ni nada, el policía entró en pánico.

—Tenía un cuchillo, un cuchillo grande. No podía hacer nada más. Me amenazó.

La gente se acercó a la escena para mirar al sacerdote muerto en el suelo. Querían ver qué había pasado.

—Ustedes lo oyeron. Estaba loco. Pensé que me atacaría. No tenía opción. Tuve que disparar.

31

oltzi nunca había dejado su país —lo más lejos que se había ido de Tulancingo era la Ciudad de México, o quizá Guadalajara para visitar a unos parientes— y su inglés no era el mejor del mundo. Pero se descubrió desplazándose sin dudar. La niebla que envolvía sus sentidos se había refinado. Lo que antes era una visión borrosa de sus antepasados ahora estaba bien enfocada y podía comprender de nuevo el mundo que la rodeaba. Tomó un autobús hacia Albuquerque. Siempre miraba atrás, no tanto por los hombres que la buscaban, sino por Quauhtli, a quien esperaba ver en cualquier momento. Yoltzi viajó durante tres días por Amarillo, Tulsa, San Luis, Columbus, Filadelfia, hasta que al fin llegó a Manhattan.

El viaje la había agotado de forma considerable. El poco dinero que consiguió esconder del cártel que los había capturado en la frontera y lo que pudo conseguir mendigando cerca de las paradas de autobús apenas fue suficiente para pagar sus múltiples boletos de autobús y comer ocasionalmente. Cuando llegó a Manhattan, gastó de inmediato unos cuantos dólares en una de las pizzerías de un dólar cerca de la terminal de Port Authority antes de dirigirse a la estación Grand Central. El grado de hambre que la inducía al delirio le había aportado más claridad sobre su propósito. Se sentía como un espíritu purificado por el fuego del viaje para llegar a donde se hallaba. Ese fuego se había quedado en su interior y ahora lo llevaría para salvar a la niña.

Gastando lo último que le quedaba, Yoltzi compró el boleto de tren hacia el norte, a Newburgh, y se acomodó en el asiento como una sucia piltrafa de mujer. Cubierta de polvo, mugre y trapos gastados, miró por la ventana mientras el tren emprendía el último tramo de su recorrido para cumplir lo que se había propuesto. Cuando bajó al andén, en la orilla del Hudson, frente a Newburgh, se dirigió al puente. Tendría que caminar lo que faltaba, y a pesar de no tener ya la dirección guardada en el teléfono de Quauhtli, ni a Quauhtli para ayudarla, sabía adónde ir. Las resplandecientes postimágenes de sus ancestros, los que la habían guiado y protegido hasta entonces, se extendían frente a ella, marcando el camino hacia el centro de la grieta entre los dos mundos. Los fantasmas de los muertos la guiarían hasta el punto donde los dos mundos estaban siendo fisurados mientras Yoltzi avanzaba a duras penas por la fría ruta otoñal.

———

Cuando Verón no llegó para su exorcismo improvisado, Carmen se preocupó cada vez más. La había llamado y le dijo que estaría allí el 26 para realizar un exorcismo. Había investigado lo que él mencionó sobre el festival del fuego nuevo y los días de mala suerte al final de la rueda calendárica azteca, y no estaba segura de lo que haría si él no venía.

Ahora se oían grillos en la casa a todas horas. Parecían brotar de entre las tablas del piso y las grietas en las paredes. Ni ella ni Izel intentaban abrir la puerta de la habitación de Luna por miedo a lo que pudieran encontrar dentro. Su indecisión y su renuencia a creer lo que ocurría hasta ese momento las contemplaban ahora a la cara cuando desde el pasillo una oscuridad visible parecía emanar de la puerta.

Sin Verón, Carmen solo podía pensar que tendrían que realizar los ritos de la ceremonia sobre los que había leído por su cuenta. Su mente giraba sin control y ahora ni siquiera podía distinguir la realidad de una pesadilla. Ella e Izel estaban acurrucadas en la cama de Carmen, susurrando sobre lo que harían ahora.

—¿No viene Verón? —preguntó Izel.

—No lo sé. No contesta el teléfono. Podría ir a su hotel para ver cómo está.

—Voy contigo. No voy a quedarme aquí sola.

Se subieron al coche de Carmen y se dirigieron al lugar donde Verón había dicho que se alojaría. Carmen entró en el estacionamiento del pequeño hotel, se dirigió a la recepción acompañada por Izel y preguntó por la habitación en la que se alojaba el padre Verón. El recepcionista empezó a teclear su nombre en la computadora, pero se detuvo antes de terminar, su rostro repentinamente pesaroso mientras volvía a mirar a Carmen.

—Me temo que tengo una noticia terrible.

Tras cruzar de salida las puertas del hotel, Carmen e Izel se apresuraron a volver al coche, mudas por el shock. Carmen arrancó a toda velocidad de vuelta a casa. Izel miró a su mamá desde el asiento del copiloto.

—¿Qué vamos a hacer sin Verón? Dijiste que intentaría arreglar a Luna de alguna manera. ¿Debemos hacer un exorcismo nosotras mismas?

Carmen agarraba con fuerza el volante mientras corría de vuelta al vecindario. Oía a Izel hablar, y luchaba por reprimir un violento sollozo que la haría pedazos. Verón, aquel viejo solitario, había venido hasta aquí para ayudarlas, para ayudar a Luna. No solo acababa de apagarse una luz bastante agradable en el mundo, sino también la mayor esperanza de Carmen para recuperar a su hija.

—No lo sé. No parece que su fe haya hecho mucho por protegerlo, y era un sacerdote —dijo—. Dudo que cualquier exorcismo que intentemos sirva de mucho. Quiero decir, solo estaría exprimiendo lo que recuerdo de *El exorcista*, ¡y no la he visto en años!

Carmen se echó a reír. La tensión en su cuerpo, que se había acumulado para romper en un sollozo, al final escapó en una risa estridente. Las lágrimas corrían por su rostro con el motor del coche acelerando y el velocímetro superó los 140 kilómetros por hora al acercarse a la salida.

Izel se aferró a la puerta del pasajero y agarró a su mamá por el hombro:

—¡Mamá! ¡Mamá!

Carmen apenas podía ver a través de sus ojos llenos de lágrimas, pero salió de la autopista y bajó por la rampa de salida. No podía dejar de reír. O de llorar. No sabía qué hacía ahora. Su cuerpo extenuado apenas era capaz de registrar lo que le ocurría.

—¡Ni siquiera has visto esa puta película! —gritó Carmen.

Se acercaba un cruce mientras se lanzaban por la rampa de salida de regreso a la ciudad.

Izel cerró los ojos y clavó los dedos en el hombro de su madre, gritando:

—¡Mamá! ¡Para el coche! ¡Por favor!

El sonido de la voz de su hija rompió por fin el breve hechizo de histeria en el que había caído. Las llantas chirriaron cuando la parte trasera del coche se deslizó de un lado a otro y se detuvieron de costado en el límite de la intersección. En absoluto silencio, vieron a un viejo Plymouth de color crema, pilotado por una mujer mayor, atravesar la intersección. La anciana apenas miró el auto que acababa de detenerse frente a ella con un chirrido.

Carmen dejó caer la cabeza contra el volante y siguió llorando, ahora suavemente, e Izel continuó frotando su espalda. Sujetó a su madre con firmeza por el hombro y habló con calma.

—Mamá, ¿qué dijo Verón por teléfono que iba a hacer? No iba a echarle agua bendita y rezar el avemaría, ¿verdad? Dijiste que fue a un archivo. ¿Qué encontró?

Carmen seguía con la frente pegada al volante mientras respondía:

—Me dijo que estamos entrando en una especie de... periodo de transición, días funestos de fin de siglo que hay que evitar de alguna manera.

—¿Dijo cómo?

—No lo dijo específicamente, pero traté de buscar algunas cosas. Al parecer, los aztecas y los nahuas hacían cosas como destruir objetos domésticos, arrojar su sangre al fuego y purificarse de los últimos años.

Por fin miró a su hija. Había una gruesa línea roja donde el volante le presionaba la frente. Cuando sus ojos se encontraron, lo que se había endurecido dentro de Izel pareció trasladarse a Carmen. Ambas reconocían por dentro que, por lo que sabían, eran las únicas que podían salvar a Luna. Carmen volvió a poner el coche en marcha y salió del cruce en dirección a una ferretería.

—¿Así que vamos a intentar hacer una fogata?

Carmen asintió.

—Una grande.

Madre e hija caminaron rápidamente, casi corriendo por la ferretería; Carmen metió en el carrito casi todo el líquido para encendedores que encontró y las dos echaron fardos de leña en la parte trasera del coche antes de volver a casa a toda velocidad.

Al entrar de reversa en el acceso, las dos se dieron cuenta de que lo que había dentro de la casa las esperaba. Polillas y mariposas negras pululaban en el aire y el terreno alrededor, hasta la calle, era una alfombra movediza de grillos. Carmen e Izel se miraron durante un largo rato y estrecharon las manos, preparándose para lo que vendría. Ambas odiaban los insectos.

—¡Uno... dos... tres! —gritó Carmen y abrieron de golpe las puertas del coche y corrieron a la cajuela.

Izel tomó la bolsa de plástico llena de líquido para encendedores y las dos apilaron en los brazos toda la leña que pudieron cargar. Mientras tanto, los grillos reptaban encima de sus zapatos y de su ropa. Por fin lo tuvieron todo y corrieron entre la ventisca coordinada de insectos, atravesando la puerta principal de la casa y cerrándola de un portazo para descubrir que, por supuesto, adentro no era mejor que afuera.

Una corriente constante de insectos bajaba por la escalera interior hasta la puerta principal y cubría el piso inferior de la casa como una nauseabunda alfombra viviente. Mientras Carmen e Izel se abrían paso hacia la cocina y la puerta corrediza que daba al patio trasero, Carmen notó que cada paso se sentía raro. Cada zancada cubría una distancia diferente, como si el espacio por el que se movía se estirara y comprimiera sin parar. El interior de la casa se sentía deformado, las paredes parecían respirar agitadas mientras el espacio se alargaba y volvía a su sitio con brusquedad. Las ilusiones que los demonios eran capaces de crear empezaban a tragarse la propia casa, convirtiendo toda la propiedad en algo irreal.

Vaciaron las cargas de leña en el patio de cemento del jardín trasero. El sol empezaba a ponerse cuando Carmen roció líquido para encendedores en la pila de leña y se volvió hacia Izel. Encendió un cerillo y lo arrojó a la apresurada pila de troncos, que se encendió con un violento soplo al tiempo que las llamas cobraban vida alrededor.

—Empieza a buscar cosas para desechar.

—¿De verdad crees que esto funcionará?

—Izel, mija, no lo sé. Ni siquiera estoy segura de que sea real.

—Izel podía ver el brillo de la hoguera parpadear en los ojos de su madre mientras Carmen miraba fijamente la pila de leña consumiéndose—. Aunque esto sea una horrible pesadilla, es lo único que se me ocurre. Tal vez sea solo una creencia. Tal vez cualquier ritual lo sea.

—Así que crees que esto detendrá todo.

Carmen se volvió para mirar a su hija mayor:

—Tiene que funcionar.

Aunque no estuviera segura de que fuera lo indicado, tenía que creer que eso funcionaría.

Izel se precipitó hacia el interior para reunir todo lo que pudiera encontrar. Mientras corría por la casa, en busca de objetos de los cuales limpiarla, se encontró cada vez más desorientada. Rebuscando en la sala cualquier cosa que pudiera arder, pensó que debían ser cosas importantes o de carácter sentimental, pero no se le ocurría nada que pudiera servir.

Oyó a alguien en lo alto de la escalera y se quedó helada. Solo podía haber una persona allí arriba y era el último rostro que Izel podía soportar ver ahora mismo. En su mente, Luna se había transfigurado completamente en algo horrible, algo tan monstruoso que solo un fuego sagrado podría enmendar, sin duda. La mente de Izel conjuró la monstruosidad más grotesca que pudo concebir en lugar de Luna, pero detrás de eso estaba lo que realmente aterraba a Izel. «¿Y si se ve igual que siempre?», pensó.

Quienquiera que fuera, miraba hacia abajo desde la barandilla, cerca de la parte superior de la escalera, dedujo Izel por el crujido de una tabla. Si quería salvar a Luna, en algún momento tendría que mirarla. Izel procedió como si se arrancara una curita, y giró la cabeza para asimilar la visión de una sola vez.

De pie en lo alto de la escalera, Alma miraba hacia abajo confundida y horrorizada:

—¡Iz! ¿Qué está pasando? ¿De dónde vienen todos estos horribles bichos?

Izel dejó que los objetos recogidos cayeran de sus manos al mar de grillos a sus pies:

—¡Abuela! ¿Cuándo te dejaron salir del hospital? ¿Cómo llegaste aquí?

Alma comenzó a bajar los escalones:

—¡Nadie contestaba su teléfono, así que la propia doctora me trajo!

—¡Alma! ¡Tienes que salir de la casa! ¡No sabes lo que está pasando!

Observó a Alma volverse y mirarla, estirar un pie encima de la escalera y caer de frente. La anciana proyectó su cuerpo por los escalones de madera, golpeando casi todos los peldaños mientras sus frágiles huesos se resquebrajaban. Cayó en un montón roto en la base de la escalera, a los pies de Izel. Izel se arrodilló y sacudió el hombro de Alma.

—¡No! ¡Abuela! ¡Despierta! Siento no haber estado aquí cuando te caíste, por favor, solo recupérate.

Izel volteó a su abuela de espaldas y gritó de horror. Su cara había desaparecido, sus rasgos inexplicable y violentamente destrozados hasta quedar irreconocibles, reducidos a una papilla indistinguible de dientes y vísceras. La náusea, la culpa y el terror llenaron el pecho de Izel, que no pudo hacer otra cosa que aullar de terror y dolor agónicos, interrumpidos por el chasquido de los dientes desencajados de su abuela.

Izel cayó de espaldas al suelo, se puso en pie como pudo y se quitó los insectos de encima mientras el cuerpo despedazado de su abuela se arrastraba con sus miembros rotos. El rostro, una maraña de tendones superpuestos y retorcidos y huesos quebrados, escupía y resollaba al acercarse a Izel. Extendió las manos para cubrirse los ojos de aquella visión. Al verlas cubiertas de la sangre de Alma, trató de limpiarla en su camisa y sollozó balbuceando disculpas al amasijo sanguinolento que iba tras ella.

—¡Lo siento! ¡Lo si-siento mucho! ¡Abuela, por favor! ¡Por favor! ¡Detente! ¡No me toques! ¡Lo siento!

El único globo ocular aún reconocible, hundido en una cuenca destrozada, miraba a Izel como un perro hambriento mientras le suplicaba a su abuela que la dejara en paz.

—¿Ves lo que pasa cuando te entrometes? ¿Qué le pasó a la patética y vieja bruja de tu abuela? Pronto tú también serás prisionera de los espíritus que regresan desde abajo, el Mictlán se alzará aquí mismo, en ti. Este mundo será remplazado por el de los espíritus furiosos. Cobraremos nuestra venganza.

En lo alto de la escalera ahora estaba Luna, más pálida que nunca. Más que pálida, su piel había perdido todo color. Era como si se hubiera vaciado de su propia sangre. Su piel grisácea estaba en evidente descomposición, como un cuerpo en la tumba. Grandes trozos translúcidos colgaban de sus brazos como aletas o delicadas alas. Sus ojos llenos de venas negras, que se extendían como una tela de araña por su rostro. De su garganta salían muchas voces.

———

Carmen oyó el grito de una de sus hijas desde el interior de la casa cuando atizaba el fuego hasta convertirlo en una llamarada persistente. Dejó caer el palo con el que lo avivaba y se abalanzó sobre la manija de la puerta corrediza, abriéndola de golpe y atravesando la cocina hacia los gritos de Izel.

—¡Izel!

Dobló la esquina de la sala y vio a su hija abatida en un rincón, limpiándose las manos repetidamente en la camisa y gritando de horror entre sollozos de disculpa. Cruzó la sala con cautela y la agarró por los hombros. Los ojos exaltados, enloquecidos por el miedo, giraron para mirar los suyos y se calmaron rápidamente cuando Izel enterró la cabeza en sus brazos.

—¡Era la abuela! Ella, ella se cayó por la escalera de nuevo y yo me disculpaba una y otra vez, pero seguía acercándose.

Carmen sacudió a su hija:

—¡Iz! ¡Iz! ¡No era real! No fue real, ¿de acuerdo? ¡Nada de eso es real, recuerda!

Izel levantó la vista de sus brazos y miró más allá de ella. Carmen siguió su mirada hasta donde Luna las contemplaba con aquellos ojos oscuros como el carbón, con los brazos desollados a los costados. Su Luna parecía dañada, enferma. Su Luna se estaba pudriendo por dentro como un árbol infestado de termitas. Algo en Carmen, un innegable instinto de abrazar a su hija, la impulsó hacia la escalera. Todo lo que podía pensar era: «Debe estar sufriendo mucho».

Plantó un pie en el primer tramo de escalera, aplastando grillos bajo la suela de su zapato, e intentó mantener una mano en la pared por seguridad, pero el familiar estuco rugoso se hundió ante su tacto. El espacio a su alrededor se expandía cada vez más a medida que avanzaba trabajosamente por la casa mientras todo se retorcía y doblaba como en un episodio de vértigo. Luna se alejó corriendo de la escalera y volvió a su habitación al ver a Carmen subir los peldaños a trompicones.

—¡Luna! No te dejaré aquí otra vez. ¡Quiero a mi hija de vuelta! —gritó subiendo la retorcida escalera.

Cada paso le resultaba más difícil, su respiración se entrecortaba y sentía las piernas como si fueran de plomo. Su hija estaba allí arriba, en su habitación. Carmen se negaba a que Luna se quedara así. No le importaba el precio, y no sabía cómo iba a hacerlo, pero sí que mientras estuviera viva, existía una posibilidad de recuperar a su hija. Una plasta de grillos machacados bajo sus pies hizo que Carmen resbalara en el borde de un escalón, se golpeó el tórax contra la escalera y se quedó sin aliento. Jadeante, fue como si escalara el Everest cuando enredó los dedos en los postes de la barandilla y se impulsó hacia arriba sobre su vientre.

En la cima, cuando su cabeza alcanzó el último peldaño, se encontró cara a cara con la mirada muerta y vacía de un enorme grillo. Eso era lo que su madre decía haber visto antes de ver a la muerte en lo alto de la escalera. Mirando hacia arriba, allí estaba de nuevo, tal cual. Un espectro flotante de la muerte, una de las *tzitzimime* de las que le había hablado Yoltzi, balanceándose adelante y atrás con su falda de conchas marinas mientras agitaba las manos en el aire. Carmen reconoció los movimientos como los de la anciana de Tulancingo. Al mirar los ojos muertos y muy abiertos de la figura esquelética, Carmen se encontró cayendo en el mundo infernal de su interior. Los símbolos que la *tzitzimitl* dibujaba ante ella la arrastraron más y más hacia una ilusión mientras caía en un mundo de fuego.

Se retorció en el suelo, gritando de agonía; alrededor veía las almas de los muertos y de los no nacidos luchando por abrirse paso hacia su realidad. Todas esas almas estaban listas para atravesar a su hija, utilizándola como vía de escape del Mictlán hacia el mundo para destruir a los vivos. Carmen se llenó del dolor de todos ellos al recibir una pequeña muestra de lo que abrasaba las entrañas de su hija.

————

El viento soplaba con furia y Yoltzi observó las nubes negras que llegaban desde el horizonte, con las caras de las *tzitzimime* en sus formas ondulantes, mientras echaba a correr calle abajo. Por encima de una de las cercas vio el resplandor de un fuego y oyó un aullido que debía de ser Carmen. Yoltzi corrió hacia la casa y empujó la puerta principal, pero la encontró cerrada herméticamente. La golpeó con el hombro, intentando que cediera, antes de agarrar una piedra y romper una de las ventanas. Atravesó la casa, vio a Izel junto al fuego y salió corriendo hacia ella.

—¡Izel!

Izel se volvió bruscamente y gritó.

—¡Soy yo! ¡Soy yo! ¡Yoltzi!

Izel recuperó el aliento:

—Pensé que eras esa anciana. Como si nos hubieras seguido desde México, o algo así. ¿Qué haces aquí?

—Vine para detener todo esto.

—¿Dónde está Quauhtli?

Yoltzi suspiró y se permitió un breve momento de emoción dentro de la urgencia de la situación:

—No lo logró. Lo mataron en el camino.

Izel miró a Yoltzi, esa mujer cansada que había perdido tanto, y todo, al parecer, para salvar a su hermanita donde ella misma no podía. Rompió a llorar.

Yoltzi le dio una palmadita en el hombro y luego la abrazó. Se sentía bien compartir esas emociones con alguien, en cierto modo. Ella también quería llorar, pero no podía, así que dejó que Izel llorara por las dos. Yoltzi no podía mostrar ninguna debilidad, no aquí, no ahora, tenía que mantener su temple. Miró la enorme hoguera que habían hecho en su patio suburbano.

—¿Intentan hacer una ceremonia del fuego nuevo?

Izel asintió:

—El padre Verón iba a venir a hacer un exorcismo, pero —hizo una pausa— tampoco lo logró. Esto es lo único que se nos ocurrió.

—No va a funcionar. Eso no es lo que quieren, no quieren ser apaciguados. No esperan que se sigan los pasos correctos y que el ciclo comience de nuevo. La memoria de los rituales de mi pueblo se ha perdido, si es que aún existía. Las costumbres de mis antepasados murieron con los creyentes. La fuerza de voluntad y el rencor es lo único que nos queda.

Volvieron a oír los gritos de Carmen desde el interior.

—¿Tu madre entró a enfrentarlos sola?

Izel asintió y Yoltzi entró en la casa, llevando a Izel con ella.

—Mantente cerca de mí. Pon la mano en mi espalda, o algo así.

Cuando empezó a cantar su canción, los antepasados que la habían protegido a lo largo del desierto se materializaron alrededor, caminando tranquilamente hacia la tormenta de los demonios, disipada por la canción de protección que cantaba Yoltzi. Siguió los gritos de Carmen por la escalera con facilidad y se agachó sobre ella, cantando la canción que las protegió a las tres mientras las *tzitzimime* aullaban contra ella. Los alaridos de miles de espíritus vengativos se calmaron y amortiguaron alrededor al sonar suave y clara la voz de Yoltzi entre la cacofonía.

Carmen se dio vuelta con los ojos desorbitados por el miedo al verse arrancada de su aturdimiento.

—¿Yoltzi?

—La *tlapalxoktli*, la piñata. Ella la tiene, ¿no? Está aquí.

Carmen asintió y señaló la habitación de Luna. La puerta se abrió de golpe y el picaporte atravesó la pared de yeso laminado mientras un miasma oscuro salía del umbral abierto. Las invitaban a entrar a la casa de lo que fuera que les había arrebatado a Luna. Yoltzi temblaba, aferrándose a su valor solo a causa del alivio que le proporcionaba su canción:

Yéhua in xóchitl
xikiyehua ipan moyollo
pampa nimitztlazohtla
pampa nimitztlazohtla
ica nochi noyollo.

Las tres se acercaron a la fría oscuridad que salía de la recámara de Luna. Cuando se adentraron en la niebla negra, tuvieron una visión tenue de la habitación, ahora totalmente oscura. La sustancia resbaladiza y semejante a la carne cruda que la piñata lucía en el exterior cubría todas las superficies. Las paredes goteaban y jadeaban. Toda la habitación se había transformado en algo vivo, en crecimiento, y la piñata latía débilmente en su centro. Luna se hallaba justo detrás, con la piel cayendo de su cara al dirigirse a la nueva intrusa.

—Perra traidora. Tu pueblo anhela volver. Tu sangre desea venganza, venganza por la violencia que conoces demasiado bien. ¿Y has viajado hasta aquí para negárselas? ¿Has hecho que la sangre de tu amigo más querido, un compañero nahua, se derrame en el suelo maldito de esta tierra, todo para impedir que tus propios ancestros se levanten para vengarse?

Al mirar el rostro de Luna, Yoltzi pudo ver, más allá de la apariencia grotesca que había tomado, a la niña que conoció en Tulancingo junto a los muchos ancestros que se habían vinculado a ella durante su estancia allí, los buenos y los malos. Entre ellos, la triste anciana que había visto en aquel terrible sueño, una mujer motivada solo por el odio y el anhelo de venganza por el amor y la sangre perdidos en la historia.

Yoltzi le gritó:

—¡Tú no quieres eso, Luna! Tienes familia en este mundo, ¿recuerdas? ¡Mira! Todavía están aquí. Están aterradas y heridas, ¡pero todo lo que quieren es tenerte de vuelta!

—¡No me hables así! Ella ya no está aquí. La niña es una más ahora, pronto saldrá con el resto de nosotros.

—¡Te vi esa noche! La noche en que maldijiste a esos hombres, maldijiste la tierra y la sangre de los conquistadores.

Yoltzi comenzó a cantar la canción de la anciana, y sus ancestros amplificaron el coro de voces. Trataba de alcanzarla con su espíritu, y los numerosos antepasados que la habían seguido hasta ahí llevaron su mensaje a través de la oscuridad hacia la poseída Luna. En la melodía de Yoltzi había amor y gentileza para recordar a todos los muertos la bondad que quedaba en el mundo de los vivos que tanto añoraban.

El aire se detuvo mientras Yoltzi cantaba con sus ancestros alrededor. Tanto ella como Luna parecían ligadas en un trance, asomadas al alma de la otra. Carmen aún estaba débil y recuperaba la orientación después de ser arrancada de las garras de la *tzitzimitl*, pero Izel tenía la cabeza fría y los ojos pegados a la piñata sobre la cama. Mientras Luna parecía fija en el contacto con Yoltzi, Izel se separó del pequeño grupo que formaban y se sumergió en la niebla negra, avanzando lentamente hacia la repugnante piñata palpitante.

A su alrededor pasaban susurros junto a sus oídos, los gritos de aquellos que ansiaban salir del inframundo se filtraban a su cabeza. Las lágrimas brotaron de sus ojos cuando se acercó frente a Luna, mirando el rostro retorcido y mancillado de la que una vez fuera su dulce hermana. La ira inundó su corazón y con un rápido movimiento Izel jaló la piñata, soltándola de su posición en la cama. Los tendones se rompieron y la sangre le salpicó las piernas cuando arrancó de raíz el corazón latiente del odio.

Luna soltó un chillido que helaba la sangre y perdió su concentración con Yoltzi, que empezó a cantar su canción a voz en cuello, cantando y gritando en un intento por calmar al ahora enojado y herido demonio que apresaba a Luna. Izel cayó derribada por el horrible sonido y luchó por ponerse en pie y volver a la puerta.

El cuerpo de Luna, temblando y gritando, se dobló hacia atrás mientras una terrible masa negra de hueso, sangre, madera y brea brotaba de su boca. La columna de material pegajoso creció, desplegando patas y garras de hueso. El cuerpo convulso de Luna era la base, el sostén del capullo rezumante de sangre vieja, barro y brea. Su superficie brillaba oscura mientras crecía hacia el techo, palpitando, expandiéndose. La negrura de su exterior parecía infinita, una rasgadura tridimensional entre mundos. A través de la entrada del capullo, las tres vieron los ojos brillantes de las *tzitzimime*, los rostros descarnados de las diosas cósmicas, sus cuerpos articulados por estrellas moviéndose dificultosamente por el tiempo y el espacio hacia la ventana por la que ahora miraban. Un chasquido ensordecedor resonó en la casa.

Luna se desplomó en la cama, aterrizando en la laguna de líquido oscuro y acre que se había formado al abrirse el capullo. Unos dedos huesudos y descarnados asomaron del receptáculo y tantearon en busca de asidero antes de atravesar y desgarrar el umbral nacido de Luna. Solo una de ellas lo había conseguido. Ya no era una amalgama de ilusión y miedo, por fin se había materializado. El espíritu vengativo de una madre guerrera destrozó lo que quedaba de su prisión y se liberó, lanzándose hacia las tres.

Se echaron a un lado y se estrelló contra el marco de la puerta.

—¡Corre! —le gritó Yoltzi a Izel—. ¡El fuego! ¡Quema el corazón y devuélvelo a los dioses!

Las tres corrieron hacia la escalera mientras la *tzitzimitl* las seguía de cerca. El viento afuera sacudía la casa, arrancando las tejas del techo y resquebrajando las ventanas. Al pie de la escalera, Izel huyó al patio trasero y Yoltzi se mantuvo firme. Izel se volvió brevemente para mirar a su madre, que también se quedó atrás.

—¡Ve! ¡Tengo que detener a Luna! —gritó Carmen.

Ella y Yoltzi se interpusieron en el camino del demonio mientras Yoltzi cantaba cada vez más fuerte, con la esperanza de detener al espíritu que se abalanzaba. Yoltzi alzó la voz y el viento afuera empezó a amainar un poco. Su canto era fuerte, con una resonancia profunda, a la que se unía el eco de mil voces que le recordaban la letra y la melodía de la canción de su abuela. Un enjambre de mariposas brotó de la mandíbula abierta del esqueleto, pero la canción las detuvo. Pulularon alrededor de Carmen y Yoltzi, contenidas por la fuerza vital en la melodía y sus palabras. Los espectros de los ancestros de Yoltzi rodearon a Luna. Incluso Carmen podía verlos ahora, ya que la puerta dentro de Luna había comenzado a abrirse por obra de la *tzitzimitl* en su interior, las fronteras entre los vivos y los muertos se difuminaban. Los espíritus retenían a Luna, intentando apaciguarla y al espíritu vengativo que llevaba dentro. Su horrible mandíbula colgaba de una sola articulación mientras gritaba.

—Apártense de mí. ¡Cobardes! Por supuesto, esta traidora es su descendencia, ustedes que prefieren pudrirse en el más allá para siempre, con su memoria y su cultura pisoteadas, antes que vengarse. Nos resucitaré. El mundo recordará quiénes fuimos alguna vez.

Carmen le gritó a su hija:

—¡Luna! ¡Por favor, escúchame! ¡Tranquila, estoy aquí! ¡Te amo! ¡Por favor, recuerda que todos te amamos!

Los guías de Yoltzi cercaron al demonio y se alejó de ellos, lanzando sus garras manchadas de sangre. Arrastrándose tras él, Carmen pudo ver un grueso tendón de raíces tejidas que aún lo unía a su hija.

En el exterior, Izel había llegado por fin hasta el fuego, y levantando la piñata por encima de su cabeza, la arrojó a las llamas. Oyó el sonido de la cerámica al quebrarse y las llamas saltaron aún más, convirtiéndose en una hermosa multitud de tonos verdes y rojos, pero la carcasa de cuero de la piñata la mantuvo intacta.

Adentro oyó de nuevo aquel chillido de otro mundo que provenía de la bestia unida a su hermana. Miró alrededor en busca de cualquier cosa que pudiera empujar la piñata al centro de las llamas, para romperla por completo, y tomó una pala de un costado de la casa. Se oyó un estruendo desde el interior cuando la hizo caer sobre la piñata con un fuerte chasquido. Y otra vez. Y otra vez. Con cada golpe salían disparadas chispas de las llamas mientras los chillidos y gruñidos dentro de la casa se hacían más fuertes.

La *tzitzimitl* rompió el vidrio de la puerta trasera, arrastrando a su huésped tras de sí mientras Carmen se aferraba con fuerza al cuerpo de Luna. Izel observó con horror que se lanzaba sobre ella y volvió a golpear con la pala. Entonces el cuero se hundió bajo la hoja de metal y la piel se rajó, rociando sus entrañas sobre las brasas del fuego.

Carmen se aferraba a Luna y se negaba a soltarla, aunque el

espíritu que aprisionaba a su hija se revolvió, lanzándose hacia el fuego para recuperar su corazón. Como un rayo, los pies de Yoltzi crujieron sobre los cristales rotos de la puerta para saltar sobre la diosa demoniaca, la envolvió con sus brazos mientras se convulsionaba con violencia y le cantó. Ya no cantaba, sino que entonaba una canción tranquilizadora, prácticamente acunando a aquella cosa cuyas garras arañaban el cemento del patio.

Yoltzi recordó la primera vez que escuchó las palabras con que ahora arrullaba a la diosa. Su abuela había entrado en su cuarto en mitad de la noche, tras oír a la pequeña Yoltzi revolverse en su cama, pidiendo ayuda desde el abismo de un sueño terrible del que no podía salir. Era algo frecuente; después de todo, Yoltzi era una niña sensible. Aquella noche, cuando abrió los ojos, no pudo ver el rostro de su abuela, sino solo el familiar sudario que veía alrededor de todos. En la canción se hallaba el calor y el cuidado de muchos, todo un árbol genealógico invocado por medio de algo tan sencillo.

Ahora, mirando el rostro del apocalipsis de su pueblo, una manifestación real de una cultura perdida y enterrada por la violencia y la conquista, vio el terror inconsciente que su gente sintió tantos siglos atrás. El dolor de ser borrados, la furia nacida de la impotencia y el duelo de tanta pérdida habían convertido a esta poderosa diosa, a esta mujer guerrera, en un demonio de la venganza. Le cantó como le había cantado a ella su abuela.

Las sacudidas se redujeron a espasmos, convulsiones involuntarias. Las respiraciones de Yoltzi y de las Sánchez humearon en silencio en el aire frío e incluso la *tzitzimitl* dejó de chillar. El rasguño del hueso contra el cemento era el único sonido además de las respiraciones entrecortadas mientras la criatura intentaba arrastrarse débilmente hacia las cenizas en el fuego. Yoltzi vio dentro de ella y encontró a aquella anciana enojada devolviéndole la mirada. La mujer del bosque que había sido cazada en su propio hogar. Yoltzi siguió repitiendo el estribillo:

Yéhua in xóchitl
xikiyehua ipan moyollo
pampa nimitztlazohtla
pampa nimitztlazohtla
ica nochi noyollo.

Dentro del cuerpo contorsionado de la *tzitzimitl*, Yoltzi vio un destello de reconocimiento en el rostro de la mujer.

Yoltzi tarareó su canción y miró hacia abajo: la forma negra de la *tzitzimitl* se separaba de Luna, las guías de raíces nudosas se desprendían de su pecho. Luna tosió y escupió sobre el hombro de Carmen, que la abrazaba con fuerza. Los ojos de la *tzitzimitl* salieron de la oscuridad de sus cuencas y la carne de su rostro se volvió a tejer como la cara fatigada de la anciana de la pesadilla de Yoltzi. Carmen quedó atónita. Era la mujer de Tulancingo, la del tren. Izel también miró a la anciana mientras corría hacia su madre y acunaron el cuerpecito desmayado de Luna entre las dos, tratando de despertarla suavemente.

—¿Luna? ¡Luna! —la llamó Izel —. Por favor, recupérate. Necesito otra oportunidad para protegerte como hermana mayor. Por favor.

Carmen sostenía el cuerpo inerte de la niña en sus brazos cuando los ojos de Luna se abrieron por fin. La oscuridad se desvaneció en el borde de sus ojos, revelando el blanco debajo.

—¿Mamá?

Carmen, incapaz de hablar, se limitó a estrechar a su hija contra su pecho, besándola en la coronilla.

Luna volteó y miró a Yoltzi y a la anciana. La anciana se volvió para mirar a la madre y a la hija abrazadas y lloró, extendiendo la mano hacia Luna; una voz como de huesos machacados resonó desde lo más profundo del cuerpo desfallecido de la *tzitzimitl*.

—Ketzali —graznó—. He venido hasta aquí por ti, pero llegué muy tarde.

Carmen retrocedió, pero Luna levantó un brazo débil hacia el de la mujer. Sus manos se rozaron brevemente, y el dedo de la anciana se desmoronó con el más leve contacto. Su pálida piel se volvió más gris y oscura mientras se derrumbaba sobre sí misma, disipándose en un montón de cenizas en el regazo de Yoltzi.

Carmen miró a Luna:

—¿Qué fue eso?

—Ella quería lo mismo que tú —Luna observó el montón de cenizas antes de mirar a su madre—, quería recuperar a su familia. Quería que su hogar volviera a ser como antes.

—Pero tenemos que vivir entre los vivos —intervino Yoltzi—. La historia se mueve con veloz crueldad. Luchar contra ella es imposible. Los espíritus de los muertos incapaces de dejar atrás sus rencores envenenan el aire de los vivos. Por suerte, muchos de mis antepasados lo entendieron mejor que otros. Sin ellos nunca habría podido evitar que la puerta se abriera por completo dentro de tu hija.

—Gracias —dijo Carmen, sus hombros convulsos en un sollozo incontrolable—, muchas gracias.

Miró a su hija, que había vuelto a la inconsciencia:

—¿Luna?

Carmen sacudía suavemente a su hija de nuevo cuando Yoltzi le puso una mano en el hombro:

—Solo necesita descansar. Ha sufrido más que cualquiera de nosotros.

Sus ojos nublados, casi arrasados, miraban directamente a través de Carmen hacia un lugar lejano más allá del espacio y el tiempo que ambas ocupaban.

Una pregunta tembló en lo alto de la garganta de Carmen al mirar el rostro perdido de Yoltzi, pero se quedó ahí. Izel se echó sobre ella para enterrar la cara en el pecho de Luna, abrazando con fuerza a su madre y a su hermana. Carmen se levantó al fin, cargando a Luna en brazos y pasaron por encima de los cristales rotos de la puerta corrediza para volver a entrar en la casa, donde la recostó en el sofá antes de subir la escalera para revisar el dormitorio de Luna. Todos los grillos habían desaparecido y la casa volvía a ser perfectamente normal.

Cuando volvió abajo, Izel se había dormido en la alfombra, junto al sofá donde estaba su hermanita. Las dos respiraban lenta y profundamente. Carmen observó su respiración subir y bajar durante un rato, sintiéndose ella misma extenuada. Se apoyó en la pared y, sin confiar en llegar a su habitación, pensó en imitar a Izel y dormir allí mismo antes de recordar a Yoltzi. El pensamiento la sacudió y la impulsó fuera de la pared hacia la puerta trasera destrozada.

—¿Yoltzi? —gritó, sin recibir contestación mientras se acercaba al patio trasero.

La nieve entraba por el marco vacío junto con ceniza y débiles hilos de humo del fuego casi extinto. Carmen volvió a gritarle a Yoltzi sin verla, escuchando solo el suave silbido del viento como respuesta. En el suelo, entre la ceniza, la sangre, la nieve y los vidrios rotos, había unas pisadas de color carmesí que se alejaban del borde de los restos de la hoguera, claramente removidos. Los pasos, apenas delineados con sangre, se alejaban hacia un lado de la casa. Carmen los siguió y salió corriendo por la puerta lateral aún abierta hasta la acera, donde empezaban de nuevo las pisadas. Caía más nieve, cubriendo ya las señales de la batalla nocturna y borrando el rastro de Yoltzi.

El viento azotaba los oídos de Yoltzi junto con susurros del pasado. Miles de años de historia y de memoria ancestral seguían salmodiando en su mente. El objetivo se cumplió, la catástrofe se había evitado, pero algo la impulsaba a continuar. Yoltzi solo era vagamente consciente de que su cuerpo se movía en la penumbra gris de la ventisca, como si no fuera suyo en realidad. Sentía que su propia subjetividad se disipaba en el torrente de la muchedumbre en su interior. Le dijeron que siguiera adelante, y así lo hizo. Le dijeron que todo estaba lejos de terminar.

«Los muertos nunca se van de verdad —pensó—, se quedan aquí. En la tierra, en el polvo, en nuestras historias y canciones. Vestigios de ellos. De todos los que ahora están en mí. Huellas. Sombras del pasado que forman una imagen».

Ellos le respondieron, sus voces en su cabeza sonaban inquietantemente como la suya propia: «¿Por qué los dioses serían diferentes?».

32

Al día siguiente, Carmen barrió la ceniza del patio hacia el pasto, donde tomó la pala y la enterró. En el montón de ceniza encontró la pulsera de jade. La recogió con cuidado y la llevó al otro extremo para enterrarla profundamente. Cuando volvió a la casa, Izel bajó corriendo la escalera y entró en la cocina.

—¡Tenemos que ir al hospital!

—¿Qué? —Carmen se sobresaltó—. ¿Por qué? ¿Luna está bien?

—Josh y la abuela despertaron.

Carmen tomó de la barra las llaves y se metieron al coche. En el hospital las recibió la doctora Müller. La familia de Josh estaba en su habitación cuando llegaron, así que Müller las llevó a ver a Alma primero. La inflamación del cerebro había remitido por completo y ya no recibía analgésicos. Estaba de pie junto a la ventana, apoyada en un bastón, cuando entraron. Se volvió con una amplia sonrisa en el rostro.

—¡Ah! ¡Mis niñas, mis niñas! Me alegro de verlas. ¿Dónde está Luna?

Izel volteó hacia Carmen, que a su vez miró a la doctora Müller, de pie justo afuera del umbral.

—Te explicaremos de camino a casa, mamá. Por ahora déjame empacar todas tus cosas para que puedas pasar la noche en tu propia cama al fin.

Izel y Carmen recogieron las cosas de Alma y las tres fueron juntas despacio por el pasillo, empujando la silla de ruedas de Alma. La metieron en el coche, pero antes de irse Izel se detuvo cuando solo faltaba que ella subiera a bordo.

—Solo necesito ir a saludar a Josh antes de irnos. Quiero asegurarme de que estará bien.

Carmen sonrió:

—Claro que sí, cariño.

Alma se rio y miró a su hija después de que Izel cerrara la puerta.

—Estoy tan contenta de verlas bien después de todo este tiempo. Las he soñado muy feo a ustedes dos mientras estaba aquí. Visiones.

—Tenemos mucho de qué hablar cuando lleguemos a casa.

Aquella noche Luna se metió a la cama de Carmen, no muy preparada para volver a dormir sola en su propia habitación. Las dos se acostaron lado a lado en la oscuridad y el calor del aliento de Luna en el brazo de Carmen sirvió como confirmación constante de que tenía a su hija de nuevo. Luna se dio vuelta y se apoyó en un brazo, mirando a su madre a la cara.

—¿Fui yo quien hizo todas esas cosas? No quería hacer nada de eso, pero al final fui yo.

Enterró la cara en el pecho de Carmen y sollozó; su voz dijo, amortiguada:

—Yo maté a esa gente, ¿no?

—Luna, Luna —la arrulló Carmen, acariciando su pelo—, por supuesto que no. Nada de lo que pasó fue tu culpa. No creo que Yoltzi hubiera venido si pensara que realmente eras tú quien hacía esas cosas. Yo también lo vi con mis propios ojos. Esa mujer que vimos fue quien lo hizo.

—Lo sé, pero, es como si hubiera usado mis manos para hacerlo.

Carmen agarró las manos de Luna y las besó, empujando su cara contra las palmas.

—No creo que estas manos pudieran lastimar a nadie. Podemos hablar de esto todas las veces que quieras, pero veo que sigues muy cansada. Has pasado por mucho. Por favor, por ahora, por las dos, vamos a descansar un poco. ¿De acuerdo?

Luna asintió y dejó caer su cabeza contra el pecho de su madre. Las dos inhalaron y exhalaron en sincronía, dejándose vencer lentamente por el sueño. Por primera vez desde México, Luna tuvo un sueño propio.

Se encontraba en un profundo bosque con el sol brillando en lo alto. Frente a ella, una niña pequeña caminaba entre la densa maleza. Su cuerpo estaba magullado y cortado por días de viajar entre la corteza de los árboles. De cuando en cuando se detenían y la niña se quedaba quieta, tratando de oír pasos. Luna pudo distinguir un mechón gris en el pelo negrísimo de la niña. Viajaron juntas durante días, sin que la niña se diera cuenta de la presencia de Luna, hasta que oyeron el sonido de agua corriente. Un río rumoreaba entre los árboles más adelante. La niña echó a correr, saltando por encima de troncos caídos y atravesando el follaje hacia la luz brillante del sol sin obstáculos. Sus pies aterrizaron en las frías aguas del río, salpicando gotas en el aire que brillaban en la luz.

Al otro lado del agua, y mirándola fijamente, había un grupo de nahuas junto a una fogata, cocinando lo que habían encontrado en los alrededores. Eran en su mayoría mujeres y niños, aunque vio algunos hombres heridos entre el grupo. Los compañeros refugiados la recibieron con los brazos abiertos para que se uniera a ellos junto al fuego, ofreciéndole un rebozo y un trozo de fruta que habían hallado.

Se sentó contra un árbol y se recargó mientras mordía la fruta, pudiendo al fin descansar después de tanto tiempo huyendo. Levantó la vista hacia el sol y empezó a tararear para dormirse después de una larga noche de viaje:

> *Yéhua in xóchitl,*
> *xikiyehua ipan moyollo*
> *pampa nimitztlazohtla*
> *pampa nimitztlazohtla*
> *ica nochi noyollo.*

A cientos de kilómetros de distancia, donde alguna vez fue su hogar, pequeños brotes arrancados del suelo por las lluvias ya se aferraban con sus diminutas raíces a las piedras caídas y rotas de las casas y templos a los que en el pasado sus habitantes se apegaron. Sin embargo, debajo de la niña, bajo el mantillo sombreado y las hojas caídas, las raíces de los árboles se deslizaban hacia las profundidades de la tierra, ramificándose dentro de la historia del suelo, estaciones y años y décadas de vieja muerte rebosante de vida. Retorcidos y afanosos zarcillos se abrían paso entre acuíferos y huesos antiguos, entretejiéndose en una red de catacumbas. En el bosque, los guijarros y desechos mortales de abajo se conectan con las copas de los árboles de arriba; recordados, aunque no del todo.

En esa oscuridad memoriosa, bajo los pies serpenteantes de aquellos que intentaban olvidar junto al arroyo siempre cambiante, esas raíces se enrollaron una y otra vez entre sí y las capas de apéndices se retorcieron para formar un puño mutilado, apretado alrededor de algo que apenas empezaba a crecer.

AGRADECIMIENTOS

Gracias a la brillante Lisa Gallagher, la mejor cuando se trata de retos imposibles.

Gracias de todo corazón a todas las personas increíbles que han contribuido en esta salvaje aventura: Naief Yehya, Kingsley Hopkins, Araceli López Mata, Gustavo Zapoteco Sideño, Matt Warren Bruinooge, James Handel, y en especial al magnífico equipo de HarperCollins Español: Edward Benítez, Viviana Castiblanco, Julia Negrete y, por supuesto, a la maravillosa Judith Curr, quien me apoya infinitamente a pesar de la locura.

También gracias a la traductora, Martha Castro López.

Al equipo de Tor Nightfire: Kelly Lonesome y Kristin Temple, mis editoras y heroínas, y Jordan Hanley, Michael Dudding, Saraciea Fennell, Giselle Gonzalez, Esther Kim, Jeff LaSala, Devi Pillai y Lucille Rettino.

Al fantástico ilustrador de la cubierta, João Ruas, y al artista gráfico Andres Rios.

Y un agradecimiento especial a mi hermano y socio, Everardo Gout.